食道楽 秋の巻
식도락－가을

〈지식을만드는지식 고전선집〉은
인류의 유산으로 남을 만한 작품만을 선정합니다.
읽을 수 없는 고전이 없도록 세상의 모든 고전을 출판합니다.
오랜 시간 그 작품을 연구한 전문가가
정확한 번역, 전문적인 해설, 풍부한 작가 소개, 친절한 주석을
제공합니다.

食道楽 秋の巻

식도락 - 가을

무라이 겐사이(村井 弦斎) 지음

박진아 옮김

대한민국, 서울, 지식을만드는지식, 2024

편집자 일러두기

- 이 작품은 《호치신문(報知新聞)》에서 1903년 1월부터 12월까지 《백도락 시리즈(百道楽シリーズ)》라는 제목으로 연재되었으며 이 책은 무라이 겐사이의 《식도락(食道楽) 하권(下)》(이와나미, 2005)을 저본으로 삼아 번역했습니다.
- 《식도락(食道楽)》은 봄, 여름, 가을, 겨울, 총 4부로 구성되어 있습니다. 이 책은 그중 셋째 편인 가을의 편(秋の巻)입니다. 지식을만드는지식에서는 네 권을 모두 출간할 예정입니다.
- 본문에서 등장인물들이 이야기하는 식재료의 종류와 가격에 대해 가능한 한 자세한 주석을 달고 그것이 현대 한국에서 어느 정도의 값어치를 가지고 있는지를 대략적으로 제시해 독자의 이해를 돕고자 했습니다.
- 주석과 해설은 옮긴이가 작성한 것입니다.
- 독자의 이해를 돕기 위해 메이지 시대의 단위표를 부록으로 함께 실었습니다.
- 본문의 그림은 초판에 수록되었던 미즈노 도시카타(水野年方)가 그린 것입니다.
- 외래어 표기는 현행 한글어문규정의 외래어표기법을 따랐습니다.

차 례

천장절(天長節) 야회 식탁의 풍경 · · · · · · · · · 3
1. 교제법 · · · · · · · · · 8
2. 맞는 사람과 맞지 않는 사람 · · · · · · · · · 11
3. 과거와 미래 · · · · · · · · · · · · · · · 14
4. 은어의 맛 · · · · · · · · · · · · · · · 18
5. 은어 요리 · · · · · · · · · · · · · · · 23
6. 파리 잡는 사람 · · · · · · · · · · · · · 30
7. 파리잡이 통 · · · · · · · · · · · · · · 34
8. 하등 요리 · · · · · · · · · · · · · · · 40
9. 중등 요리 · · · · · · · · · · · · · · · 44
10. 상등 요리 · · · · · · · · · · · · · · · 48
11. 다시마 수프 · · · · · · · · · · · · · · 52
12. 닭고기 수프 (1) · · · · · · · · · · · · · 56
13. 은어와 송아지 · · · · · · · · · · · · · 61
14. 병아리 · · · · · · · · · · · · · · · · 66
15. 닭의 구입 · · · · · · · · · · · · · · · 70
16. 닭고기 요리 · · · · · · · · · · · · · · 76
17. 크나큰 분노 · · · · · · · · · · · · · · 80

18. 매실 요리 · · · · · · · · · · · 85
19. 과일의 효능 · · · · · · · · · · 90
20. 대혼잡 · · · · · · · · · · · · · 95
21. 요리 연구회 · · · · · · · · · · 100
22. 요리 견문 · · · · · · · · · · · 104
23. 간편한 방법 · · · · · · · · · · 108
24. 카스텔라 · · · · · · · · · · · 113
25. 달걀로 만든 눈[雪] · · · · · · 117
26. 비스킷 · · · · · · · · · · · · 121
27. 찜 요리 · · · · · · · · · · · · 127
28. 요리의 궁합 · · · · · · · · · · 132
29. 호박 요리 · · · · · · · · · · · 136
30. 채소 요리 · · · · · · · · · · · 140
31. 생선 요리 · · · · · · · · · · · 144
32. 여행 도시락 · · · · · · · · · · 148
33. 기차의 위생 · · · · · · · · · · 152
34. 여행지 가게의 위생 · · · · · · 156
35. 카레라이스 · · · · · · · · · · 160
36. 소다 다랑어 · · · · · · · · · · 163
37. 전갱이 요리 · · · · · · · · · · 169
38. 모자와 신발 · · · · · · · · · · 175
39. 지방의 결핍 · · · · · · · · · · 179

40. 음식의 성분 · · · · · · · · · · · 184
41. 위와 장 · · · · · · · · · · · · · 191
42. 딸꾹질 약 · · · · · · · · · · · · 196
43. 서양의 구즈모치 · · · · · · · · · 202
44. 토마토 · · · · · · · · · · · · · 209
45. 치즈 요리 · · · · · · · · · · · · 214
46. 한낮의 연극 · · · · · · · · · · · 218
47. 노인의 식사 · · · · · · · · · · · 221
48. 수플레 · · · · · · · · · · · · · 225
49. 토마토의 맛 · · · · · · · · · · · 228
50. 더운 날의 음료수 · · · · · · · · · 232
51. 토마토 잼 · · · · · · · · · · · · 239
52. 하등품 고기 · · · · · · · · · · · 243
53. 달밤 · · · · · · · · · · · · · · 248
54. 운명 · · · · · · · · · · · · · · 253
55. 여자의 마음 · · · · · · · · · · · 256
56. 중매쟁이 · · · · · · · · · · · · 260
57. 차담회 · · · · · · · · · · · · · 263
58. 20전짜리 도시락 · · · · · · · · · 267
59. 저렴하고 훌륭하게 · · · · · · · · 271
60. 차가운 고기 요리 · · · · · · · · · 276
61. 요세모노 · · · · · · · · · · · · 280

62. 간단한 과자 · · · · · · · · · · · · · 284
63. 아이스크림 · · · · · · · · · · · · · 288
64. 상등의 품질 · · · · · · · · · · · · · 294
65. 크림 · · · · · · · · · · · · · · · · · 298
66. 20전 요리 · · · · · · · · · · · · · · 302
67. 필라프 · · · · · · · · · · · · · · · · 306
68. 30전 요리 · · · · · · · · · · · · · · 310
69. 소의 꼬리 · · · · · · · · · · · · · · 314
70. 법랑 냄비 · · · · · · · · · · · · · · 323
71. 식육론(食育論) · · · · · · · · · · · 327
72. 거품기 · · · · · · · · · · · · · · · · 330
73. 거품 만드는 법 · · · · · · · · · · · 333
74. 커피 케이크 · · · · · · · · · · · · · 337
75. 차에 곁들이는 과자 · · · · · · · · · 343
76. 카스텔라 과자 · · · · · · · · · · · · 347
77. 정어리 요리 · · · · · · · · · · · · · 350
78. 한 가지 제안 · · · · · · · · · · · · · 355
79. 식도락 연구회 · · · · · · · · · · · · 359
80. 요리의 정취 · · · · · · · · · · · · · 363
81. 식사법 · · · · · · · · · · · · · · · · 366
82. 시험 문제 · · · · · · · · · · · · · · 370
83. 간병 요리 · · · · · · · · · · · · · · 373

84. 문병 · · · · · · · · · · · · · · · 376

85. 요리의 원칙 · · · · · · · · · · · · 379

86. 생선의 구별법 · · · · · · · · · · · 383

87. 요리의 교육법 · · · · · · · · · · · 388

88. 닭고기 수프 (2) · · · · · · · · · · 395

89. 국그릇 스시 · · · · · · · · · · · · 399

90. 가지의 성질 · · · · · · · · · · · · 403

91. 대비책 · · · · · · · · · · · · · · 408

92. 가정의 청결 · · · · · · · · · · · · 412

93. 연애의 해악 · · · · · · · · · · · · 416

94. 가정 교육 · · · · · · · · · · · · · 420

부록―메이지 시대 단위표 · · · · · · · · · · 427

해설 · · · · · · · · · · · · · · · · · 431

지은이에 대해 · · · · · · · · · · · · · 438

옮긴이에 대해 · · · · · · · · · · · · · 440

식도락-가을

천장절(天長節)[1] 야회 식탁의 풍경

<천장절 야회 식탁의 풍경>,
미즈노 도시카타(水野年方) 그림

[1] 천황의 탄생일을 축하하는 기념일이다. 1873년(메이지 6) 국경일로 지정되었다. 2차 대전 이후로는 천황 탄생일로 명칭이 변화했다. 메이지 시대의 천장절은 11월 3일이었다.

앞의 그림은 메이지 36년(1903) 11월 3일 제국호텔에서 열린 천장절 기념 야유회의 식탁을 그린 것이다. 식탁은 20간(間)[2]에 8간 크기인 직사각형으로 식탁 주변 벽에는 흘러가는 물결과 단풍 모양의 장식 천을 걸어 놓았고 천장에는 붉은색, 노란색, 흰색의 모란꽃 장식을 녹색의 상록수 잎 위에 꽂아 놓았다. 중앙의 큰 기둥은 구스다마(薬玉)[3]와 작은 깃발로 장식하고 무수히 많은 전구는 사방을 환하게 비춰 주고 있다. 야회의 요리는 벽 앞에 늘어선 식탁 위에 놓여 있다. 세상에 잘 알려진 유명한 연회였기에 약 1000여 명의 귀빈들을 만족시킬 식사 메뉴를 준비하는 수고로움이나 주방 사람들의 노력, 요리법이 서로 겹치지 않도록 하는 배려 등 이것저것 준비하는 과정이 얼마나 어려운 것이었는지 짐작할 수조차 없다.

지금 그 메뉴를 대략적으로 설명하고자 하니, 첫째는 생굴과 캐비어[위트르 캐비어(huître caviar)] 요리인데 생

---

[2] 1간(間)은 약 1.8미터로, 20간은 36미터, 8간은 14.4미터다.
[3] 구스다마(薬玉)란 좋은 향이 나는 약재들을 천으로 둥글게 싼 것 위에 여러 가지 색의 조화(造花)를 붙이고 긴 색실을 늘어뜨려 기둥에 걸고 장식하는 물건을 의미한다. 향기가 좋은 약재들과 긴 색실에는 장수를 기원하는 의미가 담겨 있다. 주로 단오와 중양절에 장식한다.

굴은 레몬즙을 곁들이고, 캐비어는 러시아산 철갑상어의 알을 사용한 것이다. 두 번째는 차가운 생선 요리로 차가운 생선 살 경단에 소스를 얹은 요리[마요네즈 드 소몽(Mayonnaise de Saumon)]와 장어 한천 요세모노[4][앙기 아 라 젤레(anguille a la gelée)]로서 차가운 생선 살 경단 요리는 연어의 살로 만든 경단에 달걀노른자로 만든 소스를 부은 것이고 요세모노는 장어의 살을 젤리로 만들어 굳힌 것이다. 세 번째는 거위 간을 차갑게 해서 요세모노로 만든 것[아스피크 드 푸아그라 드(aspic de foie gras de) 스트란볼드[5]]으로 거위 간을 젤리에 굳혀 요세모노로 만든 것이다. 네 번째는 돼지고기 냉채 요세모노[잠봉 데코레 아 라 젤레 뱡드 프뤼 아소르티(jambon décoré a la gelée Viande fruit assorti)]라고 해서 햄으로 요세모노를 만든 것이다. 다섯 번째는 조류 혼합육 냉채[파테 드 지비에(pâté de gibier)]와 꿩고기 튀김[갈랑틴 드 프리튀르(galantine de

---

4) 요세모노(寄物)란 한천이나 젤라틴으로 과일이나 콩 간 것을 굳혀서 만드는 젤리와 비슷한 일본 요리다. 과일과 콩 이외에도 생선 살을 곱게 간 뒤에 응고시켜 만들기도 한다.
5) 어떤 요리인지 불명. 다만 아스피크는 젤리류의 요리를 뜻하는 프랑스어다.

friture)]으로 혼합육은 샤모[6] 닭고기에 돼지고기를 섞은 것이고, 꿩고기 튀김은 꿩고기에 우동 가루[7]를 묻혀 튀긴 것이다. 여섯 번째인 도요새 송로버섯 요리[베카신 트뤼프(bécassine truffe)]는 프랑스산 송로버섯을 다져서 도요새의 배 속에 넣고 잘 여민 뒤 만들어 낸 요리다. 일곱 번째는 새우 샐러드[살라드 드 오마르, salade de Homard)]와 여러 가지 서양 채소를 섞은 샐러드[살라드 아 라 루스(Salade a la loose)]로 새우와 채소 요리이며, 여덟 번째인 차가운 술[펀치 로열(punch royal)]은 술을 차갑게 얼린 것이다. 아홉 번째인 버터 과자[바바루아 아 라 샹티(Bavarois a la Chantilly)]와 달걀 과자[푸딩 아 라 디플로마트(Pouding a la diplomate)]는 우유로 요세모노를 만든 것과 달걀 과자로 과일을 감싼 것이다. 열 번째로는 샴페인 요세모노[절레

---

6) 샤모(軍鶏)는 목이 길고 부리가 날카로운 닭의 한 종류로서 일본에는 에도 시대에 전래되었다. 샤모라는 이름은 이 닭이 시암(현재의 태국)에서 왔다고 해서 붙은 것이다.
7) 에도 시대부터 이어진 전통 제분 방식은 물레방아를 이용한 제분이었다. 그러나 이 방식은 제분 기술이 아직 미흡했던 관계로, 밀가루가 갈색에 가까운 색을 띠고 있었고 가루도 그다지 곱지 않아 주로 우동을 만들기 위한 밀가루로 쓰는 경우가 많았기에 우동 가루(うどん粉)라고 불렀다.

오 프레즈 아 라 샹파뉴(gelee aux fraises a la champagne)]로, 젤리 안에 샴페인을 넣어 굳힌 후식, 열한 번째로 버터를 넣어 만든 빙과[무스 오 프레즈(Mousse aux fraises)]는 과일을 넣어 만든 빙과다. 열두 번째의 가루 녹차 빙과[글라스 오 테(glace aux thés)]와 바닐라 향을 넣은 빙과[글라스 아 라 바니(glace à la vanille)]는 가루 녹차 혹은 바닐라 향을 넣은 아이스크림이다. 열세 번째인 과일 후식[갸토 에 프뤼(gâteau et fruit)]은 즙이 있는 과자와 마른 과자 두 종류가 있다. 이들 요리는 모두 엄선한 좋은 재료만을 가지고 만든 것으로 맛이 훌륭할 뿐 아니라 모양도 아름다워 아무리 칭찬해도 부족함이 없다.

야회가 시작되면 손님들은 삼삼오오 각각 테이블에 앉아 축배를 들고 연미복을 입은 20여 명의 웨이터가 식탁 주변을 돌아다닌다. 명실상부 1년에 한 번 있는 연회로서 기분 좋게 취한 손님들의 환호성이 화기애애하게 울려 퍼지는 모습은 마치 봄과 다름없다.

1. 교제법

　결혼 문제는 요즘 사람들이 거의 대부분 고민하는 문제다. 남자도 고민하고 여자도 고민하며 당사자뿐 아니라 부모 형제를 비롯해 주변 사람 모두의 마음을 고심하게 만드는 문제다. 나카가와는 일찍이 이 문제에 대해 연구했기에 "다마에 씨, 요즘 세상 돌아가는 것을 보면 결혼의 행복과 불행은 전적으로 운에 달린 것 같습니다. 남녀 모두 잘 알지 못하는 사람과 결혼해 운이 좋으면 행복을 누리고 운이 나쁘면 불행에 빠지지요. 운 외에 달리 기댈 곳도 없습니다. 그렇다면 남녀의 교제를 허락해 서로 상대를 선택하게 하는 건 어떨까 하면 이것 역시도 위험천만입니다. 왜냐하면 젊은 남녀는 아직 배우자가 될 만한 사람을 찾을 수 있는 안목이 없기 때문이지요. 자신의 안목으로 상대를 찾고자 해도 아직 사회 경험이 부족하니 옳은 판단을 내릴 수가 없어요. 대체로 그렇게 되면 많은 경우 도리를 바탕으로 판단하는 것이 아니라 감정을 바탕으로 자기 하고 싶은 대로 애증을 표현하게 됩니다. 그렇게 감정을 마음대로 표현한 결과, 연애라는 나쁜 행동에 빠져 스스로 불행을 만들어 냅니다. 그렇다면 어떻게 하는 게 좋은 것일까요?
　이 문제에 대해 저는 이미 저의 저서《아가씨 독본》에서 자세하게 말씀드린 바 있지만, 간략하게 설명드리자면 우선은 영국식 풍습을 본보기로 삼는 것이 가장 좋을 것이라 생각합니다. 영국은 미국처럼 자유롭게 연애해 결혼하지 않고, 프랑스처럼 강제적으로 결혼을 시키는 분위기도 없으니 딱 적당한 방식인데, 부모가 매주 한 번 딸을 위해 젊은 남자들을 집에 초대해 신분에 맞는 대접을 합니다. 딸이 남자와 사귀게 되어도 반드시 부모의 감독하에 이루어지며 절대로 젊은 남녀만 따로 두지 않습니다. 그러는 동안 딸의 맘에도 들고 부모의 맘에도 드는 남자가 나타나면 결혼을 약속하게 되는데, 특별한 경우가 아닌 이상 대체로 이런 방식으로 진행됩니다. 우리 나라에서도 최근에는 상류층에서 약혼을 하게 되면 결혼식을 하기 전에 서로 친하게 한다는 목적으로 남녀를 교제시키는 집도 있는 모양입니다만, 이미 약혼이 결정된 후에 교제를 하는 것이라 사귀어 보고 싫다는 말을 할 수도 없고, 그저 운명이 시키는 대로 따르게 되는 것이니, 이는 약혼하기 전에 사귀는 것보다 효과가 떨어지는 것이라 하겠습니다. 저는 딸을 가진 부모님들께 가능한 한 넓게 젊은 남자들과 교제시킨 뒤, 그중에서 딸에게 맞는 사위를 고르시라고 추천하고 싶습니다. 여기서 주의할 점은 이것이 결코 젊은 남녀를 자유롭게 교제하도록 두라는 의미가 아니라는 것입니다. 먼저 부모가 젊은 남자와 교제해 보고 좋은 사람을 감별해 내라는 뜻입니다.

부모가 먼저 교제를 시작하면 딸도 자연스럽게 그 사람과 교제를 할 수 있게 되지마는, 결코 딸이 주체가 되어 나서서 남자와 교제하게 두어서는 안 됩니다. 영국식이 좋다고는 해도 영국과 우리 나라는 사정이 다르고 아가씨들의 성격이나 경험도 다르기 때문에 우리 나라에서는 부모가 주체가 되어 딸을 위해 사위를 고르지 않으면 안 됩니다.

그렇다 해도 요즘처럼 일단 결혼부터 결정하고 그 뒤에 맞선을 보게 해서 결말을 지으려 하는 그런 경솔하기 그지없는 습관은 반드시 없어져야 합니다. 부모가 평소에 젊은 남자들과 교제를 해서 어디까지나 그 사람됨이 좋다는 것을 판별한 후에야 결혼을 결정하는 것입니다. 그렇게 부모가 고른 사람을 딸에게 소개해 주며 어떠냐고 물어봤을 때 딸도 전혀 이견이 없다면 그대로 이야기가 결정되는 것이지만, 딸이 제멋대로 이 사람이 좋다든가 저 사람에게 시집가고 싶다든가 하는 것은 건방지기 그지없는 태도입니다. 딸은 그저 부모가 고른 사람에 대해 좋다 싫다를 말할 뿐입니다. 절대로 스스로 나서서 고르려는 생각을 해서는 안 되지요. 왜냐하면 딸은 아직 연령으로나 경험으로나 좋은 사람을 고를 만한 식견이 없기 때문에 가장 식견이 뛰어난 사람에게 모든 것을 맡길 각오가 필요한 것입니다".

2. 맞는 사람과 맞지 않는 사람

"하지만 아가씨들 중에는 부모님이 두 분 다 계시지 않는 경우도 있지요. 친척들의 애물단지로 취급받는 경우도 있을 것입니다. 또는 아예 혼자 독립해서 살아가는 경우도 있겠지요. 비록 독립해서 혼자 살아간다 하더라도 자기 배우자를 고르는 일에는 인생의 경험이 가장 많은 어르신의 도움을 받지 않으면 안 됩니다. 자기 마음대로만 배우자를 결정하면 반드시 후회하게 될 일이 생기지요. 아주 현숙한 부인이라면 또 몰라도 젊은 아가씨들은 대체로 도리보다도 감정에 치우쳐 남편을 고르니 십중팔구는 큰 실수를 하게 됩니다. 우연히 제대로 된 사람을 골랐다 하더라도 그저 어쩌다가 걸린 행운에 지나지 않습니다. 젊은 아가씨는 스스로 남편을 고를 능력이 없다고 생각하는 편이 가장 좋습니다. 그 대신에 부모님이 추천해 주신 남자를 두고 선택을 망설일 때에는 잘 생각해 보고, 자기 입장에서 불만이 없다면 승낙해도 좋지만, 실은 마음에 들지 않으면서도 억지로 마음을 숨기고 부모님의 뜻에 복종해서는 안 됩니다.

남녀 간에는 생리적으로 맞고 맞지 않는 관계가 있습니다. 아무리 부모가 골라 준 남자가 결점이 없고 완벽한 사람이라 하더라도 생리적으로 서로 맞지 않는 관계라면 결코 딸의 마음이 움직일 수 없지요. 서로 맞지 않는데도 불구하고 억지로 결혼시키면 나중에 반드시 서로 불쾌한 감정을 느끼게 되어 가정이 불화하게 됩니다. 단 한 번 맞선으로 만나서 얼굴도 제대로 마주 보지 못하고 서로 대화도 거의 하지 못한 상황에서 어찌어찌하다가 결혼을 하게 되는 경우라면 생리상의 맞고 안 맞음을 알 수가 없지만, 부모를 통해 오래 교제를 하게 되어 자연히 자신도 그 사람과 몇 번 만나게 된다면 마음이 움직이는지 아닌지를 알 수 있게 됩니다. 스스로의 마음을 솔직하게 부모에게 털어놓는 것은 아무리 내성적인 아가씨라 해도 반드시 해야만 하는 일입니다. 그것이 바로 자신의 운을 스스로 만들어 가는 한 방법이지요. 그러나 자기 기분을 너무 앞세워서 스스로 좋아하는 남자를 찾아 나서는 것은 큰 실수의 원인이 됩니다.

마치 식재료로 요리를 만드는 것과 같아서, 생리상이나 위생상의 원칙을 무시하고 자기가 좋아하는 재료만 잔뜩 편식하게 되면 위가 나빠지게 됩니다. 대부분의 요리들은 모두 경험 많은 어른의 지도를 받아서 생리상으로도 위생상으로도 적절한 음식을 만들어 내지 않으면 안 됩니다. 하지만 요리에도 먹는 사람의 체질이나 위장의 상태에 따라 도저히 식욕이 들지 않는 요리들이 있지요. 굴의 영양분이 풍부하다고 해도 어떤 사람은 굴을 먹으면 반드시 가슴이 답답해진다고 하는 경우도 있습니다. 임신부들 중에서는 평소에는 좋아하던 음식을 갑자기 먹지 못하게 되는 일도 있지요. 그럴 때 싫은 음식을 억지로 먹이게 되면 역으로 몸을 해하게 됩니다. 그와 마찬가지로 아가씨가 남편을 고를 때에도 우선 경험 많은 어른이 적당한 후보자들을 골라 보이고 그중에서 고르는 것은 반드시 아가씨 자신의 마음에 따르지 않으면 안 됩니다.

그리고 또 하나, 남편감으로는 어떤 남자가 가장 좋은가 하는 문제는 대답하기가 어렵지요. 학자가 가장 좋다고 하는 사람들이 있는가 하면 군인이 가장 좋다고 하는 사람들도 있습니다. 공학자가 좋다고 하는 사람들이 있는가 하면 실업가 사위를 원하는 집도 있습니다. 이건 결코 어느 것이 더 좋다 할 수 없는 것입니다. 직업에 귀천이 없듯이 남편감으로도 어떤 사람이 더 좋다 나쁘다고 평할 수는 없는 것이지요. 때와 상황, 배우자에 대한 기대 등으로 인해 가정의 행복은 변하게 되는 것이지만 한 가지 모든 사람에게 적용되는 중요한 조건이 있습니다. 그건 다름 아닌 남자라면 남편이 되기 위한 각오를 가져야 한다는 것, 여자라면 아내가 되는 것에 대한 각오를 가져야 한다는 것입니다. 서로 각오가 되어 있는 사람을 고르는 것이 중요한 문제로, 이것이야말로 자신의 운을 스스로 만드는 데에 가장 큰 주안점입니다" 하며 자신 있게 자신의 이상을 설명한다.

3. 과거와 미래

다마에 아가씨는 나카가와의 말 중에서 이해하지 못한 점이 있어 "각오라는 말씀을 자주 하셨는데, 다른 사람의 남편이 되거나 아내가 되면서 그런 각오를 가지지 않는 사람도 있나요?" 나카가와 "넓은 천하에 그런 각오가 없는 사람들이 차고 넘쳐 납니다. 일시적인 각오는 있어도 영원한 각오는 거의 없지요. 남자가 아내를 얻으면 천하에 그 아내 외에는 달리 사랑할 여자가 없어야 합니다. 평생 다른 여자에게는 마음을 주지 않겠다고 각오한다면 후일 아내와 헤어지는 불상사는 일어나지 않게 되지요. 아내도 역시 그렇게 각오하고 있으면 남편에 대해 불평이나 불만이 생길 리가 없습니다. 한쪽이 각오를 가지고 있다 해도 상대편이 각오를 가지고 있지 않다면 부부의 애정은 성립하지 않습니다만 서로 각오를 가지고 그 각오의 범위 안에서 서로를 사랑하고 아껴 준다면 이 세상에 그 이상 행복한 일이 없습니다.

요즘 사람들은 자유라느니 자연이라느니 하는 잘못된 생각들을 가지고 각오나 범위 같은 것은 마치 자유와 자연을 제한하는 것인 듯 생각하지만, 각오가 없다면 그 누구도 안심하고 평화로운 삶을 살아갈 수 없습니다. 다다미 8조의 방이 내가 있어야 할 곳이라고 정하고 그 속에서 유유자적하겠다는 각오가 있으면 그 사람은 스스로 행복을 얻어 내지만, 8조는 너무 좁으니 10조로 하고 싶다든가, 10조라도 너무 좁으니 12조로 하고 싶다면서 어느 곳에서도 만족하지 못하고 욕망을 키워 가면 결국 1000조의 방이라 할지라도 만족하지 못하게 되어 버리고 맙니다.

행복은 어디에 있는 것인가 하면 스스로 자신의 삶에 만족하는 것에서 오는 것입니다. 또한 만족은 어디에서 오는 것인가 하면 자신의 각오의 범위를 지켜 나가는 것에서 오는 것입니다. 남편은 아내에게 만족하고 아내는 남편에게 만족하는 것이 행복입니다. 그런데 요즘의 부부들을 보십시오. 배우자끼리 서로 만족하면서 인간으로서 최고의 행복을 누리고 있는 사람들이 몇이나 됩니까? 결혼 전후에 일시적인 만족을 느끼는 사람들은 많이 있지마는 평생 영원한 만족을 느끼는 사람들은 거의 없습니다. 즉, 각오가 없는 사람들끼리 결합해 서로에 대해 불만을 느끼니까 가정의 행복이 이루어지지 못하는 것입니다.

가정의 행복이란 돈의 힘으로 이루어지는 것도 아니요, 재능이나 예술의 힘으로 이루어지는 것도 아니니, 전적으로 각오의 힘으로 이루어지는 것입니다. 세상의 부모들과 아가씨들이 사위 후보를 고를 때는 반드시 그 사람의 과거 이력을 묻습니다. 그 역시도 물론 필요한 것이기는 하지마는 남편감으로서의 자격은 과거의 경력보다는 미래에 대한 각오가 더 중요한 것입니다. 지금까지는 품행 방정한 신사였다고 보증한다 하지만, 그건 단지 돈이 없어서 지금까지 그렇게 보였던 것뿐이거나, 혹은 부모의 통제가 너무 엄격했다든가, 혹은 다른 제재가 있었다든가 하는 이유가 있었을지도 모릅니다. 즉, 수동적인 품행 방정이었다면 미래에도 품행 방정이라는 보증이 없다는 것입니다. 확고한 각오를 가지고 몸과 마음을 고결하게 지키고자 하는 각오가 없는 사람이라면 미래에 품행이 점점 흐트러져서 주(酒)도락이나 여(女)도락에 빠지지 않는다고 말할 수 없습니다.

실제 세상에는 그런 사람들이 많지요. 학교에 다닐 때는 아주 공부를 열심히 하는 사람이었다 해도, 실제로는 그저 경쟁에서 이기기 위해 공부했던 사람이라면 경쟁이 끝남과 동시에 공부도 끝납니다. 정말 공부가 좋아서 공부를 취미로 하는 사람이라면 언제까지나 공부를 계속하지요. 정직한 사람이라 해도 아직 부정직한 것을 몰라 정직한 사람일수도 있고, 친절한 사람이라 해도 단지 보상을 노리고 남에게 친절을 베푸는 사람일수도 있습니다. 여자를 보면 무의식적으로 친절하게 대하는 남자가 결혼을 해서 아내를 얻으면 의외로 아내에게는 매정하게 대하거나, 결혼 전까지는 아내 될 사람에게 다정하게 대해서 안심하고 결혼했더니 결혼하고 1, 2년이 지난 후에는 아내를 노비처럼 대하는 사람도 적지 않습니다. 중요한 것은 과거의 이력이 미래를 확실하게 보증해 주는 것이 아니고, 과거의 선행이 반드시 미래의 각오가 되는 것이 아니기에, 아가씨가 남편을 고를 때는 과거를 묻는 것과 동시에 미래에 대한 각오가 있는지도 중점을 두어 살펴보지 않으면 안 됩니다. 자신에게도 그런 각오가 있고, 배우자도 그런 각오가 있는 사람을 고른다면, 남녀 모두 스스로 자신의 운명을 행복하게 만드는 것이 가능해지겠지요" 하니 나카가와의 이런 생각도 하나의 논리를 이루고 있는 의견이다.

4. 은어의 맛

　너무도 어려운 이야기인지라 다마에 아가씨는 잘 이해하지 못하고 "나카가와 씨, 과연 말씀하신 내용은 틀림없지만 요즘 세상에서 어떻게 해야 그런 일이 가능할까요?" 나카가와 "거기에는 여러 가지 방법이 있지만 누구라도 그런 마음가짐을 가지고 있다면 자연히 좋은 방법이 떠오르게 되지요. 특히 당신의 집안은 좋은 집안으로 사회의 상류층에 속해 여러 사람들과 교제할 수 있으니, 아버님의 성향에 따라 당신을 위해 좋은 사윗감을 골라 주시는 것도 가능할 것입니다. 가능한 한 넓은 범위에서 사윗감을 모집하고, 또 가능한 한 시간을 들여 여유를 가지고 사윗감을 고르신다면 이 세상에서 보기 드문 최상의 사윗감이 나타나겠지요. 하하하하, 저도 당신 아버님께 이 이야기를 들려 드리고 싶군요. 그건 그렇고 저는 저번 연회에 대한 답례로 아버님을 여기로 초대해 저희 집에서 만든 요리를 대접해 드리고 싶습니다만, 아버님께서 이런 누추한 집까지 오시려고 하시겠습니까?" 다마에 "그런 일이라면 아주 기쁜 마음으로 알려 드리지요. 마침 아버님께서도 저희 집 부엌 개조에 대해 자세하게 상의드리고 싶으니 가까운 시일 내에 다시 만나고 싶다고 하셨어요. 초대를 받으면 무엇보다도 기쁘게 생각하실 거예요. 언제쯤 오시라고 말씀드리면 될까요? 아버님은 대개 한가하시니 나카가와 씨 사정에 맞게 말씀드리면 될 거예요". 나카가와 "그렇군요. 아직 날짜를 정하지는 않았습니다. 실은 보기 드문 귀한 요리를 대접해 드리고자 해서, 재료를 언제 구할 수 있는지에 따라 하루 전날 말씀드리고 그다음 날 오신다면 좋겠습니다만". 다마에 "네, 재료를 구하는 게 아주 어려운 모양이네요. 진귀한 요리라면 무엇보다도 기뻐하시겠지만 재료를 구하기가 그렇게 어려운가요?" 나카가와 "실은 좀 사정이 있는데, 요리 중 한 가지에 은어를 써서 요리해 볼까 합니다. 그런데 최상등품 은어를 구하는 게 아주 어렵더군요. 저는 옛날 고향에 있던 시절부터 낚시를 좋아해서 도쿄에 와서도 여름휴가 때는 매번 교외의 강가에 가서 은어 낚시를 하고 있습니다. 스스로 낚시를 해서 은어를 잡아 보니 점점 은어를 고르는 눈이 높아져서 어지간한 은어는 요리에 쓰지 않지요. 그 대신 어떤 재력가라도, 그 어떤 미식가라도 먹어 본 적이 없을 최상의 진미를 대접해 드리겠습니다. 대체로 은어의 맛은 잡히는 강에 따라 달라집니다. 다마가와(玉川)강[8]

---

8) 간토 지방을 흐르는 다마강(多摩川)의 별칭.

의 은어보다는 사가미강(相模川)9)의 은어가 상등품이고, 사가미강의 은어보다는 사카와강(酒匂川)10)의 은어가 한층 더 맛있지요. 또 같은 강이라도 잡는 장소에 따라 맛이 달라집니다. 다마가와강의 은어가 맛이 없다고 말씀드렸지만, 하무라(羽村)의 제방보다 위쪽으로 올라가면 흰코은어라 해서 아주 맛 좋은 은어가 있습니다. 사카와강의 은어도 본류보다는 지류에서 잡은 은어가 더 맛있지요.

어째서 장소에 따라 은어 맛이 달라지는가 하면 은어의 먹이가 되는 돌말류 수초의 종류와 양의 많고 적음이 다르기 때문입니다. 수초를 흔히 아카(アカ)라는 이름으로 부르는데, 아주 상등품은 극히 깨끗한 물속, 큰 돌들이 많이 있는 곳에 아주 면밀하고 부드럽게 예쁜 초록빛을 띠면서 돌 전체를 감싸며 돋아납니다. 저질 수초는 흔히 마구소아카(マグソアカ)라는 이름으로 부르는데 갈색의 수초가 나

---

9) 사가미강은 야마나시현에서 발원해 수도권을 지나 도쿄만까지 흐르는 강이다. 상류는 가쓰라가와(桂川)강, 하류는 바뉴강(馬入川)이라고 부르기도 한다. 은어가 많기로 유명해 예전에는 아유가와(鮎川)강이라고 부르기도 했다.

10) 후지산의 동쪽에서 발원해 하코네를 지나 사가미만으로 흘러가는 강이다.

지요. 상등의 수초를 많이 먹은 은어가 아니면 살에 지방이 너무 많아져서 맛이 없습니다. 그렇지만 상등의 수초가 나는 장소라 하더라도 3~4일 큰비가 계속 내리면 홍수가 나서 바위에 붙어 있던 수초가 떨어져 나가기 때문에 그 후 5~6일간 잡은 은어는 먹이를 잘 먹지 못해서 맛이 나빠지게 됩니다. 그렇지만 20일이고 한 달이고 맑은 날씨만 계속되면 강물의 양이 줄어들어서 은어가 살 공간이 좁아지는데 수초는 너무 길고 무성하게 자라나서 질겨지게 되니 그런 수초를 먹은 은어도 역시 맛이 좋지 않습니다. 수초도 채소와 마찬가지로 막 돋아난 어린잎이 가장 부드럽고 맛있기 때문에 그런 잎을 많이 먹은 은어가 가장 살이 잘 차올라 있고 맛있어서 어부들은 새로 난 수초를 신(新)아카라고 부릅니다. 일단 비가 한 번 내려서 오래된 수초가 쓸려 간 뒤 맑은 날이 5~6일 이어지면 신아카가 잔뜩 돋아납니다. 그걸 충분히 먹은 은어를 좋은 장소에서 잡아야 최상의 맛을 내는 은어가 되는 것이지만, 거기서도 오래 그 장소에서 머문 은어와 새로 들어온 은어는 맛이 다릅니다. 오래 있던 은어는 3~4일간 그 장소에 있으면서 신아카를 잔뜩 먹은 은어이고, 새로 들어온 은어는 다른 곳에서 먹이를 찾아 하루 이틀 전에 들어온 은어입니다. 노련한 어부는 한 번 보기만 해도 금방 이건 오래 있던 은어고 저건 새로 온 은어라고 골라냅니다. 색도 다르고 모양도 다르고 냄새도 다릅니다. 그러니 한마디로 어디 강의 은어라고 해도 언제 어디에서 잡았는가 하는 것을 감별하지 않으면 꽤나 맛이 달라집니다" 하니 식재료를 고를 때도 다른 것을 고를 때도 이같이 골라야 하는 것이다.

5. 은어 요리

　은어에 대한 강의를 펼치니 다마에 아가씨는 관심을 보이며 "어떤 물고기라도 혹은 그 어떤 채소라 할지라도 꼼꼼하게 따져서 맛을 보려고 하면 대부분 그 비슷하게 되지요". 나카가와 "말씀하신 그대로입니다. 강에 따라서 장소에 따라서 때에 따라서 맛이 달라지는 것뿐만이 아니라 생선을 잡는 방식에 따라서도 맛이 달라집니다. 그물로 고기를 잡으면 물고기가 고통스러워 몸부림치면서 강바닥의 모래를 먹게 되니 맛이 나빠지지요. 낚싯대로 고기를 잡는 방법도 있지만 며칠 굶은 물고기든 뭐든 아무거나 다 걸리게 되니 역시 맛이 좋지 않습니다. 모구리(潛り)라 해서 사람이 직접 물속에 잠수하면서 잡는 방식도 있지만, 이 방식도 굶은 물고기를 잡을 수 있다는 점에서 앞의 방법과 차이가 없습니다. 가장 좋은 방식은 도모즈리(友釣)라 해서, 살아 있는 은어에 실을 묶어 물속에 헤엄치게 놓아두면, 그걸 본 다른 은어가 쫓아와서 같이 낚시에 걸리게 됩니다. 이 방법은 은어가 먹이를 충분히 먹고 기분 좋은 상태가 되지 않으면 절대로 다른 은어를 보고 따라오지 않지요. 다시 말해, 살이 잘 오른 은어만 낚시에 걸리기 때문에, 먹이를 잘 먹지 못한 은어는 잡힐 리가 없습니다. 다른 방식으로 잡은

은어는 배를 갈라 보면 수초를 하나도 먹지 못한 은어도 있습니다. 비가 그친 뒤에는 수초가 하나도 없지요. 점점 수초들이 자라나기 시작하면 슬슬 도모즈리할 때가 되었다고 하면서 준비하기 시작합니다. 도모즈리로 잡은 은어는 배 속에 수초가 가득 들어 있지요. 특히 이전부터 그 자리에 살던 은어는 다른 곳에서 온 은어보다 더 많이 수초를 먹은 상태지요. 그러니 도모즈리로 잡은 은어가 아니고선 최상의 맛이 나지 않습니다. 또 아침에 잡은 은어를 어망에 담아 하루 종일 등에 지고 다닌 것과 저녁 무렵 잡아서 바로 요리한 것은 완전히 맛이 다릅니다. 그리고 요리법에 따라서도 맛이 달라지는 것은 물론, 은어의 종류에 따라 다른 요리법을 쓰지 않으면 안 되지요. 사카와강(酒匂川)의 은어는 푸른색이 나고 지방이 적으니, 초밥으로 만들거나 식초를 사용한 요리로 만들면 색이 변하지 않고 맛도 좋습니다. 사카와 강변의 야마기타 정류장(山北停車場)[11]이나 요시다지마(吉田島)[12]나 고우즈 정류장[13] 부근에서 파는

---

11) 현재는 가나가와현(神奈川県) 아시가라카미군(足柄上郡) 야마기타정(山北町) 지역이다.
12) 현재는 가나가와현 아시가라카미군 가이세이정(開成町) 요시다지마(吉田島) 지역이다.

은어 초밥이 유명한 것도 그런 까닭입니다. 그러나 사카와강의 은어가 부족해지면 바뉴강(馬入川)이나 가노강(狩野川)의 은어를 써서 만드니 그렇게 되면 이런저런 잡종 은어들이 섞이게 되지마는, 어쨌든 사카와강의 은어라면 초밥으로 만드는 게 어울리지요. 또한 수컷보다는 암컷이 더 좋습니다. 하지만 사카와강의 은어로 튀김을 한다거나 다른 요리를 만들게 되면 지방이 적고 뼈가 단단하니 그 맛은 저 멀리 하야카와(早川)강14)에서 잡은 은어만 못합니다. 저는 당신과 당신 아버님께서 최고의 은어를 드실 수 있도록 가까운 시일 안에 적당한 날을 골라 첫차를 타고 나가 제가 직접 낚시로 잡든가, 아니면 현지의 어부가 파는 가장 좋은 은어를 사 와서 향이 빠져나가지 않도록 등나무 잎으로 싼 걸 얼음 속에 담아 가지고 돌아와 그날 밤은 그대로 얼음 속에 두었다가 다음 날 잡수시게 하려고 합니다. 그리고 또 송아지의 시브레15)라고 하는 목구멍 부근의 극히 적은 양

---

13) 현재는 가나가와현 오다와라시(小田原市) 고우즈(国府津) 지역이다.

14) 하야카와강(早川)은 가나가와현 아시가라카미군과 오다와라시 부근을 지나는 강이다.

15) 시브레(シブレ)란 소의 흉선과 췌장 부근의 고기를 의미한다. 부드

이 나오는 부위가 있는데 미국에서는 스위트 브레드, 달콤한 빵이라고도 부르는 아주 귀한 고기를 요리에 사용할 생각입니다만, 이 고기는 정말 아주 귀한 고기라 송아지라고 해서 모두 나오는 고기가 아닙니다. 약 10마리의 송아지를 잡아서 대략 3인분의 요리가 될락 말락 한 양이 나오는 정도인지라 이 고기 역시 도축장에 특별히 부탁해 놓았습니다. 그 외에도 진귀한 요리들로만 대접해 드리고자 하니 준비가 되는 대로 초대해 드리겠습니다. 부디 아버님과 함께 오시길 바랍니다" 하니 아직 요리를 대접하기 전부터 설명이 대단하다. 그렇지만 진심을 다한 대접이라면 요리에 들어가는 재료를 아껴서는 안 되는 법이다.

* 송아지 고기는 소고기보다 부드럽고 맛이 좋다.
  본문에 나오는 시브레라는 부위 외에도 간단하게
  요리할 때에는 갈비의 뼈가 그대로 붙은 부분을 잘
  잘라 양면에 소금과 후추로 간을 하고 프라이
  냄비16)에 버터를 녹여 비프스테이크를 만들 때보다

러운 식감이 특징이다.

더 정성 들여 고기의 색이 모두 변할 때까지 굽는다.
이 요리를 비프촙이라고 한다. 여기에 어울리는
곁들이는 음식은 감자를 긴 막대 모양으로 썰어서
샐러드유에 잘 튀긴 뒤 소금과 후추를 뿌린 것으로,
고기와 함께 곁들여 먹으면 좋다.

* 송아지 고기 커틀릿은 허벅지 살을 2분[17], 폭 1촌[18]
정도로 썰어 소금과 후추로 간을 하고 밀가루 옷을
입혀서 계란노른자에 적신 뒤 빵가루를 묻혀서
샐러드유에 튀긴 것을 말한다. 곁들여 먹는
음식으로는 감자 한 근을 잘 삶아서 고운체에 비벼
갈아 낸 뒤, 버터 반 큰술, 우유 두 큰술, 소금 한
작은술의 비율로 섞어 불에 올리고 잘 저어 가며 만든
음식이 좋다. 이 음식을 매시드 포테이토라고 한다.

* 송아지 스튜는 허벅지 살을 1촌 크기로 깍둑썰기하고
버터를 프라이 냄비에 녹여서 고기를 넣고 강불로
모든 면을 구워 스튜 냄비에 넣은 뒤 브라운소스를

---

16) 프라이팬을 의미한다.
17) 약 6밀리미터다.
18) 1분(分)은 약 3밀리미터, 1촌(寸)은 약 3센티미터다.

더해 1시간 정도 약불에서 끓인다. 브라운소스는 버터 1컵을 프라이 냄비에 넣고 여기에 밀가루 1컵을 더해서 밀가루가 어두운 색이 될 때까지 볶은 뒤, 셰리주 1큰술, 육수 1홉[19]을 넣고 소금과 후추로 간을 해서 만든 것이다. 곁들이는 음식으로는 삶은 감자와 당근을 고기 스튜와 함께 내면 좋다.

* 송아지 프리카세[20]는 허벅지 살 1근을 물 1홉에 넣어 40분간 끓인 뒤 6등분 정도로 잘라 놓고, 버터 1큰술, 밀가루 1컵, 우유 1홉으로 만든 화이트소스에 달걀노른자 2개를 넣어 재빨리 휘저은 뒤, 소금과 후추로 간을 해서 아까 썰어 놓은 고기를 넣고 약불에서 20분간 끓인 요리다.

* 송아지 등심구이는 설로인이라고 하는 뼈가 붙은 2근 정도의 고기에 소금과 후추로 간을 해서 오븐용

---

19) 1홉(合)은 약 180밀리리터다.
20) 프리카세(fricassée)는 고기를 잘게 썰어 강불에서 빠르게 볶아 낸 뒤 우유로 만든 화이트소스인 베샤멜소스 등을 넣어 만드는 프랑스 음식이다. 보통 닭고기를 쓰지만, 송아지 고기나 양고기를 사용해 만들기도 하며, 지역에 따라 생선, 조개, 돼지고기, 쇠고기를 넣어 만들기도 한다.

철판에 놓고 고기 주변에 양파 1개, 당근 1개를 잘게 썰어 곁들인 뒤 고기 위에는 버터 1큰술을 올리고 육수 1큰술을 뿌려 1시간 정도 구워 낸 것이다. 그러나 10분마다 철판을 꺼내어 고기에서 나온 육수를 숟가락으로 담아 고기 위에 다시 끼얹어야 한다. 다 되었으면 그릇에 담고 철판에 남은 육수는 버터 반 큰술 육수 1큰술과 소금, 후추를 넣어 철판 그대로 불에 올려 잠시 끓인 뒤 고기 위에 붓는다. 따로 감자를 잘 삶아서 물기를 제거하고 냄비째로 불에 올려 소금과 후추를 더해 10분 정도 으깨 주면 곁들일 음식이 된다. 이것을 보일드 포테이토라고 한다.

6. 파리 잡는 사람

나카가와 남매의 노력으로 십수 일 뒤 드디어 마음을 다한 진수성찬이 차려지게 되었다. 히로우미 자작은 다마에 아가씨와 함께 초대를 받고 나카가와의 집으로 간다. 고야마 부부도 초대를 받았지만 다른 용무가 있다면서 초대를 거절했고, 이웃집의 오하라도 바로 전날까지는 참석하겠다고 했다가 당일 아침에 이르러 오사카에서 전보가 도착해 부모님과 백부, 백모가 도쿄로 돌아온다는 소식을 듣게 되어 오다이 아가씨로부터 외출을 금지당했기에 참석할 수 없었다. 이로써 나카가와 집에서 열린 식사 모임은 참석자가 적어 쓸쓸하게 되었지만, 한편으로 히로우미 자작은 다른 사람들 없이 식사하게 되었다는 것에 은근히 좋아하는 마음도 있었다. 집주인 나카가와는 비록 마음속에 품은 큰 포부는 다른 사람에게 뒤떨어지지 않지마는 아직 서생 시절의 궁색함이 남아 있기에, 귀족 작위까지 가진 상류층 인사를 집에까지 초대하는 것은 처음인지라 어쩐지 마음이 불편하고 걱정되어 이런저런 변명을 하며 "어르신, 이런 좁고 누추한 곳에 오시는 것은 아마 처음이시겠지요. 여러 가지로 불편하실 것이라 생각합니다. 더구나 저는 세상 사람들의 집은 잘도 문제점을 찾아 공격하는 주제에 자기 집은 보시는 바와 같이 여기저기 문제투성이입니다. 집 자체도 세를 얻어 빌린 집인지라 어찌할 방도가 없습니다. 부디 부족한 부분들은 너그럽게 봐 주시고 오늘은 천천히 놀다 가십시오" 하니 이전의 자신만만함은 어디로 가고 오늘 다시 보니 방석의 더러운 부분들이 더욱 눈에 띄고 다다미의 탄 자국이 평소보다 더 크게 느껴진다. 히로우미 자작은 집주인의 사양하는 태도가 안쓰러워 "아니, 나카가와 군, 절대 그런 말 말게나. 자네와 아주 어울리는 집이 아닌가? 남양 제갈공명의 초가집인가, 서촉 자운의 정자인가, 이 이상 좋은 삶이 있단 말인가? 하는 옛 구절[21]도 있지 않은가? 거기다 청소를 아주 말끔하게 해서 매우 깨끗해 보이네. 특히 여기는 파리가 없어서 아주 좋군. 우리 집은 집 바로 옆

---

21) 당나라의 시인 유우석(劉禹錫)이 지은 〈누실명(陋室銘)〉이라는 시에 나오는 구절이다. 본문에서 히로우미 자작이 인용한 부분의 원문은 다음과 같다.
남양 제갈량의 초가집이나
서촉 양자운(양웅)의 정자와 같으니
공자께서도 이르시기를
"군자가 거처함에 무슨 누추함이 있을까"라고 하셨다.
南陽諸葛廬 西蜀子雲亭
孔子云 何陋之有

에 말을 키우고 있기 때문인지 파리가 많이 나온다네. 파리가 없으니 무엇보다 기분이 좋군" 하며 은근히 부러워하는 것은 그저 듣기 좋으라고 하는 말만은 아니다. 나카가와는 이 말을 듣고 조금 용기를 내어 "아니, 히로우미 자작님, 이 집에도 파리가 꽤나 많습니다. 여기 좀 보시지요. 천정에는 저렇게 죽은 파리들이 검은깨처럼 붙어 있지요. 그렇지만 파리라는 것은 위생상 매우 좋지 않아서 전염병의 매개가 되고 음식이 부패하는 원인이 되니, 부엌의 큰 적이라 할 수 있습니다. 때문에 매일 파리들을 정벌하고 있지요. 저는 세상의 집들이 정원에 잡초가 돋아나면 정원사를 불러서 잡초를 뽑게 하면서도 어째서 부엌을 위해서는 파리 잡는 사람을 고용하지 않는 것인가 하고 의문스럽게 생각합니다. 정원의 잡초는 직접적으로 위생에 해가 되지 않지만, 파리는 방심하면 바로 음식 위로 날아오지요. 내쫓는다고 해도 그때뿐으로 좀처럼 사라지지 않습니다. 쓰레기장에 앉아서 부패한 쓰레기의 균을 묻힌 파리가 그대로 갓 만든 음식에 앉으니 그 해로움, 즉 유해 세균을 그대로 가져오는 것이지요. 거기다 알을 낳기도 하니 그 알이 부화하면 구더기가 됩니다. 그러니 파리만큼 불결한 것이 없지요. 위생을 중요시하는 사람은 정원의 잡초보다도 먼저 부엌의 파리를 없애야 한다고 생각합니다". 히로우미 자작 "과연, 그 말이 맞는군. 그러나 방석 위의 파리라면 파리채를 써서라도 잡겠지만 부엌의 파리는 좀처럼 잡기 어렵지 않은가? 특히 우리 집 부엌은 자네가 비판한 대로 구식이고 불결하고 어두우니 파리가 낙원이라 생각하고 마음 놓고 번식하고 있다네. 도저히 사람의 힘으로는 다 잡을 수가 없어". 나카가와 "그렇다고 해서 잡지 않고 그대로 두면 더욱 많아지지요. 파리도 잡다 포기하면 나중에는 눈 뜨고 볼 수 없을 정도로 많아집니다. 파리도 처음부터 확실히 잡고 매일 청소하면 그렇게 많이 번식하지 못합니다. 밖에서 날아와서 집에서 알을 낳는 것이니 10일이고 20일이고 잡지 않으면 알을 낳아 두세 마리가 나중에는 수천 마리로 늘어납니다". 히로우미 자작 "그 말은 틀림이 없지만 파리 잡는 사람을 고용해서 하루 이틀 잡는다 해도 우리 집의 파리는 그렇게 간단히 없어지지 않는다네. 그렇지 않으냐, 다마에야?" 다마에 아가씨 "정말 우리 집 파리는 곤란해요". 나카가와는 웃으면서 "저를 파리잡이로 써 주시면 하룻밤 만에 다 잡아 드리지요" 하는 기묘한 말을 한다.

7. 파리잡이 통

　파리는 많은 사람들을 괴롭히는 문제. 히로우미 자작은 기묘한 말을 듣고 놀라 "나카가와 군, 단 하룻밤 만에 부엌의 모든 파리들을 다 잡을 수만 있다면야 아무리 높은 가격이라 해도 기꺼이 지불할 생각이 있네만, 도대체 어떤 방법으로 잡는다는 건가?" 나카가와 "네, 특별한 비법은 없습니다. 일단 시험 삼아 한번 두고 보시지요. 잡는 방법이란 다름 아닌 석유를 이용해 밤에 파리를 잡는 것입니다. 약간만 시험해 보고 싶으시다면 작은 앞 접시나 작은 대야에 아주 질이 나쁜 석유를 넣고 밤에 천장에 붙어 있는 파리들 밑에 가져다 댑니다. 초여름에는 2~3촌[22] 정도 떨어진 거리에서도 파리가 석유 냄새에 자다가 눈을 떠서 그대로 석유 속에 떨어져 죽고 말지요. 기둥에 붙어 있는 파리도 밑에 석유가 든 작은 접시를 가져다 놓으면 하나둘씩 떨어집니다. 낮에는 파리가 돌아다니니 잡기 어렵고 석유 접시를 가져가도 도망가 버리기 때문에 밤이 되어서 파리들이 모두 천

---

22) 약 6~9센티미터다.

장에 모여 있을 때만 이 방법으로 잡을 수 있습니다. 그렇지만 접시를 천장에 가져다 대려면 받침대를 쓰지 않으면 안 되어서 저희 집에서는 파리 잡는 통을 사 놓았습니다. 오토와야, 거기 파리 잡는 통을 좀 가져와 보렴. 어르신, 이것은 제가 발명한 것인데 깊이가 2촌 정도 되는 양철통에 그 통을 빙글빙글 돌릴 수 있게 하는 연결 부위를 접합해서 다시 그것을 긴 봉에 연결합니다. 이렇게 하면 누구라도 높은 천장까지 통을 가져다 댈 수 있지요. 이 통에 아주 질이 나쁘고 냄새가 역한 석유를 넣고 천장에 들어 올려 한 바퀴 돌면 한 방의 파리는 10분도 걸리지 않아 다 잡을 수 있습니다. 그렇지만 밤이 아니면 안 됩니다. 같은 방법으로 모기도 잡을 수 있고 집 밖의 벌레들도 잡을 수 있습니다. 석유는 강한 살충제입니다. 하수구나 도랑에 흘려보내 두면 장구벌레를 잡을 수 있기 때문에 모기가 발생하지 않습니다. 쌀벌레를 무라라고 부르는 질 나쁜 석유로 잡기도 하지요. 두더지가 정원의 흙을 파헤쳐서 곤란할 때는 정원의 사방에 석유를 뿌려 두면 두더지가 절대로 정원으로 들어오지 못합니다. 철이나 놋쇠로 된 그릇을 닦을 때도 석유로 닦으면 깨끗해지는 등 이래저래 쓸모가 많은 물건입니다. 이 파리잡이 통 하나만 있으면 부엌에서도 응접실에서도 파리를 얼마든지 다 잡을 수 있습니다. 낮에 밖에서 날아들어 온다 해도 매일 밤 조금씩 잡으면 결코 아주 많은 수로

불어나는 일이 없지요. 수가 많아지는 것은 집 안에서 알을 낳기 때문입니다. 쓰레기장 같은 곳에도 가끔씩 석유를 뿌려 두면 파리가 알을 낳지 못하지요. 파리는 음식의 가장 큰 적이기 때문에 어르신 댁에서도 이 파리 잡는 통을 하나 마련하시는 것이 좋습니다. 이걸로 파리를 잡을 때는 추운 밤일수록 더욱 효과가 좋습니다. 추우면 파리가 잘 날지 못하게 되기 때문이지요. 가을이 되면 세간에서 말하는 가을 파리가 많이 나오는데 그런 파리들도 석유를 가져다 대면 잡을 수 있습니다". 히로우미 자작 "당장 그렇게 하도록 하겠네. 과연 이제부터는 누구라도 천장에 있는 파리를 잡을 수 있겠군. 이런, 저 구석에 파리 한 마리가 있군. 시험 삼아 잡아 보지 않겠나?" 나카가와 "한번 잡아 보시지요. 낮이라 해도 재빠르게 그릇을 가져다 대면 잡을 수 있습니다. 오토와야 여기에 석유를 조금 담아 오너라" 하면서 갑자기 파리 잡기가 시작된다. 히로우미 자작은 긴 봉에 달린 파리통으로 파리를 잡으며 "실로 신기한 물건이구먼. 파리 밑에 양철통을 재빨리 가져다 대면 그대로 파리가 툭 하고 떨어져 죽어 버리니 말이야. 이것만 있으면 하룻밤에 부엌에 있는 파리를 다 잡을 수 있겠어". 나카가와 "그렇지만 석유가 들어 있기 때문에 램프 밑에서 실수로 통에 든 석유를 쏟아 화재가 나지 않도록 주의하셔야 합니다. 파리뿐만이 아닙니다. 더운 밤에는 이런저런 벌레들이 집 안으로 날아와 천장에 붙어 버리니 석유로 잡는 것이 가장 좋습니다. 저런, 저쪽 기둥에도 파리가 한 마리 있군요. 저것도 잡아 보시지요". 히로우미 자작 "과연…… 이런, 도망갔군. 아, 천장에 붙었다. 자 간다, 이렇게 밑에서부터 들어 올리면, 바로 떨어지게 되지" 하니 당당한 귀족께서 흥에 겨워 파리 잡는 사람이 되고 만다.

* 파리 잡는 기계는 초여름부터 가을이 끝날 때까지 사용하면 확실하게 효과를 볼 수 있다. 한여름에 파리가 너무 많아지면 대나무나 나무로 만든 봉을 2척[23] 정도의 길이로 잘라 끈끈이를 전체적으로 발라서 천장에서 3척[24] 정도 떨어진 높이로 올려 세워 두면 효과를 볼 수 있다.

---

23) 약 60센티미터다.
24) 약 90센티미터다.

8. 하등 요리

 사람이 지혜를 발휘하면 비록 생각을 어지럽히는 마음속의 파리는 쫓기 어렵다 하더라도 제 천장에 붙은 파리쯤은 모두 잡을 수 있는 것이다. 히로우미 자작은 파리 잡기를 끝내고 자리로 돌아와 앉으며 "하하하, 재미있었네. 나카가와 군, 이렇게 해 보니 뭐든지 연구를 하기만 하면 불가능한 일은 없겠구먼. 안 된다고 단념하고 연구하지 않으면 아무것도 할 수 없지. 즉, 사람에게는 연구하고자 하는 마음이야말로 가장 중요한 것이 아니겠는가? 요리도 이와 같아서 나는 지금까지 매일 서양 요릿집에서 2~3품 정도 배달시켜 먹고 있었네만, 어떻게 이런 요리를 만들었을까 하고 궁금해해 본 적도 없었네. 그런데 다마에가 가정 요리를 배우면서 처음으로 집에서도 서양 요리를 만들게 되었고, 그다음부터 지금까지 아무 생각 없이 먹었던 음식들에 대해 이건 이러저러하게 만들었겠다, 저건 나쁜 버터를 사용한 것이니 마음에 들지 않는구나 하는 등 점점 음식의 맛에 대해서도 알아 가게 되었네. 그 대신 곤란해진 것은 맛을 알게 되면서 눈을 뜨게 되어 지금까지는 맛있다고 생각했던 서양 요릿집의 요리들이 요즘에는 통 마음에 들지 않게 되어 먹으려 해도 도저히 식욕이 나지 않게 되었다네.

서양 요리도 가정에서 만드는 것이 훨씬 맛있게 만들어지더군" 하니 자작도 미식에 대해 알게 되었음이다. 나카가와는 고개를 끄덕이면서 "말씀하신 그대로입니다. 가정 요리를 매일 드시면 음식점의 요리들은 도저히 먹을 수 없게 되지요. 서양에서도 음식점의 요리, 즉 레스토랑의 요리라고 하면 독신자나 노동자들이 정말 배고플 때 어쩔 수 없이 먹는 요리라서 맛도 영양도 없는 최하등의 요리로 취급받습니다. 중등 요리가 호텔의 요리들인데 신분이 높은 손님들이 머무는 경우도 많으니 요리에 대해서는 많이 신경을 쓰는 편이지만, 그렇다 해도 호텔 요리 역시 대부분은 손님들이 여행지니까 별수 없으니 참으면서 먹는 경우가 많습니다. 최상등의 요리라고 한다면 어느 나라에서도 가정 요리를 최상등으로 꼽으니 자기 집에서 자유롭게 요리한 요리만큼 맛있는 것은 없기 때문입니다. 우리 나라도 이와 같기는 하지만 우리 나라는 서양의 나라들과는 조금 사정이 달라 음식점의 요리는 한층 더 하등의 요리가 나오지요. 그건 전적으로 손님이 그렇게 만들어 달라고 하기 때문인데, 고깃덩어리가 작으니 더 크게 잘라 달라고 불평을 말한다든가, 상등의 버터를 내면 반 근 정도를 그냥 핥아서 먹어버리고, 비프스테이크를 내오면 덜 익었다고 하면서 다시 구워 달라 하는 형편이니, 음식점 주인이 상등의 음식을 팔고자 해도, 요리사가 실력을 발휘하고자 해도, 손님이 허락

해 주지 않습니다. 고기가 잔뜩 들어간 값싼 요리가 아니면 손님이 만족하지 않지요. 대개 요즘 음식점들에서는 일본 요리보다 서양 요리가 값싼 경우가 더 많습니다. 교바시 근처의 사람이 어느 날 일본 요릿집에 들어가 식사를 할 때 맞은편의 요리사에게 적당한 음식을 만들도록 맡기면 한 사람당 2엔[25] 정도 들지요. 음식점의 여종업원에게 30전에서 50전[26] 정도 수고비를 건네기라도 하면 한 번 식사하는 데 2엔 50전[27]이나 듭니다. 그런데 서양 요릿집에 가면 1엔[28]만 내도 호화롭게 식사할 수 있고 1엔 이상 드는 서양 요릿집에 가면 한 번에 다 먹지 못할 정도로 많은 음식이 나옵니다. 시중드는 남자에게 10전 정도 수고비를 챙겨 준다 하더라도 1엔 10전[29]이면 되지요. 그런데 요즘 사람들은 일본 요릿집에 가면 여종업원에게 30전도 50전도 아까워하지 않고 챙겨 주면서 서양 요릿집에 가면 급사에게 10전짜리 하나 주는 것도 아까워하는 사람들이 아직도 많이

---

25) 현재 가치로 약 1만 엔 정도다.
26) 현재 가치로 약 1500~2500엔 정도다.
27) 현재 가치로 약 12500엔 정도다.
28) 현재 가치로 약 5000엔 정도다.
29) 현재 가치로 약 5500엔 정도다.

있는 모양입니다. 대여섯 명이서 일본 요릿집에 가면 "이보게, 이걸 계산하는 사람에게 가져다주게나" 하면서 2엔도 3엔도 흔쾌히 얹어 주는 주제에 서양 요릿집에 가서 오늘 수프는 특별히 맛있었으니까 하면서 50전 은화를 급사에게 주는 사람은 없지요. 즉, 일본식 요릿집에 가면 체면 때문에 사치스럽게 행동하지 않으면 안 되니까 통 크게 인심을 쓰지만, 서양 요릿집에 가면 가능한 한 돈을 아끼려고 하는 것이 당연하게 되어 있습니다. 이런 상황이니 서양 요릿집이 발전하지 못하고 요리사에게 좋은 실력이 있더라도 손님에게 제한당해 싸구려 음식만 잔뜩 만들고 있습니다. 맛도 영양도 아무것도 없지요. 두세 곳 특별한 가게만 빼놓고 다른 서양 요릿집의 요리들은 가장 하등의 요리라 할 수 있습니다". 히로우미 자작 "하하하, 내가 바로 지금까지 그런 하등의 음식을 맛있다고 먹어 온 것이라네."

9. 중등 요리

  히로우미 자작은 다시 궁금해져서 "서양 요릿집의 요리가 하등이라면 중등 요리는 어떤 것인가?" 나카가와 "우리나라 역시도 호텔의 요리가 중등 요리라 할 수 있습니다. 호텔에는 외국인이 숙박하게 되니 고기만 잔뜩 들어간 야만적인 요리는 나오지 않지요. 더욱이 지방의 호텔에서는 외국인이 빵이 맛이 없어서 그 대신 소다 비스킷을 먹었다는 말도 있는 모양이지만, 도시의 호텔들에서는 음식에 꽤나 신경을 씁니다. 지방에 있는 호텔이라도 하코네에 있는 후지산야 호텔같이 요리가 맛있기로 유명한 호텔도 있습니다. 그렇지만 호텔은 결국 매상을 신경 쓰지 않을 수 없기 때문에 가정 요리처럼 먹는 사람을 배려한 요리는 나오지 않지요. 호텔 요리사라 해도, 서양 요릿집의 요리사라 해도, 가정 요리를 만드는 사람처럼 정성을 다하는 사람은 없다고 말해도 무방합니다. 손님이 주문하면 정성을 다해 만드는 요리사도 있기는 할 것입니다. 그러나 매상에 발목을 잡히고, 음식점 주인의 압력에 이런저런 제한이 생기고, 손님의 무신경함에 억눌려서 상등의 요리를 만들 수 없게 되는 것입니다. 그러니 최상등의 요리라 한다면 가정 요리로 한정된다고 할 수 있으니, 서양 요리의 진수는 상등의 가정 요리에서 찾을 수 있는 것입니다. 우리 같은 평범한 가정에서는 생활비의 제한이 있어 언제나 비싼 식재료로 음식을 만들 수는 없지만, 어르신같이 그래도 일본의 귀족이라는 분께서 서양 요릿집이나 호텔의 요리에 만족하신다면 우리 나라의 요리법은 진보할 수가 없습니다. 오늘은 제가 어르신을 대접하는 자리이니 모든 음식은 최상등의 가정 요리만으로 차려 올리겠습니다". 자작 "그건 무엇보다 고마운 말씀일세. 모처럼 먹는 진수성찬이라도 그 가치를 모른 채 먹는다면 맛을 알 수 없게 되지. 전체적으로 가정 요리와 호텔 요리, 요릿집의 요리는 어떤 차이가 있는가?" 나카가와 "거기에는 큰 차이점들이 있습니다. 먼저 수프를 예로 들면 같은 수프라도 보통 서양 요릿집의 수프는 소금물을 마시는 것 같은 느낌으로 맛도 없고 영양도 없지요. 그게 왜 그렇게 맛이 없는 것인가 하면 두세 곳 정도 특별한 가게들을 빼놓고는 대부분의 가게들이 소의 브리스킷이라든가 이치보 같은 고기 한 근에 한 되의 물을 넣고 2시간 정도 끓여서 냅니다. 거기에 채소를 넣고 간을 해서 건더기는 건져 내고 손님에게 내는 것이다 보니 거의 소금물이나 마찬가지지요. 수프에서 건져 낸 고기는 얇게 저며서 콜드미트 요리로 내든가, 혹은 잘게 다져서 크로켓을 만든다든지 해서 여러 가지로 변형합니다. 즉, 고기 하나가 수프용도 됐다가 다른 요리로도 만들어지니 두 번 사용하는 것이지요. 그런 수프의 맛과 향기는 진짜 수프라 할 수 없습니다. 호텔의 수프라면 꽤나 이것저것 잡고기를 섞어서 만듭니다만, 일단 만드는 방식은 수프 레시피를 따르고 있지요. 즉, 소의 뼈가 붙은 다리 살이 수프용으로는 가장 좋은 고기이기 때문에, 그 고기를 잘게 잘라서 뼈와 함께 약 2되 반[30]의 고기에 5홉[31] 정도로 물을 넣고, 물이 끓기 시작하면 처음에 떠오르는 거품을 몇 번이고 떠서 버린 다음에 양파 1개에 당근 2개, 샐러리를 약간 넣고 소금을 아주 살짝 넣어서 냄비의 뚜껑을 덮은 후 다시 약불로 4시간 정도 끓입니다. 불이 너무 세면 졸아드니 안 됩니다. 5홉의 물이 2홉[32] 정도로 줄어들었을 때 건더기를 건져 곱게 간 다음 다시 천으로 싸서 즙을 짭니다. 그릇 위에 흰 거름 천을 깔고 그 위에 건더기를 갈아서 놓은 뒤 천으로 싸서 짜면 한 번 짤 때 두 번 걸러 낸 효과가 나지요. 거기에 소금과 후추로 간을 해서 한 번 더 건더기를 넣고 끓여 내는 것이 보통의 수프입니다. 그런데 가정 요리의 수프는 여러 가지

---

30) 1되는 약 1.8리터로, 2되 반은 약 4.5리터다.
31) 약 900밀리리터다.
32) 약 360밀리리터다.

레시피가 있지만 공통적으로 어떤 수프든 대개 이틀 정도 끓여서 만듭니다. 전날에 아까 말씀드린 재료를 넣고 끓이는 것인데, 뼈는 발라내고 연골도 제거합니다. 연골이 들어가면 수프 맛이 떨어지지요. 이 연골은 마루본이라고 해서 맛있는 요리를 만들 수 있답니다. 지금처럼 잘 끓여서 만든 수프를 걸러서 하룻밤 찬 곳에 두면 니코고리[33]가 됩니다. 다음 날 니코고리 위에 뜬 기름을 깨끗하게 걷어 내고 양파와 당근, 샐러리를 넣은 뒤 달걀 1개를 풀어서 넣고 저어 가면서 약한 불에서 뚜껑은 덮지 말고 1시간 정도 끓이면 투명한 수프가 됩니다. 거기에 간을 해서 내는 것이 가정 요리로 만든 상등 수프로, 건더기는 넣지 않습니다". 자작 "꽤나 손이 많이 가는군. 그런데 오늘은 그런 수프를 먹게 되는 건가?" 나카가와 "아니요. 오늘 대접할 수프는 그것보다도 더 상등의 수프입니다".

---

[33] 니코고리(凝り)란 젤라틴이 많은 생선이나 고기 등의 국물을 졸이고 식혀 굳힌 것이다.

10. 상등 요리

    수프를 만드는 법에는 한계가 없다. 다마에 아가씨는 나카가와의 말을 듣고 신기하다 여겨 "수프에도 여러 가지 종류가 있네요. 다른 요리들도 그런 품질의 구분이 있나요?" 나카가와 "물론 있고말고요. 예를 들어 비프스테이크라고 하면 서양 요릿집에서는 로스라고 하는 등심 부위를 두껍게 7~8분[34] 길이로 잘라 헷토(ヘット)[35]를 바른 팬에 양면을 구운 것입니다. 그래서야 비프스테이크의 진짜 맛이 날 리가 없지요. 호텔에서 파는 것은 약 1촌[36] 두께로 잘라서 버터를 두른 팬에 구운 것이니 맛이 약간 더 좋습니다. 가정 요리로 만든 상등 요리는 우둔살이나 안심을 약 1촌 5분[37] 두께로 잘라 만듭니다. 두께도 1촌 5분, 길이도 1촌 5분이니, 마치 네모나게 자른 두부 같은 모양이 되지요.

---

34) 약 21~24밀리미터다.
35) 소의 지방을 요리용으로 쓰기 위해 정제해 굳힌 것을 의미한다. 어원은 독일어로 지방을 의미하는 페트(Fett)에서 비롯했다.
36) 약 3센티미터다.
37) 약 3.15센티미터다.

그걸 샐러드유와 서양 식초, 소금, 후추를 섞은 것에 4시간 정도 재워 두고 양면에 버터를 발라 철판에서 굽습니다. 그렇게 몇 번씩 버터를 바르고 다시 굽는 것을 반복해서 다 구워지면 신선한 버터를 올려서 내는 것입니다만, 고기 굽는 방법이 아주 어려워서 요리하는 사람의 실력이 그대로 드러나는 것이 바로 이 비프스테이크 요리입니다. 다른 복잡한 요리는 만드는 것이 힘들어도 다 만들면 만든 사람의 결점은 잘 드러나지 않는데, 비프스테이크의 맛은 만든 사람의 실력이 그대로 드러나서 요리하는 사람에게는 가장 어려운 요리이지요. 마치 조각가가 꽃이나 풍경을 조각하는 것은 쉽게 할 수 있어도, 거의 아무것도 안 걸친 스모 선수를 조각하는 것이 가장 어렵다고 하는 것과 비슷하지요". 다마에 아가씨 "어머, 그런 것인가요? 어쩐지 공부를 위해 선생님께 비프스테이크 만드는 법을 알려 달라고 부탁드려도 나중에 실력이 더 늘면 가르쳐 주시겠다 하셨어요. 저는 비프스테이크쯤이야 아무것도 아니라고 생각하고 있었는데 오히려 가장 어려운 요리였군요". 나카가와 "비프스테이크를 잘 구울 수 있게 된다면 요리 공부의 졸업증서를 얻는 것이나 마찬가지지요. 아가씨께서도 그렇게 서두르시면 오히려 맛있는 비프스테이크는 만들지 못한답니다". 다마에 아가씨 "커틀릿 같은 것은 어떤가요? 그것도 상등과 하등의 구분이 있나요?" 나카가와 "커틀릿도 서양 요릿집에서 파는 것은 일단 한 번 데쳐서 소금과 후추를 뿌려 밀가루에 굴린 뒤 계란 노른자와 흰자를 함께 푼 계란물에 적셔 다시 빵가루를 묻힌 것을 헷토로 튀긴 것입니다. 하등의 서양 요릿집에서는 계란 물에 맹물을 섞어서 달걀 한 개로 50인분의 커틀릿을 만들기도 하지요. 곁들이는 요리도 당근이나 감자 정도고요. 호텔 요리에서는 닭고기를 달걀노른자에 묻혀 일단 한 번 헷토로 튀겨 낸 뒤 버터로 다시 한번 튀겨서 해콩 같은 것을 곁들여서 냅니다. 가정 요리로 만든 커틀릿은 닭고기나 소고기라면 고기 분쇄기에 넣고 곱게 갈아서 달걀과 빵과 너트메그와 소금 후추를 더해 뭉친 것을 밀가루에 굴리고 노른자를 묻혀 빵가루를 입혀서 만듭니다만, 서양의 가정에서는 보통 양고기로 만듭니다. 머튼 춉이라고 해서 양의 등심을 얇게 잘라서 만들지요. 또 송아지 고기를 곱게 다져서 거위 간 통조림과 섞어 그걸 양고기의 겉 부분에 둥글게 붙여 밀가루를 묻히고 계란 물에 적신 후, 신선한 빵으로 만든 빵가루를 묻혀 좋은 버터로 바삭하게 튀겨 냅니다. 곁들이는 음식으로는 상등의 프랑스 콩 같은 것에 셰리 소스를 얹어 냅니다. 셰리 소스는 버터를 프라이 냄비에 거의 탈 정도로 볶은 뒤에 셰리주를 붓고 소금과 후추로 간을 한 소스입니다". 다마에 아가씨 "아, 꽤나 정성스러운 요리군요. 크로켓 같은 것도 그렇게 질이 다를까요?" 나카가와 "다르고말고요. 서양 요릿집의 요리는 수프의 건더기 고기 같은 것이나 심지어는 손님이 먹다 남긴 고기를 브라운소스, 즉 전에 가르쳐 드렸던 어두운 색의 소스에 담갔다가 소금과 후추로 간을 해서 밀가루와 달걀옷, 빵가루를 입혀 헷토로 튀겨 냅니다. 호텔은 냉동육을 잘게 썰어서 달걀노른자 푼 물에 담갔다가 소스를 넣고 오래 익혀서 그걸 그대로 다시 계란 물에 담갔다가 빵가루를 묻혀 버터로 튀겨 냅니다. 가정 요리의 방식으로 하면 닭고기의 생고기를 고기 분쇄기로 갈고, 거기에 거위 간 통조림을 더해, 전에 가르쳐 드린 화이트소스에 프랑스 송로버섯, 즉 트뤼플과 서양 버섯, 즉 양송이버섯을 잘게 잘라 넣은 뒤 아까의 닭고기를 섞어 소금과 후추로 간을 해서 오래 끓인 후 하룻밤 차가운 곳에 놔둡니다. 다음 날이 되면 자연히 진짜 맛이 올라오게 되니 밀가루와 달걀 물을 묻혀서 둥글게 빚어, 신선한 빵가루를 묻혀 철망 위에 놓고 튀겨 내는데 서툴게 튀기면 동그란 튀김이 부서지기 때문에 잘 튀기기가 아주 어렵지요. 이렇게 만든 상등의 크로켓은 전날 준비해 놓은 상등의 토마토소스를 얹어 냅니다". 히로우미 자작 "그런 크로켓은 어떤 요릿집에서도 사 먹을 수가 없겠군" 하면서 새삼스레 가정 요리의 가치를 깨닫는다.

11. 다시마 수프

  이런 이야기들을 하는 중에 만찬 시간이 되어 나카가와 네 집 특유의 긴 식탁이 손님들 앞에 차려진다. 나이프와 포크, 스푼도 예의 삼나무 젓가락과 함께 나란히 놓였다. 오토와 아가씨는 오늘의 만찬을 오하라에게 맛보여 주지 못하게 된 것이 못내 마음에 걸려 "저, 오빠. 고야마 씨 부부도 오하라 씨도 오늘은 오시지 못하셨어요. 고야마 부부는 며칠 전에 급한 볼일이 생겼다는 전갈이 있었지만 오하라 씨는 오늘 아침까지도 여기 오시겠다고 하셔서 요리도 다 차려 놓았는데 마침 부모님들께서 도쿄로 돌아오시게 되어 참 아쉬워요" 하니 마음속으로는 한시도 오하라를 잊지 않는다. 나카가와 역시도 오하라가 오지 못한 것을 아쉬워하는 마음이었는데 갑자기 밖에서부터 들려오는 오하라의 목소리 "나카가와 군, 오늘은 크게 실례했네. 히로우미 자작님께서도 와 계시겠지. 나는 지금부터 신바시 정거장에 마중을 나가지 않으면 안 되네. 히로우미 자작님께 나 대신 인사 전해 주게나" 하며 격자문 밖에서 크게 이야기한다. 나카가와는 현관으로 나가서 "잠깐이라도 올라오게나. 기차는 몇 시인가? 7시 40분이라면 아직 시간은 한참 남은 것이 아닌가?" 오하라 "음… 시간은 충분히 있지만 오다이가 어찌나 보채던지 그대로 집을 나와 버렸네". 나카가와 "그럼 잠깐 올라왔다 가게나. 지금 마침 요리가 나오려던 참일세. 먹고 가도 기차 시간에 늦지 않을 거야. 정 시간이 안 되면 먹다가 도중에 나가도 상관없네. 자네 몫도 이미 만들어 두었어. 오토와가 자네에게 대접하지 못하게 된 것을 못내 섭섭하게 생각한다네" 하며 권하는 오빠의 등 뒤로 오토와 아가씨가 나타나 "오하라 씨, 부디 올라오세요" 하고 오빠의 말에 작게 한마디 더할 뿐이지만 권하는 마음의 간절함은 오빠보다 더하다. 오하라는 요리가 나온다는 말에 발길을 옮길 수가 없고, 거기에 오토와 아가씨의 진심 어린 말이 자신을 붙잡는 듯이 느껴져서 "그럼 잠시만 실례하도록 하겠네. 히로우미 자작님께도 저번 만찬의 감사 인사를 드려야 하니" 하는 또 다른 핑계를 대고 그대로 나카가와네 집 안으로 들어가 버린다. 오하라가 자작과 인사를 나누는 사이 오토와 아가씨는 바쁘게 오하라의 자리를 준비하는 동시에 첫 번째 요리를 가져오며 좌중의 사람들에게 권한다. 그러나 자작과 다마에는 쉽사리 다시 자리에 앉지 못한다. 오하라는 고개를 흔들면서 "나는 늦어지면 곤란하니까". 나카가와 "뭐 아직은 괜찮지 않나. 한 접시나 두 접시 정도 먹고 가게. 오늘 요리는 아주 진귀한 요리일세. 처음에 나온 요리가 뭔지 알겠는가?" 오하라 "전혀 모르겠는걸. 묘한 음식인데?" 나카가와 "그건 캐비어 카나페라는 음식일세". 오하라 "그게 뭔가?" 나카가와 "즉, 러시아산 철갑상어의 알이지. 통조림 캐비어에 레몬즙을 약간 뿌려서 빵 위에 올리고 주변에 레몬을 잘라 곁들인 거야". 오하라 "과연, 처음 보는 음식이군. 이거 맛있는데?" 하면서 우걱우걱 먹기 시작한다. 캐비어에 이어서 오토와 아가씨가 커피 잔에 수프를 담아 온다. 히로우미 자작은 수프를 먹으면서 "과연, 이건 아주 좋은 수프로군. 아까 말한 수프와는 다른 수프인가?" 나카가와 "다릅니다. 이건 요즘 새롭게 만들어 낸 다시마 수프인데, 진하게 우린 다시마 국물을 70퍼센트 정도, 아까 말씀드린 상등의 소고기 수프를 30퍼센트 정도 넣고 만든 것입니다. 아직 아무 데서도 먹을 수 없는 수프지요. 하지만 이건 제가 발명해 낸 수프는 아닙니다. 미국 공사관에서 7년 동안 일하고 가정 요리에도 정통한 가토 마쓰지로(加藤桝次郎)라는 사람이 일본의 식재료를 서양 요리에 응용하고자 고심한 결과 만들어 낸 신메뉴입니다. 다시마는 매번 제가 말씀드린 대로 섬유질의 소화를 돕는 효능이 크고 맛도 아주 좋습니다만 아직 서양인들은 다시마의 맛을 잘 모르지요. 이후로는 이 다시마 수프를 세계 각국에 퍼뜨릴 생각입니다" 하는 나카가와의 의지는 어떤 일에나 세계적이다.

* 다시마 수프를 만드는 다시마는 상등의 과자 다시마(菓子昆布)라는 종류로, 아주 두꺼운 다시마로만 만들 수 있다.

* 소금 다시마라는 요리가 있다. 그것은 가위로 다시마를 3분[38] 정도의 길이로 사각형이 되게 잘라서 간장을 많이 넣고 약불에서 2시간 정도 졸이며 점점 불의 세기를 낮춰, 마지막에는 약간의 소금을 뿌려 만드는 요리다. 아침 밥상에 소금 다시마를 두세 장 정도 밥 위에 얹고 찻물을 부어서 먹으면 다시마가 부드러워지고 맛도 좋아진다.

* 다시마 튀김은 다시마를 길이 1촌[39], 폭 5분[40] 정도로 잘라 한가운데를 갈라서 기름에 넣고 바삭해질 때까지 튀긴 뒤, 간장과 간 무를 곁들여 먹는 요리인데, 밥 위에 얹어 먹으려면 소금이나 간장을 더해 찻물을 부어서 오차즈케로 만들어 먹어도 맛있다.

---

[38] 약 15밀리미터다.
[39] 약 3센티미터다.
[40] 약 15밀리미터다.

12. 닭고기 수프 (1)

첫 요리로 나온 수프에서 새로운 맛을 느낀 손님은 계속해서 두 번째 수프의 맛을 본다. 오하라 미쓰루, 불만이 가득한 얼굴로 나카가와를 보며 "나카가와 군, 서양 요리에서 수프를 두 번 내는 경우도 있는가?" 나카가와 "있고말고, 일본 요리에서도 2즙 3채라는 개념이 있지 않은가? 아까 낸 수프는 맑은 수프이고 이번에 내는 수프는 진한 수프일세". 오하라 "과연, 확실히 색이 진하군. 맛도 아주 좋아. 이건 무슨 수프인가?" 나카가와 "그건 풀레 아 라 렌(Poulet a la reine)41)이라고 하는 수프지". 오하라 "그런 묘한 이름으로 알려 주면 더욱더 모르겠어. 뭐랑 뭐가 들어가 있는 건가?" 나카가와 "하하하, 잘 모르겠지? 그건 프랑스식으로

---

41) 풀레 아 라 렌(Poulet a la reine)은 직역하면 여왕을 위한 닭고기 요리라는 뜻이다. 본문에서는 닭고기 수프로 소개하고 있지만, 현대에 풀레 아 라 렌은 1953년 엘리자베스 2세의 즉위식을 기념하기 위해 영국에서 카레 가루와 허브, 기타 향신료와 마요네즈를 닭고기 살과 함께 버무린 샐러드 요리로 만들어져 그 의미가 변화한 뒤, 지금까지도 이러한 샐러드 요리를 지칭하는 이름으로 통용되고 있다. 영국식으로 대관식 닭고기(Coronation chicken)라고 불리기도 한다.

이삼일간 만들어서 숙성시킨 수프에 200~300몬메[42] 정도 나가는 수탉을 그대로 넣어서 소금을 아주 약간만 뿌리고 1시간 정도 끓인 것이네. 그다음에 닭고기를 꺼내서 뼈와 살을 발라 질 좋은 부위의 살코기만 손절구에 빻아서 곱게 갈아 만든 것이네만, 닭고기를 곱게 갈면 아직 남아 있던 뼈가 부스러지게 되지. 서양식으로 금속으로 된 도구로 고기를 갈면 바로 뼈가 부스러져서 안 돼. 역시 일본식으로 고운체에 비벼서 만드는 게 좋지. 상등 가정 요리식으로 만들면 닭고기든 소고기든 일단 한 번 고기를 다 갈아서 요리에 사용하니까 입에 들어가면 바로 풀어져서 녹아들게 돼. 소화가 잘되고 흡수도 잘되니 영양적으로도 가장 좋은 방법이야. 이야기가 옆길로 새고 말았네만, 두 번째 나온 수프 속에는 흰 쌀을 5작[43] 정도 넣어서 죽처럼 될 때까지 약불에서 오랫동안 익혔네만, 이것 역시도 그냥 내는 게 아니라 걸러서 갈아 내지. 거기에 따로 준비해 둔 상등의 수프에다가 닭고기 완자 7에 쌀 3 정도의 비율로 넣고 소금과 후추를 더해 우유를 5작 정도 넣어서 걸쭉해질 때까지 끓

---

42) 1몬메는 약 3.75그램이다.
43) 1작(勺)은 약 18밀리리터다.

이지. 막 내오기 직전에 신선한 크림을 1홉[44] 정도 넣은 것이 바로 이 수프야. 아주 상등의 수프라고". 오하라 "놀랍군. 나 같은 사람이 이런 음식을 먹으면 놀라서 입이 돌아갈지도 모르겠어. 그런데 정말 맛있네. 조금쯤 입이 돌아간다고 해도 먹지 않고는 못 배기겠어. 아하하, 히로우미 자작님은 귀족이시니 이런 수프 정도는 매일 드시고 계시겠지요?" 자작 "아니, 천만의 말씀. 나 같은 사람은 요릿집의 요리를 최상의 요리라고 착각하고 있었을 정도니까". 나카가와가 말을 이어받아 "그런데 자작님, 저번에 뵈었을 때 보니 댁에는 훌륭한 검은 자동차가 있고 운전수도 한 사람 있는 모양이더군요. 매일 출근을 하셔야 하는 것도 아니신 데다가 걸음도 아직 정정하신데 자동차나 운전수를 위해 매달 30~40엔[45]을 쓰시는 것은 무슨 이유에서입니까? 저는 요즘 세상 사람들을 보면 특별히 일이 없어도 자동차를 타는 사람들이 많다는 것을 알게 되었습니다. 위생상의 문제로 봐도 자동차를 타는 것보다 걷는 것이 운동도 되고 더 좋지요. 운동을 하고 음식을 먹으면 맛도 더 좋아지고

---

44) 약 180밀리리터다.

45) 현재 가치로 약 15만~20만 엔 정도다.

소화도 더 잘됩니다. 요즘의 이른바 신사들이 운전수를 위해 쓰는 돈을 식사에 쓰게 된다면 중류층에 속한 사람이라도 매일 상등의 가정 요리를 먹을 수 있습니다. 그 외에도 술자리에 나간다든가, 게이샤를 부른다든가 하는 무용 무익한 사치를 하지 않으면, 일본인의 경제 수준으로도 충분히 상등의 식사를 할 수 있습니다. 즉, 가정 요리를 진보시켜도 생활비가 늘어나는 것은 아니라는 것이지요. 생활비에서 들어가는 항목을 바꾸는 것뿐입니다. 요즘 세상에는 신사라는 사람이 터벅터벅 스스로 걸어 다니면 보기 좋지 않다고들 하는데, 그건 사회가 잘못된 탓으로 사회가 조금 더 진보한다면 오히려 아니, 저 사람은 딱히 일도 없는데 굳이 차를 타고 다니면서 건강을 해치고 있군. 어쩌면 병에 걸려서 이미 제대로 못 걷는 게 아니야? 하는 식으로 생각하게 될 테지요. 손목에 금시계를 여봐란 듯 걸치고 있어도 집에서는 비위생적이고 야만적인 식사를 하고 있다면 그것이야말로 꼴불견이라고 할 수 있겠습니다. 부디 제 말을 이해해 주시고 실천해 주시면 좋겠습니다"라고 열중해 이야기하는 틈에 수프 그릇은 어느새 다 치워지고 벌써 다른 그릇이 손님들 앞에 놓이니 "오빠, 은어 요리가 식겠어요" 하며 오빠를 말리는 오토와 아가씨.

* 닭고기 수프는 닭고기를 뼈와 함께 잘라 300몬메[46] 정도의 닭 한 마리에 4홉[47]의 물의 비율로 강불에서 끓이면서 위에 떠오르는 거품을 걷어 내며 다시 양파 1개 당근 2개, 약간의 소금을 넣고 약 2시간 정도 약불에서 끓인다. 그 외에는 본문에서 언급한 방식과 동일하다.

* 닭고기 구이의 남은 뼈나 고기는 전부 모아 채소와 함께 오래 끓여서 수프를 만들면 다른 요리를 만들 때 육수로 써도 좋고 그대로 수프로 먹어도 좋다.

* 모든 수프는 강불에서 끓이면 너무 진해지기 때문에 약불에서 오랫동안 끓인다. 약불에서 오래 끓인 수프는 맛이 너무 강해지지 않는다.

---

46) 약 1125그램.

47) 약 720밀리리터.

13. 은어와 송아지

 은어 요리야말로 오늘 집주인이 심혈을 기울인 것이다. 그 맛은 보통 먹는 그저 그런 은어의 맛과는 비교할 수 없으니 히로우미 자작은 점잖게 한 입 먹어 보고 가만히 고개를 끄덕거리며 "나카가와 군, 나 역시 은어를 좋아해 다양한 나라의 방식으로 만든 은어 요리들을 먹어 보았지만, 이렇게 맛있는 은어는 처음일세. 요리 방법도 특별하지만 은어 자체의 맛이 아주 각별하군" 하고 적잖이 감동받은 모습. 나카가와도 그 말을 듣고 평소보다도 더 콧대가 높아지며 "그야 제가 어제 직접 기차를 타고 먼 곳까지 가서 가장 좋은 은어를 잡아 온 것이니까요. 은어에 대한 강의는 이전에 다마에 아가씨에게 말씀드린 적이 있습니다만, 어제 아주 운 좋게 최상의 은어를 잡을 수 있었습니다". 다마에 아가씨도 은어의 맛을 칭찬하며 "이건 어떻게 요리하신 건가요?" 나카가와 "그건 우유 1큰술에 밀가루 2큰술, 달걀노른자 2개를 섞어 소금과 후추로 간을 하고 잘게 자른 파슬리를 섞은 뒤, 아까 쓰고 남은 달걀의 흰자를 접시를 뒤집어도 떨어지지 않을 만큼 단단하게 거품을 내서, 재료들에 같이 섞어 튀김옷을 만든 거지요. 은어에 그 튀김옷을 입혀 샐러드유에 튀긴 것입니다만 처음에는 약불에서 오래 튀기다가 다 익어서 막 꺼내기 직전에 불을 강하게 해서 튀기지 않으면 튀김옷이 이렇게 잘 부풀지 않습니다. 튀김은 우선 신문지 위에 올려서 기름을 잘 제거한 다음에 접시에 올리지요. 이런 식으로 만든 튀김옷은 다른 생선으로 튀김을 만들어도 맛있고, 소고기를 아주 얇게 저며서 이 튀김옷으로 튀겨도 맛있고, 가지를 잘라서 물속에 30분 두었다가 깨끗한 행주로 물기를 다 제거하고 이 옷을 입혀 튀겨도 맛있고, 마찬가지로 오이의 수분을 잘 빼서 튀겨도 맛있고, 월과(白瓜)를 수분을 제거하고 튀겨도 맛있는데, 이런 튀김 요리에는 화이트소스를 곁들여서 먹으면 맛있습니다. 또 빵을 우유에 담가서 설탕을 뿌린 것에 이 튀김옷을 입혀 튀겨도 맛있고, 사과나 바나나를 튀겨도 맛있습니다. 새우 같은 것은 상등의 방법으로 만들자면 고기 분쇄기에 넣고 잘 갈아서 달걀노른자와 빵가루를 묻혀서 튀깁니다만, 간단히 만들자면 튀김옷 없이 그냥 새우 살을 바로 튀겨도 맛있습니다" 하니 요리법 하나를 잘 알면 다른 요리에도 응용이 가능하다. 은어 요리 다음으로 나온 것은 이 또한 진미의 송아지 요리. 나카가와는 하나하나 설명을 하면서 "어르신, 이건 송아지 열 마리 중에서 세 마리 정도밖에 나오지 않는 시브레라고 하는 부위로 만든 요리입니다. 송아지의 목 부근에 있는 부드러운 고기인데, 15분 정도 물에 끓여서 다시 찬물에 15분 담가 두고, 그동안 철망에 상등의 신선한 버터를 잘 발라 두었다가 고기를 올려 바삭바삭하게 구운 것입니다. 따로 아주 얇게 잘라 버터로 구운 빵을 준비해, 그 위에 고기를 올린 뒤 다시 냄비에 녹인 버터를 부어 준 것이 바로 이 시브레 오 코로톤[48]이라는 요리이지요" 하니 히로우미 자작도 오하라도 그저 놀랍기만 해 이런 진미를 맛보는 중에 계속해서 나오는 생선 요리. 다마에 아가씨는 그 요리가 뭔지 알기에 "나카가와 씨, 이번 요리는 생선으로 만든 케저리[49]군요". 나카가와 "케저리 만드는 법을 기억하고 계십니까? 어떻게 만드는 요리인지 한번 말씀해 보시지요". 다마에 아가씨 "네. 이건 도미나 농어나 벤자리 같은 생선에 소금을 뿌려서 좀 둔 뒤에 끓는 물에 데쳐서 살만 잘게 발라내 삶은 달걀을 잘게 부순 것과 섞은 다음에 그 재료 7에 쌀 3의 비율로 포크로 잘 섞은 후 프라

---

[48] 시브레라는 단어 자체가 영어의 스위트 브레드를 일본어로 옮기는 과정에서 생겨난 것이다. 또한 오 코로톤이란 부르고뉴 지방의 코로톤 와인을 사용했다는 의미가 되는데, 아마도 저자가 착각해 잘못된 음식 이름을 실었던 것으로 보인다. 본문에서 말하는 송아지 요리는 프랑스어로 팡 오 리 드 보(Pain au ris de veau)라고 한다.

[49] 케저리(Kedgeree)는 인도 요리의 영향을 받아 만들어진 영국 요리다. 발라낸 생선 살(주로 대구)을 찐 쌀, 파슬리, 삶은 달걀, 카레 가루, 버터, 크림 등과 섞어서 볶아 낸 요리다.

이 냄비에 버터를 넣고 아까의 섞은 재료들을 잘 볶아 내요. 그다음에 우유를 살짝살짝 부어 가면서 파슬리를 잘게 잘라 넣고, 소금과 후추로 간을 한 뒤 적당하게 굳으면 양철 그릇에 넣어서 위를 평평하게 다지고 그 위에 녹인 버터를 얹은 뒤 빵가루를 솔솔 뿌려서 덴피50)에서 20분 정도 구워 내지요". 나카가와 "네. 그런 식으로 만드는 요리지만 오늘은 더 상등의 방법으로 만들어서 데친 도미 살과 새우살을 더해 만들었습니다. 이 요리는 혹시 덴피가 없는 집이라면 그냥 쪄서 만들어도 괜찮습니다. 생선으로 만드는 상등 요리지요" 하니 생선의 요리법도 연구하고자 하면 끝이 없는 것이다. 그 누가 생선은 그저 찌거나 굽는 것 외에는 요리법이 없다는 말을 입에 담았던가?

* 은어 요리는 본문에 나온 방법 외에 또 다른 방법이 있다. 그것은 신선한 은어에 소금과 후추, 샐러드유를 뿌려서 철판 위에 올려 덴피에 넣고 약

---

50) 덴피(テンピ, 天火)란 난로 위에 올리는 철제로 된 사각형의 상자 같은 조리 도구로 오븐이 없는 집에서는 난로 위에 덴피를 올리고 그 덴피 위에 조리할 음식을 넣어 구워 내는 식으로 사용했다.

15분간 강불로 생선을 구운 뒤 생선을 꺼내고 남은 육수에 버터를 녹여 그 소스를 아까의 생선구이 위에 뿌려서 먹는 것이다.

* 그릴로 만드는 방법은 생선의 양면에 소금과 후추를 뿌려 철망에 올린 뒤 강불에서 몇 번이고 버터를 생선 위에 녹여 가며 굽는 것이다.
* 케즈리가 남으면 다음 날 크로켓으로 만들어서 먹어도 맛있다.

14. 병아리

　맛있는 음식들을 먹다 보니 오하라는 점점 우물쭈물 눌러앉아 있으면서 시간이 흘러가는 것을 원망스럽게 생각하는 마음이 생겨 "아, 이제 정말 서두르지 않으면 늦어 버릴 것 같아. 하지만 진귀한 음식들만 나오는 바람에 선뜻 자리를 뜨지 못했네. 우와, 이번에 나온 요리는 아주 기묘한 요리군그래". 나카가와 "이 요리도 우리 나라에서는 좀처럼 먹기 힘든 요리인데, 태어난 지 얼마 안 된 병아리로 만든 요리일세. 프랑스의 서쪽 지방에서는 아주 별미로 유명한 요리지만, 우리 나라에서는 병아리 고기를 얻기가 힘드니 보기 어렵지. 하지만 요즘에는 미국에서 들여온 신식 부화기를 이용해 부화하니, 옛날처럼 달걀을 부화하기 위해서 온도계로 온도를 확인해 가며 수고할 필요가 없어졌다네. 자동 온도 조절기가 달려 있어서 아무것도 모르는 사람이라도 조금만 연습해 보면 달걀을 부화할 수 있게 되었기에 요즘 서양에서는 그 기계로 집집마다 자주 이 요리를 먹게 되었다네. 이건 막 알을 깨고 나온 병아리일세. 아직 세상의 먹이를 하나도 먹지 않은 순수한 상태지. 그저 달걀의 성분만이 변화해 만들어진 병아리인 거야. 21일 전까지는 달걀이었더랬지. 그래서 달걀의 흰자가 병아리의 몸이 되고, 노른자가 영양분이 된 진보한 달걀의 형태를 먹는 것이라 해도 좋아. 다만 병아리는 머리에도 몸에도 털이 나 있으니 털은 제거하고 배를 갈라 내장을 꺼내는데, 이때 어려운 것은 서툴게 내장을 잡아떼면 거기에 연결된 달걀의 노른자 부분이 같이 딸려 나오지. 노른자는 병아리의 영양분이 되는 부분이라 흰자가 병아리의 몸이 되고 노른자는 그 병아리에 영양분을 공급하는 역할이야. 병아리가 되었어도 아직 노른자는 반 정도 몸속에 남아 있으니 병아리는 태어나서 이삼일간은 아무것도 먹지 않아도 괜찮다네. 그런 노른자를 내장과 함께 제거해 버리면 노른자 없는 달걀을 먹는 것이나 마찬가지인 셈이니 맛도 떨어지고 영양분도 줄어들게 되지. 이 노른자를 훼손하지 않고 요리하는 것이 기술인데, 요령 있게 내장만 잘 제거한 뒤에 병아리의 두 다리를 서로 꼬아 묶고 덴피에서 로스구이로 구운 뒤 케이스라고 하는 종이로 만든 그릇에 담아내는 건데, 맛도 영양도 달걀을 그냥 먹는 것보다 좋으니 서양 사람들은 이 요리를 환자에게 자주 먹인다네. 부드러운 것으로 말하자면 살도 뼈도 입 속에 들어가 녹아내릴 정도지. 자네가 먹어 보면 또 씹는 맛이 없다고 할지도 몰라. 아하하하" 하는 설명을 들으니 오하라보다도 히로우미 자작이 더욱 신기하게 여겨 "나카가와 군, 그 신식 부화기만 있으면 우리 집에서도 이 요리를 해 먹을 수 있는 건가?" 나카가와 "네. 되고

말고요. 한번 시험 삼아 해 보시죠. 닭이든 집오리든 메추리든 제비든 뭐든 알을 낳는 것이라면 부화할 수 있습니다. 달걀 50개가 들어가는 기계가 30엔[51] 정도 하지요. 알을 부화하기만 하는 것이라면 조금 연습하면 누구나 할 수 있지만 병아리를 잘 기르는 것은 더 까다로워서 병아리를 기르기 위해서는 가모기(仮母器)라는 기계가 또 필요하고 아울러 모이의 양과 영양, 전염병 예방 등 여러 가지로 손이 가게 됩니다. 하지만 상류 사회 부인의 소양으로 말하자면 재미도 있고, 이익도 나고, 기르다 보면 저절로 육아의 비결을 깨닫는 경우도 있어서, 서양 부인들 사이에서는 크게 유행하고 있다고 하지요. 여자아이들의 놀이로서 달걀을 부화해 병아리로 만들고 다시 병아리를 길러 닭으로 키우는 것은 고상하고 우아한 즐거움을 알게 하고 자연과 과학에 대한 지식도 알게 합니다. 유젠(友禅)[52] 기모노를 한 벌 살 돈으로 신식 부화기를 하나 사서 딸에게 선물로 주는 부모는 별로 없지요. 다마에 아가씨, 아버님께 한번 부탁을

---

[51] 현재 가치로 약 15만 엔 정도다.
[52] 유젠(友禅)은 일본의 전통 염색 기법 중 하나로, 유젠 방식으로 복잡한 모양을 다양한 색상으로 그려서 염색한 기모노는 현대에도 고가에 판매되고 있다.

드려서 달걀 50개들이 부화기 하나를 장만해 보시지요". 다마에 아가씨 "네. 듣고 보니 저도 병아리를 부화해 보고 싶네요". 아버지인 자작도 가만히 듣고만 있지 않고 "어서 사 놓도록 하자꾸나. 병아리 요리를 먹는 것만으로도 얼마나 맛있는지 모르겠구나" 하니 가정에 속속 신식 기술과 풍조가 들어오고 있음이다.

15. 닭의 구입

 닭에 대한 이야기를 하다 보니 문득 다마에 아가씨의 마음속에 떠오르는 생각이 있어 "나카가와 씨, 저희 집에서는 죽은 닭을 사 와서 요리를 하면 닭에서 냄새가 나니까 가끔씩 하인을 양계장으로 보내서 살아 있는 닭을 직접 사 와서 잡아 요리를 하곤 해요. 하지만 그래도 좀처럼 맛이 좋은 고기를 살 수가 없어요. 어떻게 하면 좋은 고기를 살 수 있나요?" 하고 물어보니 가정 요리에 관심을 가지게 되면 다른 일들에도 주의를 기울이게 되는 것이다. 나카가와는 좋은 질문이라 생각하고 고개를 끄덕거리면서 "그건 먼저 닭 고르는 법을 아셔야 합니다. 어린 닭이 아니면 맛도 영양도 좋지 않다는 것은 당연한 것이지만, 350몬메[53] 이하의 닭이라면 수탉을 고르는 것이 더 좋습니다. 그보다 더 큰 닭은 암탉을 사셔야 합니다. 세간에서는 간단하게 암탉이 더 좋다고들 하지만, 병아리 요리를 위해서는 수컷이 더 좋습니다. 더 자세하게 말씀드리자면 닭에는 고기를 위한

---

53) 약 1.3킬로그램.

육용계가 여러 종류 있어서, 그걸 하나하나 다 따지는 것은 어렵습니다만, 전문가가 아닌 사람들을 위해 간단하게 설명드리자면, 어떤 종류든 발이 노란색인 닭이면 육용으로 맛이 좋습니다. 노란색이 진하면 진할수록 상등품입니다. 식재료에 정통한 서양 부인들은 살아 있는 닭이든 죽은 고기든 발이 노란 닭이 아니면 사지 않습니다. 또 가슴 부분에 손을 대 봐서 가슴살이 둥그렇게 부풀어 있는 닭이 아니면 안 됩니다. 가슴에 손을 대어 봐서 가슴이 둥그렇게 부풀어 있고 더 아랫부분에 손을 대 보면 갈비뼈 중앙에 돌출된 부분이 있어서 그 부분이 부드러우면 그게 영계라는 증거입니다. 같은 350몬메 닭고기라도 노계의 발톱을 잘라내고 인두로 지져서 영계라고 속여 파는 경우도 많으니 속아 넘어가서는 안 됩니다. 영계만이 갈비뼈 부분이 돌출되어 있고 그 부분을 만져 보면 부드럽습니다. 노계가 되면 점점 그 부분이 가라앉아 둥그렇게 주저앉으면서 딱딱해지지요. 그 대신 가슴살이 돌출되어 나오게 됩니다. 가슴살이 둥그렇게 부풀어 있고 갈비뼈의 돌출 부분이 부드럽다면 그건 반드시 영계입니다. 또 다른 한 가지 방법으로는 닭의 허리 부분에 손을 가져다 대서, 말로 하긴 좀 그렇습니다만, 항문에 거의 가까이 닿을락 말락 하는 부분을 살펴보지 않으면 안 됩니다. 항문이 잘 닫혀 있다면 건강한 닭이지만 항문이 힘없이 풀려 있다면 병든 닭입니다. 지방 변성이나 수종증 같은 병에 걸린 닭이 많이 있습니다만, 그러면 반드시 항문이 풀려서 바닥으로 떨어질 것처럼 밑으로 처지게 되지요. 아가씨께서 옷을 사실 때도 기모노의 옷감이 좋은지 나쁜지, 염색이 잘됐는지 아닌지 자세하게 확인해 보고 구입하시지요? 하물며 사람의 입에 들어가는 식재료를 구입하는 데는 더욱 신중하게 따져 보고 구입하지 않으면 안 됩니다. 요리에서 가장 중요한 것은 좋은 재료를 선택하는 것입니다. 같은 재료를 산다고 해도 사는 방식에 따라 그 질은 크게 차이가 납니다. 예를 들어 같은 닭고기를 산다고 해도 아침에 산 닭고기와 저녁에 산 닭고기는 크게 차이가 나지요". 다마에 아가씨 "어머, 아침에 산 닭과 저녁에 산 닭의 무게가 크게 차이 나나요?" 나카가와 "네. 아주 크게 차이 나지요. 닭고기는 저녁에 사서는 안 됩니다. 아침 일찍 6시 정도에 사야 하지요. 아침에는 아직 모이를 먹지 않았으니 350몬메라고 하면 순수하게 고기 무게로만 350몬메지만, 저녁에는 모이를 잔뜩 먹은 뒤가 되지요. 큰 닭이면 보통 하루에 백미로 2홉[54] 정도 먹게 되는데 백미 2홉은 80몬메[55] 정도지요. 그리고 물도 많이 마신 뒤

---

54) 약 360밀리리터.

라서 똥으로 나가는 것을 빼더라도 아침과 저녁 사이에 100몬메[56] 정도 차이가 납니다. 하지만 닭에게 백미를 사료로 주는 경우는 거의 없지요. 대부분 밀기울이나 겨를 모이로 주는데 그러면 3홉[57] 정도 먹게 됩니다. 그러니 아침에는 500몬메[58] 나가던 닭이 저녁이 되면 600몬메[59]나 나가게 되지요. 300~400몬메 정도 나가는 닭도 아침과 저녁 사이에 70~80몬메 정도 차이가 나게 됩니다. 이것도 보통의 경우가 그렇지요. 만약 닭 주인이 닭을 자투리 고기용으로 판다고 하면 판 다음의 뒷일은 자기와 관계없으니 닭의 부리를 망가뜨려서 일부러 모래를 잔뜩 먹이고 물도 잔뜩 먹여서 팝니다. 그렇게 되면 120에서 130몬메[60] 정도 차이가 나지요. 그래서 닭고기를 사용해서 장사하는 상인들은 잘라 팔기 시장이라는 시장에서 닭을 삽니다. 즉, 닭의 위를 잘라 내고 무게를 재는 시장에서 고기를 사지요. 아가씨

55) 약 300그램.
56) 약 375그램.
57) 약 540밀리리터.
58) 약 1.8킬로그램.
59) 약 2.25킬로그램.
60) 약 450~490그램.

가 350몬메의 닭을 사셨다면 아마 그건 사실 270~280몬메[61] 정도밖에 나가지 않는 닭일 겁니다. 나머지는 전부 위에 남은 음식물이나 내장에 남은 배설물이지요. 하하하" 하고 자세한 사정을 들으니 다마에 아가씨도 놀라서 "어머, 어쩜…".

* 병사한 닭고기 중에서는 눈에 물기가 맺혀 있고 살이 보라색이거나 혹은 보라색 반점이 있기도 하고 항문에서 악취가 나거나 변이 새어 나오는 경우도 있다.

* 닭고기가 신선한 것인지 아닌지를 판별하는 방법은 부리 속을 보는 것이다. 부리에서 침이 흘러내리고 있다든가, 눈에 물기가 맺혀 흐리멍덩한 상태라든가, 털이 쉽게 뽑힌다든가, 닭털 끝에 지방이 묻어난다면 오래된 닭이다. 눈동자가 살아 있는 닭과 같고 닭털도 쉽게 뽑히지 않는 것이 신선한 닭고기다. 또한 고기를 손으로 쥐어 보면 신선한 고기는 살

---

[61] 약 1킬로그램.

부분이 뼈와 분리되어 움직이는 느낌이 나게 된다. 오래된 고기는 뼈와 살이 붙어서 딱딱하고 잘 움직이지 않는다.

16. 닭고기 요리

 식재료의 맛을 음미할 줄 알게 되면 어떤 식재료든 하나하나 정성 들여 고르게 된다. 그러나 정성 들여 고르는 것도 지식의 힘이 있어야 가능한 것이지 금전의 힘만으로 되는 것이 아니다. 오하라도 지금은 간신히 음식에 대한 취향이 전보다 높아진지라 "나카가와 군, 나도 다음엔 아침 일찍 양계장에 가서 가슴이 둥글게 부풀어 있고 갈비뼈에 튀어나온 부분이 있고 항문이 잘 닫혀 있고 발이 노란 닭을 사 와서 집에서 요리해 보겠네. 닭을 잡는 방법에는 목을 조르는 방법도 있고 목을 치는 방법도 있네만 어떤 방식이 더 좋은가?" 나카가와 "여름에는 목의 동맥을 잘라서 피를 전부 빼내지 않으면 안 된다네. 목을 조를 때도 다리를 잡고 거꾸로 들면 약간 피가 나오기는 하지만, 항문을 꽉 누르면서 몸의 피를 훑어 내리듯이 쥐어짜지 않으면 피가 많이 나오지 않지. 항문을 꽉 누르지 않으면 닭의 몸에 공기가 들어가니까 피가 굳어 버리게 돼. 또 여름에는 닭의 몸에 남아 있는 피를 빼지 않으면 고기가 빨리 부패하게 된다네. 하지만 여름이라도 잡은 그날 비로 요리를 하면 맛이 좋지 않아. 지금처럼 피를 다 빼내고 항문을 꽉 조인 뒤에 몸속의 내장을 다 꺼내서 거꾸로 매달아 하룻밤 놓아두지 않으면 안 돼. 그렇게 서늘한 곳에 놓아두면 삼복더위 중이라도 이틀은 가지. 봄이나 가을에는 잡고 나서 이틀 정도, 겨울에는 4~5일 뒤에 먹으면 가장 맛이 좋지. 겨울에는 닭의 피를 전부 빼내면 맛이 없어져. 그러니 목을 졸라서 닭을 잡아도 되지. 그 뒤에 요리를 할 때는 힘줄 빼기라는 작업을 하지 않으면 가장 맛있는 허벅지 살에 힘줄이 섞이게 되어 질기고 맛이 없어져. 시중에서 파는 닭고기를 사 오면 힘줄 빼기가 되어 있지 않으니 요리하기 어렵지. 먹을 때 고기에서 힘줄을 일일이 제거하고 먹는 것도 힘들어. 닭의 다리 부분, 무릎 위의 뼈만 힘줄이 남아 있도록 부엌칼의 등 부분으로 통통 두드려 두고 무릎 아래, 즉 정강이 뒷부분을 칼로 세로로 자르면 고기는 하나도 따라 나오지 않고 여덟 개의 힘줄만 하나로 뭉쳐져 나오게 되지. 거기에 손가락을 걸어서 힘껏 돌려 가며 빼면 허벅지 살에서 긴 힘줄이 간단히 빠져나오게 되는 거야. 그다음에 요리를 하면 어떤 부위의 고기라도 부드럽고 맛있어지지. 주의해서 하면 누구라도 할 수 있는 방법이니 다음에 한번 해 보게나". 오하라 "응. 한번 해 보지. 닭 한 마리에서는 버릴 부위가 없다고들 하더니 정말 어떤 부위든 먹을 수 있는 건가?" 나카가와 "그렇지. 닭 볏은 상등 요리로 만들 수 있고 심장도 간도 모래주머니도 각각 요리법이 있지. 닭발은 노란 껍데기와 발톱이 뇌의 병에 좋다고 해서 약으로 먹는 특별한 수프의 재료로 쓰이고, 발바닥은 중국 요리에서 아주 귀하게 여기는 상등의 식재료지. 닭 다섯 마리의 발바닥 살로 겨우 1인분의 요리를 만드니 닭이 많이 필요하게 되지만, 닭은 어떤 부위든 버릴 것이 없으니 말이야. 목은 힘줄만 빼서 요리를 만들 수 있고, 목을 잘라 나오는 피도 술에 섞어 두면 굳어지지 않으니 여러 가지 요리에 쓸 수 있지. 하지만 도마 위에 피를 떨어트리면 바로 굳어서 쓸 수 없게 돼. 뭐든 요리법을 연구하면 여러 가지 방법들이 있으니 아주 경제적인 생활을 할 수 있게 되지. 식재료를 비경제적으로 쓰는 것은 요리법을 모르는 사람들이나 하는 짓이야" 하면서 은근히 자기 자랑을 한다. 말이 어느새 너무 길어져 오토와 아가씨는 참지 못하고 "오빠, 빨리 드시지 않으면 젤리가 녹아 버리고 말아요". 나카가와 "이런, 어느 틈에 요리가 바뀌어 있었군. 오하라 군, 이건 푸아그라 엔비르뷰[62]라고 해서 거위 간 요리라네. 아까 말한 최상의 수프에 부드럽게 만든 젤라틴을 넣고 끓인 뒤, 곱게 체에 비벼 갈아서 틀에 넣고 그 위에 통조림 거위 간을 올린 뒤 다시 젤리를 위에 올려서 얼음 속에 넣어 두고 차갑게 굳힌 거야. 거위 간 대

---

62) 어떤 요리를 지칭하는지 불명.

신에 다른 고기를 써도 괜찮아. 소의 혀나 감자와 간 고기를 섞은 포테이토 미트 등을 써서 만드는 경우도 있지. 이렇게 틀에 굳혀서 만든 음식을 틀에서 뺄 때는 따뜻한 물에 잠깐 담가서 틀을 데운 뒤에 살살 흔들면서 바로 빼는 것이 좋은데, 따뜻한 물에 너무 오래 담가 두면 젤리가 녹아내리고 말지. 더운 물에 담갔다가 재빨리 빼지 않으면 안 돼" 하고 일일이 긴 설명을 붙이니 식사가 편하게 될 리 만무하다. 오하라는 그저 진수성찬에 마음을 뺏겨 어느덧 시간이 7시를 지나고 있는 것도 알아채지 못한다. 마침 그때 오하라가의 하녀가 무례하게 나카가와네 집을 엿보다가 오하라를 발견하고서 "어머나, 미쓰루 씨, 여기 계시면 어떡한대요!"

17. 크나큰 분노

　하녀는 재빨리 집으로 돌아가 지금 본 것을 오다이 아가씨에게 전하며 "아가씨, 미쓰루 씨가 지금 어디에 계신 줄이나 아십니까?" 오다이 "어르신들을 모시러 정거장에 가셨단다". 하녀 "그게 순전히 거짓말이구먼요. 제가 지금 저쪽 아가씨네를 슬쩍 훔쳐보니 미쓰루 씨는 재미있다는 듯이 저쪽 아가씨와 이야기를 하면서 맛있는 음식을 드시던걸요. 뭔가 알 수 없는 얘기로 키득키득 웃으면서 저쪽 아가씨와 노닥거리고 있었습니다요. 제 말이 거짓인 것 같으시면 직접 가서서 한번 보시지요. 미쓰루 씨와 저쪽 아가씨가 남사스럽게 어울리면서 같이 놀고 있으니까요" 하며 꽤나 실제보다 부풀려서 하는 이야기에 오다이 아가씨는 얼굴빛이 붉으락푸르락해지며 갑자기 머리 위에 도깨비처럼 두 뿔이 솟아나온 듯한 무서운 표정이 되어 "뭐라고! 미쓰루 씨가 그 계집이랑 같이 노닥거리고 있다고? 마중도 나가지 않았는데 집에 얌전히 있지도 않고선 도대체 왜 그 집에 가 있는 거야!" 하녀 "저쪽 집에 가서 한바탕 호통을 치시고 미쓰루 씨도 붙잡아 오시지요". 오다이 "오냐! 내 그렇게 하지 않으면 도저히 화가 풀리지 않을 듯싶다. 너도 같이 가 보자!" 하고 집이 완전히 비는 것은 개의치도 않고 하녀를 데리고 나카가와네 집 앞으로 가서 살짝 안의 상황을 엿본다. 과연, 하녀의 말 그대로 미쓰루는 식탁 앞에 앉아서 오늘의 용무도 잊은 채 즐거운 듯이 식사를 하고 있고, 한편으로는 오토와 아가씨와도 무언가에 대해 정답게 이야기를 나누는 모습. 오다이는 당장 쳐들어가 미쓰루를 끌어내서 돌아가고 싶은 마음이지만 식사 자리에는 전에 보지 못했던 훌륭한 노인과 노인의 딸인 듯싶은 못 보던 젊은 아가씨도 함께인지라 주춤하는 마음이 들어 일단은 오하라가 어떻게 처신하는지를 몸을 숨기고 계속 훔쳐본다. 집안에서는 오하라가 자신의 큰 적이 문밖에 와 있는 줄도 모르고 계속해서 나오는 진수성찬에 진심으로 감동해 평소보다 높고 큰 목소리로 "오토와 씨, 진심으로 오늘의 요리 솜씨에는 깜짝 놀랐습니다. 세상 어디에 가더라도 이런 진수성찬은 먹을 수가 없겠지요. 전 아까부터 몇 번이나 너무도 놀라서 입이 떡 벌어지려는 것을 간신히 붙잡고 있는 중이랍니다. 아이고, 또 새로운 음식이 나왔군요. 이번에는 아이스크림 입니까? 나카가와 군, 이 아이스크림은 색이 참 고운데? 특별한 비법으로 만든 건가?" 하고 말하며 작은 컵에 담긴 음식을 티스푼으로 떠먹는다. 나카가와는 웃으면서 "하하하, 그건 아이스크림이 아닐세. 식사 중간에 나오는 펀치라는 음식이야. 펀치에도 여러 가지 종류가 있는데 지금 나온 건 샴페인으로 만든 펀치로, 1홉[63]의 물에 설탕 1큰술을 넣어서 녹인 뒤, 끓여서 식힌 다음에 2홉[64]의 샴페인을 섞어서 아이스크림 그릇에 넣어 아이스크림처럼 소금과 얼음으로 차게 식힌 거야. 하지만 펀치는 아이스크림처럼 완전히 얼면 안 돼. 부드럽게 공기가 들어간 상태에서 얼음 속에서 꺼내 달걀흰자를 눈처럼 거품 낸 것과 섞어두지. 아이스크림보다 더 맛있지 않나?" 오하라 "응, 정말 더 맛있는데. 너무 맛있어서 할 말을 잃을 정도야" 하며 먹는 와중에 다시 접시에 담겨 나오는 서양 땅두릅인 아스파라거스 요리. "오하라 군, 이건 아스파라거스라네. 1시간 반 정도 삶아서 화이트소스에 크림을 듬뿍 넣은 것을 뿌린 것이지. 이봐, 그렇게 뿌리 부분부터 바로 씹어 먹으면 안 돼. 아랫부분을 손으로 잡고 위쪽의 부드러운 곳만 먹는 거야" 하며 설명하는 중에 계속 바뀌는 요리들. 오토와는 새로운 요리를 손님들에게 대접하며 "오하라 씨, 이건 양고기 로스구이예요. 양고기는 익숙하지 않으시죠?" 하고 물어보니 오하라의 기쁨은 더할 나위 없다. 과연 처음 보는 요리이기에 오하라는 "오토와 씨, 이건 무슨 요리입니까?"

---

63) 약 180밀리리터.
64) 약 360밀리리터.

오토와 "이건 양의 허벅지 살을 감자와 함께 2시간 반 정도 구워서 박하 소스를 뿌린 것이에요. 박하 소스는 식초 10컵에 설탕 2컵, 거기에 잘게 썬 박하 4컵을 넣고 섞어서 차게 식힌 소스지요". 오하라 "정말 오늘 먹은 진수성찬으로 3년은 거뜬히 수명이 늘어난 느낌입니다. 집에만 있느라 예의 짜고 매운 요리만 잔뜩 먹고 있었으니 정말 참을 수가 없었지요" 하고 무심결에 말하는 불평을 밖에서 몰래 듣고 있던 사람은 도저히 참고 들어 줄 수가 없다.

* 아스파라거스는 본문에 나온 요리 외에도 수프로 만들어 먹어도 맛있다. 생아스파라거스는 삶아서 체에 비벼 곱게 갈고, 통조림이라면 그대로 체에 비벼 갈아서 프라이 냄비에 버터 1큰술을 녹여 콘스타치 1큰술을 볶아서 육수 2홉[65]을 붓고, 갈아 둔 아스파라거스 두 근[66] 정도를 섞어 20분 정도 끓인 뒤, 한 번 체에 걸러 우유 5작[67]에 소금 후추로 간을

---

65) 약 360밀리터.
66) 약 1200그램.
67) 약 90밀리터.

해서 다시 약불에서 가볍게 끓여 대접하기 직전에
재빨리 달걀노른자 2개를 섞어서 낸다.

18. 매실 요리

  맛있는 요리들이 차례차례 끝도 없이 나온다. 다음에 나온 것은 양상추의 가운데 부드러운 잎사귀들만 잘라서 만든 상등의 샐러드, 샐러드를 다 먹었을 때 나오는 것은 훌륭한 요세모노. 다마에 아가씨는 요세모노가 너무나 아름답다고 느껴 "어머나, 어쩌면 이렇게 예쁠까요! 선생님, 이건 무슨 요리인가요?" 오토와 아가씨 "이건 디플로마트[68]라고 해서 우유 1홉[69]에 달걀 1개, 설탕 2컵과 젤라틴 3장을 같이 끓여서 녹인 뒤 거기에 거품을 일으킨 크림을 2홉[70] 섞고 틀에 담아 차갑게 식힌 후 서양 앵두를 곁에 장식한 것이에요. 위에 뿌린 소스는 매실로 만든 것이랍니다. 매실의 껍질을 벗긴 뒤 한 번 삶아서 설탕을 잔뜩 넣어 흐물흐물해질 때까지 삶은 뒤 그것을 체에 비벼 곱게 갈아

---

[68] 보통 디플로마트 크림(Crème diplomate)이라 한다. 영어로 커스터드 크림이라 하는 크렘 파티세(Creme patissiere)에 생크림과 설탕을 섞어 만든 크렘 샹티(Creme chantilly)를 섞어서 만든 크림이다.

[69] 약180밀리리터.

[70] 약360밀리리터.

서 셰리주와 슈거 파우더를 섞어 차갑게 식힌 소스지요". 다마에 아가씨 "매실은 신맛이 있어서 아주 맛있네요. 저희 집에서도 매실을 잔뜩 딸 수 있어서 여러 가지 요리에 써 보고 싶은데 어떤 요리로 만들면 좋을까요?" 오토와 아가씨 "그랬군요. 가볍게 삶을 때 매실에 바늘로 퐁퐁 구멍을 뚫어서 삶으면 매실의 신맛이 사라지지요. 거기에 설탕을 넣어서 같이 삶아도 좋고 바늘로 구멍을 뚫은 매실을 오래 삶아서 설탕을 뿌려서 놓아두어도 맛있어져요. 매실을 오래 두고 먹으려면 신맛을 빼기 위해 매실을 하루 정도 물에 담가 놓았다가 물에서 건져서 행주로 물기를 닦아 내고 껍질을 벗긴 뒤, 물은 조금도 넣지 말고 설탕만 잔뜩 매실과 함께 냄비에 넣어서 처음에는 아주 약한 불로 끓여서 매실의 과즙이 나오게 하다가, 점점 불을 세게 해서 졸이면 오랫동안 보관할 수 있게 되지요. 요리에 쓰려면 얇게 저민 매실을 한두 번 물과 설탕을 넣어 졸인 뒤 체에 비벼 곱게 갈아서 쓰지요. 젤라틴을 넣어 젤리로 만들면 맛있는데 그걸 소면처럼 만들려면 젤라틴을 평소의 두 배, 즉 6~7장 정도의 젤라틴을 녹여서 매실과 섞어 얼음 속에서 굳혀 간 텐쓰키[71])에 넣고 눌러 물속에 국수처럼 떨어지도록 하면 돼요. 시럽을 뿌려 먹어도 맛있고 커스터드 크림을 곁들여 먹어도 맛있어요. 매실이 많으면 매실 잼이나 매실 시럽을 만들어도 좋지요. 또는 매실 껍질을 벗겨서 반으로 잘라 씨를 뺀 뒤에 하룻밤 물에 담갔다가 건져서 매실 100몬메[72] 라면 상등품 자라메 설탕[73]이나 혹은 각설탕 120~130몬메[74]의 비율로 설탕을 부어서 다시 하룻밤을 두지요. 그렇게 하면 설탕이 녹으면서 매실에서 과즙이 나오게 돼요. 그걸 냄비에 담아 약불로 졸이는데, 센불로 하면 막 만들었을 때는 모르지만 잼으로 만들어서 놔두면 나중에 설탕이 잼 속에서 덩어리져서 뭉치게 돼요. 어떤 잼이든 그런 현상이 일어나는 건 급하게 센불로 만들었기 때문이에요. 또 하나 주의해야 할 점은 잼으로 끓이기 시작하면 올라오는 하얀 거품을 다 건져서 없애 주어야 해요. 처음부터 끝까지 거품을 일일이 건지는 거예요. 그렇게 2시간 정도 끓인 뒤 잼 시럽과 매실 과육을 따로 분리해서 매실은 병에 담아 보관해도 좋고 좀 더 좋게 만들자면 체에 비벼 갈아서 병에 담아

---

71) 간텐쓰키(寒天突)는 젤라틴이나 한천으로 만든 젤리 형태의 음식을 안에 넣고 눌러서 국수 모양으로 빠져나오게 하는 틀을 말한다.

72) 약 375그램이다.

73) 자라메 설탕이란 당도가 높은 고순도의 설탕으로 일반 설탕보다 알갱이의 굵기가 굵은 것이 특징이다. 과일 절임이나 청량음료, 솜사탕 등을 만드는 원료로 사용한다.

74) 약 450~487그램이다.

보관하는 게 좋아요. 잼 시럽은 체 밑에 거름 천을 놓고 이중으로 걸러서 다시 걸러 나온 잼을 1시간 정도 거품을 건져 가면서 끓이지 않으면 안 돼요. 그렇게 다시 끓인 것을 아까처럼 체와 거름 천으로 거른 것이 매실 시럽이에요. 이렇게 만들어서 병에 잘 담아 놓으면 오래가니 여름 같은 때 요리에 쓰면 얼마나 좋은지 몰라요. 매실 시럽이나 잼을 응용하면 다양한 과자를 만들 수 있지요. 그 외에도 매실 실 과자라는 상등품 과자가 있는데 그건 분고 매실[75]의 파란 열매를 무나 토란을 잘게 썬 것처럼 아주 잘게 썰어서 소금에 절여 무거운 것으로 압력을 주고 먹기 전에 물에 씻어서 소금기를 뺀 다음 설탕을 뿌린 건데, 국물 요리의 고명으로도 넣어 먹는 거예요. 만드는 법이 어려우니 다음에 시간 있을 때 천천히 가르쳐 드리지요. 매실 양갱은 체에 비빈 매실을 전분과 젤라틴으로 굳힌 거예요". 다마에 아가씨 "매실 과자는 야마가타의 노시우메와 감로우메가 맛있지요. 매실 시럽으로 아이스크림을 만들 수도 있나요?" 오토와 아가씨 "그럼요. 되고말고요. 아이스크림이라고 하면 벌써 만들어져 있으니 지금 가지고 오도록 하지요. 오하라

---

[75] 분고 매실(豊後梅)이란 매실과 살구를 접붙여 만들어 낸 품종이다.

씨, 이번에야말로 진짜 아이스크림이 나와요" 하고 오하라의 얼굴을 보며 웃으면서 말하고 자리를 뜬다. 그 애교 섞인 미소는 마치 봄날의 따스함을 품은 듯한 모습. 밖에서 그 모습을 본 사람은 작은 목소리로 "아니 저 여우 같은 계집이!"

* 젤라틴을 쓰지 않고도 매실 양갱을 만들 수 있는 방법이 있다. 매실을 잘 씻어서 껍질째로 둘로 갈라 씨를 빼고 매실 한 근에 설탕 한 근의 비율로 하룻밤 재워 둔 뒤 약불에서 거품을 제거해 가며 2시간 정도 끓여서 고운체에 비벼 간다. 그대로 틀에 넣어 식히면 젤라틴 없이도 양갱이 된다. 매실 껍질은 콜로이드성이 높은 관계로 매실을 껍질째로 오래 끓이면 스스로 응고하는 성질이 있다.

19. 과일의 효능

　아이스크림이 손님들 앞에 놓인다. 히로우미 자작이 신기하다는 듯 "나카가와 군, 이건 커피 아이스크림이군?" 나카가와 "그렇습니다. 모카라고 해서 상등품 커피를 진하게 우려 커피 5작[76]에 우유 1홉[77], 달걀노른자 2개, 설탕을 가득 담은 컵으로 2컵, 신선한 크림 2홉[78]을 섞어서 아이스크림 기계에 담아 만든 것이지요". 히로우미 자작 "실로 훌륭한 맛이로군. 요즘엔 녹차로 만든 아이스크림도 있는 모양이던데". 나카가와 "그것도 꽤나 맛있지요. 오하라 군, 어떤가? 아까 펀치도 맛있었지만 이 아이스크림도 나쁘지 않지? 자네 집에서도 아이스크림 기계를 사서 집에서 만들어 먹으면 좋겠지만 할 수 있겠나?" 오하라 "그럴 수 있다면 좋겠지만 우리 집의 선생님께서 이런 걸 만들 수 있을 것 같나?" 하고 듣는 사람이 있는 줄도 모르고 말하니 밖에서

---

76) 약 90밀리리터.
77) 약 180밀리리터.
78) 약 360밀리리터.

는 "아니, 감히 저런 말을 떠들고 있단 말이야!" 하고 화내는 사람이 있다. 집 안의 사람은 집 밖의 누군가의 기분은 전혀 신경 쓰지 않고 "오하라 군, 이 과일을 좀 먹어 보게. 명물 과일들이라네. 이 비파는 보슈[79] 지방 나무야(南無谷) 마을의 명물 백비파(白枇杷)라네. 귤 비슷하게 생긴 것은 아와지(淡路)[80] 지방의 나루토 귤(鳴門蜜柑)[81]이라네. 좋아하는 걸로 먹게나". 오하라 "나는 둘 다 먹어야지". 나카가와 "아하하하, 욕심이 많군. 히로우미 자작님께서는 과일을 좋아하십니까?" 자작 "아주 좋아한다네. 여름에는 거의 과일만 먹을 정도지". 나카가와 "과일은 영양상의 효능이 뛰어난데, 옛날 기록에는 선인(仙人)들이 나무에서 나는 과일만 먹고 살았다는 말도 있지요. 실로 과일의 영양 분만으로도 충분히 생명을 유지할 수 있습니다. 또한 과일은 맛도 좋아서 서양과자들은 대부분 과일의 맛에 토대를 두고 있으니 몇백 년 뒤에서 몇천 년 뒤에도 과일 맛을 기본으로 여러 종류들을 계속 만들어 낼 수 있지요. 우리 나

---

[79] 보슈(房州) 지방은 지금의 지바현(千葉県) 일대다.
[80] 현재의 효고현(兵庫県) 아와지시(淡路市)다.
[81] 귤의 일종으로 크기가 더 크고 표면이 유자처럼 울퉁불퉁한 감귤류다.

라의 과자들은 팥소와 설탕 맛뿐이니 겉모양은 계속 변화하고 있어도 맛은 늘 똑같은 겁니다. 우리 나라의 과자들도 과일 맛을 토대로 발전시키지 않으면 진보할 수 없습니다. 또한 우리 나라는 남북으로 길어서 열대와 냉대가 모두 존재하니 실로 과일의 천국이라 할 수 있지요. 사과는 북쪽에서 서양에 뒤지지 않는 품종의 사과가 나오고, 아메리카 귤[82]과 중국 귤[83]도 기슈산 최상등품은 이미 수입산에 뒤지지 않는 물건이 작년부터 나오고 있다고 들었습니다. 인도 부근에서 과일의 왕이라고 불리는 망고도 신선한 것을 일본에서 먹을 수 있고…". 자작 "아니, 그 유명한 망고를 일본에서도 먹을 수 있다는 말인가? 망고는 과일의 왕이고 망고스틴은 과일의 여왕이라는 말을 들은 적이 있네만 그 망고가 우리 나라에서도 나온단 말인가?" 나카가와 "네. 오가사와라섬[84]에서 나오지요. 누가 심었는지는 모르지만 야생에서 몇 그루가 열매를 맺은 것을 2~3년 전까지 지역 사람들은 그게 망고인 줄 모르고 이 과일은 못 먹는 과일이

---

82) 오렌지를 의미하는 것으로 추측된다.
83) 당밀감(唐蜜柑)이라는 종류의 귤을 의미하는 것으로 추측된다.
84) 일본 도쿄에서 남쪽으로 1000킬로미터 정도 떨어진 아열대에서 열대에 걸친 군도를 가리킨다. 행정적으로는 도쿄도에 속한다.

라고 죄다 버렸답니다. 우송 회사의 선장이 처음으로 그 과일을 보고 본토에 가지고 오고부터 갑자기 섬에서도 귀해졌다고 하지요. 아직 맛은 인도 본토의 맛에 비할 수 없지만 점점 종자를 개량해서 일본 땅에 맞는 품종을 개발해야 하겠지요. 오쿠마 백작님의 온실에도 망고나무가 열매를 맺었답니다. 이런 식으로 세계 각국의 과일들을 우리 나라에서도 키울 수 있게 되었으니 품종을 개량해서 상등품이 열릴 수 있도록 충분히 노력하면 우리 나라의 자랑 중 하나가 될 터인데 아직 세상 사람들은 과일 문제에 별로 신경을 쓰지 않는 모양이니 유감천만입니다" 하고 또 펼쳐지는 장광설. 오하라는 그사이에 또 맛있는 요리가 나온 것을 보고 "나카가와 군, 이게 마지막인가?" 나카가와 "그게 마지막일세". 오하라 ""그럼 나도 슬슬 역으로 가 봐야지. 지금 몇 시나 됐지?" 하고 시계를 꺼내더니 "으악, 7시 50분이야. 늦을 것 같은데! 어떻게 하지!" 하고 갑자기 우왕좌왕한다.

* 본문에 나온 녹차 아이스크림을 간단히 만드는
 방법은 우유 2홉[85])에 설탕 4큰술을 넣고 콘스탄치
 8큰술을 따뜻한 물에 개어서 끓인 뒤 잘 식혀서 녹차
 3작은술을 거품이 일어나지 않게 물에 잘 개어서
 아까의 우유와 섞어 아이스크림 기계에 넣으면 된다.

* 본문에 나온 망고는 손으로 살짝 눌러 봐서 눌러질 정도가 되었을 때가 가장 먹기 좋을 때다.
* 망고스틴의 껍질을 잘 말려서 설사가 날 때 달여 먹으면 좋다.
* 과일 중 배는 몸의 열을 내리는 효과가 있다. 열이 나는 환자에게 배즙을 먹이면 좋다. 또한 국부에 충혈로 인한 열기가 있을 때는 배를 갈아서 붙이면 효과가 있다. 밤은 설사를 멈추게 한다. 감은 알코올을 흡수하는 성질이 있어서 숙취 해소에 좋다.

85) 약 360밀리리터.

20. 대혼잡

 이미 늦어 버린 시간이지만 정거장으로 마중 가려는 오하라가 나카가와네 집 대문을 막 나선 순간, 재빨리 달려 나와 오하라를 잡고 흔드는 오다이 아가씨. 문밖에서 계속 퍽이나 섭섭한 말들을 들은 참이라 오하라에게 제대로 말도 못하고 눈물만 펑펑 쏟으면서 "미쓰루 씨, 지금까지 여기 계셨군요! 나는 계속 기다리고 또 기다리면서 걱정하고 있었는데, 정말 너무해요!" 하고 오하라를 잡고 흔들며 주변의 시선도 신경 쓰지 않고 큰 소리로 화를 낸다. 오하라는 도망갈 수가 없어 "오다이 씨, 제발 놔주시지요. 여기 잠시 들르는 바람에 지금 많이 늦어졌답니다. 빨리 역으로 마중을 가지 않으면 안 돼요". 오다이 아가씨 "이제부터는 또 어디로 마중을 나간다는 거예요! 벌써 부모님들은 신바시에 도착하셨을 텐데, 지금부터 역으로 마중 나가 봤자 역에 누가 남아 있다는 말이에요! 그보다 미쓰루 씨는 지금까지 저 집에서 그 계집하고 서로 시시덕거리고 있었지요! 어디 변명이라도 한번 해 보시지 그래요!" 하는 질투로 살기등등한 모습에 오하라도 움츠러들며 "그냥 잠시 들러서 식사를 같이한 참인데 이렇게 늦어 버리고 말았습니다. 중간에라도 얼른 나와서 역으로 마중을 갔어야 했는데 면목이 없

군요". 오다이 아가씨 "면목이 있고 없고 내 알 바 아니에요. 자기가 좋아서 저 계집하고 늦게까지 계속 붙어 있었으면서! 저 여자가 더 소중한지, 부모님이 더 소중한지, 미쓰루 씨는 지금 제대로 구분을 못하는군요!" 오하라, 오다이에게 잡힌 소매를 잡아당기면서 "그건 물론 잘 알고 있습니다. 알고 있으니 도중에라도 나와서 마중을 갔어야 했다고 사죄를 한 겁니다. 제발 저를 놔주세요". 오다이 아가씨 "뭐라고요? 안 돼요. 놔주면 또 어디로 도망가서 무엇을 할지 모르잖아요". 오하라 "그럼 어떡하면 좋겠습니까?" 오다이 "어떡하면 좋겠냐니, 당연히 집으로 돌아가야지요". 오하라 "이대로 그냥 돌아갈 수는 없잖아요. 늦었지만 오시는 도중이라도 마중을 나가지 않으면…" 하며 뿌리치고 앞으로 나가려 하는데 오다이가 강하게 잡아 다시 자기 쪽으로 끌어당기며 "그렇게 마중이 가고 싶었으면 어째서 빨리 가지 않은 거야! 늦지 말라고 내가 일찍일찍부터 재촉해서 이른 시간에 이미 집에서 나간 주제에 마중도 가지 않고 지금까지 저 여자랑 계속 붙어 있었으면서! 너무 행복하다, 이런 요리는 도저히 집에서는 먹을 수가 없다, 우리 집에서 나오는 밥만 계속 먹을 수밖에 없으니 참을 수가 없다 운운한 건 다 뭐야! 아버님이랑 어머님께서 돌아오시면 다 말씀드릴 거야!" 하며 강제로 집으로 끌고 간다. 하녀도 옆에서 그저 어슬렁거리며 보고만 있을 뿐 말릴 생각을 하지 않는

다. 이때 오하라네 집 뒷문에서 홀연히 큰 보따리를 등에 지고 도망가려는 수상한 사람. 하녀는 시골 사람답게 험상궂은 얼굴로 "아니! 당신 뭐 하는 사람이야!" 오하라 그것을 보고 "도둑이야! 하녀가 집을 비우고 나와 버리니 도둑이 들어와 버린 거야! 도둑이야! 도둑이야!" 하고 뒤뚱거리며 한 걸음 한 걸음 무거운 몸을 움직이며 뛰어가 도둑을 잡으려 하나 도둑은 이미 모습을 감춘 뒤. 생각지 못한 일을 당한 오다이 아가씨 "거짓말하지 말아요! 도쿄에서 우리 집 물건 같은 것을 훔치러 올 사람이 어디 있다고". 하녀 "하지만 정말 도둑이었어요. 빨리 돌아가서서 집에 있는 물건들을 확인하시지요" 하며 오다이를 재촉해 집으로 들어간다. 처절하게 부르짖는 오다이의 목소리 "아악! 미쓰루 씨 큰일 났어요! 빨리 돌아와요! 내 옷장과 서랍 속에 있던 옷이며 물건을 다 가져갔어요!" 하며 크게 놀라 말한다. "다 도둑맞았단 말이에요!" 오하라는 "이미 훔쳐 간 건 어쩔 수 없지" 하고 밖에서부터 오다이를 달래며 집으로 막 들어가려는 순간 문밖에서 딸랑딸랑하고 인력거 소리가 들리며 부모님들이 오사카에서 돌아오신다. 오다이는 놀라 울면서 난리를 치니 집안은 그저 대혼잡.

21. 요리 연구회

나카가와네 집은 오하라 집의 대소동을 알지 못하는지라 오하라가 떠난 뒤 나카가와네 집에 남은 히로우미 자작은 다른 사람들이 없는 기회에 나카가와를 상대로 결혼 문제를 꺼내고자 한다. 나카가와의 의견은 이전에 다마에 아가씨에게 말한 적도 있지만 오늘은 그 의견을 한층 더 자세하게 말하면서 "히로우미 자작님, 실례지만 저는 우리 나라의 부모님들도 영국처럼 딸에게 적당한 상대를 소개하기 위해 매주 한 번 만찬회를 여는 것이 좋다고 생각합니다. 하지만 우리 나라의 풍습으로는 사위 후보를 정하기 위해 만찬회를 한다고 하면 반대로 남자 쪽에서 부담스러워하며 오지 않으려 하겠지요. 또한 매주 손님들을 초대해서 만찬회를 한다고 하면 비용도 상당히 들어가게 됩니다. 제 생각으로는 가족들끼리 한 공간에서 식사하는 가족 모임 같은 것을 만드는 것이 좋을 것 같습니다. 우리 나라에서는 아직 가족 단위의 사교 모임이라는 것이 없습니다. 일부 부유한 가족이 만들어 보고자 해도 좋은 명분이 없다 보니 곤란해하고 있지요. 그래서 제가 한 가지 좋은 방법을 알려 드리고자 합니다. 요즘 가정 요리가 중요하다는 것이 세간에 점점 알려져 어느 집에서도 요리가 중요한 화제 중 하나로 올라와 있는 상황이니, 이 기회를 이용해 친한 가족들 간에 요리 연구회를 만들어 보는 것이 어떻겠습니까? 먼저 자작님 같은 유력하신 분께서 발기인이 되어 제1회를 자작님 댁에서 개최하도록 하면 댁의 큰 응접실을 활용해서 한 방에 20~30명은 충분히 참가할 수 있을 겁니다. 회비는 1인당 2~3엔씩 하고 요리를 대접하기 전에 그날의 메뉴와 함께 요리 방법을 자세하게 적은 종이를 손님들께 드리는 것이 좋겠지요. 그리고 부엌을 공개해 누구라도 요리하는 과정을 보고 싶다고 하면 보게 해 주면, 참가자들은 직접 요리가 만들어지는 과정을 본 뒤에 음식을 먹게 되니 아주 큰 도움을 받게 되겠지요. 이런 방법을 쓰면 많은 사람들을 집으로 초대할 수 있을 것입니다" 하며 무슨 문제든지 간에 먹을 것으로 해결하고자 하니 이 또한 어지간한 식도락 취미. 히로우미 자작도 손뼉을 치며 찬성하면서 "과연, 재미있는 생각이군. 우리 집에서 개최한다면 이익을 바라고 하는 것이 아니니 회비는 2엔일지라도 그 2엔을 모두 요리에만 쓸 수 있게 되겠지. 기타 잡비용은 내 사비로 해결해도 상관없네. 그런 모임을 발기한다면 찬성하는 사람도 많이 나올 테지. 하지만 어떤 사람인지도 모르는 사람들까지 잔뜩 들어오게 되는 건 곤란한데". 나카가와 "그건 규율을 엄하게 정해서 다른 회원의 소개가 없으면 참가하지 못하도록 하면 됩니다. 그리고 회원으로는 남자도 여자도 아이도 그리고 결혼하지 않은 독신자들도 많이 들어오도록, 이쪽의 판단으로 적당한 사람에게는 초대장을 보내 들어오도록 할 수도 있지요. 사위 후보를 많이 만나 보고 싶으시거든 독신 남성을 많이 초대하시면 됩니다. 그와는 반대로 아들을 가진 부모가 며느리 후보를 찾고 싶거든 젊은 아가씨들을 많이 초대하면 됩니다. 그건 모임을 여는 사람의 뜻에 따라 얼마든지 바꿀 수 있지요". 자작 "과연 그렇군. 그러나 아가씨들은 요즘 요리에 열심이니 모임을 연다면 많이들 오겠지만 젊은 남자들은 대체로 요리에는 흥미가 없어서 좀처럼 그런 모임에는 오려고 하지 않을 걸세". 나카가와 "오고 싶어 하지 않는 남자라면 사위 후보로도 실격이지요. 무엇보다 요리 문제는 우리 몸과 마음의 양식과 직결되는 인생의 큰 문제이니, 큰 인물이 될 사람이라면 먹는 문제에 우선 관심을 기울이지 않으면 안 됩니다. 자기 몸조차 소중하게 생각하지 않는 남자를 사위로 얻으면 따님을 소중하게 생각할 리가 없지 않겠습니까? 요리 문제에 무관심한 남자는 좋은 사람이 될 첫째가는 자격을 갖추지 못한 것이니 그런 남자라면 오지 않더라도 상관없습니다" 하니 변함없는 극단적인 설명. 히로우미 자작은 웃으며 "그건 좀 과격한 생각일세". 나카가와 "하하하. 요즘 남자들에게 아직은 이런 인식을 요구하는 것은 무리겠지요. 하지만 지금부터는 남자들도 이 정도의 마음가짐을 가지지 않으면 안 됩니다. 자기 몸을 소중히 생각한다면 그 몸을 구성하는 음식에 대해서도 중요하게 생각하지 않을 수 없지 않겠습니까?"

22. 요리 견문

 나카가와의 좋은 생각은 그대로 자작에게 받아들여진다. "나카가와 군, 그 가정 요리 연구회는 빠른 시일 안에 우리 집에서 열도록 하겠네. 그렇지만 한 가지 곤란한 점이 있다네. 자네가 본 대로 좁은 부엌이다 보니 아직은 손님들에게 공개해 선보일 수가 없다네. 자네와 상의한 뒤로 하루빨리 부엌을 고치려고 준비 중이긴 하지만 연구회 날까지는 공사가 끝나지 않을 것 같네. 이 점은 어떻게 하면 좋겠나?" 나카가와 "자, 그 문제에 대해서도 한 가지 방법이 있습니다. 다 완성된 부엌에서 요리를 한다면 누구라도 좋은 기분으로 요리를 즐길 수 있겠지만, 세상 사람들의 부엌들은 대개 그렇게 완벽한 상태가 아닙니다. 부엌 수리가 다 끝나기를 기다려 연구회를 한다고 하면 도저히 일정에 맞출 수 없으니, 불완전한 부엌인 상태로 요리하는 법을 보여주는 것도 모인 사람들에게 오히려 공부가 될 수 있을 것입니다. 자작님 댁은 응접실이 남향으로 되어 있고, 북쪽에는 복도가 있으며 정원이 있지요. 그 정원에 텐트를 설치하고 풍로와 덴피를 설치해 야외에서 요리를 한다면 손님들도 볼거리가 생겨서 즐거울 겁니다. 다 완성된 부엌이 아니더라도 풍로와 덴피만 준비해서 이 정도로도 훌륭한 요리를 만들 수 있다는 것을 보여 주면 손님들에게도 좋은 공부가 되겠지요. 풍로에 덴피를 그대로 얹어서 쓸 수는 없으니, 덴피를 올릴 나무로 된 사각의 틀을 만들어 풍로 위에 덴피를 올리고 손님들에게 덴피는 이렇게 쓰는 거라고 시범을 보이면 아주 큰 공부가 될 것입니다. 그런 것이 바로 요리의 응용 방법을 연구하는 것으로서 연구회의 목적에도 부합하는 것이겠지요". 자작 "과연, 그것도 하나의 방법일세. 그러면 요리사는 누구로 하는 게 좋겠나? 손님 수가 많다면 보통 사람으로는 접대하기 힘들 테니 어떤 사람으로 정하는 것이 좋을까?" 나카가와 "그것도 생각해 둔 바가 있습니다. 서양 요리사든 일본 요리사든 지금의 상황으로는 아무리 열심히 노력하는 요리사라 해도 세상에는 잘 알려지지 못하고 있습니다. 누가 좋은 솜씨를 가졌다, 또는 누가 어떤 요리를 잘 만든다고 하면서도 사실 세상 사람들에게는 잘 알려지지 못하고 있지요. 어느 요릿집이 잘한다거나 혹은 맛이 없다거나 하는 말은 자주 해도 그게 누가 만든 요리인가를 알고 있는 사람은 아주 적습니다. 단주로[86]의 연기가 좋다거나 가와가미[87]의 말이 재미있다거

---

86) 단주로(団十郎)란 메이지 시대의 대표적인 가부키 배우였던 9대 이

나 하면서 예술 하는 사람에 대해서는 자주 품평하면서도, 가부키자[88]가 가장 연기가 좋다고 하면 사람들은 웃을 테지요. 하지만 요리는 이와 달리 화족 회관의 서양 요리가 맛있다고 하면 세상 사람들도 그렇거니 하지만 누가 만든 요리가 맛있다고 하는 것까지 아는 사람은 매우 드뭅니다. 어떤 분야든 숙련가가 있고 열심히 정진하는 사람도 있는데 요리도 이와 마찬가지라 다년간 수련을 쌓은 숙련가도 많고 다년간 연구를 거듭해 온 노력가도 많습니다. 화족 회관의 와타나베(渡辺), 이전에 제국 호텔에 있던 요시다(吉田), 외무성에 있는 우노(宇野)[89], 영국 공사관의 가고타니(籠谷), 세이요켄의 도야마(外山), 오쿠마 백작가의 이토(伊藤), 러시아 공사관의 아키야마(秋山), 아까의 다시마

치카와 단주로(市川團十郞, 1838~1903)를 의미한다.
87) 메이지 시대에 활약했던 배우 가와가미 오토지로(川上音二郞, 1864~1911)를 의미한다.
88) 가부키자(歌舞伎座)는 도쿄의 대표적인 가부키 공연장으로서 현재 남아 있는 공연장은 세 번의 화재 뒤 1951년에 현재의 모습으로 건축된 것이다.
89) 외무성과 해군을 거치며 일본에서 서양 요리의 기반을 확립한 요리사 우노 야타로(宇野弥太郞, 1858~1929)를 의미한다. 훗날인 1911년 우노는 일본 최초의 서양 요리 학교를 개교했다.

수프를 만들어 낸 가토(加藤) 요리사 등은 각각 뛰어난 실력을 가지고 있고, 그 외에도 이름이 알려지지 않은 노력가들이 참으로 많습니다. 그날에는 두세 명 노력하는 요리사를 불러서 한 사람이 한두 개의 요리를 담당하도록 하고 요리 대회처럼 서로 경쟁을 하게 하면 요리사들을 격려하고 자극하는 한 가지 좋은 방법이 될 수 있겠지요. 누구는 수프와 튀김, 누구는 샐러드와 과자에 실력을 발휘하도록 격려해 경쟁하도록 하면 이것도 요리 연구에 일조할 수 있을 겁니다". 자작 "과연, 재미있군. 그러나 부족한 부엌으로 그런 사람들에게 솜씨를 발휘하도록 하는 것은 좀 가엾군 그래". 나카가와 "부족한 부엌이기에 더욱 시험하기에 좋은 것입니다. 스토브가 없으면 안 된다, 도구가 다 갖춰지지 않으면 안 된다고 하면, 요리의 활용법을 연구하는 면도 적어지기 때문에 가능한 한 보통 사람들이 쓰는 불완전한 도구로 상등의 요리를 차리도록 하고 싶습니다. 덴피를 써서 만들어도 이렇게 맛있게 만들 수 있으니 스토브가 있었다면 더 맛있게 만들 수 있었겠지 하고 손님들이 생각할 수 있게 하는 것이 중요합니다". 오토와 아가씨 "오빠, 덴피라고는 해도 아직 세간의 가정에는 널리 퍼지지 못했지요. 그러니 덴피조차 없을 때 만들 수 있는 요리를 하는 것이 세상 사람들에게 도움이 될 거예요".

23. 간편한 방법

　나카가와는 여동생을 돌아보며 "하지만 서양 요리를 하자면 덴피 하나쯤은 구입하고자 하는 마음이 있어야 한단다. 요즘 사람들은 아주 먼 시골구석에 사는 사람들도 남자라면 서양식 모자를 쓰지. 여자라면 양산을 들고 다닌다. 모자나 양산은 덴포 시대[90]에는 없던 물건이지. 그 외에도 세일러복이나 플란넬 같은 옷도 덴포 시대에는 없던 옷들이야. 하지만 부엌 도구만은 하나부터 열까지 덴포 시대의 도구에서 변한 것이 없으니, 그러면서도 서양 요리는 복잡해서 못 만들겠다고 하는 건 이치에 맞지 않는 말인 거지. 덴피라는 도구 자체도 곧 사라질 과도기적인 도구일 뿐이니, 조금 더 시간이 지나면 집집마다 스토브를 쓰게 될 테지". 오토와 "하지만 그렇게 말씀하셔도 세상 사람들이 아직 다 그렇게 하지는 못하고 있으니 하는 수 없지요. 만약 히로우미 자작님 댁 모임에 30명 정도의 손님들이 오신다

---

90) 덴포(天保)는 일본의 연호 중 하나로 1831년에서 1845년까지를 이른다.

고 해도 덴피를 집에 두고 계신 분들은 그중에서도 몇 분 안 계실걸요. 아마 그중의 반도 안 될지도 몰라요. 카스텔라 냄비[91]라 해도 마찬가지지요. 그러니 제 생각에는 그런 분들을 위해서 특별히 달걀말이 냄비로 서양과자를 만드는 법을 보여 드리는 게 어떨까 해요. 만드는 법이 더 복잡하기는 하지만 달걀말이 냄비라면 집집마다 갖추고 있으니 그걸로 부족하나마 서양과자를 만들 수 있다고 하면 누구라도 바로 집으로 돌아가서 한번 만들어 보겠지요. 달걀말이 냄비로 만들 수 있으면 카스텔라 냄비를 산 후에는 더 간단하게 만들 수 있어요. 카스텔라 냄비로 만들 수 있다면 덴피로도 만들 수가 있지요. 덴피로 만들 수 있다면 자연히 다음에는 스토브로도 만들어 보고자 하는 마음이 생기게 되겠지요". 나카가와보다도, 자작보다도 다마에 아가씨가 이 이야기에 크게 흥미를 보이면서 "선생님, 달걀말이 냄비로도 서양과자를 만들 수 있나요?" 오토와 아가씨 "아주 잘 만들 수는 없지만 카스텔라나 비스킷 같은 것은 누구라

---

91) 이 시대에는 현대의 프라이팬 같은 팬 종류도 모두 냄비라고 지칭했다. 카스텔라 냄비란 카스텔라를 구울 때 쓰는 넓은 오븐 팬을 의미한다. 또한 본문에서 아래에 나오는 달걀말이 냄비라는 것 역시도 달걀말이를 만들 때 쓰는 작은 사각형의 팬을 의미한다.

도 만들 수 있지요. 다른 조리 도구가 없는 시골에서라도 만들 수 있어요. 밀가루도 없고, 베이킹파우더도 없고, 거품기도 없는 곳에서라도 만들 수가 있답니다. 우선 8촌[92] 쯤 길이의 달걀말이 냄비가 하나 필요해요. 원래는 뚜껑이 없으면 안 되지만 양철로 된 철판을 두 장을 겹쳐서 뚜껑 대신으로 사용하면 되지요. 7~8촌[93] 길이의 냄비라면 달걀 3개 정도, 5~6촌[94] 정도의 길이라면 달걀 2개면 충분해요. 깊고 큰 그릇에 달걀을 깨서 넣고, 중스푼으로 1스푼 정도 백설탕을 넣은 뒤, 노른자도 흰자도 설탕도 모두 같이 섞어요. 섞을 때는 차센[95]이나 대나무로 만든 사사라[96]로 섞으면 되는데, 차센보다는 사사라가 더 좋지요. 없으면 가는 젓가락 대여섯 개 정도를 한꺼번에 손에 쥐고 섞어도

---

92) 약 25센티미터.

93) 약 21~24센티미터.

94) 약 15~18센티미터.

95) 차센(茶筅)이란 말차를 만들 때 쓰는 대나무로 만든 솔과 비슷한 도구를 의미한다.

96) 사사라(ささら)란 가늘게 자른 대나무를 모아 솔처럼 만든 도구로, 청소 도구로 사용하거나 혹은 타악기에 비벼 소리를 만들어 내는 데 쓰기도 한다.

돼요. 이 섞는 과정이 힘든데, 50분 정도 계속해서 힘껏 휘젓지 않으면 거품이 올라오지 않아요. 처음에는 부드럽고 큰 거품이 하나둘 올라와요. 그러다가 중간쯤에는 점점 작은 거품만 올라오게 되지요. 이 단계에서도 이미 처음의 달걀 물 상태보다 두 배쯤 부피가 더 커지게 되지요. 하지만 아직 거품 만들기의 시작에 불과해요. 그 상태에서 쉬지 않고 계속 저어 주면 작은 거품이 아주 미세한 거품으로 변하게 되지요. 저을 때에는 오른쪽으로 저었다가 왼쪽으로 저었다가 하면 안 돼요. 계속 한 방향으로 저어 주지 않으면 거품이 올라오지 않지요. 미세한 거품 상태에서 계속 저어 주면 끈적한 상태로 변하게 돼요. 하지만 아직 부드러운 상태인데, 계속 저어 주면 점점 단단해지면서 젓가락을 넣었다 빼면 그 뺀 자리가 뾰족하게 남아 일어서게 되지요. 만일 젓가락을 뺀 자리가 그대로 녹아서 흔적이 사라지면 더 해야 하는 거예요. 젓가락을 뺀 뒤에도 1~2분 정도는 그대로 뾰족하게 자리가 남아 있어야 하지요. 이렇게 될 때까지 계속 끈기 있게 저어 주어야 해요. 거품기가 있다고 해도 30분은 걸리기 때문에, 만일 젓가락이나 사사라로 한다면 1시간은 계속 저어 주어야 하지요. 그렇게 하면 부피가 처음의 다섯 배 정도로 불어난 상태에서 딱딱하게 되는데 이렇게 만들기까지가 아주 힘들지요. 하지만 중간에 젓가락으로 휘젓는 것을 멈추면 바로 거품이 가라앉아 버려요.

이 휘젓는 과정이 아주 힘들고 어렵지요" 하니 요리법을 활용하는 과정은 꽤나 어렵고 힘든 것이다.

24. 카스텔라

    오토와 아가씨 "거품이 그 정도로 단단해지면 밀가루 대신에 상등의 우동 가루를 고운체로 걸러서 써야 해요. 체로 거르지 않으면 가루가 뭉치면서 잘 섞이지 않거든요. 그렇게 체로 친 우동 가루를 달걀 1개당 중간술 하나에 뽀족하게 올라오도록 가득 담아서 넣는데, 달걀 3개면 3술을 살살 섞어 가면서 거품에 넣고 섞어 주지요. 우동 가루를 한꺼번에 너무 많이 넣으면 반죽이 너무 단단해져 버려요. 이 섞는 방법이 어려운데, 반죽에 가루를 살살 흩뿌려 주고 사사라나 젓가락으로 부드럽게 섞어 줘요. 힘을 줘서 섞으면 우동 가루에서 끈끈한 성분이 나와서 카스텔라가 딱딱해져 버리고, 겨우 만들어 놓은 거품도 가라앉아 버리기 때문에, 그저 천천히 다음번 가루를 넣어 줄 정도로만 유지하면 돼요. 그다음에도 조금 더 저어 주다가 가루에서 거품이 나오기 시작하면 더는 저어 주어서는 안 돼요. 마구 휘저어서 가루에서 끈적한 성분이 나오면 카스텔라가 딱딱해지니까요. 반죽은 이걸로 다 만들었어요. 다음에는 달걀말이 냄비 바닥에 얇은 종이를 깔고 참기름을 바르는데, 너무 기름을 많이 바르면 카스텔라에서 냄새가 나게 되니까, 종이가 젖을 정도로만 살짝 발라 줘야 해요. 그다음에 아까의 반죽을 달걀말이 냄비 위에 부으면, 달걀 3개분의 반죽이 부풀어서 냄비의 거의 70~80퍼센트 정도로 차게 되지요. 그렇게 부풀면 뚜껑을 덮고 굽는데 이때의 불 조절이 어려워서, 아래 불은 아주 약하게, 위쪽 불은 약간 세게 하지 않으면 안 돼요. 둘 다 타돈[97]을 쓰면 쉽게 조절할 수 있지요. 만약 타돈이 부족하면 불을 피운 숯불에 살짝 숯을 가져다 대고 손을 따뜻하게 데울 정도로만 불을 붙인 뒤 그 숯불 위에 철망을 놓고 달걀말이 냄비를 올리고 냄비의 뚜껑 모서리 사방에 넷으로 자른 타돈을 올려요. 숯불은 가운데로 모으고 뚜껑에 올린 타돈에는 불을 붙여 주지요. 절대로 중앙에 불을 놓아서는 안 돼요. 그다음에는 반죽의 두께에 따라 20분에서 25분 정도 그대로 구우면 아주 좋은 냄새가 나지요. 조금 더 익숙해지면 냄새만으로도 다 만들어졌는지 아닌지 알 수 있게 되지만, 일단 냄새가 나기 시작하면 2~3분 뒤에 종이를 손에 들고 밖의 공기가 들어가지 않게 막아 가면서 살짝 뚜껑을 열고 안의 상태를 보면 알 수 있지요. 종이는 재빠르게 뚜껑이 열린 부분을 막아 줘야 해요. 이렇게 하면 다 되었을 때 윗부분이 타지 않지요. 그다음에는 아래

---

[97] 타돈(炭団)이란 탄가루를 공처럼 뭉친 연료를 의미한다.

불을 약간 낮추고 위쪽 불은 약간 더 강하게 해서 5분에서 6~7분 더 구운 뒤에 이번에는 뚜껑을 열고 젓가락으로 카스텔라의 가운데 부분을 찔러 봐서 아무것도 묻어 나오지 않으면 다 된 거예요. 만약 젓가락에 아직 덜 익은 반죽이 묻어 나오면 덜 된 거지요. 만약 카스텔라가 부풀지 못하고 가운데 부분이 허물어져서 딱딱하게 되어 버렸다면 불이 너무 강해서 부풀지 못한 것이고, 반대로 너무 흐물흐물하고 잘 구워지지 않았다면 불이 너무 약했던 것이지요. 처음에는 불 조절이 어렵지만 두세 번 연습해 보면 점점 잘 만들 수 있게 돼요. 설탕 넣는 방법이나 우동 가루 넣는 방법도 두세 번 만들어 보면 딱 적당한 양을 알게 되지요. 애초부터 그런 수고를 하려 하지 않는 사람이나 만들고자 시험해 보려는 마음조차 없는 사람, 한 번 잘 만들었다 하더라도 이런 귀찮은 건 다시 하고 싶지 않다고 생각하는 사람은 결코 요리를 잘할 수가 없지요. 몇 번이든 열심히 연습하면 반드시 잘 만들 수 있어요. 지금도 저는 달걀말이 냄비로 카스텔라나 서양과자를 만드는 경우가 종종 있으니 누구라도 못 만들 리가 없지요. 달걀말이 냄비로 잘 만들 수 있게 되면 카스텔라 냄비가 생겼을 때는 더 쉽게 만들 수 있게 돼요. 덴피나 스토브를 사게 되면 훨씬 더 간단하게 만들게 되고요. 달걀말이 냄비로 요령을 알게 되면 밥을 지을 때 불을 붙인 뒤 밥을 지으면서 가마 속의 숯 속에 양철통을 넣어서 가마의 앞부분을 양철통의 뚜껑으로 막으면 그 가마 안의 열기로 서양과자든 뭐든 만들 수가 있게 되지요" 하니 활용법에는 한계가 없다.

25. 달걀로 만든 눈[雪]

 다마에 아가씨는 오토와 아가씨의 설명에 완전히 감동해서 "과연, 그런 식으로 만들면 아주 작은 시골마을에서라도, 산속 깊은 곳이라도, 카스텔라나 비스킷 같은 것들을 못 만들 리가 없겠네요". 오토와 아가씨 "그렇고말고요. 달걀흰자 거품을 만드는 것만 익숙해지면 여러 가지 요리를 만들 수 있지요. 이 요리 역시도 시골 마을에서라도 만들 수 있는 요리인데, 달걀 한 개에서 흰자만 분리한 뒤 설탕을 섞어 가면서 큰 찻잔이나 컵에 넣고 차센이나 사사라, 혹은 젓가락 대여섯 개를 동시에 묶어서 계속해서 잘 흔들어 섞어 주면 처음에는 바닥에서 흰 거품이 올라오기 시작해서 컵 하나에 거품이 가득 차게 되지요. 그렇게 만든 거품은 마치 눈처럼 단단해서 젓가락으로 찌르면 끝부분에 거품이 많이 묻어 나오게 되지요. 그러면 따로 바닥이 평평한 전골용 냄비에 물을 보글보글 끓여 놓고 그 끓는 물에 아까의 달걀 거품을 넣으면 거품이 한층 더 부풀어 오르게 돼요. 그걸 재빨리 거름망으로 걸러서 물기를 뺀 뒤에 접시 위에 올려놓는데, 끓는 물에 너무 오래 있으면 거품이 쪼그라들기 때문에, 거품이 부풀어 올랐을 때 재빨리 건져 내는 것이 중요해요. 이렇게 건져 낸 흰자 거품에 설탕을 뿌려서 손님에게 내면 아름다운 상등품의 과자 요리가 되지요. 서양에서는 이 요리를 달걀로 만든 눈이라고 부르는데 달걀 1개의 흰자로 두 사람분의 요리를 만들 수 있어요. 더 상등품으로 만들려면 거품 위에 커스터드 크림을 얹어서 내지요. 어떤 산골 마을이라 하더라도 달걀만 있다면 이 요리를 만들어 낼 수 있어요. 또 아까 남은 노른자에 설탕을 섞어서 끓는 물에 데친 뒤, 아까의 흰자 거품 위에 얹어서 내도 좋지요. 또 끓인 우유 1홉[98]에 달걀 3개로 만든 흰자 거품을 섞으면 우유가 반 정도 흰자 거품에 흡수되면서 다시 크게 부풀어 오르지요. 그걸 평평한 접시에 담은 뒤, 흡수되고 남은 우유에는 노른자 3개와 설탕을 섞은 뒤 잘 섞어 가면서 끓여서 약간 끈기가 생길 무렵 아까의 흰자 거품 위에 뿌려 주면 아주 맛있는 요리가 되어서, 환자 등에게 보양식으로 먹이기에도 알맞지요. 어쨌든 흰자 거품 만들기는 두세 번 연습해 보면서 익혀야 해요". 다마에 아가씨 "거품 만들기를 잘 익히는 게 아주 어려워서 저도 처음에는 거품을 만들다가 팔이 아플 정도라 힘들었지요. 거품기가 있어도 팔이 아플 정도로 고생하게 되니 거품기가 없다면 더욱 만

---

[98] 약 180밀리리터.

들기가 힘들 거예요. 저도 시골에 사는 사람들에게 이 점을 주의하라고 알려 드릴 생각이지만, 흰자 거품을 더 쉽게 만들 수 있는 방법은 없을까요?" 오토와 아가씨 "그렇지요. 서양식 거품기는 없을지 몰라도 일본식 달걀 거품기라면 아무리 시골이라 하더라도 하나쯤은 갖추고 있겠지요. 《식도락-봄》이라는 책의 311쪽(《식도락-봄》의 〈74. 다양한 아침 식사〉편)을 참조하면 거품기 두 종류의 그림을 확인할 수 있어요. 그중 하나는 철로 만든 것이라 누구라도 거품을 쉽게 만들 수 있지요. 소면 굵기의 철심을 길이 1척 5촌[99] 정도로 잘라 7개 정도를 모은 뒤, 그 거품기 그림을 참조해서 중심에 손절구 공이 등을 둔 다음 둥글게 철사를 모아 손잡이 부분에서 단단히 잡은 뒤, 그 그림처럼 사용하면 조금도 어렵지 않게 거품을 만들 수 있어요". 다마에 아가씨 "그럼 카스텔라 냄비나 덴피도 시골에서 만들 수 있을까요?" 오토와 아가씨 "되고말고요. 《식도락-봄》 49쪽 (《식도락-봄》의 〈10. 돼지고기 회〉 편)을 참조하면 카스텔라 냄비와 덴피의 그림이 실려 있으니 그 그림을 참조해 철물점에 주문하면 쉽게 만들 수 있어요. 원래 카스텔라 냄

---

[99] 약 45센티미터.

비는 동으로 몸체를 만들고 뚜껑은 한가운데가 가장 높이가 낮게 만들어야 하지만, 시골에서는 양철 상자에 뚜껑만 만들면 그런대로 쓸 수 있지요. 카스텔라 냄비는 크기가 작아서 많은 요리에 사용하기 어렵지만 덴피는 어떤 서양 요리든 다 만들 수 있어요. 덴피는 양철 판을 사각으로 편 뒤에 가장 앞부분을 입구로 쓰게 되어 있으니 이 역시도 양철 판만 있다면 철물점에서 간단하게 만들 수 있지요. 윗부분은 불을 올려도 화기가 전도되지 않도록 칸막이를 만들어 넣어 주고 아랫부분에도 불을 넣는 부분 위에 칸막이를 설치해 준 뒤, 화기가 빠지도록 한쪽 면에 구멍을 3개 뚫어 줘야 해요. 《식도락-봄》에 나온 그림을 철물점에 보여 줘서 그대로 만들어 달라 하면 여러 가지 도구를 만들 수 있지요.

* 달걀흰자 요리는 설탕을 넣지 않고 거품을 만든 뒤
본문과 같이 커스터드 크림을 얹어서 먹어도 좋다.
이것은 아와유키(淡雪)[100]라고 하는 요리인데 더
담백한 맛이 난다.

---

100) 아와유키(淡雪)란 한천과 설탕, 계란 흰자의 머랭을 섞어 만든 화과자(和菓子)의 한 종류를 말한다.

26. 비스킷

다마에 아가씨 "선생님, 《식도락-봄》에 실린 덴피 그림과 제가 산 덴피의 모양이 약간 다른데요". 오토와 아가씨 "네, 맞아요. 그건 쓰는 방식이 다르기 때문이지요. 다마에 씨가 산 것은 좀 더 정성 들여 만든 것으로, 아래에서 위로 화기가 올라가다가 맨 윗부분에서 빠져나가도록 되어 있는 것이라 그림의 물건보다 만드는 것이 더 어렵지만 그래도 철물점에 보여 주면 그대로 따라서 만들 수 있어요. 대체로 시골의 철물점이나 철공소에서는 도쿄에서 신식 덴피를 사 와서 시골에서 그대로 따라 만들어 팔고 있으니 더 싸게 파는 것이 가능하지요. 저도 필요한 도구는 철물점에 부탁해서 만들어 온 적이 많아요. 자주 다니는 집에서는 아예 점원이 철판을 사 오는 것부터 만드는 것까지 다 해 주기도 하지요. 그렇게 만든 것들이 아주 도움이 됐어요. 그러니까 위아래로 화기가 통하도록 철판으로 네모난 상자를 만들어서 앞에 열고 닫을 수 있는 문을 만들어 주기만 하면 그걸로 서양 요리는 뭐든지 다 만들 수 있는 거지요. 풍로 위에 올려놓고 쓸 생각이라면 미끄러지지 않도록 나무로 만든 틀을 풍로 위에 놓고 그 위에 덴피를 올려놓고 쓰면 되고, 화로에서도 이로리[101)에서도 만들기에 따라 얼마든지 올려놓고 쓸 수 있으니 오히려 철물점에 주문해서 만들어 쓰는 것이 자기가 사용하기에는 더 편하지요". 다마에 아가씨 "덴피는 중간에 선반처럼 칸이 나뉘어 있어서 양철 쟁반을 두 개 층층이 넣어서 요리를 할 수 있는데 선생님께서 요리하시는 걸 보니 지금까지 쟁반 두 개를 동시에 넣어서 요리하시는 것은 본 적이 없네요". 오토와 아가씨 "맞아요. 중간이 두 층으로 나뉘어 있어서 쟁반 두 개를 넣고 요리할 수 있게 되어 있기는 하지만 그렇게 하면 화력이 위에까지는 잘 미치지 못하니 동시에 두 층을 다 사용하는 것은 무리지요. 역시 위층에 놓은 쟁반에는 화력이 잘 닿지 못하거든요. 그보다는 처음에는 쟁반을 아래층에 넣었다가 너무 많이 익는다 싶으면 쟁반을 위층으로 올려 주는 것이 더 좋아요. 하지만 과자는 요리 중간에 덴피를 열어서 찬 공기가 닿게 되면 애써 부풀어 오른 과자 반죽이 순식간에 쪼그라들어 다시는 부풀지 않으니 쟁반 위치를 바꾸려고 한다면 아주 재빠르게 하지 않으면 안 돼요" 하고 하나하나 꼼꼼하게 설명해 준다. 다마에 아가씨는 새로운

---

101) 이로리(囲炉)란 일본의 전통 주택 안에 사각으로 모래판을 만들고 그 위에 불을 피워 요리나 난방을 위해 사용할 수 있도록 만든 공간을 뜻한다.

지식을 알게 된 것에 기뻐하며 "저도 시골에 사는 친척들이 많으니 이 방법을 알려 줘야겠어요. 틀림없이 다들 기뻐할 거예요. 그 밖에도 달걀말이 냄비로 만들 수 있는 요리가 또 있을까요?" 오토와 아가씨 "간단한 비스킷도 만들 수 있지요. 이것도 밀가루가 없으면 우동 가루로 만들어도 괜찮아요. 밀가루 10큰술에 베이킹파우더가 없다면 탄산 소다 가루 반 큰술을 잘 섞고 따로 탄산 소다 5큰술에 달걀 2개를 잘 섞은 뒤에 아까의 가루와 합쳐서 반죽을 만드는데 반죽이 우동을 만들 때보다 더 부드럽게 되도록 만든 뒤에 두께가 약 2~3분[102] 정도 되도록 밀대로 밀어요. 이때 만약 버터가 있다면 두 큰술 정도 섞어 주지요. 하지만 없어도 괜찮아요. 그리고 과자 틀 대신에 작은 차 보관 통의 뚜껑 같은 걸로 반죽을 눌러 동글동글하게 찍어 내서 동그란 반죽들을 만들어요. 동그란 게 없다면 사각형으로 만들어도 괜찮아요. 달걀말이 냄비에 기름을 두르고 아까의 동그란 반죽들을 서로서로 간격을 두고 냄비 위에 올려요. 너무 가까이 두면 부풀어 오르면서 서로 달라붙거든요. 그걸 카스텔라 만들 때와 같이 불 조절에 신경 쓰면서 10분에서 15분

---

[102] 약 6~9밀리미터.

정도 구우면 그대로 완성이지요. 이게 가장 간단한 요리예요. 그렇지만 불이 너무 세면 부풀어 오르지 못하고 납작해져 버리지요. 다른 요리로는 메밀가루로 만드는 케이크인데, 메밀가루 10컵에 우동 가루 5컵, 거기에 탄산 소다를 한 큰술의 약 70퍼센트 정도 되도록 넣어서 달걀노른자 3개와 설탕 5컵에 우유를 섞어 가면서 반죽을 만드는데, 우유가 없다면 물을 넣어도 괜찮아요. 반죽이 봇타라야키[103]의 반죽처럼 점성은 있지만 흘러내릴 정도로 질척하게 되면, 아까 노른자만 쓰고 남은 흰자 3개분을 거품을 내서 반죽에 섞어 준 다음, 달걀말이 냄비 위에 기름종이를 깔고 그 위에 반죽을 반 정도 차도록 부어 준 뒤, 불 조절에 신경 쓰면서 구워 주면 메밀가루로 만든 카스텔라가 되지요. 뭐든 달걀을 넣어서 만드는 것은 흰자를 따로 거품을 만들어서 넣어 주고 구우면 크게 부풀어 오르게 되니, 저는 달걀말이를 만들 때도 노른자와 흰자를 분리해서 흰자로 거품을 만든 뒤에 섞어서 크게 부푼 폭신한 달걀말이를 만들어요. 다음에 한번 직접 만들어서 보여 드리지요".

---

[103] 봇타라야키(ぼったら焼)란 밀가루에 물을 섞어 반죽을 만든 뒤 철판에 구워 낸 일종의 팬케이크와 같은 요리다. 기호에 따라 설탕을 뿌려 먹기도 한다.

* 버터 비스킷은 밀가루 한 근, 버터 반 근, 설탕 반 근, 달걀 3개의 비율로 잘 섞어서 우동을 만들 때처럼 손으로 주물러 가며 반죽을 만든 뒤 밀대로 밀어 두께가 2분 정도가 되면 과자 틀로 찍어서 덴피에서 10분 정도 구워 내면 된다.

* 쿠키 비스킷은 달걀 3개, 밀가루 반 근, 설탕 4컵, 버터 반 근의 비율로 섞은 뒤, 클라리 세이지[104] 가루를 티스푼으로 한 스푼, 바닐라 에센스를 약간 넣고 섞어 손으로 주무르며 반죽을 만든 다음 밀대로 밀어서 두께가 약 1촌[105] 정도 되었을 때 틀로 찍어 잘라 구워 내면 된다.

* 진저 비스킷은 달걀 3개, 설탕 4큰술, 버터 3큰술, 생강가루 한 큰술 반, 밀가루 10큰술, 베이킹파우더 2티스푼, 물엿 4큰술을 섞은 뒤 우유를 넣고 적당한

---

104) 클라리 세이지(Clary Sage)는 샐비아속에 속하는 2년살이 또는 수명이 짧은 다년생 허브. 진정 효과가 있어 아로마 오일로 만들거나 식초나 와인 제조 시 향을 더하기 위한 용도로 사용된다.

105) 약 3센티미터.

점도로 반죽을 만들어 밀대로 밀어 위의 방법들과 같이 불 조절에 신경 쓰면서 구워 내면 된다.

27. 찜 요리

다마에 아가씨 "네, 그것도 언젠가 해 보겠어요. 선생님, 시골에 사는 사람들은 병이 났을 때 의사로부터 우유를 마시라는 조언을 들어도 아직 우유를 마시는 것에 익숙하지 못해서[106] 마시지 않는 사람들이 많아요. 그런 사람들도 맛있게 먹을 수 있는 우유로 만드는 요리가 있을까요?" 오토와 아가씨 "네 있고말고요. 나도 여러 번 그런 사람들에게 우유로 요리를 만들어서 대접했던 적이 있어요. 요리 도구도 별로 없는 시골이나 깊은 산속에서도 쉽게 만들 수 있는 요리로 커스터드푸딩이라는 것이 있는데, 우유와 달걀을 섞은 찜 요리로 가장 쉽게 만들 수 있는 요리지요. 달걀 2개에 우유 1홉[107]과 설탕 2큰술을 조금씩 넣어 가면서 젓

---

[106] 메이지 유신 이후 육식 금기가 해제되고 서양인과 같이 고기와 우유를 자주 먹어야 몸이 건강해진다는 인식이 퍼지면서, 고기의 섭취보다도 우선적으로 장려되었던 것이 우유의 섭취였다. 현대의 관점으로 보면 약간은 과장한 우유의 영양에 대한 극찬과 함께 정부 차원에서 우유 소비를 적극 권장해, 당시 메이지 천황도 하루 2번 매일 우유를 마시고 있다는 사실이 널리 홍보될 정도였다.

[107] 약 180밀리리터.

가락으로 잘 섞어서 자완무시[108] 그릇이나 아니면 밥그릇에 넣는데, 밥그릇이라면 접시로 뚜껑을 만들어서 덮으면 돼요. 성급한 마음에 처음부터 한꺼번에 재료들을 다 넣고 섞으면 거품이 생기고 잘 섞이지 않은 덩어리들이 생겨서 안 돼요. 천천히 조금씩 섞어 두고 가마솥에 물을 부은 뒤 반죽을 넣은 그릇들을 서너 개 정도 그 솥에 넣고 솥에 뚜껑을 덮어서 약 20분 동안 찌는 거예요. 이때 카스텔라를 만들 때처럼 중간에 뚜껑을 열고 젓가락을 찔러 봐서 젓가락에 반죽이 묻어 나오면 아직 덜 익은 거예요. 아무것도 묻어 나오지 않으면 다 된 거지요. 이렇게 만들어서 먹이면 아무리 우유를 싫어하는 사람이라도 맛있다고 하면서 잘 먹게 된답니다. 이걸 한층 더 맛있게 만들려면 호박을 잘라서 같이 넣고 찌거나, 혹은 호박을 강판에 곱게 갈아서 반죽에 섞어 약간의 계핏가루를 넣고 찌면 더 맛있어요. 계피는 호박의 맛을 더 끌어올리지요. 하지만 없어도 상관없어요. 이게 가장 간단한 호박 푸딩을 만드는 방법이에요. 또 아까의 푸딩 반죽에 밥을 섞어서 쪄 내면 라이스 푸딩이 되

---

[108] 자완무시(茶碗蒸し)란 일본식 달걀찜으로 원통형 그릇에 표고버섯, 은행, 백합 뿌리, 가마보코, 닭고기, 작은 새우, 구운 붕장어 등의 재료와 푼 달걀에 담백한 육수를 넣고 찜통에서 찐 요리다.

지요. 고구마를 쪄서 강판에 갈아 섞은 뒤, 계핏가루를 약간 섞어 만들어도 맛있어요. 감자와 계핏가루로 만들어도 되고, 찐 밤을 갈아서 섞어 만들어도 아주 맛있어지지요. 삶은 우동이나 소면을 20~30가닥 정도 반죽에 섞어서 같이 쪄도 괜찮고, 쌀가루를 두 큰술 반죽에 섞어서 쪄 내도 맛있어요. 빵을 물에 적신 뒤에 잘게 잘라 반죽과 섞어서 쪄 내도 좋지요" 하니 간단하게 만들 수 있는 요리의 종류가 이렇게나 많다. 다마에 아가씨는 흥미를 느끼고 "그 외에도 오믈렛 같은 것은 시골에서도 충분히 만들 수 있겠지요". 오토와 아가씨 "그럼요. 달걀노른자에 소금을 조금 섞고 잘 풀어 섞은 뒤, 흰자는 따로 눈처럼 거품을 만드는데, 거품이 꺼지지 않도록 조심하면서 노른자 푼 것과 섞어 냄비에 기름칠을 하고 거기에 반죽을 부어, 젓가락이나 숟가락으로 반죽 윗부분을 평평하게 다져서 구워 내면 그걸로 끝이에요. 좀 더 부드럽게 만들려면 노른자를 풀 때 우유를 조금 섞으면 되는데, 흰자로 거품만 제대로 만든다면 굳이 우유를 섞지 않아도 푹신푹신하고 부드러운 오믈렛이 되지요". 다마에 아가씨 "그럼 달걀만 듬뿍 넣어 만든 오믈렛이 되겠네요". 오토와 아가씨 "물론 그냥 오믈렛이라 하면 달걀만으로 만든 것이고, 고기나 다른 재료를 넣는다면 그건 고기 오믈렛이 되지요. 혹은 잼이나 과일 졸인 것을 넣고 만들어도 맛있어요. 고기나 파를 넣어 만든다면 일단 잘게 잘라서 한 번 찐 것을 오믈렛 반죽에 넣고 만들지요". 다마에 아가씨 "상등의 가정 요리식으로 만든다면 오믈렛은 어떻게 만드나요?" 오토와 "가정 요리식 오믈렛은 달걀만을 넣고 소금과 고춧가루를 조금 넣은 뒤, 기름으로는 샐러드유나 버터를 써요. 오믈렛 소스로는 고춧가루를 약간 섞은 토마토소스를 쓰지요. 소스는 냄비에 버터 한 큰술을 녹이고 거기에 콘스타치, 즉 옥수수 전분을 한 큰술 넣고 볶은 뒤, 병에 담아 파는 토마토소스를 한 병 넣고 치킨 스톡 같은 것을 넣어서 다시 소금과 고춧가루로 간을 해서 만든 것이에요. 더울 때는 매운 음식을 먹는 것이 좋다고 해서 일부러 고춧가루를 넣고 만드는 거지요". 다마에 아가씨 "더울 때는 왜 매운 음식이 좋은 건가요?"

* 본문에 나온 오믈렛은 오믈렛 수플레라고 하는 것이다. 보통의 오믈렛은 달걀 푼 것에 소금과 후추를 넣고 센 불에서 구워 안은 반숙인 상태로, 겉은 약간 타기 직전의 바삭한 상태로 만드는 것이다. 하지만 이 방법은 냄비에 달걀 푼 것을 넣고 잘 섞어 주지 않으면 안 된다. 1인분에 달걀 2개가 필요한데, 여기에 껍질을 벗긴 생토마토 2개를 잘라 넣고 만들어도 좋다.

* 생선 오믈렛은 어떤 종류의 생선이든 기름기가 적은 것으로 골라 쪄서 잘게 살을 발라 앞에 나온 방법과 같이 달걀 푼 것에 잘 섞어서 구워 내면 된다. 또 데친 생선 살을 절구로 곱게 갈아 오믈렛 수플레 반죽에 섞어서 구워 내도 좋다.

28. 요리의 궁합

 이 질문에 대한 답은 오토와 아가씨 대신 나카가와가 대답한다. "다마에 아가씨, 더운 날씨에 고추처럼 자극적인 식재료를 찾게 되는 것은 더울 때 사람의 피부는 열로 인해 자극을 받아 내부의 혈액이 피부 쪽으로 몰리게 되기 때문이지요. 그렇게 되면 위나 장 같은 장기들은 마치 기계에 넣는 기름이 떨어진 듯이 움직임이 둔해지고 소화력이 떨어지게 되니 자극이 강한 음식을 먹어서 혈액을 위장으로 돌려보내고자 하는 것입니다. 그렇게 되면 자연 위나 장의 움직임이 원래대로 돌아오지요. 더위를 이기기 위해 소주를 마시는 사람들도 있는데, 기본적으로 소주는 자극성이 강한 술이라 오히려 마시면 더 더워집니다만, 적당히만 마시면 역시 그 자극성으로 인해 소화 기관의 활동을 돕고 피부의 혈액을 내장으로 돌려보내기 때문에 마시면 더위가 가시는 느낌을 받을 수 있습니다. 그 대신 조금이라도 지나치게 마시면 해가 되지요. 마찬가지로 매운 음식도 적당히 먹어야 합니다. 인도나 동남아시아의 사람들이 평생에 걸쳐 매운 음식을 즐겨 먹는 것도 역시 더운 기후에서 살고 있기 때문이고, 중국 요리의 원칙에서 가을에는 매운 음식을 먹는 것으로 되어 있는 것도 여름의 열기로 인해 위장이 약해져 있으니 자극을 하고자 함이었겠지요. 서양 요리에서는 여름 요리에 향신료를 많이 씁니다. 레몬이나 바닐라, 아몬드, 생강, 계피, 육두구같이 자극성이 강한 것들을 먹는다든지, 카레라이스를 먹는 이유는 모두 위장을 자극하기 위해서입니다. 카레라이스는 인도의 요리인데 카레 가루 자체도 열대의 나라들에서 나옵니다. 그러나 자극적인 음식을 주의해서 먹지 않으면 습관이 되어 점점 더 자극적인 음식을 먹지 않으면 효과를 느끼지 못하게 되어 버리지요. 처음에는 고추 끝부분만 조금 핥아도 맵다고 하던 사람이 나중에는 고추 한 개를 통으로 다 먹어도 괜찮다고 하게 됩니다. 그렇게 되면 매운 음식이 독이 되어 건강한 사람이라 할지라도 문제를 일으키게 되지요. 위장병이나 위암 같은 병은 자극적인 음식을 많이 먹는 사람들에게 많이 나타난다고 알려져 있습니다. 건강한 사람이라도 너무 많이 먹으면 해가 되는 법인데, 뇌가 좋지 않은 사람이나 폐병으로 각혈을 하는 사람, 심장이 좋지 않은 사람이나 임산부, 각기병에 걸린 사람이나 눈병이 있는 사람은 절대로 자극적인 음식을 먹어서는 안 됩니다. 병자가 자극적인 음식을 먹으면 곧 해를 입게 됩니다. 어떤 병이든 병자라면 먹는 것을 가리는 것을 가장 중요하게 생각하지 않으면 안 됩니다. 저는 어떤 맹인 안마사에게 실명이 된 이유를 들은 적이 있는데, 오랫동안 심한 눈병을 앓다가 조금씩 회복되던 중 와사비절임을 많이 먹는 바람에 그날 밤부터 눈이 심하게 아프더니 완전히 보이지 않게 되었다는 말이었습니다. 저도 그 말을 들었을 무렵 자극적인 음식이 가져오는 위해에 깜짝 놀랐습니다만, 의사의 말에 따르면 자극적인 음식이 위장에 있으면 위장의 힘을 약하게 하고 위벽이나 장의 벽을 자극하는데, 위벽이 두껍다면 그다지 큰 해는 되지 않지만 전에 말씀드렸던 배 속에 있는 두 번째 입을 통해 몸으로 흡수되어 혈액에 섞이게 되면 그 열기가 몸을 더 자극하게 되지요. 와사비의 자극으로 눈이 보이지 않게 될 만큼 강력해지기도 합니다. 그러니 서양 요리에 고추 같은 것을 쓸 때에는 그 배합법이 정해져 있어, 위장을 건강하게 자극할 정도로만 쓰게 되어 있지요. 달걀 같은 것과 함께 먹으면 달걀과 섞여서 장을 통해 밖으로 빠져나가기 때문에 매운 음식이 적게 흡수되고 따라서 그 효과도 미미해지기는 하지만, 같은 양의 고추를 공복에 먹게 되면 위에 남지 않고 모조리 혈액 속으로 흡수되고 맙니다. 모두 혈액에 섞여 신체를 자극하게 되는 것이지요. 매운 음식을 먹을 때 대개 옆에 물이나 탄산수를 놓고 먹는 이유는 너무 매우면 바로 물을 마셔서 자극을 가라앉히기 위함입니다. 그 대신에 따뜻한 차를 마시면 매운 느낌이 한층 더 강하게 느껴지게 되지요. 대개 매운 음식이나 향신료의 배합은 영양적으로 조절해서 달걀에는 고추, 콩 요리에는 박하, 무화과에는 정향, 소고기에는 겨자, 배나 감자, 고구마 같은 것에는 계피 같이 궁합이 맞는 향신료를 씁니다. 겨자 소스만 먹으면 너무 맵지만, 소고기와 먹으면 맵지 않지요. 가정 요리를 공부하는 사람은 음식의 궁합과 영양을 잘 알아 둬서 적절하게 사용한 요리를 만들어야 합니다" 하고 대답하니 짧은 질문에 너무 긴 대답이다.

29. 호박 요리

그렇게나 긴 설명에도 다마에 아가씨는 귀찮다고 생각하지 않고 "나카가와 씨, 그런 말씀을 들으면 가정 요리라는 것이 너무 어렵게 느껴져서 만들어 볼 엄두가 나지 않아요". 나카가와 "하하하하, 그런 말씀은 마시지요. 영양상의 지식을 조금만 공부하면 점점 이해하게 됩니다. 예를 들어 아까 말씀드린 카레라이스는 점심 식사로는 좋지만 저녁 식사로는 적당한 음식이 아닙니다. 왜냐하면 자극성이 강한 음식을 자기 전에 먹으면 잠이 잘 안 오게 되기 때문이지요. 그 외에도 과일은 청량제 같은 역할이라 몸에 약이 된다고들 하지만, 그중에는 소화가 잘되지 않는 것도 있어서 오후 4시가 넘으면 먹지 않는 것이 좋은 과일들도 있습니다. 우리 나라에서 나는 감 같은 것이 그런 과일이지요. 그렇지만 날로 먹는 것이 아닌 소화하기 쉽게 요리한 것은 밤에 먹어도 좋습니다. 어떤 재료든 마찬가지인데, 소화하기 쉽게 요리하는 방법을 연구하지 않으면 안 됩니다. 예를 들면 호박을 요리하는 것도, 찌거나 삶거나 여러 방법이 있는데, 서양 요리처럼 쪄서 곱게 갈아 파이를 만든다든가, 푸딩을 만든다든가 하면 소화력이 완전히 달라지게 됩니다. 일본 요리식으로 만든 호박 산바이스[109] 같은 것은 그다지 소화에 좋은 요리가 아니지요. 하지만 씹는 맛이 좋고 맛도 산뜻합니다". 다마에 아가씨 "어머, 호박으로 만든 산바이스도 있나요? 선생님 그건 어떻게 만드는 건가요?" 이번에는 오토와 아가씨가 나카가와 대신 대답하며 "별로 어렵지 않아요. 아직 덜 익은 파란 호박을 껍질을 벗겨 가늘게 채 썬 다음 소금에 잘 비벼 놓고 물로 헹군 뒤, 차조기 잎을 잘 씻어서 가늘게 채 썰어서 호박과 같이 무치고 마지막으로 산바이스를 약간 뿌려서 내지요. 모르는 사람은 그냥 먹으면 호박이라는 생각을 하지 못할 정도예요. 나중에 깜짝 놀랄 정도지요". 다마에 아가씨 "어머나, 그렇군요. 다음에 한번 만들어 봐요. 저번에 저는 다른 곳에서 호박 위에 전분으로 만든 소스를 끼얹은 요리를 대접받았던 적이 있는데요, 그런 건 어떻게 만드는 걸까요?" 오토와 아가씨 "그건 호박의 껍질을 벗긴 뒤 쪄 내고 남은 물에 전분 가루를 넣고 소스를 만들어 호박 위에 뿌린 거예요. 호박으로는 서양 요리에서 비롯한 호박찜이라는 요리도 만들 수 있어

---

109) 산바이스(三杯酢)란 일본식 식초 절임이다. 정확히는 식초, 요리술, 간장을 1:1:1의 비율로 넣고 만든 절임을 의미하나 소금, 식초, 설탕을 중심으로 나머지는 기호에 맞게 조절해서 만들어도 산바이스라고 부른다.

요. 작은 호박을 골라서 돌려 가며 껍질을 얇게 깎고, 꼭지 부분은 요령 있게 둥글게 잘라 낸 뒤, 호박의 속을 파내고, 그 안에 들어갈 소고기든 닭고기든 생선 살이든 분쇄기로 간 것이나 혹은 칼로 두드려서 곱게 다진 고기에, 소금 후추 간을 하고, 찐 감자를 곱게 간 것과 섞어서, 당근이나 우엉, 목이버섯 같은 것들이 있다면 살짝 쪄서 다 같이 호박 속에 넣어요. 또는 빵에 물을 조금 적셔서 같이 넣어도 좋지요. 그런 것들을 모두 호박 속에 넣고 아까 잘라 낸 꼭지 부분을 뚜껑으로 덮어요. 그 호박을 대나무 잎 같은 걸로 열십자로 싸야 해요. 그렇지 않으면 안에 든 내용물이 부풀면서 뚜껑이 떨어져 버릴 수 있거든요. 그다음에 속이 깊은 냄비에 요리 술과 미림과 간장을 넣고 맛있는 국물을 만든 뒤 호박을 넣고 푹 익을 때까지 쪄 내요. 이렇게 하면 호박도 남은 국물도 둘 다 서로 맛이 스며들어서 더 맛있어지게 되지요. 호박은 서양 요리인 파이로 만들어 먹는 게 가장 맛있기는 하지만, 파이의 껍질을 만드는 것이 어려워서 요리 도구가 부족한 시골 같은 곳에서는 제대로 만들 수가 없는데, 호박파이의 속 부분만 만든다면 아까 말한 달걀말이 냄비로도 충분히 만들 수 있지요. 이건 씨가 다 들어 있는 호박으로 만들어야 맛있으니까 껍질을 벗기고 잘게 잘라 찌든가 삶든가 해서 그걸 체에 비벼 갈아 낸 뒤, 호박 1홉[110)]에 달걀노른자 1개 정도 넣고 설탕과 계피로 맛을 내서 달걀말이 냄비에 기름을 두른 뒤 호박을 넣고 2~3분 정도 구워요. 그냥 구운 것보다 이렇게 구운 것이 더 맛있지요" 하니 어떻게든 적용할 수 있는 응용법을 알려 준다.

* 호박은 본문에 나온 것 외에도 후추와 식초로 간을 해서 먹어도 맛있다. 호박을 1촌[111] 길이로 썰어서 부드러워질 때까지 찌고, 따로 검은 후추를 볶아 절구에 빻아서 미림, 식초, 설탕, 소량의 간장을 넣고 약간 걸쭉해진 느낌이 드는 소스를 만들어서 아까의 호박에 뿌려 먹는 것이다.

110) 약 180밀리리터.
111) 약 3센티미터.

30. 채소 요리

　요리의 응용법은 다마에 아가씨가 가장 배우고 싶어 하는 것이라 "선생님, 그런 서양 요리 응용법으로 또 다른 것들이 있나요?" 오토와 아가씨 "있고말고요. 채소를 소스에 찐 요리 같은 것은 우유와 밀가루, 버터만 있다면 어디서든 만들 수 있지요. 먼저 버터 1큰술을 냄비에 녹이고 밀가루 1큰술을 살살 흔들면서 넣은 뒤에 나무 주걱으로 재빨리 섞어 가면서 볶고 밀가루가 갈색이 되면 우유 5작[112)]과 육수 5작을 넣는 건데, 만약 육수가 없으면 물과 우유를 반씩 섞은 것을 넣어도 돼요. 거기에 소금을 적당히 치고 조금 더 끓이면 하얀색 소스가 만들어지지요. 가지, 당근, 양파, 대파, 꼬투리콩, 월과, 오이, 아스파라거스, 우엉의 새순, 광저기[113)], 양배추, 순무, 뭐든 괜찮으니 소금물에 부드럽게 될 때까지 삶아서 바로 쓰거나 좀 더

---

112) 약 90밀리리터.
113) 광저기란 앉은뱅이콩으로도 부르는 덩굴성 식물이다. 어린 꼬투리는 채소로 쓰이며, 열매는 팥의 대용으로 곡물에 섞어서 밥을 짓거나, 떡고물·과자의 원료로 쓰인다.

상등으로 만들려면 육수에 담가 두고, 가지 같은 것은 쓸 때에 냄비 뚜껑 같은 걸로 눌러서 물기를 뺀 다음 아까의 화이트소스에 넣고서 정말 약간 데운다는 느낌으로 데워서 먹으면 얼마나 맛있는지 몰라요. 지금 말씀드린 채소들 중에 양배추와 당근과 월과와 오이를 넣고 만들 때는 소스에 넣고 데울 때 식초를 아주 약간 넣으면 맛이 더 좋아지지요. 만약 빵이 있다면 1분 두께에 5분 정도[114] 넓이의 사각으로 썰거나 혹은 마름모꼴로 썰어서 버터에 잘 볶은 뒤 아까 만든 소스를 채소 요리 위에 뿌려 먹으면 채소의 부드러움과 빵의 바삭바삭함이 어우러져 한층 더 맛있어져요. 그렇지만 이런 요리에 쓰는 버터는 신선한 것이어야지, 나쁜 냄새가 나는 것은 안 돼요. 오래된 버터는 전에 가르쳐 드린 대로 흐르는 물에 잘 씻어서 냄새를 제거한 다음 쓰도록 하세요. 밀가루 대신에 일본산 우동 가루를 써도 만들 수 있지만 햇밀로 만든 것은 독성이 있을 수 있으니 묵은 가루만 써야 해요. 햇밀로 만든 우동 가루는 우동을 만들든 뭐를 만들든 간에 독성이 있어서 위를 상하게 하지요". 다마에 아가씨 "어머, 그런가요? 가지는 프라

---

114) 1분은 약 3밀리미터, 5분은 약 15밀리미터다.

이 요리를 만들기도 하고 얇게 잘라서 버터를 발라 철판에 구워 먹어도 맛있고, 속을 파내고 고기나 생선 살을 잘게 다진 것에 채소 다진 것을 섞어서 속을 채워 쪄 먹어도 맛있고, 정말 여러 가지 요리를 만들 수 있군요". 오토와 아가씨 "네 맞아요. 아까 말한 것처럼 소금물에 넣은 가지를 냄비 뚜껑으로 눌러 물기를 빼고 생선회처럼 얇게 썰어서 식초를 섞은 미소 된장과 함께 먹으면 가지회 요리가 되고, 한 번 기름에 튀겨서 다시 고춧가루를 섞은 육수에 쪄서 먹어도 맛있어요". 다마에 아가씨 "저희 집에서는 연말연시에 동아(冬瓜)를 많이 받아서 늘 곤란했는데요, 무슨 좋은 요리법이 있을까요?" 오토와 아가씨 "그렇다면 소금에 절여 놓는 것이 좋겠지요. 동아를 막대기 모양으로 썰어서 통 속에 다쿠앙을 절일 때처럼 가지런히 넣고 소금을 많이 넣은 뒤 다시 그 위에 가지런히 놓아 또 한 층을 쌓고 다시 소금을 넣고 하면서 넣은 뒤 다쿠앙을 만들 때처럼 무거운 돌로 눌러 줘요. 그렇게 하면 도중에 몇 번 꺼내서 먹어도 다음 해 여름까지는 상하지 않고 먹을 수 있어요. 그렇게 하면 겨울 추운 시기에도 먹고 싶을 때는 언제나 이틀 정도 물에 담가서 소금기를 빼면 어떤 요리에라도 사용할 수 있지요. 봄에 동아 요리를 먹는 건 독특하고 재미있어요. 동아는 맛이 싱거운 채소니까 일단 소금에 절인 뒤에는 육수에 삶아서 닭고기 소보루 같은 것과 곁들여 먹으면 맛있지요. 동아를 절여서 삶은 걸 깨 된장에 무쳐서 먹어도 맛있고, 참마를 간 것을 뿌려서 먹어도 맛있어요".

31. 생선 요리

다마에 아가씨 "이제부터 여러 가지 생선들이 나올 시기인데 간편하게 만들 수 있는 생선 요리가 있을까요?"

오토와 "그렇지요. 생선으로 만드는 그릴 요리가 있는데, 도미, 농어, 고등어, 숭어, 가자미, 넙치, 민물고기라면 잉어나 송어, 산천어, 연어같이 젤라틴 성분이 많은 생선을 골라서 바다 생선이라면 등 쪽을 갈라 **뼈**를 발라내고 소금과 후추로 간을 해서 1시간 정도 샐러드유에 재워 놓아요. 그 후 철망 위에 생선을 올리고 숟가락으로 버터와 샐러드유를 계속 끼얹어 가면서 구워요. 그러면 생선 기름이 아래로 떨어지게 되지요. 소금을 조금 불에 넣으면 불이 꺼지게 돼요. 버터를 냄비에 넣고 녹여서 약간 색이 변할 무렵에 그걸 생선에 끼얹어서 오이 무침이나 삶은 감자 같은 곁들이는 음식을 같이 내면 꽤 괜찮답니다". 다마에 아가씨 "그건 간단하게 만들 수 있겠네요. 바다 생선은 등 부분부터 가른다고 하셨는데 민물생선은 어떻게 손질하나요?" 오토와 아가씨 "민물생선은 배 부분부터 갈라서 손질하는 것이 더 맛있지요. 이걸 일본 요리에서는 바다등 강배라고 부르지요". 다마에 아가씨 "장어 같은 것은 가바야키[115]로 만드는 것 외에 다른 조리법이 있나요?" 오토와 아가씨 "있지요. 서양 요리로 하자면 하나는 스튜로 만드는 것인데 먼저 머리를 잘라 껍질을 벗겨서 한 마디를 1촌 5분[116] 정도로 서걱서걱 잘라서 자글자글 녹인 버터에 일단 장어를 한 번 튀기고, 남은 기름에는 밀가루 한 컵을 넣고 다시 볶아서 와인을 취향에 따라 적당히 넣고, 아까의 튀긴 장어를 다시 넣어 소금과 후추로 간을 해서 1시간 정도 놔두면 완성이지요. 또 다른 요리는 아까처럼 버터에 튀기듯 구운 장어를 화이트소스에 버무린 것인데 이것도 괜찮아요. 독일풍으로 만들자면 화이트소스에 케이퍼라고 하는 작은 나무 열매와 아주 약간의 식초를 더하는 것인데, 잘 만들지 못하면 식초 때문에 우유가 굳어져서 못 먹게 되어 버리지요. 장어 프라이는 토막 친 장어를 40분 정도 쪄서 밀가루를 묻힌 다음 달걀노른자 물을 발라 빵가루에 굴려서 기름에 튀기는 거예요. 미꾸라지도 토막 쳐서 4~5등분으로 자른 뒤 대나

---

115) 가바야키(蒲燒)란 뱀장어, 갯장어, 미꾸라지 따위의 등을 잘라 뼈를 바르고 토막 쳐서 양념을 발라 꼬챙이에 꿰어 구운 일본 요리다. 양념에는 진간장, 맛술, 설탕, 술 등이 들어가며 데리야키의 일종으로 보기도 한다. 에도 시대 요리의 일종으로 지금의 도쿄인 에도 지역의 전통적인 향토 요리에 속하기도 한다.

116) 약 3.15센티미터.

무 꼬치에 꿰어서 우유 1컵, 밀가루 2컵, 달걀노른자 2개, 소금과 파슬리 약간과 거품을 올린 흰자 2개를 섞어서 튀김옷을 입혀서 튀기면 맛있지요. 장어를 훈제해 하루 정도 말린 뒤 버터에 구워 내는 요리도 있고, 소고기 육수로 삶아서 젤라틴으로 굳히는 요리도 있지요. 하지만 장어는 혈액 속에 독이 들어 있어서 덜 익힌 요리나 덜 찐 요리는 먹어서는 안 돼요. 장어는 뭐니 뭐니 해도 일본식으로 소스를 발라 굽는 것이 가장 맛있지요". 다마에 아가씨 "서양 요리 중에 은어를 식초에 절여 찜 요리로 만드는 방법이 있다던데 어떻게 하는 건가요?" 오토와 "그건 물 1컵에 상등품 서양 식초[117]를 2큰술 정도 넣고 소금 후추 약간과 루리[118]라고 하는 향이 좋은 나뭇잎을 석 장 넣어 그 물에 은어를 찌는 요리지요. 찐 은어를 꺼낸 뒤 남은 육수와 은어 모두를 식힌 뒤에 육수를 다시 은어 위에 끼얹어서 내지요". 다

---

[117] 서양식 발음을 살려서 비네거(ビネガー)라고 하는 경우도 있다. 일본의 식초는 대개 쌀이나 곡물을 원료로 식초를 만드는 반면, 서양식 식초는 와인이나 사과주로 만들기 때문에 종래의 일본 식초보다 향이 좋고 샐러드에 곁들이는 드레싱을 만들기에 더 적합했다.

[118] 월계수 잎을 뜻하는 프랑스어 로리에(laurier)를 말하는 것으로 추정된다.

마에 아가씨 "그렇군요. 은어는 정말 여러 가지 요리법이 있군요". 오토와 아가씨 "네. 은어 세 배 간장 요리라고 해서 아직 살아 있는 은어로 만드는 아주 좋은 요리가 있지요. 은어 낚시를 갈 때 간장 2컵에 술 1컵의 비율로 잘 섞은 것을 가지고 가서 은어를 잡으면 산 채로 그 속에 넣는 거예요. 간장에 절인 은어가 갈색빛이 돌면 그걸 구워서 먹는 건데 얼마나 맛있는지 몰라요. 이 요리는 은어로만 만들 수 있는 건 아니에요. 다른 생선으로 만들어도 맛있지요. 또 은어 감로찜이라는 것은 은어를 그대로 초벌구이해서 술과 물을 일대일로 섞은 물 위에 찜기를 올리고 약불에서 2시간 이상 쪄서 만드는 거예요. 거기다 아주 약간의 간장과 미림을 넣고 다시 1시간 반 정도 찐 뒤에 불에서 내리기 직전 물엿을 조금 넣어 먹으면 아주 맛있지요. 붕어 감로찜도 같은 방법으로 만들면 돼요".

32. 여행 도시락

 다마에 아가씨는 요리법을 배우는 것에 열심인지라 "그러면 은어 초밥은 어떻게 만드는 건가요?" 오토와 아가씨 "그건 은어의 배를 갈라 뼈를 발라내고 소금을 뿌린 뒤, 소금이 은어에 스며들면 상등의 식초에 담가 두고 두세 시간 정도 놔둔 다음 밥도 상등의 식초와 소금을 넣고 지어요. 다 된 밥에 식초와 소금을 나중에 섞어도 되지만, 처음부터 넣고 밥을 짓는 것이 더 좋아요. 만약 식초가 별로 좋지 못해서 단맛이 떨어진다면 설탕을 약간 섞어도 괜찮아요. 그 밥을 은어 배 속에 터지기 직전까지 가득 넣어서 손으로 모양을 잡은 다음 초밥 상자에 넣어 두는데 초밥 상자가 없으면 뚜껑이 있는 상자에 나란히 넣어 두고 얇게 썬 생강을 흩뿌린 뒤 뚜껑 위에 무거운 돌을 올려 두면 반나절 뒤에 먹을 수 있게 되지요" 하고 설명하니 그걸 듣고 있던 히로우미 자작은 도카이도[119]의 스시를 떠올리며 "오토와 양,

---

119) 도카이도(東海道)는 도쿄에서 교토까지 해안선을 따라 나 있는 가도(街道)를 의미한다.

장마가 길게 이어져서 은어가 하나도 없는 때에도 은어 초밥은 팔고 있지요. 그건 어떻게 보존하는 건가요?" 오토와 "그건 배를 가른 은어에 소금을 잔뜩 뿌리고 큰 통에 담아 위에 무거운 돌을 올려서 마치 다쿠앙을 만드는 것처럼 놓아두는 거지요. 그렇게 하면 2~3개월이 지나도 먹을 수 있어요. 그걸 쓸 때에는 절인 은어를 물에 담근 뒤 남천(南天)[120]의 잎을 물에 섞어 두면 두세 시간 뒤에는 소금기가 가시게 되지요. 그런 은어로 초밥을 만드는 것이니 갓 잡은 은어로 만든 초밥과는 맛에서 아주 큰 차이가 나게 되어요". 히로우미 자작 "대체로 기차로 여행할 때 가장 곤란한 것이 먹는 문제지요. 기차의 차창으로 급하게 산 먹을 것들은 맛이 없어서 많이 먹을 수가 없어요. 더욱이 날씨가 더울 때에는 더 그렇지요. 다카가와 군은 여행을 할 때 어떻게 식사를 해결하는가?" 나카가와는 무언가 말하고 싶어 근질거리던 차에 "네, 저는 직접 만든 도시락을 들고 갑니다. 한두 번 도시락을 먹으면 갈 수 있는 거리라면 오토와

---

[120] 남천(南天)은 매자나뭇과에 속하는 나무로 남천속에 속하는 유일한 종이다. 남천촉, 남천죽이라고도 부른다. 열매와 줄기, 잎을 약재로 쓴다. 열매는 남천실이라고 하는데 생약으로 백일해, 천식과 같은 병 때문에 생기는 기침을 가라앉히는 데 쓰고, 잎은 강장제로 쓴다.

에게 부탁해서 샌드위치를 만들어 달라고 하는데, 역시 집에서 직접 만든 샌드위치는 파는 음식들과는 맛을 비교할 수조차 없지요. 길에서 파는 샌드위치는 대개 햄을 빵 사이에 끼운 것뿐인데, 집에서는 그보다 더 여러 가지 샌드위치를 만들 수 있습니다. 우선 가장 간편하게 만들 수 있는 샌드위치가 달걀 샌드위치인데, 삶은 달걀을 흰자와 노른자 모두 함께 으깨서 소금 약간과 버터 약간을 섞어 빵에 발라 만듭니다. 얇게 자른 빵에 버터를 바르고 그 위에 으깬 달걀을 발라 다시 빵으로 덮은 다음 작게 잘라서 종이로 싸면 옷 주머니에도 넣을 수 있지요. 아주 급하게 나가야 할 때는 잼만 발라서 만들 수도 있습니다. 토마토 샌드위치는 아주 맛있는데 앞서 몇 번 말씀드린 마요네즈를 약간 밀도 있게 만들어서 빵에 바르고 토마토를 살짝 데쳐 껍질을 벗긴 뒤 얇게 잘라 빵 사이에 넣고 빵을 먹기 좋은 사이즈로 자릅니다. 다른 채소나 잎사귀 채소도 이런 식으로 만들 수 있습니다. 또 빵에 버터를 바르고 그 위에 겨자를 살짝 바른 뒤 로스트비프나 로스트치킨을 끼워서 먹기 좋은 크기로 잘라도 좋지요. 이걸 좀 더 정성스럽게 만들려면 고기를 분쇄기에 갈고 버터와 소금과 겨자 외에 얇게 썬 양파를 섞어 빵에 바르듯이 올려 만들어도 아주 맛있습니다. 혹은 통조림 정어리의 껍질과 뼈를 발라내어 빵에 끼워 넣고 만들어도 좋지요. 햄 샌드위치는 지금처럼 빵에 버터와 소금과 겨자를 바른 뒤 살짝 데친 햄을 넣고 만들면 맛있습니다. 많은 사람들이 햄을 데치지 않고 그냥 빵에 끼워서 먹는데 그건 아주 위험한 행동입니다. 이런 가정식 도시락은 기차를 탈 때만 먹기 좋은 것이 아닙니다. 회사를 갈 때, 일이 있어 관청에 갈 때 상하기 직전의 도시락밥을 사서 먹는 것보다 집에서 간단하게 샌드위치를 만들어 가는 것이 편리하기도 하고 경제적으로도 이득입니다. 가장이 밖에 나가 도시락으로 끼니를 때우는 것은 아내에게는 수치라고 해도 좋을 정도지요. 먼 곳에 여행을 갈 때는 식품점에서 포테이토 미트라는 곱게 간 고기가 든 통조림을 사서 그걸 빵 위에 올려 먹으면 즉석에서 샌드위치가 만들어지는 셈이지요. 서양인들도 자주 이렇게 하는데 아주 편리한 방법입니다" 하니 우리 나라의 여행자들은 평소 먹는 것에 더 주의를 기울여야 함이다.

33. 기차의 위생

집에 있을 때는 물론 식생활의 위생을 신경 쓰게 되지만 밖에 나오면 사방에 위험한 요소가 도사리고 있다. 히로우미 자작은 나카가와의 말에 깊게 감명받아 "과연, 그런 식으로 집에서 샌드위치를 만들어 가서 밖에서 파는 수상한 음식은 사 먹지 않으면 몸을 해하는 이상한 음식을 먹을 일도 없겠군. 몸이 약한 사람은 병을 치료하기 위해 자주 여행을 가곤 하지. 여행지에서 위생을 지키는 것은 완전히 불가능한 건가?" 나카가와 "그렇고말고요. 요즘 세상은 기차 안의 위생법조차 하나도 정해져 있지 않으니 하나하나가 다 위험한 요소라고 말할 수 있겠지요. 수상한 파는 음식들은 물론이고 제가 매번 기차를 탈 때마다 불쾌하게 여기는 것은 기차의 급사가 객실을 청소하러 들어올 때입니다. 침 뱉는 통이 놓여 있는데도 공중도덕이나 위생에 대해서는 신경 쓰지 않는 사람들이 아무렇지 않게 기차 바닥에 침을 뱉는다든가, 토를 한다든가 하고선 무슨 심보인지 그걸 신발 바닥으로 뭉개면서 더 넓게 퍼지게 하지요. 폐병 환자의 침은 가능한 한 한군데 모아서 버려야 유독한 세균이 널리 퍼지지 않는데도 신발 바닥에 묻혀 바닥에 비비면서 없애려고들 하지요. 이것이 건조되면 더 위험한데, 건조되면 세균이 공기 중에 퍼져 사람의 코와 입으로 들어오게 됩니다. 이것부터 이미 비위가 상해서 참을 수 없게 되는 판에 급사가 빗자루를 가지고 와서 바닥의 쓰레기나 먼지를 쓸어 담지요. 좁은 실내다 보니 비질을 하면 먼지가 공중으로 올라와 좀처럼 가라앉지 않습니다. 눈에 보이는 큰 휴지나 병 쓰레기나 빈 도시락이나 초밥 상자 등은 객실 바깥으로 가져가 버리지만 세균과 먼지는 그대로 다시 객실 안으로 내려앉게 되지요. 이게 그냥 머물러 있지 않고 승객들 몸으로 들어옵니다. 모르는 새에 조금씩 호흡을 통해 그것들을 들이마시게 되니, 세균 한두 종류 정도는 반드시 폐에 들어오게 되지요. 폐병 환자가 잤던 방에 숙박했던 것만으로도 감염의 위험이 있는데, 하물며 좁은 기차 객실 안에서 폐병 환자가 뱉어 낸 공기를 호흡하고, 더불어 공기 중에 침으로 뱉은 세균들이 떠돌아다닌다고 하면 그보다 더 위험한 일이 없겠지요. 어느 의사가 한 조사에 따르면 공기 중의 세균은 바닥에 가까워질수록 수가 많아지고 위로 갈수록 점점 더 수가 적어진다고 하는데, 바닥에서 3척[121] 높이의 위치에서 세균이 가장 많이 발견된다고 합니다. 그건 평소대

---

[121] 약 90센티미터.

로 기차에 앉아 있으면 입 주변까지는 세균이 올라오지 않는다는 뜻이지만, 빗자루로 세균을 공기 중에 사삭사삭 하고 쓸어 올리면 낮은 위치에 머물러 있지 않지요. 개중에는 야만적인 사람이 다른 사람의 자리까지 차지하고 모포를 길게 덮고선 공기를 넣는 베개를 베고 느긋하게 반쯤 누워서 가는 사람도 있는데 그런 것은 스스로 자청해서 세균을 더 들이마시는 격이지요. 가장 위험하다고 하는 바닥 3척 위의 위치에 자기 머리를 가져다 대고 있으니 말입니다. 요즘 사람들의 폐병은 대부분 기차 안에서 걸리는 것이라고 주장하는 의사도 있을 정도입니다. 기차가 멈춰 있는 동안 청소를 하면 그동안 밖에 나가 먼지가 잠잠해질 때까지 기다리게 되는데 기차가 달리는 중간에 청소하러 들어오게 되면 곤란하지요. 그렇다 해도 기차 안이 불결해지는 것 역시 참을 수 없으니 주의해서 몇 번은 청소를 하게 해야 하는데, 저번에 말씀드린 것처럼 이럴 때는 소금을 많이 바닥에 뿌려서 세균이나 먼지가 떠돌아다니지 못하게 한 다음 청소를 하면 그보다 더 청결한 방법이 없습니다. 지금의 방식으로는 청소를 하러 오는 것이 승객에게 불쾌감을 느끼게 하지요. 소금으로 소독을 하고 청소를 하게 되면 승객들이 얼마나 안심하겠습니까? 소금값만큼 기차 운임이 올라간다 하더라도 할 수 없지요. 소금이 없다면 하다못해 물이라도 뿌리고 청소하면 먼지가 사방으로 퍼지지 않게 됩니다. 저는 이것을 하루라도 빨리 전국의 철도 회사가 실행하도록 할 생각입니다. 또 화장실에 걸려 있는 서양식 수건은 매독과 임질, 트라코마의 가장 좋은 매개체가 된다고 하니 저는 한 번도 써 본 적이 없지만, 꽤나 많은 사람들이 쓰고 있는 것인지 검게 변한 것을 본 적이 있습니다. 그 역시도 세면대 옆에 보통의 비누와 더불어 아르보스[122)와 같은 소독용 비누를 같이 둔다면 승객들이 안심하겠지요. 1년간 기차에 치여서 죽는 사람보다 기차에서 전염병에 걸려 죽는 사람들의 수가 더 많을지도 모르겠습니다".

* 이 내용이 소설에 실리고 10일 뒤에 이를 다룬 다음의 신문 기사가 게재되었다.
 "신바시 정거장의 결핵균 : 도쿄부지사 도야마 씨가 비밀리에 기차 정거장에서 뱉어 낸 침들을 모아 분석하니 다수의 결핵균이 발견되었다 한다."

---

122) 오구리 사다오(小栗貞雄, 1861~1935)가 1896년 발명한 소독용 비누를 의미한다.

34. 여행지 가게의 위생

 히로우미 자작 "과연, 그런 말을 듣고 보니 기차 여행을 한다는 건 꽤나 위험한 것이로군. 상류층 사람조차도 원인 모를 결핵에 걸리는 경우가 많이 있다네. 그런 경우는 아마 기차 안에서 유독한 세균에 감염된 것이겠지. 기차에서 내려 여관에 도착하면 침구류부터 식기와 그릇들까지 뭐 하나 위험하지 않은 게 없겠지. 깃에 더러운 때가 묻은 이불을 덮느니 새로 빨아서 깐 목면 시트를 쓰는 게 더 마음 편하겠네만, 그런 것까지 주의할 만큼 여관들의 위생 수준이 높지 않겠지". 나카가와 "저는 여관들이 침구나 식기들까지 하나하나 다 소독제로 소독할 것을 법으로 정해 두었으면 합니다. 요즘에는 경찰이 이발소의 위생은 꼼꼼하게 검사하지만, 이발소의 위험함을 지적하는 것에 비해 기차나 여관의 위험성에 대해서는 아직도 관대한 경우가 많습니다. 이발소를 소독하는 것도 물론 필요한 일이지만 그 정도의 위생 관념이 있다면 기차 안의 위생과 여관들의 위생도 하루빨리 주의해서 관리해 주었으면 합니다. 기차를 청소할 때 소금을 써야 한다는 것 정도는 법만 바꿔도 금방 해결되지 않겠습니까? 이렇게 말하자면 근본이 되는 정치계부터 바꿔 나가지 않으면 안 됩니다만, 대체 우리 나라의 정계라는 곳에서는 뭘 하고 있는 걸까요? 매년 해가 갈수록 정부와 의회는 선동만 잔뜩 할 뿐 국가의 문명을 진보시키는 일은 거의 아무것도 하고 있지 않습니다. 스스로 정치가라고 하는 사람들이 집에서는 덴포 시대의 부엌에서 야만적으로 만든 밥이나 먹고, 밖에 나가서는 술집에서 술을 마시고 기생이나 희롱하고 있어서야 나라의 문명을 발전시킬 수 없지 않겠습니까? 한 나라의 문명을 발전시키고자 한다면 먼저 한 가정의 문명을 발전시켜야 할 것이고, 한 가정의 문명을 발전시키고자 한다면 우선 자기 자신의 문명 수준을 발전시키지 않으면 안 될 것이고, 자기 자신의 문명 수준을 발전시키고자 한다면 우선 매일 먹는 세끼의 식사를 문명적인 것으로 바꿔 나가는 것이 순서겠지요". 히로우미 자작 "아하하, 뭐든 먹는 문제로 이어지게 되는군. 하지만 먹는 문제가 생존의 가장 중요한 문제임을 깨닫는다면 한시라도 먹는 문제를 발전시키고자 하는 노력을 게을리할 수 없겠지. 아까 이야기 중에 카레라이스에 관한 이야기가 나왔네만, 나는 요즘도 카레라이스를 좋아한다네. 저 오토와 양, 카레라이스 만드는 법을 다마에에게 가르쳐 주시지 않겠습니까?" 오토와 "카레라이스는 영국식으로 담백하게 만드는 법과 인도식으로 진하게 만드는 법, 그 외에도 여러 가지 방법들이 있지요. 집에서는 병아리콩을 넣고 카레라이스를 만드는 경우도 있지만 오늘은 인도식 카레라이스 만드는 법을 알려 드리지요. 이건 뼈와 고기를 같이 요리해서 만드는 방법인데, 먼저 닭고기를 뼈와 함께 1촌[123] 크기로 잘라 프라이 냄비에 버터를 녹여 센불에서 닭고기를 구워요. 그다음에 닭고기를 굽고 남은 육수에 다시 버터를 녹인 후 삶은 달걀을 가늘게 채 썰고 밀가루를 적당히 그 육수에 넣어 잘 볶아 둔 뒤, 이번에는 처트니[124]라고 하는 단맛이 나는 여러 가지 과일들을 병에 담아 만든 것과 잘게 썬 마늘이나 양파, 잘게 썬 코코넛을 취향대로 넣은 다음, 거기에 카레 가루를 좋아하는 매운맛의 정도에 따라 적당히 넣고 잘 볶은 뒤에 따로 만든 육수를 잔뜩 넣어 묽게 만들어서 다음 약불에서 3~4시간 정도 오래 끓이는 것인데 끓이는 중간에 계속 거품을 걷어 내 주어야 해요. 그렇게 다 만들면 신선한 크림이 가장 좋지만 없다면 우유

---

123) 약 3센티미터.
124) 처트니(chatni)란 인도와 동남아시아, 서아시아에서 사용하는 향신료 겸 소스다. 본문에는 단맛 나는 과일로 만든다고 나와 있지만 과일만이 아니라 여러 가지 채소와 허브를 익히지 않고 절구에서 빻아 요구르트 등과 섞어 만들기도 하는 등 그 종류는 아주 다양하다. 인도에서는 카레와 함께 손으로 섞어서 먹는 경우가 많다.

를 적당히 넣어서 불에서 내리면 되지요". 다마에 아가씨
"어머나 꽤나 손이 많이 가는 요리네요".

35. 카레라이스

　오토와 아가씨 "손이 많이 가는 대신 아주 맛있지요. 카레를 밥과 따로 내도 좋고 아예 밥에 끼얹어서 내어도 되는데, 카레에는 곁들이는 음식을 같이 내는 것이 아주 중요해요. 곁들임 음식으로는 아까 카레에 넣었던 처트니와 서양식 채소 절임인 피클, 코코넛을 볶은 것, 봄베이 덕125)이라고 해서 서양식으로 생선 혹은 은어를 말려서 빻은 것, 정어리 절임, 생오이, 양파 썬 것 등을 내는데, 그 외에도 차조기 잎이나 절인 생강을 같이 내고, 인도식으로 하자면 곁들임 음식을 24가지, 네덜란드식으로 해도 곁들임 음식을 18가지 정도 차려서 내지요. 그걸 모두 하나씩 집어서 아까의 카레와 같이 밥에 섞어 먹으면 얼마나 맛있는지 몰라요. 생오이의 겉껍질을 벗겨 낸 뒤 잘게 자른 것도 아주 맛있으니

---

125) 봄베이 덕(Bombay duck)은 인도에서 자주 먹는 생선의 일종으로 본문에서 소개한 바와 같이 말려서 먹는 경우가 일반적이다. 이름이 봄베이 덕이 된 이유는 예전에는 말린 봄베이 덕을 우편 열차에 실어 운송하는 경우가 많았기에, 봄베이라는 지명 뒤에 편지를 뜻하는 벵골어인 닥(Daak)이 붙어 봄베이 닥이라는 이름으로 불렸기 때문이다.

다음에 한번 만드는 것을 보여 드리지요". 다마에 아가씨 "네. 다음에 같이 만들어 보겠습니다. 샐러드도 산뜻한 맛이 아주 맛있던데, 새우로 만드는 샐러드는 어떻게 만드는 것인가요?" 오토와 아가씨 "새우 샐러드는 이세 새우든 보리새우든 일단 잘 데쳐서 껍질을 벗긴 뒤 잘게 잘라 양상추 잎과 섞어 마요네즈 소스를 끼얹어서 만들지요. 마요네즈 소스 만드는 법은 이미 알고 계시지만 이 소스도 때와 재료에 따라 약간씩 만드는 법이 달라지기도 해요. 먼저 삶은 달걀노른자 2개를 고운체에 비벼 갈고, 거기에 날달걀의 노른자 1개를 잘 섞은 뒤, 겨자 1작은술과 소금도 1작은술 정도 넣고 후추를 살짝 뿌린 다음 설탕도 반 작은술 넣고 샐러드유 1큰술을 넣고 잘 섞어요. 이렇게 잘 섞은 뒤 다시 샐러드유 1큰술을 넣는 식으로 조금씩 넣어서 총 3큰술을 넣으면 서양 식초 1큰술 반을 넣어요. 때에 따라서는 지금보다 더 담백하게 만들 수도 있고 더 진하게 만들 수도 있지요. 샌드위치를 만들 때에는 가능한 한 밀도 있고 뻑뻑하게 만들어서 토마토나 다른 채소와 섞어서 만들지요. 또 채소만 잔뜩 넣은 샐러드라면 프렌치드레싱을 끼얹어 만드는 방법도 있어요. 그건 소금을 티스푼으로 한 스푼, 후추 약간과 설탕을 티스푼으로 반 스푼, 이것들을 다 절구에 넣고 샐러드유 한 스푼을 넣어서 오래오래 잘 섞어요. 아주 오랫동안 섞지 않으면 잘 섞이지 않아요. 잘 섞였으면 이번에는 서양 식초를 반 큰술 정도 넣고 섞는데, 이것도 잘 섞이지 않으면 기름과 식초가 분리되어 버려요. 여기까지 됐으면 다시 샐러드유 1큰술을 넣고 섞고 다시 식초 반 큰술을 넣고 섞어서 샐러드유 3큰술과 식초 2큰술이 되도록 섞어요. 이게 프렌치드레싱인데 여기에 생양파를 잘게 썬 것과 삶은 푸른 콩, 감자, 당근 등을 잘게 썰어서 이 드레싱에 버무리지요. 다른 삶은 채소를 더해도 괜찮아요. 이 소스는 아주 산뜻하고 담백한 소스예요". 다마에 아가씨 "여러 가지 만드는 방법들이 있네요. 마요네즈 소스나 다른 소스들을 매번 만드는 것이 귀찮다고 하는 사람들도 있지만 그건 필시 아직 익숙지 않아 귀찮다고 하는 것이지 일본 요리의 참깨 소스로 무친 요리 같은 것들과 비슷한 정도지요. 조금 익숙해지면 별것도 아닌 것인데 그저 귀찮다고만 생각하면서 만들지 않는 사람들이 있으니 그런 사람들은 애초에 요리를 연구하고자 하는 마음이 없는 거예요. 저는 저번에 배운 헷토에 대한 것을 다른 사람에게 말했더니 그 사람이 직접 헷토를 만드는 것은 어떻게 하면 되는지 물어봤어요. 그것도 같이 가르쳐 주세요".

36. 소다 다랑어126)

끊임없이 이어지는 질문에도 오토와 아가씨는 조금도 귀찮다고 생각하지 않고 "헷토를 집에서 만드는 방법은 정말 어렵지 않아요. 소의 지방, 즉 켄네 지방이라는 부위를 사서 잘게 썬 다음 그대로 냄비에 넣고 물을 조금 넣은 다음 끓여요. 거기서 물을 걸러 내고 남은 지방을 뭉치면 그게 순수한 헷토지요. 한층 더 맛있게 헷토를 만드는 방법은 이렇게 만든 헷토를 잘라서 소금을 약간 뿌려 둔 뒤 바닥이 넓은 냄비에 물을 가득 넣고 끓여서 당근과 양파를 넣고, 아까 만든 헷토를 넣어 대여섯 시간 정도 끓이면 지방이 녹아서 떠오르게 되지요. 그걸 걸러 모아서 굳히면 상등품 헷토가 되는 건데 튀김 요리를 만들 때 버터 대신에 사용해도 되지요. 하지만 이렇게 만든 헷토는 오래 보관할 수 없어요. 추운 겨울날이라면 열흘 정도일까요? 처음의 방법으로 만든 헷토는 한 달 정도 보관할 수 있지요. 냄새가 나기 시

---

126) 당시 이즈(逗子) 지방의 명물이었던 것으로 보이나 현재에는 어떤 종류의 다랑어를 말하는 것인지 불명.

작할 때 다시 한번 끓는 물에 넣고 다시 만들면 그로부터 조금 더 보관할 수 있기는 해요. 지방이라면 소고기 지방이든 닭고기 지방이든 돼지고기 지방이든 간에 이렇게 정제해서 헷토로 만들면 요리를 만들 때 쓸 수 있지요. 예를 들어 육수 위에 떠오르는 지방을 숟가락으로 모아서 접시 위에 두고 식히면 하얗게 되면서 굳어지지요. 그걸 다른 요리를 할 때 이런 식으로 모아 끓는 물에 정제해서 굳히면 언제든지 요리에 사용할 수 있게 돼요. 육수 위에 뜨는 지방이라고 그냥 버려야 하는 것이 아니란 말이지요. 추울 때는 이삼일 동안 정제해서 굳히면 쓸 수 있게 돼요. 하지만 정제하지 않으면 오래 보관할 수 없을뿐더러 지방의 질도 좋지 않기 때문에 요리에는 쓸 수 없어요. 약간 손이 가더라도 한 번 끓는 물에 정제를 하면 소고기 지방이든 닭고기 지방이든 돼지고기 지방이든 뭐든 요리에 쓸 수 있게 돼요. 그러니 뭐든 손이 많이 가는 것을 귀찮게 생각해서는 안 되는 거지요. 싼 재료라도 정성 들여 손질하면 맛있어지는 것들이 얼마든지 있으니까요. 이제부터는 슬슬 소다 다랑어라는 물건들이 시장에 나올 때가 됐는데, 맛없는 붉은 살만 많으니 잘 손질하지 않으면 맛이 없지요. 특히 만다라라고 하는 종류는 붉은 살만 많아서 가장 맛이 없는 종류지요. 생선 가게에서는 어느 것이나 다 소다 다랑어라고 하면서 팔지만 맛에는 큰 차이가 나요. 생김새는 찬찬히 보면 다르지만 익숙하지 않은 사람이 순간적으로 고르면 차이를 구별하지 못하지요. 소다 다랑어는 만다라 다랑어보다 등 부분이 더 파란 색이에요. 만다라는 등이 검은색에 더 가깝고 둥근 모양이지요. 만다라는 흰 살 부분만 먹는 경우가 적지 않게 있어요. 소다도 그렇게 맛있는 건 아니지만, 잘 두드리거나 살을 빻아서 먹으면 먹을 만하지요. 두드리는 방법은 이전에 가다랑어를 손질할 때 설명해 드렸지만, 살을 빻아서 우선 소다 다랑어의 껍질을 벗겨 살만 도마에 놓은 뒤 두드리고 절구에 잘 찧고, 양파를 와사비 가는 강판에 갈아서 소금과 미림으로 간을 하고 다시 잘 걸러 낸 다음, 따로 냄비에 맛있는 다시마 육수를 만들어서 절구에 빻은 다랑어 살을 넣어요. 이렇게 하면 날생선의 비린내가 많이 사라지면서 아주 담백한 맛이 나지요. 또 소다 다랑어로 시카니(鹿煮)라는 요리를 만들 수 있는데 그건 다랑어를 3장으로 잘라 잘 갈아서 샐러드유나 동백기름으로 잘 볶은 뒤, 요리술과 물을 조금 넣고, 다진 양파를 넣은 후, 미소 된장 약간과 간장으로 간을 하는 거예요. 이렇게 하면 살이 듬뿍 들어간 국물 요리의 느낌이 나지요. 또 하나 마지막으로는 소다 다랑어의 로소크 구이[127]라는 것이 있는데 아까처럼 자른 생선 살을 절구에 빻아서 미림과 미소 된장으로 간을 하고 그걸 대나무 꼬치나 다른 꼬치에 꿰어서 양념을 발라 간장을 더해 가면서 굽는 방식이에요. 다 만든 후 꼬치는 빼

127) 로소크 구이(ローソク焼)란 갈아 낸 생선 살이나 닭고기를 뭉쳐서 경단을 만든 뒤 꼬치에 꿰어서 굽는 요리를 말한다.

고 잘라서 내면 딱 좋은 반찬이 되지요".

* 소다 다랑어는 본문에 나온 방식 외에도 그대로 내장을 제거하고 구워 생강 간장에 찍어 먹어도 맛있다.
* 회로 만들어 간장을 발라 살짝 구워서 먹어도 맛있다.

37. 전갱이 요리

 다마에 아가씨 "전갱이 요리도 여러 가지 종류가 있지요". 오토와 "그렇지요. 전갱이 식초 찜은 일단 양념 없이 구운 다음 식초와 미림과 간장으로 양념해 찐 뒤 갈아 낸 생강과 함께 대접하지요. 전갱이 식초 절임 요리는 전갱이를 3장의 살코기가 나오도록 손질해서 소금을 뿌리고 소금이 살에 스며들 때 식초에 10분 정도 절여서 맛이 잘 스며들면 식초에서 꺼내어 껍질을 벗기고 잔가시들을 발라 낸 뒤 단 식초를 뿌려 갈아 낸 와사비와 함께 내면 돼요. 단 식초는 조림용 미림에 소금과 식초를 더한 다음 간장을 살짝 넣어서 만든 거지요. 또 전갱이 여뀌 식초라는 것도 있어서 전갱이를 일단 소금구이로 만들어요. 별도로 여뀌 잎을 절구에 빻고 거기에 약간의 밥과 소금을 더해 곱게 빻은 뒤 식초와 조림용 미림을 더해서 소스를 만들어 그걸 전갱이 구이와 함께 먹는 거지요. 전갱이 여뀌 찜은 큰 전갱이 한 마리를 3장의 살코기가 나오도록 손질해서 찜통에 넣고 찐 다음 가늘게 채 썬 여뀌 잎을 그 위에 뿌려 다시 조금 더 쪄 낸 뒤 화이트소스를 얹어서 먹는 거예요. 전갱이 된장 구이라고 하는 요리는 전갱이의 등 쪽으로 칼을 넣고 갈라서 큰 뼈를 제거한 뒤 고춧가루를 섞은 미소 된장을 발라서 꼬치에 꿴 다음 구운 요리지요. 모쟁이[128]도 숭어도 다 이런 식으로 요리할 수 있어요. 전갱이 간장 말림이라고 하는 건 3장으로 손질한 전갱이를 간장 1홉[129]에 미림 10분의 1의 비율로 섞은 양념에 푹 담근 뒤 건져서 햇빛에 말린 요리지요. 하루 정도 말린 뒤에 구워서 먹으면 아주 맛있어요. 그 외에도 방법을 바꾸면 여러 가지 요리가 가능하니 스스로도 연구해서 요리를 연습하도록 하세요. 저 같은 경우에는 일본 요리의 식초 달걀 요리로부터 서양 요리에 쓰는 아와유키 소스를 만들어 내기도 했어요. 그 소스는 도미라든가 농어, 숭어 같은 생선을 살코기 3장이 나오도록 손질한 뒤 소금을 가볍게 뿌려 놓고 끓는 물에 서양 식초를 넣은 뒤 거기에 생선을 넣고 삶아요. 그다음에 일단 생선을 건지고 생선 끓인 물을 끼얹은 다음 그대로 식혀서 보관하지요. 손님에게 내기 전에 달걀노른자에 소금, 후추, 레몬즙을 섞은 뒤 흰자는 거품을 만들어서 아까의 노른자와 섞어 소스를 만들지요. 그걸 생선에 얹어서 내는 것인데 산뜻한 맛이 나면서 아주

128) 20센티미터가량의 숭어 새끼를 의미한다.
129) 약 180밀리리터.

맛있어요". 다마에 아가씨 "양배추 롤이라는 요리는 부드럽고 아주 맛있던데 그건 어떻게 만드는 요리인가요?" 오토와 아가씨 "그건 상등 요리는 아니에요. 우선 양배추 잎 중 큰 것을 쪄요. 그리고 소고기를 날것 그대로 고기 분쇄기에 넣거나, 혹은 칼로 두드려 잘게 다져 놓지요. 빵가루를 물에 적셔 고기와 섞고 날달걀을 풀어서 버터를 넣어서 고기와 빵과 함께 섞은 뒤, 소금과 후추로 간을 한 다음 아까 쪄 놓은 양배추의 잎을 몇 겹으로 겹쳐 고기를 싸서 그걸 육수에 푹 끓이는 거예요. 이 요리와 크로켓과 소시지 같은 것은 더운 날씨에 무심코 질 낮은 서양 요리점에서 파는 것을 먹어서는 안 돼요. 집에서 상등으로 만드는 경우에는 그런 법이 없지만 주인이 양심적이지 못한 서양 요리점에서는 상한 소고기의 겉면만 긁어내서 비프스테이크로 만든다든가, 상한 부분을 갈아서 컴프리[130] 같은 허브 잎을 섞어 상한 냄새를 가린 뒤에 양배추 롤로 만드는

---

[130] 컴프리(Comfrey)는 약 기원전 400년 전부터 재배해 온 허브로서 출혈을 막고 진통과 상처 치유에 효과가 있다는 이유로 널리 사용했지만 2001년 FDA에서 일부 컴프리종에서 발암 물질이 검출되었다는 이유로 식품에 사용하는 것을 금지하면서 최근에는 요리에 거의 사용하지 않는 허브가 되었다.

경우가 종종 있는 모양이에요. 질 나쁜 일본 요릿집에서 상한 닭고기로 꼬치구이를 만들어 파는 것처럼 서양 요리점에서도 상한 고기를 숨기고 요리로 만들어 파는 경우들이 있으니까 조심해야 해요". 다마에 아가씨 "어머나 그렇군요. 음식업을 하는 사람이 도덕이나 공정한 마음가짐을 가지고 있지 않은 상황이 가장 곤란하네요. 저는 요전에 도넛이라고 하는 과자를 받아서 먹어 본 적이 있는데 그건 어떻게 만드는 건가요?" 오토와 아가씨 "도넛은 간단하게 만들 수 있는 과자인데, 밀가루 15컵에 베이킹파우더 1컵을 섞고 따로 달걀 2개에 버터 1큰술, 바닐라 시럽 작은술로 1스푼 반, 절구에 빻은 육두구를 4분의 1개 정도 넣고 우유를 8작[131] 정도 섞은 다음 가루 설탕, 즉 슈거 파우더를 3큰술 넣고 아까 채로 쳐 둔 밀가루와 베이킹파우더 섞은 가루를 더해서 잘 주물러 반죽을 만든 후에, 조금 떠서 도마 위에 놓고 손으로 모양을 빚는데 굴려서 동그랗게 해도 좋고 좋아하는 다른 모양으로 만들어도 괜찮아요. 그걸 샐러드유에 넣고 튀기면 부풀어 오르는데 그렇게 익으면 서양 종이나 신문지 위에 올려서 기름을 제거한 다음

---

131) 약 145밀리리터.

다시 가루 설탕을 뿌려서 대접하지요".

* 전갱이 요리는 본문에 나온 요리 외에도 수프로
  만들어 먹어도 맛있다. 신선한 전갱이를 살코기가
  3장 나오도록 손질한 다음 뼈가 있는 상태로 끓이고
  건져서 살코기만 분리한 후, 따로 프라이 냄비에
  버터를 녹여 콘스타치를 넣고 볶아서 아까 전갱이를
  끓이고 남은 육수와 우유를 반반의 비율로 넣고
  화이트소스를 만들어 소금과 후추로 간을 해서 아까
  발라 둔 생선 살을 더해 20분간 더 끓이면 된다.
* 전갱이 로스구이는 전갱이에 소금과 후추로 간을 한
  뒤 버터를 올려서 철판에 놓고 덴피에 넣은 다음
  강불에서 10분 정도 구운 뒤 생선에 육수를 끼얹어서
  먹으면 된다.
* 전갱이 롤은 전갱이를 살코기 3장이 나오도록 손질한
  뒤 소금과 후추를 뿌려 놓고 삶은 달걀 1개를 세로로
  6등분으로 자른 뒤, 하나하나 아까의 전갱이 살에
  넣고 말아서 철판에 올려 버터를 바르고 10분 정도
  덴피에서 구운 다음 그대로 먹어도 되고
  화이트소스를 얹어서 먹어도 맛있다.

* 전갱이의 스가타즈시(姿鮓)132)는 작은 전갱이 한 마리를 그대로 가운데 큰 뼈를 빼내고 소금 없이 반나절 그대로 둔 다음 일단 식초로 한 번 씻어 내고 단 식초에 담가 둔다. 따로 갓 지은 밥에 식초와 소금과 설탕을 적당히 섞어서 동그랗게 뭉친 후 아까의 전갱이 배 속에 밥을 넣고 3시간 정도 누름돌로 눌러 두면 된다.

* 작은 전갱이는 살을 다져서 먹어도 맛있다. 만드는 방법은 작은 전갱이의 뼈와 껍질을 발라내고 살코기만 절구에 넣어 잘 으깬 다음, 우동 가루를 넣고 잘 섞어 미림과 소금을 적당히 섞어서 간을 한 뒤 따로 다시마나 가쓰오부시로 육수를 만들어서 간장을 살짝 넣어 간을 하고, 그 육수에 아까 우동 가루와 섞은 전갱이 살을 동그랗게 뭉쳐서 데쳐 낸 다음 푸른 잎 등을 고명으로 얹어서 먹으면 된다.

---

132) 스가타즈시(姿鮓)란 생선의 머리가 붙은 그대로 배를 갈라 내장을 빼낸 뒤 식초를 섞은 밥을 넣어서 만드는 초밥이다.

38. 모자와 신발

    요리 이야기가 너무 길어지자 히로우미 자작은 대화를 그만 멈추게 할 요량으로 "다마에야, 그 정도로 해 두거라. 오늘은 너무 늦었으니 일단 가서 쉬자꾸나" 하고 딸을 말려 보아도 딸은 요리에 열심인지라 쉽사리 돌아가려 하지 않는다. "아버님, 조금 더 여기서 쉬시면서 기다려 주세요. 아직도 두세 개 정도 더 선생님께 여쭤보고 싶은 것이 있으니까요. 선생님, 롤빵이라는 건 어떻게 만드는 건가요?" "롤빵은 밀가루 12큰술에 베이킹파우더 1작은 술을 섞어 채로 쳐 두고, 달걀 3개와 버터 1큰술, 설탕 1큰술, 소금을 티스푼으로 가볍게 1스푼의 비율로 잘 섞어서 채에 쳐 둔 밀가루에 넣고 반죽을 만드는데, 반죽이 너무 되면 우유를 조금 넣어서 풀어 주면서 만들다가 조금 떼어서 손바닥 위에 놓고 딱 손가락 굵기만큼 길게 늘여서 돌돌 말아 준 뒤, 달걀 노른자를 위에 발라 주고 덴피에서 10분 정도 구우면 빵이 부풀면서 딱 좋은 형태가 되지요. 이건 상등 요리법인데, 빵이 없을 때 이 롤빵을 대신 만들어서 대접해도 돼요" 하고 친절하게 설명해 주니 의문이 남지 않게 깔끔하다. 다마에 아가씨도 아직 계속되는 요리 이야기에 질리지도 않고 "선생님, 소고기나 닭고기를 고기 분쇄기로 갈아서 요리하면 입에 들어가자마자 녹아드는 느낌이 들고 소화도 아주 편해요. 또 그렇게 분쇄한 고기에 다른 재료를 섞어서 요리하면 고기의 누린내도 없어지지요. 이제까지 한 번도 고기를 먹어 본 적이 없던 사람도 맛있게 먹을 수 있을 정도예요. 특히 나이 드신 분이 계신 집에서는 반드시 고기 분쇄기를 사서 노인의 입맛에 맞는 요리를 만들어야 하겠지요. 노인은 몸을 보하기 위해 다양한 영양분을 섭취하지 않으면 안 되는데 이가 좋지 않아서 잘 씹지를 못하니 무슨 고기든 간에 잘게 다지는 수밖에 없어요. 2~3엔 하는 고기 분쇄기 하나로 노인과 어린아이의 식생활이 얼마나 좋아지는지요. 저는 세상 사람들이 5엔짜리 서양식 우산을 사기보다도, 비록 우산은 3엔짜리로 사더라도 남는 돈으로는 주방 도구를 더 갖추었으면 해요. 요즘 사람들은 그저 외모를 가꾸기에만 열심이라 쓸데없는 곳에 돈을 낭비하고 정말 실용적인 것에는 돈을 아끼기만 하지요" 하니 귀족 아가씨임에도 이제는 정말 실용적인 것이 무엇인지를 깨달은 것이다. 오토와 아가씨보다도 나카가와가 이 의견에 찬성하면서 "말씀하신 그대로입니다. 요즘 사람들은 실용적인 것과 무용한 것의 구분을 하지 못하고 있지요. 예를 들어 저는 적은 수입으로도 부엌 도구들을 갖추고 위생적인 요리를 만들어 먹고자 하니 그 방면에는 돈을 아끼지 않지만 신발이라든가 모자 같은 것에는 그다지 돈을 쓰지 않습니다. 신발 같은 건 언제나 대만 오동나무로 만든 평평한 게타에 고쿠라에서 만든 천으로 신발 끈을 해서 만든 18전[133]짜리만 사는 걸로 정해져 있지요. 차에 타는 것보다 걷는 것을 더 좋아하니 다른 사람보다 자주 신발을 사는 편입니다만 그래도 1년에 6켤레 정도 사면 충분합니다. 6켤레에 1엔 8전, 그게 1년 치 신발 비용이지요. 또 세상에는 저보다 수입이 더 적은 사람에 저보다 저축도 더 적은 사람이나 혹은 사채 빚을 지고 변제해야 할 책임이 있는 사람임에도 2엔 3엔씩 하는 다다미 바닥을 댄 게타를 신는 분들이 계시지요. 가장 참을 수 없는 건 부모의 신세를 지고 있는 학생이나 남의 셋방살이나 하는 사람이 다다미를 댄 게타를 발 앞쪽에 대충 걸고 불량배처럼 돌아다니는 거지요. 날씨가 좋은 날에는 그렇게 돌아다녀도 비가 오는 날이면 신발 젖는 것이 아까워서 차를 타게 되는 어처구니없는 결과를 낳으니, 실상 다다미를 댄 비싼 게타라는 건 차비까지 더해서 신발값을 생각하지 않으면 안 됩니다. 그런 걸 1년에 4켤레 산다고 가정해 보면 2엔짜리 게타라고 해도 8엔이 되지요. 제가 신는 게타보다 6엔 92전이나 비쌉니다. 6

---

133) 현대의 약 800~900엔 정도의 가치다.

엔 92전으로 주방 도구를 샀다면 고기 분쇄기든 덴피든 요리책이든 뭐든 살 수 있었겠지요. 세상에는 파나마모자를 15엔을 주고 샀다고 자랑하는 사람이 실은 월급을 30엔밖에 못 받는다고 하는 일도 있습니다. 그럼 월급의 반이나 주고 모자를 샀다는 거지요. 남은 15엔으로 방세나 차비를 제하고 나면 음식에 쓸 돈은 거의 없다시피 하게 됩니다. 바로 그런 사람이 자기 아내에게 삼시 세끼 밥에 채소 절임이나 해서 먹게 만드는 작자들이지요" 하고 꽤나 공격적이고도 풍자적으로 설명한다.

39. 지방의 결핍

공격하는 말투는 풍자적이지만 나카가와에게는 바른 의견도 함께 있어서 "하하하, 히로우미 어르신, 제가 항상 이런 말씀을 드리면 나카가와 군의 생각은 너무 극단적이야, 라든가 세상은 도리로만 돌아가는 것이 아니라네 하면서 바로 반대하고 나서는 사람들이 많이 있습니다만, 제 눈으로 세상을 보면 세상 사람들이 너무 극단적이라, 흔히 남자들이 자신의 몸을 위해 먹는 음식에는 1엔 2엔을 아까워하면서도 비가 오면 신을 수도 없게 되는 게타를 위해서는 5엔이든 8엔이든 돈을 쓰는 것을 보면 그야말로 부조리의 극치가 아니겠습니까? 부인에게는 채소 절임 반찬만 잔뜩 먹게 하면서 자기 머리에는 월급의 반을 올려놓고 돌아다니는 것도 외모 지상주의의 극치가 아닙니까? 요즘 세상은 그저 외모 지상주의가 판을 치고 있지요. 당당한 청년들이 처세법에만 몰두하고 있거나, 사채의 늪에 빠져 있거나, 입신양명에만 관심을 두는 것도 반 정도는 외모 지상주의 때문입니다. 외모도 경우에 따라서는 신분에 맞게 단정하게 관리할 필요가 있기는 하지만 일의 경중과 본말을 잊은 채 자신의 건강보다도 구두를 더 중요시한다거나, 자기 아내보다도 모자를 더 중요시한다거나 하는 것은 극단적으로 부조리한 것입니다. 제가 알고 지내는 신세대 서생에게서 이런 이상한 이야기를 들었습니다. 아내가 임신을 해서 배에 두르는 무사 출산 기원 허리띠를 두르는 자리에 산파를 불렀을 때, 아내는 그 산파에게 와 줘서 고맙다는 사례금으로 2엔[134] 정도를 주려고 했는데, 남편이 2엔씩이나 주다니 말도 안 된다, 1엔도 너무 비싸다고 했답니다. 그러자 아내가 옷이 든 서랍장의 서랍을 열어 남편이 다닌 요릿집의 영수증을 꺼내며 '이건 요전에 당신의 옷을 정리하던 때 소매에서 떨어지는 바람에 발견한 것인데, 음식값 외에도 기생을 부른 값에 그 기생이 독립하게 된 축하금으로 2엔이나 줬다는 내용이 적혀 있었어요. 당신은 잠깐의 술 상대를 해 준 기생에게는 2엔이나 줬으면서 저와 배 속 아이의 목숨을 다루는 산파에게는 1엔도 아깝다고 하시는 건가요?' 하고 갑자기 비난하니 남편도 당황해 산파에게 2엔을 주고 말았다는 이야기였습니다. 세상에는 이와 비슷한 이야기가 많이 돌고 있지요. 그보다 더 어처구니없는 것은 병이 나기 전에는 먹는 문제에 대해 아무런 관심도 두지 않다가, 결국 병이 나서야 음식의 위생 상태에 대해 관심을 가

---

134) 현재 가치로 약 1만 엔 정도다.

지고서는 크게 놀라거나, 혹은 환자에게 어처구니없이 비싼 약을 구해서 먹인다든가 하는 것입니다. 특히 더운 날씨에 걸리는 병의 대부분은 위장이 나빠져서 걸리는 병이 아닌 경우가 드뭅니다. 가장 대표적인 경우가 흔히 더위 먹었다고 하는, 여름에 살이 많이 빠지는 일종의 영양실조 병이지요. 여름이 되면 기름기가 많은 음식은 소화가 잘되지 않으니 담백한 것만 먹는다고 하면서 맛없는 음식만 잔뜩 먹는 사람은 영양 부족일 뿐 아니라 지방 부족입니다. 여름 음식과 겨울 음식은 스스로 종류를 잘 가려서 먹어야 하지만 영양소에는 각각 부족한 부분이 있어 한쪽으로만 쏠리는 식생활이 되면 몸에 해로운 영향을 끼치게 됩니다. 전체적으로 일본인의 식생활은 기본적으로 지방이 결핍된 경우가 많은데, 여름이 되었다고 더욱더 식단에서 지방을 배제하는 습관이 있습니다. 여름에 더울 때는 신체의 지방 부분이 분해되어 감소하게 되므로 음식에서 지방을 많이 섭취해야 하는데, 이는 겨울에 몸속의 지방으로 체온을 유지하는 것처럼 여름에도 지방을 이용해 체온을 낮추는 것입니다. 추운 지방에서도 살고 열대 지방에서도 살 수 있는 동물은 반드시 피부 밑에 지방층이 있어서 마치 지방으로 된 가죽을 한 겹 더 입고 있는 것이나 마찬가지지요. 고래의 피부도 이와 같은 구조이고 돼지도 지방이 많이 있습니다. 타고난 지방층으로 추운 한기도 더운 열기도 막아 내지요. 겨울에 밥통을 이불로 싸 놓으면 밥통 안의 밥이 얼지 않습니다. 또 여름에는 얼음덩어리를 이불로 감싸 놓으면 얼음이 빠르게 녹아 버리지 않습니다. 그 증거로 여름에 얼음 가게에서는 얼음덩어리들을 이불로 감싸 놓지요. 사람의 몸이 지방에 감싸여 있는 것도 마치 이불에 감싸여 있는 것과 마찬가지로 더위와 추위를 동시에 피할 수 있게 한 것인데 이 층을 스스로 얇게 만들기 때문에 여름에 살이 많이 빠지는 일이 일어나는 것이지요. 몸이 마르게 되면 몸속의 위장도 지방이 부족해 운동 능력이 떨어지게 됩니다. 그래서 변비가 생기거나 설사를 하거나 이런저런 몸의 고장이 일어나게 되는 것이지요".

* 임신 중에는 자극적인 음식, 예를 들어 생강, 와사비, 고추, 카레 가루 같은 것들, 또 흥분성 식재료, 예를 들어 술, 커피, 홍차, 농차(濃茶)[135] 같은 음식은 해가 된다. 또한 임신 초기에는 미나리, 땅두릅, 동아, 수박 등 수분이 많은 음식 또는 감자, 고구마 같은 덩이

---

135) 농차(濃茶)란 일반적인 말차보다 2배의 녹차를 넣고 만든 진한 말차를 의미한다.

식물, 콩, 무, 순무같이 방귀가 자주 나오게 하는 음식들, 또는 소금에 절인 고기류, 말린 음식, 지방이 많은 음식들은 소화가 잘되는 것이 아니면 먹지 말아야 한다. 특히 돼지고기, 멧돼지 고기, 꿩고기, 야생 꿩고기, 연어, 송어, 민물 송어같이 뱀을 먹이로 하는 동물의 고기는 임신 중에는 절대로 먹어서는 안 된다. 이들 고기가 아주 강한 자극성 음식이기 때문이다. 송이버섯, 나팔버섯 등의 버섯류, 어류의 내장 등도 피하는 것이 좋다. 모두 자극성 음식이기 때문이다.

40. 음식의 성분

 나카가와는 이야기를 이어 가며 "일본인의 식생활은 특히 여름이 되면 극단적으로 지방을 배제하니 몸속의 영양분도 부족하게 되지요. 그래서 민간요법으로 토용 기간 축일(土用の丑の日)136)에 장어를 먹으라는 말이 있지요. 그건 꼭 축(丑)이 들어간 날에만 먹어야 하는 건 아닙니다. 여름에 토용 기간이 되면 몸에 지방이 필요해지니 장어 같은 지방이 많은 음식을 먹고자 하는 자연적인 현상입니다. 또 집오리 고기같이 지방이 많은 음식을 일본 요리든 서양 요리든 여름에 식사로 내면 역시 지방 결핍을 방지하게 되지요. 특히 도쿄 부근에서는 겨울에 집오리를 자주 먹지만, 간사이 지방이나 나가사키에서 집오리는 여름 식재료입니

---

136) 양력을 사용하기 전 일본의 전통 음력 절기 중 계절이 끝나 가는 마지막 18일을 음양오행 중 흙[土]의 기운이 강한 기간이라 해서 토용의 기간이라 불렀다. 특히 여름에는 토용의 기간 중 12간지의 축(丑)의 날짜에 해당하는 날에 장어 요리를 먹으면 몸이 건강해진다는 속설이 있어 한국의 복날과 같이 지금도 일본에서는 이날 장어를 먹는 사람들이 많다.

다. 서양 요리에서도 집오리 요리는 여름 요리뿐이고 겨울철 요리로는 거의 쓰지 않습니다. 더운 날씨에 지방이 꼭 필요함에도 불구하고 일부러 지방이 거의 없는 맛없는 요리만 먹고 위장을 해쳐 의사를 찾아가는 것도 비경제적인 행동입니다. 의사를 만나서 맛도 없는 비싼 약을 먹으니 틈틈이 장어 덮밥 같은 것을 먹어 두어서 몸을 건강하게 하는 것이 훨씬 더 경제적인 행동이 아니겠습니까? 하지만 여름에 그런 음식을 너무 많이 먹어서도 안 됩니다. 이것도 적당히 먹어야 하지요. 또 더워지면 아이들 사이에서 몸이 마르고 배만 불룩 나오는 병이 돌기도 합니다. 팔다리가 마르고 배만 불룩 나와서 계속 먹을 걸 탐하게 되는 병인데 이것 역시도 지방 부족과 영양 부족이 원인이므로 꼬치구이 장어를 잘게 잘라서 매일 먹게 해 주면 가벼운 증세라면 금방 낫게 됩니다. 하지만 장어는 소화가 힘든 음식으로 어류 중에서는 장어와 연어가 가장 소화하기 힘든 어류이기도 하고, 장어의 피에는 이크티오헤모톡신(ichthyo hemotoxin)이라는 강한 독성이 있으므로, 양념 구이로 하지 않고 그냥 구운 고기를 먹거나 혹은 너무 많이 먹은 후에 생복숭아나 생매실 등 독성이 있는 과일을 먹는 것은 금물입니다. 억지로 장어를 아이들에게 먹이지 않아도 소고기나 닭고기같이 영양분이 풍부한 음식을 먹이면 같은 효과가 납니다. 아이들이나 노인에게는 다마에 아가씨가 말씀하신 것과 같이 고기 분쇄기로 잘게 간 고기를 먹게 하는 것이 가장 좋은 방법이지요". 다마에 아가씨 "하지만 시골이나 산속같이 고기를 구하기 어려운 곳에서는 어떻게 지방을 섭취해야 하나요?" 나카가와 "그런 곳에서는 식물성 지방을 쉽게 구할 수 있습니다. 깨라든가 호두라든가 땅콩이나 대두 같은 식물들은 지방을 많이 함유하고 있지요. 아가씨께 요전에 써 드린 일일 식품 분석표를 참고해 보시지요. 호두는 59퍼센트의 지방분, 흰깨는 51퍼센트, 땅콩도 50퍼센트, 대두는 20퍼센트 이내의 지방을 함유하고 있습니다. 장어는 10~20퍼센트, 소고기가 15~25퍼센트, 돼지고기가 30퍼센트 정도의 지방을 가지고 있지요. 가정 요리를 관리하는 사람은 평소에 분석표를 항상 옆에 두고 이 식재료는 어떤 작용을 하는지, 어떤 때 먹으면 좋은지를 알아 두지 않으면 안 됩니다. 어떤 집이든 요리책을 부엌에 상비해 놓지 않는 것은 매우 부주의한 일입니다. 남편과 아이들이 요즈음 많이 야윈 것 같은데 지방이 부족한 걸지도 몰라, 요 한 주간은 호박과 동아를 많이 먹였는데, 이것들은 지방 함유량이 얼마쯤이지? 하고 책을 펼쳐서 분석표를 찾아보면 어머, 호박은 지방 함유량이 1.3퍼센트, 동아는 0.02퍼센트라고 나와 있네, 하고선 이래서는 지방이 부족하다는 것을 바로 알게 됩니다. 또 그렇다고 해서 지방만 매일 잔뜩 먹게 하면 아이들이 설사를 하게 되지요. 설사를 할 때는 전분이 들어간 요리가 가장 좋다고 책에 나와 있지요. 그럼 전분을 사용해서 요리를 하되, 저녁에는 전분이 들어간 탕 요리로 마시게 하자, 하는 계획이 서게 됩니다. 누구라도 식품으로 인해 지방이 부족해지면 변비에 걸리고, 너무 많이 섭취하면 설사를 하게 됩니다. 하지만 사람의 체질에 따라 뚱뚱하게 살이 찌고 여드름이 잔뜩 나 있는 사람은 굳이 지방을 더 보충해 주지 않아도 됩니다. 여름이라고 해서 신경이 예민한 사람이나 뇌에 병이 있는 사람에게 매운 음식을 잔뜩 먹여서는 안 됩니다. 또 요즘 사람들은 의사에게 소화 기관이 좋지 않다는 말을 한마디 듣기만 해도 바로 부드러운 음식만 잔뜩 먹는데, 위가 좋지 않을 때와 장이 좋지 않을 때는 각각 서로 반대의 성질을 가진 음식을 먹어야 해서, 위가 좋지 않을 때는 죽과 같이 찐득한 음식을 먹게 되면 한층 더 위가 나빠지게 됩니다. 죽을 먹으려면 쌀을 볶아서 부드럽게 죽으로 만든 것이 아니면 안 되지요. 빵을 굽지 않고 그냥 먹는 것도 안 됩니다.[137] 뭐든지 담백하게 바로 소화할 수 있는 음식이 좋습니다. 장이 나쁠 때는 반

---

137) 빵을 구워 먹어야 소화에 도움이 된다는 이야기는 《식도락―봄》의 〈48. 도미 스프〉 부분에 자세하게 나와 있다.

대로 전분을 넣어 끈기가 생긴 탕 요리가 좋으니 설사에는 메밀 전분탕이 가장 좋습니다".

* 장에 병이 생겼을 때는 전분탕과 비슷한 카사바[138]나 세이고[139], 타피오카 등을 먹는 것이 좋다.
* 카사바로 푸딩을 만들려면 달걀노른자 2개, 설탕 3큰술, 카사바 가루 1큰술의 비율로, 먼저 달걀노른자와 설탕을 잘 섞은 뒤 우유를 조금씩 넣어가며 잘 섞어서 카사바 가루를 우유나 물에 잘 풀어둔 다음 오븐용 그릇이나 덮밥용 그릇에 다 담고, 따로 철판에 반쯤 뜨거운 물을 부어서 그 안에 아까의 그릇을 넣고 뎀피에서 20분 정도 익히면 된다. 더 간단하게 만들려면 뎀피에 넣지 말고 그대로 쪄 내면

---

138) 카사바(cassava) 또는 마니옥은 남아메리카가 원산지인 다년성 작물이다. 높이는 1.5~3미터이고 지름은 2~3센티미터다. 덩이뿌리를 사방으로 치고 고구마와 비슷하게 굵으며 겉껍질은 갈색이고 속은 하얀색이다. 이 덩이뿌리에 녹말이 들어 있으나 맹독성을 품고 있기 때문에 빻거나 갈아서 물에 씻어 말린 다음 요리에 사용해야 한다.

139) 세이고(séigou)란 세이고 야자에서 추출한 전분을 의미한다.

된다.

* 세이고 혹은 타피오카로 푸딩을 만들려면 아까의 요리법보다 세이고 혹은 타피오카 가루를 1큰술 더 넣고 우선 세이고 혹은 타피오카를 물에 담가 놓거나 우유에 담가 놓은 것을 위의 레시피와 같이 쪄 내면 된다.

* 집오리 고기는 닭고기와 마찬가지로 여러 가지 요리에 사용할 수 있다.

* 간단하게 만들 수 있는 요리는 오리의 털과 머리 부분을 제거한 뒤 항문을 통해 내장을 제거하고 잘 씻어 낸 다음 소금과 후추를 전체적으로 뿌려 간을 하고 철판에 넣어서 오리 주변에 당근 2개, 양파 1개를 잘게 썰어서 같이 넣은 뒤, 오리 위에 버터 1큰술을 얹어서 오븐에서 15분 정도 구워 낸 것이다. 구울 때에는 15분 단위로 한 번씩 꺼내서 오리에서 나온 육수를 다시 오리 몸통 위로 끼얹어 주며 구워야 한다.

* 또한 오리를 등 쪽에서부터 2등분해 머리와 내장을 제거하고 소금과 후추를 뿌려서 철망 위에 놓고 약불에서 오리 위에 버터를 몇 번씩 반복해서 발라 가며 1시간 정도 굽는 방법도 있다. 오리와 감자를

같이 구워서 먹어도 좋다.

* 집오리 스튜는 우선 날개는 날개, 다리는 다리 하는 식으로 뼈가 붙은 채로 부위별로 잘라 프라이 냄비에 버터를 녹인 뒤 자른 오리를 넣고 강불에서 앞뒤가 살짝 익을 정도로 구워 놓은 다음 별도로 버터 1컵에 밀가루 1컵을 볶아서 육수 1홉[140]을 더해 소금과 후추로 간을 해서 만든 브라운소스에 아까의 오리를 넣고 1시간 정도 약불로 끓여서 만든다. 감자와 당근을 같이 넣어 끓여 먹어도 좋다.
* 집오리 스튜를 만들 때 소스에 포도주 2홉[141]을 더해 만들면 더욱 맛이 좋다.

---

140) 약 180밀리리터.
141) 약 360밀리리터.

41. 위와 장

 히로우미 자작도 나카가와의 말에 흥미를 느끼며 "나카가와 군, 그런 이야기를 들으면 나 같은 사람은 정말이지 어리석기 짝이 없는 사람이라 배가 아프면 일단 계속 같은 음식을 먹어야 한다고만 생각하고 있었다네. 어떤 경우에 위가 아픈 것이고 어떤 경우에 장이 아픈 것인지 자세하게 말해 주겠는가?" 나카가와 "거기에는 여러 가지 원인이 있어서 딱 이거라고 하나만 말씀드리기가 어렵습니다. 상한 음식을 먹거나 혹은 폭식을 한 경우에는 당연한 것이겠지만, 평소 소식을 하는 사람이라도 한 가지 영양소에 치중해 편식을 하는 경우에는 위가 나빠지게 됩니다. 채소만 잔뜩 먹는다든가, 고기만 잔뜩 먹는다든가 하면 안 됩니다. 뭐든지 골고루 먹어서 결핍된 영양소를 보충해 주지 않으면 안 되는 거지요. 지방을 섭취하는 것도 적당한 정도가 있고, 채소를 섭취하는 것도 정도가 있고, 과일을 섭취하는 것도 정도가 있다는 것을 잊지 않는 것이 가장 좋은 건강법입니다. 하지만 그렇다고 해서 먹는 것에만 신경을 쓰고 운동이 부족해지면 위도 운동하지 못하게 되어 버립니다. 위가 제대로 운동하지 못하면 음식을 소화하지 못하니 영양분도 지방도 신체에 제대로 흡수되지 못하게 되어 그대로 몸을 통과해 설사를 일으키게 됩니다. 우선 적당한 운동을 게을리하지 않음으로써 위의 운동 능력을 강화하고 다른 한편으로는 소화하기 힘든 음식을 소화하기 쉽게 조리해서 먹을 필요가 있습니다. 영양분이 풍부한 식품은 대개 소화하기 힘든 편입니다. 소화하기 힘든 점만 생각한다면 영양분을 섭취할 수 없으니 잘 요리해 몸에서 소화해서 흡수되도록 하는 것이 가정 요리의 기능입니다. 특히 노인과 어린아이는 가장 영양분을 충분히 섭취해야 함에도 소화력이 성인보다 떨어지니 노인과 어린아이의 음식은 더욱 신경 써서 만들지 않으면 안 됩니다. 소화력뿐만이 아니라 소화액의 분비와 씹고 삼키는 능력도 떨어집니다. 어린아이가 목에 생선뼈가 걸려 큰 소동을 일으키거나 노인이 떡을 먹다가 목에 걸려 질식하거나 하는 일이 종종 일어나곤 하는데 이 역시도 요리 시의 부주의에서 발생하는 것입니다" 하고 아무렇지 않게 말하는 내용에 자작은 마음에 걸리는 것이 있어 "나카가와 군, 그것에 대해서는 한 가지 면목 없는 일이 있네. 우리 다마에가 아직 어렸을 때 도미의 뼈가 목에 걸리는 바람에 의사에게 데려가서 겨우 빼낸 적이 있네만 나중에 그 상처로 목에 병이 생겨 오랫동안 고생한 일이 있다네. 그럴 때 응급 처치로 할 만한 좋은 방법이 있는가?" 나카가와 "그러셨군요. 목에 생선뼈가 걸렸을 때는 놀라서 흥분하면 할수록 점점 더 뼈가 깊숙한 곳에 박히게 되니까 빨리 젓가락으로 솜이나 탈지면을 뭉친 것을 집어서 그걸로 목구멍 속을 빙글빙글 돌려 줍니다. 그러면 대개 솜에 붙어서 가시가 나오게 되지요. 어떤 경우라도 그렇게 빼내는 것이 나중에 목에 상처가 남지 않기 때문에 위험이 없습니다. 밥 덩어리나 날달걀을 삼키면 가시도 같이 내려간다고 생각하는 사람들이 있는데 도미 뼈나 가자미의 뼈, 혹은 미꾸라지의 뼈는 배 속에 들어가서도 해가 되어 최악의 경우에는 맹장염을 일으키기도 합니다. 맹장의 약한 부분에 그 가시가 박혀서 움직이지 않게 되는 것이지요. 뿐만 아니라 아이가 음식이 아니라 작은 물체를 입에 넣었다가 목에 걸려서 놀라는 경우도 있는데, 그럴 때는 바로 종이를 뭉쳐서 콧구멍에 넣으면 재채기를 하면서 물건이 밖으로 빠져나오는 경우가 있습니다. 이것도 급할 때 도움이 되는 방법이지요". 자작 "과연, 노인의 목에 떡이 걸렸을 때는 어떻게 하면 좋은가?" 나카가와 "이 역시도 재채기를 유도하거나 혹은 핀셋 같은 걸로 떡을 끄집어서 밖으로 꺼내는 것 외에는 방법이 없습니다. 등을 두드리거나 하면 오히려 떡이 더 깊숙하게 들어가게 되지요. 혹은 주변에 무가 있다면 그걸 깨물어서 무즙이 목구멍 속으로 들어가게 하는 것도 좋습니다. 무즙은 떡의 찰기를 없애 버리기 때문에 누구라도 떡을 먹을 때는 옆에 간 무를 놓고 먹는 것이 좋습니다. 간 무를 먹으면 떡은 부드럽게 목구멍을 통과하고 위에 다다라서도 빠르게 소화됩니다". 자작 "그렇군, 무를 자른 칼로 떡을 자르면 떡이 칼에 달라붙지 않는 것도 그런 이유에서였군. 무엇보다 우리나라의 가정에서 노인의 음식과 어린아이의 음식에 주의를 기울이지 않는 것은 정말 큰 문제인데, 노인과 어린아이의 몸은 먹는 음식의 좌우되는 경향이 크기 때문일세. 다시 이야기를 돌리자면, 장의 병은 대체로 어떤 이유에서 일어나는 건가?" 나카가와 "장이 나빠지는 원인도 여러 가지 있지만 대부분은 독성이 있는 음식 때문입니다. 부패한 음식을 먹어서 세균이 장의 벽에 번식해 중독 증세를 일으키게 되지요. 그 외에도 위가 좋지 않아서 화학 작용으로 신체 내에서 중독 현상을 일으키는 경우도 많습니다. 장티푸스라든가 이질이라든가 십이지장충이라든가 혹은 다른 많은 병들도 세균과 관계가 있기 때문에, 먹는 물이나 사용하는 물에 주의해서 설거지에 쓰는 물도 일단 한 번 끓였다 식힌 것을 쓰는 것이 좋습니다. 언제든 위가 안 좋아지면 먹은 음식물이 중독을 일으켜서 장도 안 좋아지게 됩니다. 장이 나빠지면 쉽게 낫지 않지요. 일본인 중에서도 위가 건강한 사람은 많이 있습니다만 장까지 건강한 사람은 정말 드뭅니다. 그 증거로 과반수의 사람들이 치질 환자거나 산기[142)]을 달고 살지요. 아하하" 하고 말하는 중에 갑자기 밖에서 오하라가 도망쳐 들어오니 갑자기 깜짝 놀라며 걱정하는 오토와. 도대체 무슨 일이 있었던 것인가?

---

142) 산기(疝気)란 한방에서 하복부에 지속적으로 통증을 느끼는 병을 말한다.

42. 딸꾹질 약

오토와 아가씨가 걱정하는 모습을 보니 역시 마음 한구석이 아파 오는 나카가와. 지금처럼 갑자기 오하라가 뛰어들어오는 것은 필시 큰일이 일어난 것이라 생각해 자리에서 일어나며 오하라를 맞이하는데, 오히라는 당황해 뛰어들어오면서도 입가에 웃음기를 머금고 "나카가와, 지금 큰일이 났네. 우리 집 오다이가 이러쿵저러쿵 잔소리를 하면서 울고 난리를 치던 통에 어째서인지 갑자기 딸꾹질을 시작해서 멈추질 않는다네. 등을 두드려도 따뜻한 물을 마시게 해 봐도 점점 더 심해지기만 하고 낫지를 않네. 벌써 2시간 가까이 괴로워하고 있는데 점점 더 상태가 안 좋아지니 오다이 자신은 금방 죽을 것처럼 난리를 치고 있다네. 그 소리가 여기서도 희미하게 들리지 않나? 그렇게 심하게 딸꾹질을 하는 건 지금까지 본 적이 없네. 우리 부모님은 걱정하시면서 빨리 의사를 불러오라고 하시는데 어떻게 낫게 할 방법이 없겠는가?" 하는 자세한 사정을 듣고 나니 나카가와도 안심해 "뭐야, 그런 일이 있었는가? 나는 또 더 심한 일이 일어난 줄 알고 걱정했다네. 심하게 딸꾹질을 하는 것은 물론 아주 고통스러운 것이지만 낫게 하는 건 일도 아니라네. 내가 바로 약을 주지" 하고 안채로 들어가 병 2개를 들고 나오더니 "오하라 군, 의사에게 달려가도 이보다 더 좋은 약은 없네. 아주 심한 딸꾹질도 주석산143)과 탄산소다만 있으면 바로 나을 수 있지. 그러나 비등산144)처럼 생각해서 이 둘을 한꺼번에 마시면 안 된다네. 먼저 주석산을 2그램 이하, 즉 5분 정도 오블레이트145)로 싸서 먼저 먹어야 해. 오블레이트가 없으면 모나카의 껍질을 벗겨서 싸서 먹어도 되는데, 감싸는 것 없이 바로 약만 먹으면 먹기도 불편하고 이를 자극해서 상하게 하지. 그다음에 탄산 소다를 3밀리그램 이내, 즉 7~8분 정도 물에 녹여서 먹어야 하네. 그럼 배 속에서 부글부글하고 거품이 일어나 위를 팽창시키기 때문에 바로 낫게 되지. 딸꾹질은 근육이 놀라서 갑자기 수축한 것이니 반대로 팽창시키는 것이 가장 좋은 해결법이야. 빨리 가져가서 먹이게나" 하고 두 봉지의 약

---

143) 주석산(酒石酸)은 흰색 결정을 지닌 유기산의 일종이다. 타타르산이라고도 한다. 포도, 바나나, 타마린드와 같은 많은 식물에 존재하며, 포도주에서 발견되는 주요한 산의 일종이다. 신맛을 가하기 위해 식품에 첨가하기도 하며, 산화 방지제로 사용하기도 한다.

144) 비등산(沸騰酸)은 탄산수소 나트륨과 주석산을 물에 녹인 것이다. 완하제·청량제로 먹는다.

145) 오블레이트(oblaat)는 사탕과 의약품을 포장하는 데 사용하는 식용 가능한 얇은 녹말이다.

을 건네주니 오하라는 고마워하며 돌아간다. 오토와 아가씨도 놀란 마음을 쓸어내린다. 히로우미 자작도 새로운 지식을 얻어 기뻐하면서 "나카가와 군, 심한 딸꾹질은 참으로 괴롭다네. 주석산을 먼저 마시고 탄산 소다를 나중에 마시면 낫게 되는군. 뭐든지 이런 정보는 잘 기억해 두지 않으면 안 된다네. 나 같은 사람들은 천하와 국가를 어떻게 해야 하는지 같은 문제는 자주 말하며 무의미하게 논쟁을 벌이면서도 자기 배 속을 어떻게 치료해야 하는지는 알지 못했다네. 이렇게 생각해 보니 우리 나라의 정치 논쟁들이란 대부분 어리석은 것들뿐이었다는 생각이 드는군". 나카가와 "아하하하, 이렇게 말씀드리면 실례가 되겠지만 우리 나라의 정치 논쟁들이란 대부분 어리석기 그지없는 것들뿐이지요. 예를 들어 요즘 정치가들이 마치 갑자기 생각났다는 듯이 근검저축의 필요성을 국민에게 설파하고 있지요. 이것 역시도 물론 진보한 것으로 반드시 필요한 것이기는 합니다만, 저축이란 어쨌든 그저 돈을 모으기만 하면 되는 것이라는 생각으로 하루 세 끼를 먹을 것을 두 끼만 먹는 것으로 줄여서라도 저축을 하라고 독려하고 있지요. 정말이지 어리석은 생각이 아닙니까? 저축이란 유형의 힘, 즉 돈을 모아서 자본을 축적하는 것이지만 동시에 무형의 힘, 즉 체력과 마음의 힘을 길러서 돈을 유용하게 사용하도록 하지 않으면 안 됩니다. 금전적으로 자본을 모아 기반을 잡았다 하더라도 몸이 약해져 병이라도 걸리게 되면 무슨 일을 할 수 있겠습니까? 한편으로는 무의미한 사치, 즉 주도락이나 여도락에 낭비하는 돈을 절약하고 분수에 맞지 않는 모자나 신발에 돈을 쓰는 행위를 단속해 저축에 힘쓰도록 하고 한편으로는 영양이 풍부한 식재료를 위생적으로 요리해서 몸의 힘과 정신의 힘을 저축하도록 하지 않으면 아무것도 이룰 수가 없습니다. 세상 사람들이 검약이라고 하는 말을 바로 먹는 문제에 적용하는 것은 큰 문제입니다. 검약이라는 것은 비생산적인 비용을 절약해서 생산적으로 사용하는 것을 의미하는 것입니다" 하니 또다시 이야기가 옆으로 새고 만다.

* 딸꾹질에는 본문에 나온 방법 외에도 설탕물을 끓여서 마시게 하는 것도 효과가 있다.

43. 서양의 구즈모치146)

 남자들의 이런저런 이야기가 어려워서 이해하기 힘들어진 다마에 아가씨는 옆자리에서 오토와 아가씨와 다시 요리 이야기를 하며 "선생님, 우유를 싫어하는 사람에게 우유를 마시게 할 수 있는 요리로 아까 말씀해 주신 것들 외에도 간단하게 만들 수 있는 것들이 더 있나요?" 오토와 아가씨 "그렇지요. 블랑망제147)라는 것은 우유로 만드는 구즈모치 같은 요리인데 우유 1홉148)을 데운 다음 설탕 1큰술을 넣어 거품을 만들고, 따로 옥수수 전분, 즉 콘스타치가 있으면 2큰술 정도, 만일 없으면 일반 전분을 물에 녹여서 아까의 우유에 넣고 쪄서 식힌 뒤 굳히면 마치 구즈네리149)같이 되지요. 콘스타치를 넣은 경우에는 일반 전분보

---

146) 구즈모치(葛餠)란 칡가루를 넣고 젤리처럼 투명하게 만든 화과자의 일종이다.
147) 블랑망제(Blanc-manger)란 녹말가루, 우유, 설탕과 바닐라 향, 아몬드를 첨가한 희고 부드러운 푸딩을 말한다.
148) 약 180밀리리터.
149) 구즈네리(葛煉)란 전분을 녹인 물에 설탕을 섞고 쪄 낸 뒤 식혀서

다 더 오래 찌지 않으면 굳지 않아요. 불에서 내릴 때 달걀흰자 2개를 거품 내서 섞은 뒤 레몬유를 살짝 뿌려서 틀에 넣고 굳히는 건데 틀이 없으면 양철로 된 통이면 뭐든지 상관없어요. 그 양철통을 물속에 넣고 식히면 굳게 되는데 이렇게 젤리같이 된 것은 뜨거운 물에 다시 한번 틀을 담그지 않고서도 그릇 위에 톡 엎으면 바로 빼낼 수 있지요. 그걸 숟가락으로 떠먹으면 얼마나 맛있는지 몰라요. 그 속에 과일 열매를 열매만 고운체에 잘 갈아서 굳기 전에 섞어서 같이 굳히면 훨씬 더 맛있지요. 하지만 신맛이 강한 과일은 우유를 덩어리지게 하니까 넣어서는 안 돼요. 또 라이스 블랑망제는 우유 1홉[150]에 밥 1홉, 설탕 1큰술을 넣고 1시간 정도 쪄서 물에 녹인 젤라틴을 4장 정도 넣고 달걀흰자를 거품 내서 섞고 레몬유를 뿌린 뒤 식혀서 굳히지요. 초콜릿은 우유 1홉을 끓여서 콘스타치나 전분을 2큰술 넣고 덩어리에서 깎아 낸 초콜릿을 4근 반, 설탕을 2큰술 정도 섞어서 굳히면 돼요. 커피는 진하게 우려서 커피 1홉에 설탕 2큰술, 우유 5작[151], 젤라틴 7장을 넣고 찐 뒤 물을 담은 통

굳힌 푸딩과 비슷한 식감의 화과자를 의미한다.
150) 약 180밀리리터.

에 틀을 넣고 식힌 다음 달걀 3개로 거품을 낸 흰자를 섞어서 단단하게 굳혀요. 달걀은 노른자 2개와 우유 2홉[152], 설탕 3큰술을 잘 섞어서 중탕한 뒤 물에 녹인 젤라틴 5장과 포도주를 약간 넣어서 물을 담은 통에 넣어 식힌 다음 반쯤 굳으면 흰자 거품을 섞어 굳혀요. 우유 세이고는 세이고 2큰술을 물에 녹여서 우유 1홉 설탕 2큰술과 섞어 찐 다음 아까처럼 달걀 2개분의 흰자 거품을 섞어서 굳혀요. 그 외에도 쌀가루나 옥수수 가루, 타피오카, 카사바 가루로도 얼마든지 만들 수 있어요. 더운 날에는 차갑게 식혀서 먹으면 얼마나 맛있는지 몰라요. 더 제대로 만들려면 옆에 과일 찐 것도 같이 곁들여서 내는데 단맛과 신맛이 어울리게 되면서 매우 훌륭한 맛이 되지요. 졸인 복숭아는 특히 더 좋아요. 이전에도 여러 번 말씀드렸지만 졸인 복숭아를 오래 보관하기 위해서는 절대로 수분이 섞여서는 안 돼요. 껍질을 벗기고 설탕을 뿌린 다음 3~4시간 놔두면 설탕이 복숭아에 스며들어서 복숭아의 과즙이 잔뜩 빠져나오게 돼요. 그걸 그대로 냄비에 넣고 약한 불에서 오래 졸이는데 거품이

---

151) 약 90밀리리터.
152) 약 360밀리리터.

올라오면 몇 번이고 숟가락으로 건져 내면서 졸여야 해요. 복숭아도 수밀도라고 해서 색이 하얗고 단맛이 나는 것이 있고, 편도라고 해서 평평하게 생겨서 맛이 좋은 것도 있고, 천진 복숭아라고 해서 크고 분홍색인 것도 있지요. 이 종류는 생으로 먹으면 맛이 없지만 아까의 방식대로 졸여서 먹으면 색도 예쁜 분홍색이 나고 맛도 아주 맛있어요. 그 외에도 중국에서 나는 반도(蟠桃)[153]라고 해서 꼭지 부분이 쏙 들어간 큰 복숭아도 있어요. 서왕모[154]를 그린 그림 중에서 꼭지가 쏙 들어간 복숭아가 있을 때가 있는데 바로 이 복숭아를 그린 것이에요. 맛은 최상등이지요. 중국 내륙에는 다양하고 맛있는 복숭아 종류들이 있는데 그중에는 동방삭[155]이 훔친 복숭아라는 복숭아 종류도 있다고

---

153) 흔히 납작 복숭아 혹은 도넛 복숭아라고 불리는 종류로 단맛이 강하다는 특징이 있다. 주로 유럽 지역에서 많이 소비되는 복숭아다.

154) '서왕모'는 중국 고대의 신화 인물로 곤륜산(昆侖山)에 살면서 인간의 화복을 주관하며 인간을 불로장생하게 하는 복숭아와 신약을 가졌다고 한다. 중국 도교에서는 여신의 으뜸이라 해서 '왕모(王母)'라고 불린다.

155) 동방삭은 실존했던 인물로 중국의 전한 시대의 문인이자 정치가이지만 관련 전설이 많이 남아 있는 인물이기도 하다. 대표적인 전설로는 서왕모의 복숭아를 훔쳐 먹고 불로불사의 몸이 되었다는 것이 있다.

해요. 하지만 뭐니 뭐니 해도 복숭아는 졸여서 먹는 게 가장 맛있지요. 일본의 복숭아 중에서도 졸여서 먹으면 더 맛있는 것들이 있어요. 복숭아를 졸일 때 나온 과즙을 전에 말씀드린 것처럼[156] 젤라틴으로 굳히면 여러 가지 과자를 만들 수 있어요. 또 배를 졸일 때도 설탕만 넣고 졸이는데, 여기에 레드 와인을 넣고 졸이면 더 맛있어지지요. 뭐든 시험 삼아 한번 해 보는 게 중요해요". 다마에 아가씨 "네. 해 보겠습니다. 또 아까 말씀해 주셨지만 노인이나 아이들을 위해 고기 분쇄기로 고기를 갈아 만들 수 있는 요리에 또 다른 종류가 있나요?" 오토와 아가씨 "네. 있고말고요. 먼저 생소고기는 힘줄을 잘 제거하지 않으면 안 돼요. 익힌 고기라면 등심구이나 비프스테이크의 남은 부분을 활용해도 괜찮지요. 그걸 고기 분쇄기에 넣어 갈아 두고 따로 브라운소스, 즉 버터 1큰술을 녹여서 밀가루 1큰술을 갈색이 될 때까지 볶고 육수를 3큰술, 토마토 통조림 1개를 넣고 소금과 후추로 간을 한 소스를 분쇄한 고기와 섞은 다음 다시 날달걀 1개를 섞고 감자 1개를 삶아서 곱게 간 것을 고

---

[156] 《식도락-여름》의 〈90. 오이와 가지〉 부분에 자세한 내용이 나와 있다.

기 중량만큼 넣어서 모두 한데 섞어요. 그걸 길쭉하게든 동그랗게든 손으로 빚어서 덩어리를 만들고 프라이 냄비에 버터를 녹여서 구워 내는데 상등으로 만들려면 따로 달걀을 반숙으로 삶아서 고기 위에 얹어서 그 위에 다시 브라운 소스를 얹어서 내지요. 이건 드라이 해시라고 해서 노인들에게 아주 좋은 요리예요."

* 본문에 나온 방법 외에도 밀크 바바로아[157]라는 것이 있다. 그것은 우유 1홉[158]에 젤라틴 4장, 설탕 2큰술, 거품 낸 달걀흰자 2개분의 비율로, 먼저 냄비에 우유와 설탕을 넣고 끓이다가 물에 적신 젤라틴을 넣고 잘 섞어서 다른 그릇에 옮겨 담은 후 잠시 식힌

---

157) 바바로아(Bavarois) 혹은 바바로아 크림은 커스터드 크림에 젤라틴을 더한 것으로 보통은 디저트로 즐기지만 치즈 등을 더해 단맛이 없는 바바로아를 만들어 먹기도 한다. 19세기 프랑스의 전설적인 요리사 앙투안 카렘(Marie-Antoine Carême, 1784~1833)의 요리책에 실린 것이 가장 기본적인 레시피로 인정받고 있으며, 바바로아라는 이름은 독일의 바이에른 지방에서 기원한 요리, 혹은 바이에른 지방의 유력 인사를 위해 만든 요리라는 뜻으로 추정되고 있다.
158) 약 180밀리리터.

뒤 흰자 거품을 섞어서 완전히 식힌 다음 틀에서
빼내면 된다. 틀에서 빼낼 때는 뜨거운 물에 틀을
잠시 담갔다가 살짝 흔들어 주면 쉽게 빼낼 수 있다.

* 스펀지 젤리라는 과자가 있다. 만드는 방법은 달걀
  2개에 설탕 2큰술, 젤라틴 4장, 물 1홉[159]의 비율로
  맨 처음에 물에 설탕을 넣고 끓인 후 물에 적셔서
  부드럽게 된 젤라틴을 넣고 다시 잘 섞으면서
  끓이다가 불에서 내려 잘 푼 달걀노른자를 굳기 전에
  재빨리 섞어서 잠시 식히는 동안 달걀흰자 2개분으로
  거품을 만들어 아까의 반죽과 섞은 다음 틀에 넣고
  굳힌 뒤에 조심스럽게 틀에서 빼내면 된다.

---

159) 약 180밀리리터.

44. 토마토

오토와 아가씨 "그리고 하나 더 알려 드리자면, 아까 요리처럼 브라운소스만 적신 고기에 날달걀을 섞고 소금과 후추로 간을 해서 2촌[160] 길이로 잘라서, 엄지손가락 굵기로 둥글게 굴려 속을 만들어요. 겉에 입힐 옷은 찐 감자를 껍질을 벗겨서 고운체에 비벼 간 것에, 버터와 달걀노른자를 잘 섞어 소금과 후추로 간을 하고, 다시 잘 비벼서 섞으면 끈기가 생겨나요. 손에 밀가루를 조금 묻히고, 방금 만든 감자 반죽을 양손으로 잘 누르면서 넓게 빚으면 마치 가시와모치[161]의 겉에 있는 피 같은 모양이 되지요. 이렇게 반죽을 잘 만드는 것이 처음에는 좀 어렵지만 익숙해지면 별것 아니에요. 이렇게 만든 피로 아까의 고기로 만든 속을

---

160) 약 6센티미터.

161) 가시와모치(柏餠)는 쌀가루로 만든 희고 둥글넓적한 떡을 반으로 접어 안에 팥소를 넣고 겉에는 떡갈나무 잎을 붙여 만드는 화과자다. 주로 어린이날에 먹는데, 떡갈나무는 어린잎이 다 자랄 때까지 성숙한 잎이 나무에서 떨어지지 않고 붙어 있다는 점에서 어린이를 보호한다는 의미가 있기 때문이다.

감싸면 크로켓 같은 모양이 되는데 밀가루를 겉에 묻히고 다시 달걀노른자 물에 적신 뒤 빵가루를 묻혀 샐러드유로 튀겨서 내면 되지요. 이것도 리소(riso)[162]라고 해서 소화가 잘되는 요리예요. 또 셰퍼드 파이[163]라는 요리는 브라운소스에 잘게 썬 양파 1개와 고기 분쇄기로 간 고기를 반 근 정도 넣고 20분 정도 끓이는 요리예요. 불에서 내려 달걀노른자 1개를 넣고 섞지요. 따로 감자 2근[164]을 쪄서 물기를 제거하고 그대로 불에 구워서 수분을 완전히 없앤 뒤 고운체에 갈아 냄비에 넣고 버터 1큰술, 소금 1작은술, 달걀노른자 1개를 넣고 불에 올린 뒤 잘 저어 가면서 섞어요. 잘 익어서 섞였다는 생각이 들면 불에서 내려 파이 그릇이 있으면 가장 좋고, 없으면 양철 그릇에 버터를 발라 방금 만든 감자를 그릇에 깔아요. 그다음에 아까 만든 고기와 브

---

[162] 정식 명칭은 아란치니 디 리소(arancini di riso)로, 이탈리아 요리다. 쌀로 만든 크로켓과 비슷한 요리이며 고기를 비롯한 다양한 속을 넣어서 먹는다. 아란치니라고 부르기도 한다.

[163] 셰퍼드 파이(shepherd pie)는 으깬 감자를 올린 영국의 고기 파이로 양고기로 만들면 셰퍼드 파이, 소고기로 만들면 코티지 파이(cottage pie)라고 한다.

[164] 약 1200그램이다.

라운소스를 넣고 다시 감자로 위를 덮은 다음 붓으로 달걀 노른자 푼 것을 위에 잘 발라 줘요. 마지막으로 버터 1큰술을 맨 위에 올려 덴피에서 20분 정도 굽는 거예요". 다마에 아가씨 "그런 요리를 만들면서 달걀노른자만 사용하고 남은 흰자로는 눈 과자를 만들거나 블랑망제를 만들거나 하면 정말 딱 좋겠네요. 또 이와 비슷한 요리들이 있을까요?" 오토와 아가씨 "네. 아까 말씀드린 요리처럼 브라운소스에 적신 고기를 갓 구운 빵 위에 올리고 달걀 반숙을 그 위에 올리면 민스 토스트 보일드 에그(mince toast boiled egg)라는 요리가 돼요. 닭고기와 쌀로 만드는 크로켓을 간단하게 설명하면, 먼저 생닭은 가장 상등의 힘줄이 없는 부위로 골라 갈아 내지 않으면 잘 분쇄되지 않아요. 구이나 다른 요리에 쓰다가 남은 부위를 써도 괜찮아요. 그걸 밥하고 섞어서 화이트소스, 즉 버터와 밀가루와 우유와 소금 후추를 쓴 소스에 적셔요. 그다음에 달걀노른자를 섞고 소금과 후추로 간을 한 뒤 둥글게 빚어서 밀가루를 묻히고 달걀노른자 물을 적시고 빵가루를 입혀 튀기는 거예요. 상등으로 만들려면 쌀을 버터에 볶은 다음 닭고기와 함께 육수를 넣고 쪄서 그다음에 화이트소스를 섞어 만드는 거예요. 크로켓은 토마토소스를 곁들여서 내지요. 요즘은 생토마토가 많이 나는 시기라서 맛있는 걸로 골라 샐러드를 하거나 마카로니와 함께 삶아 먹어도 좋고 토마토 수프를 만들어도 맛있어요. 수프는 생토마토를 반으로 잘라 짜내면 씨가 빠져나와요. 그걸 곱게 갈아 놓고 냄비에 버터를 녹여서 콘스타치를 볶아 둔 다음 육수를 넣어 끓인 후에, 아까의 토마토를 넣고 20분 정도 끓여서 한 번 체에 거르고, 소금과 후추 그리고 아주 약간의 설탕을 넣어 간을 해서 내지요. 잘게 자른 빵을 버터로 튀긴 것을 수프에 넣어 먹으면 더 맛있답니다. 토마토는 밭에서 기르면 많이 나오는데, 아직 토마토 먹는 게 익숙지 않은 사람들은 잘 모르니까 기르기 어렵고 희귀한 것이라 생각하지요.[165] 하지만 토마토는 익숙해지면 정말 맛있는 재료예요. 토마토 속을 파내고 오이나 가지의 속을 고기로 채우는 요리처럼 고기를 채워서 덴피로 구워 먹어도 맛있어요. 뭐든 익숙하지 않은 재료를 처음 먹일 때 요리를 못해 맛이 없는 재료라는 인상을 주면 다시는 먹지 않게 되지요. 썩는 냄새가 나는 오래된 버터를 옛날 스

---

[165] 토마토가 일본에서 본격적으로 식재료로서 전파되기 시작한 것은 메이지 시대였으나, 쇼와 시대(1926~1989)에 들어서 일본의 기후에 맞는 토마토 품종이 개발되기 전까지는 전파가 수월하지 못했다. 그 중요한 원인은 메이지 시대까지만 해도 온실과 비닐하우스를 통한 작물의 재배 기술이 미흡했기 때문이었다. 이 문제는 일본의 겨울 기후를 견딜 수 있는 토마토 품종을 개발하기 전까지는 완전히 해결하지 못했다.

타일의 나이 많은 부인에게 먹인다든가, 냄새나는 헷토로 구운 음식을 대접한다든가 하면 서양 요리는 다시는 먹고 싶지 않다고 생각하는 사람들이 늘어나게 되지요. 서양 요리에서 식사 후반에 나오는 치즈 같은 것도 대부분의 부인들은 별로 좋아하지 않지요". 다마에 아가씨 "치즈 말인가요? 그건 저도 입에 맞지 않아서 못 먹겠더라고요".

45. 치즈 요리

오토와 아가씨는 크게 웃으며 "호호호. 누구라도 처음에는 그런 반응이지만 일단 한 번 치즈로 만든 아주 맛있는 요리를 먹어 보면 처음 먹는 사람이라도 그 맛을 기억해서 나중에는 요리하지 않은 생치즈도 먹게 된답니다. 치즈는 우유에서 좋은 양분만을 뽑아내 만든 것이라 소화에 큰 도움이 되지만 너무 많이 먹으면 오히려 토하게 되지요. 치즈를 사용한 요리로는 여러 가지가 있지만 간단해서 누구라도 만들어 먹을 수 있는 요리가 치즈 프리터예요. 우선 달걀 2개에 설탕 1작은술과 버터 8큰술을 넣고 잘 섞어서 뭉치고 밀가루 3큰술을 잘 섞은 다음 1중간술의 우유를 넣고 달걀흰자 2개로 낸 거품을 잘 섞어서 옷을 만들어 둔 뒤 치즈를 새끼손가락 정도 크기의 사각으로 잘라서 아까의 튀김옷을 입혀 샐러드유로 튀기는 요리[166]예요. 그리고 또

---

[166] 본문에서 설명한 레시피에 따르면 현대의 치즈 스틱, 영어권에서 흔히 모차렐라 스틱이라 부르는 요리와 비슷하다는 것을 알 수 있다. 공식적으로 모차렐라 스틱은 1976년 미국 위스콘신주의 치즈 낙농업자였던 프랭크 베이커(Frank Baker)가 만든 것으로 되어 있는데, 그 원형

맛있는 치즈 요리가 마카로니 치즈[167]인데, 우선 잘 아시는 대로 버터 1큰술을 잘 녹이고 밀가루 1컵을 주걱으로 헤집어 가면서 잘 볶은 다음 우유 1홉[168]을 다 쏟아 넣고 소금과 후추로 간을 해서 화이트소스를 만들어요. 따로 냄비에다 눌어붙지 않도록 대나무 껍질을 냄비 바닥과 벽에 깔아 두고 끓는 물을 넣은 다음 1촌[169] 정도로 자른 마카로니를 1시간 정도 끓인 후 물에서 건져 아까의 화이트소스에 넣고, 긴 마카로니 6개 정도의 분량이었으면 치즈 2큰술을 와사비 가는 강판에 갈아 약 30~40분 정도 약불에서 오래 끓여요. 다 끓였으면 오븐 그릇이나 없으면 깊이가 깊은 그

이 되는 레시피는 본문에 나온 것처럼 훨씬 이전부터 존재했던 것으로 보인다.

167) 본문에서 설명하는 레시피는 크림소스 파스타와 비슷하게 마카로니를 크림소스에 적셔 오븐에 구워 내는 형태로, 우리가 흔히 아는 미국식 맥 앤 치즈(Mac'n'cheese)의 레시피가 나오기 전의 과도기적인 레시피다. 미국을 대표하는 요리 중 하나인 맥 앤 치즈는 마카로니를 아예 치즈와 버무려 만들어 내는 방식으로 흔히 미국 3대 대통령인 토머스 제퍼슨이 1802년 백악관에서 이 요리를 만들어 먹은 것을 기원으로 보고 있다.

168) 약 180밀리리터.

169) 약 3센티미터.

릇에 3분의 1 정도를 평평하게 펼쳐서 넣고 다시 그 위에 치즈 1큰술을 갈아서 올린 뒤 다시 마카로니를 올리고 다시 치즈를 얹고 그 위에 다시 나머지 마카로니를 올리는 식으로 3~4층 정도가 되도록 넣은 뒤 맨 위에 마지막으로 치즈를 갈아서 올린 다음 덴피에서 20분 정도 구워요. 이 요리는 정말 맛있는 요리라서 처음으로 치즈를 먹는 사람이라도 결코 치즈가 싫다는 말을 하지 않을 정도지요. 한번 만들어 보세요". 다마에 아가씨 "네. 돌아가서 바로 만들어 보겠어요. 그런데 선생님, 한 번 삶은 마카로니를 다시 화이트소스에 넣어 끓이고 다시 그걸 덴피에서 구우면 꽤나 손이 많이 가는 요리군요. 한 번 삶은 마카로니니까 화이트소스에 버무린 뒤 바로 덴피에서 구우면 안 되나요?" 오토와 아가씨 "안 되는 건 아니에요. 정성을 기울이지 않는 요리사라면 자주 그런 식으로 만들기도 하지만, 맛에서 꽤 큰 차이가 나요. 마카로니만이 아니라 우유로 찌거나 끓이거나 하는 요리는 우유 때문에 처음에는 재료가 쪼그라들거나 딱딱해져요. 그 단계를 지나면 속에서부터 부드러워지지요. 정말 맛있게 만들려면 그렇게 부드러워질 때까지 끓이지 않으면 안 돼요. 소고기 갈비 살로 스튜를 끓일 때에도, 이치보를 찔 때에도 1시간 정도 지나면 아주 질겨지다가 2시간 정도 지나면 점점 부드러워지고 약불에서 3시간 정도 끓이면 완전히 부드러워지지요. 딱 이쯤에서 먹어야 아주 맛있어지는 것인데, 반대로 여기서 더 끓이게 되면 맛이 빠져나가서 끓이면 끓일수록 더 질겨지지요. 뭐든지 요리는 어느 정도 익혀야 적당한 것인지를 알아 두는 것이 중요한데, 대개 3~4시간 정도 끓이는 것이 가장 좋은데 불과 20분 차이로 맛이 달라져요. 그보다 더 빨라도 안 되고 더 느려도 안 되니 아주 어렵지요. 끓이는 시간만 신경 쓰고 불의 세기는 신경 쓰지 않으면 불이 너무 세거나 약해져서 안 되지요. 불의 세기와 시간의 정도에 따라 잘되고 못 되고가 결정돼요. 하지만 굳이 어느 쪽이냐고 한다면 너무 오래 끓여서 흐물흐물한 것이 너무 빨리 꺼내서 질긴 것보다 낫고, 시간적으로는 너무 빨리 꺼내는 것보다 조금 늦게 꺼내는 것이 더 나으며, 불의 세기로 한다면 너무 강한 불로 끓이는 것보다 약한 불로 끓이는 것이 더 낫지요".

* 치즈는 곰팡이가 생기기 쉬운 음식이지만
외국에서는 오히려 그렇게 곰팡이가 핀 치즈를 더
귀하다고 여긴다. 윗부분에 핀 곰팡이는 잘 긁어내고
요리하면 된다.

46. 한낮의 연극

다마에 아가씨 "하지만 선생님, 세상의 부인들은 이제까지 하던 것처럼 아주 간단하게 만들 수 있는 반찬 요리를 위주로 만드는 버릇이 있으니까 상등의 가정 요리를 긴 시간을 들여 만들라고 하시면 어머나, 요리 하나를 만드는 데 3~4시간이나 걸리다니요! 하면서 좀처럼 시도해 보려고 하지 않을 거예요. 제가 친구들에게 요리에 대해 이야기를 할 때에도 누구든 금방 좀 더 간단하게 만드는 방법은 없나요 하면서 물어보곤 하지요. 간단하게 만들 수 있으면서 재료비도 적게 드는 것이 대부분의 사람들이 요구하는 것이에요. 이건 정말 곤란한 문제예요". 오토와 아가씨 "그건 어디라도 마찬가지랍니다. 즉, 제가 매번 말씀드리는 것처럼 우리 나라 사람들은 손발의 고생은 고생으로 여기면서 위장이 고생하는 것은 고생으로 여기지 않는 것이지요. 원래대로 하자면 위장에서 잘 소화할 수 있는 음식을 만들지 않으면 안 되는 것인데 말이에요. 우리 나라의 부인들은 무익한 놀이에는 긴 시간을 들이는 것이나 많은 비용을 들이는 것도 아까워하지 않지요. 아침부터 극장에 가부키를 보러 가서는 공기도 좋지 않은 극장 안에 하루 종일 앉아 있으면서 뭘로 만들었는지도 수상한 파는 도시락을 먹으며 많은 돈을 쓰고도 전혀 신경 쓰지 않지요. 서양에는 낮에 열리는 연극은 없어요. 일요일에 노동자들을 위해서 오후 1시부터 개막하는 연극이 유럽에 두세 군데 있다고는 하더군요. 밤에 개막하는 연극이라도 상영 시간이 3시간을 넘어가는 것은 거의 없어요. 연극 표값도 상등석이라 해도 일본의 가부키를 보는 비용보다 훨씬 싸다고 하더군요. 서양의 부인들은 하루의 식사를 가장 중요한 일로 생각해서 낮에는 요리나 기타 가사일로 바쁘니까 낮에 연극이 열린다고 해도 가서 볼 여유가 없는 거지요. 일본의 부인들은 낮에 가부키를 보러 갈 여유는 있으면서 3~4시간을 요리에 쓸 여유는 없다고들 하는 건가요? 저는 세상의 부인들에게 1년에 가부키에 쓰는 돈과 시간을 아껴서 음식의 연구에 쓰시라고 권하고 있어요. 또 남편분들에게는 자동차에 쓰는 비용과 다다미가 붙은 좋은 신발을 사는 비용을 아껴서 부엌에 관심을 가져 보시라고 조언하고 있지요. 중산층 가정에서라도 부부가 힘을 합쳐 그런 식으로 요리에 관심을 가진다면 매일 상등의 가정 요리를 먹을 수 있을 거예요. 세상 사람들은 가정 요리에 쓸 비용이 없는 것이 아니에요. 그저 가정 요리에 생활비를 쓸 마음이 없는 것이지요. 가정 요리에 생활비를 할애하는 것이 아까운 것이지요. 먹는 것을 중요하게 생각하지 않는 사람은 자신의 건강을 중요하게 생각하지 않는 것이에요. 자신의 건강조차 중요하게 생각하지 않는 사람이 어떻게 아내나 가족들의 건강을 중요하게 생각할 수 있겠어요? 그런 가정은 결코 행복한 가정이 될 수 없지요. 음식에 대해 이러쿵저러쿵 간섭하는 것은 남자답지 못한 일이라고 자신만만한 얼굴로 주장하는 사람들도 있는 모양이지만 그건 정말이지 크게 잘못 생각하는 것으로, 부모님께서 나이가 드셔서 병수발을 해야 할 때 의사에게 영양가 있는 식사를 제대로 챙겨 드리라는 말을 들어도 어떤 식사를 드려야 하는지 모른다면 부모를 공양하는 효심을 제대로 실천할 수가 없지요. 우유를 많이 드시게 해야 할 때 옛날 노인들은 우유에 익숙하지 않아서 드시기 싫다고 하시는 경우가 있어요. 그럴 때에는 아까 말씀드린 푸딩이나 아와유키나 블랑망제 같은 것을 요리해서 드린다면 환자가 우유 요리를 기쁘게 먹게 되지요. 며느리가 시어머니를 모시는 때에도 그저 네, 네 하면서 일만 하는 것이 아니라 시어머니가 좋아하실 음식을 생각해서 차려 드린다면 더욱 사이가 좋아지겠지요. 저는 몇 번이나 구식 노인분들께 라이스 푸딩을 만들어서 드린 적이 있어요. 그냥 죽을 드시는 것보다 훨씬 더 맛있다고 대부분 다들 좋아하시지요. 노인분들께는 최고의 요리예요".

47. 노인의 식사

다마에 아가씨도 이전에 라이스 푸딩을 배운 적이 있어 "그 요리는 아주 간단하게 만들려면 아까 말씀하신 것처럼 달걀과 설탕을 잘 섞은 다음 우유를 조금씩 섞으면서 거기에 밥을 조금씩 넣은 뒤 찌는 거지요". 오토와 아가씨 "그 방법은 산속의 시골 마을 같은 곳에서 간단하게 만들기 위한 방법이에요. 그렇게 해서는 밥이 부드럽게 되지 않으니 노인의 식사에 맞는 방법이라 할 수 없지요. 노인분들을 위한 방법으로는 아까 말씀드린 약식으로 만드는 라이스 푸딩보다 한층 더 정성스럽게 만들어야 하는데, 처음에 우유 속에 죽을 만들 분량으로 밥을 넣어서 죽을 끓일 때처럼 약불에서 50분 정도 끓여요. 이것도 마카로니를 만들 때 말씀드린 것처럼 밥이 우유로 인해 수축하면서 일단 딱딱해지지만, 이 단계를 넘어설 때까지 끓여야 하지요. 딱 죽처럼 되었을 때 불에서 내려 달걀노른자와 설탕을 잘 섞어서 푸딩 그릇이나 덮밥 그릇에 넣고, 그 그릇을 철판이나 동 그릇에 올리고 주변에 물을 채워 덴피에서 25분 정도 중탕하는데, 혹시 잼이 있다면 일단 덴피에서 꺼내서 위에 잼을 바른 뒤 달걀흰자를 장식처럼 올려 다시 덴피에 넣고 50분간 중탕하면 완성이에요. 날씨가 추울 때에는 갓 만든 따뜻한 것을 내어도 되고, 날이 더울 때는 식혀서 차갑게 한 것을 내면 좋으니까 다음에 기회가 있을 때 죽 대신에 노인분께 만들어서 대접해 보세요. 얼마나 좋아하시는지 몰라요. 좀 더 상등으로 만들려면 밥이 아니라 쌀을 넣어서 만드는데, 우선 쌀 1큰술에 우유 5큰술을 넣어 2시간 정도 재워 두고 거기에 설탕 1큰술을 넣어 죽처럼 될 때까지 잘 휘저어 주면서 끓여 줘요. 쌀로 만들면 수분을 너무 많이 흡수해서 도리어 딱딱해지는 경우도 있으니까 그럴 때에는 도중에 몇 번 우유를 부어 주면서 부드럽게 풀어 주고 다 만들어지면 육두구를 조금 뿌려서 푸딩 그릇이나 덮밥 그릇에 넣고 아까처럼 철판에 올린 뒤 덴피에서 중탕하는데, 푸딩 그릇을 덴피에 넣을 때 철판이나 철로 된 그릇에 끓는 물을 약간 넣고 그 위에 푸딩 그릇을 놓은 뒤 덴피에 넣고 중탕하면 아래에서 열기가 올라오고 위에서도 열로 데워지니 골고루 익기 좋은 환경이 되지요. 물을 넣지 않고 바로 구우면 밑에서 올라오는 화기에 푸딩 밑부분이 타서 눌어붙거나 안이 너무 많이 익어서 위로 반죽이 터져 솟아오르거나 하기 때문에 안 돼요. 아무리 약식으로 만들더라도 반드시 중탕으로 익혀야 하지요". 다마에 아가씨 "이 방법에는 달걀이 들어가지 않나요?" 오토와 아가씨 "쌀로 만드는 방법에는 달걀노른자가 필요 없어요. 노른자를 넣지 않더라도 넣은 것처럼 맛있지요. 하지만 윗부분에는 흰자 거품을 장식으로 올려요. 저는 세상의 부인들이 이런 요리를 차려서 시아버지나 시어머니께 드린다면 고부 관계가 얼마나 좋아질까 생각하곤 해요. 나이 드신 분들이 몸이 안 좋아지시면 아무리 음식에 별 관심이 없는 자식이라 해도 자식의 도리로서 무엇을 드려야 하는지 고민하게 되지요. 그래서 저는 아무래도 음식에 관심이 없다고 대놓고 자랑하듯 말하는 심리를 이해하지 못하겠어요. 음식에는 관심이 없으면서 신발에는 2엔이든 3엔[170]이든 비싼 다다미 붙은 신발을 사서 신고 자동차에는 아낌없이 돈을 쓰는 것은 도대체 무엇을 위한 것일까요? 요즘 사람들에 대해 평하자면 모자나 신발같이 몸을 감싸는 물건에는 아낌없이 돈을 쓰면서도 먹는 음식은 신분에 걸맞지 않게 조잡한 것을 먹고 사는 것 같아요". 다마에 아가씨 "정말 말씀하신 그대로예요. 말씀하신 라이스 푸딩 같은 것은 노인뿐 아니라 병자에게 해 주어도 좋은 평을 받을 수 있는 요리지요. 하지만 위 확장증 같은 병에는 죽같이 끈적거리는 음식은 좋지 않다고 들은 적이 있는데 그럴 때는 어떻게 해야 하나요?" 오토와 아가씨 "그런 사람에게는 우선 쌀을 한 번 볶아서 그다음에 우

---

[170] 현재 가치로 2엔은 약 1만 엔, 3엔은 약 15000엔 정도다.

유를 넣고 죽처럼 만들면 되지요. 대개 병자에게는 보통의 죽도 한 번 볶은 쌀로 만드는 것이 소화하기가 더 편하답니다. 이런 건 한 가정의 부인이 반드시 신경 쓰지 않으면 안 되는 부분이에요" 하니 아가씨들도 서로 상의하던 내용이 어느덧 세상에 대한 토론이 되고 만다.

48. 수플레

　요리 이야기가 재미있어 돌아갈 생각을 잊은 다마에 아가씨는 "선생님, 아까 이야기하신 치즈는 소화에 크게 도움이 되어 건강에도 아주 좋은 식품이라 들었습니다만, 세상 사람들은 아직 치즈 먹는 것에 익숙하지 않은 경우가 많은 듯해요. 버터는 맛있게 잘 먹는 사람도 치즈는 못 먹겠다고 하는 사람들이 많지요. 그래서 저는 세상 사람들에게 치즈를 맛있게 먹을 수 있는 방법을 널리 알리고 싶은데, 그런 요리 방법이 더 있나요?" 오토와 아가씨 "그럼요. 있고말고요. 간단하게 만들 수 있는 요리로 치즈 토스트라는 요리가 있는데 먼저 보통의 토스트처럼 빵을 구워요. 달걀 노른자 1개에 설탕 1작은술을 섞은 다음 버터 1큰술, 겨자 1작은술, 소금 후추를 섞은 뒤 와사비 강판으로 갈아 낸 치즈를 2큰술 넣어 잘 섞은 뒤 구워 내지요. 그걸 빵 모양에 맞춰 가마보코[171]처럼 위는 둥글게 만들어서 약간 두툼하

---

[171] 가마보코(蒲鉾)는 흰 살 생선을 잘게 갈아 밀가루를 넣어 뭉친 어묵의 일종이다.

게 올린 뒤 덴피에서 다시 10분 정도 구워 내지요. 또 치즈 스트롱이라는 요리는 달걀노른자 2개에 버터 1큰술 반과 설탕 1작은술에 겨자 1큰술 반, 소금 약간과 고춧가루 아주 약간, 후추 약간을 섞은 뒤 갈아 낸 치즈를 2큰술 섞고 다시 밀가루 5큰술을 섞은 다음 우유를 적당히 넣고 구워 내요. 그다음에 적당한 길이로 길게 썰어서 그걸 다시 덴피에서 5분 정도 구우면 완성이에요. 하나 더, 치즈 수플레라는 요리도 알려 드릴까요? 그러려면 먼저 수플레라는 요리가 뭔지 설명해 드려야 하는데, 수플레는 흰자 거품으로 부풀어 오르게 만든 요리를 의미해요.[172] 가장 간단하게 만들 수 있는 요리는 달걀 수플레인데 달걀노른자에 설탕을 섞고 잘 거품을 낸 뒤, 거기에 잘 거품을 올린 흰자를 섞어서 양철 그릇이나 덮밥 그릇에 넣고 약한 불에서 10분 정도 구우면 크게 부풀어 오르면서 아주 보기 좋은 요리가 되지요. 그걸 재빨리 식탁 위로 가져와서 먹지 않으면 부풀었던 것이 금방 다시 쪼그라들기 때문에 안 돼요. 하지만 부풀어 오르는 특성 때문에 달걀 2개로 4인분이나 만들 수 있지요.

---

[172] 수플레(Soufflé)란 팽창제 없이 달걀흰자만으로 부풀어 오르게 만든 요리를 의미한다. 프랑스어로 수플레는 '불룩해진', '숨을 불어넣은' 등의 의미를 가진다.

또 설탕과 콘스타치를 조금씩 넣으면서 거품을 낸 노른자에 밥을 여러 덩어리로 잘게 나누어서 잘 섞어요. 거기에 거품을 낸 흰자를 섞어서 구워 낸 것이 라이스 수플레지요. 자, 그래서 치즈 수플레는 달걀노른자 2개에 설탕 1작은술과 소금, 후추, 갈아 낸 치즈 3큰술을 넣고 잘 섞어서 거품을 낸 다음 따로 달걀흰자 2개를 잘 거품 내서 섞어 준 뒤, 양철 그릇도 괜찮지만 더 제대로 만들려면 케이스라고 하는 종이로 만든 상자에 넣고 10분 정도 구워 낸 다음 바로 식탁으로 내가는 거예요. 요즘 사람들은 자주 서양 것이라면 뭐든 안 좋다는 식으로 이야기하면서 치즈 같은 것도 도저히 먹을 만한 것이 아니라고들 하는데, 이미 우유도 많이 마시고 있고 우유로 만든 크림도 대부분 잘 먹게 되었을 뿐 아니라 버터도 점차 익숙해지고 있지요. 그렇다면 머지않아 모두가 치즈를 좋아하게 될 날도 올 거예요. 세상 사람들은 우유의 효능은 잘 알고 있으면서도 우유를 활용하는 방법은 잘 알지 못하고 있지요. 서양 식품들이 하나둘씩 일본에 와서 선보이고 있는데 그 활용 방법을 잘 알지 못하면 아무 의미가 없어요. 채소도 토마토 같은 것은 텃밭에 심으면 아주 잘 자라고 맛도 좋은데 그 맛을 모르는 사람들이 아직도 많이 있는 모양이에요".

49. 토마토[173]의 맛

 토마토의 맛을 모르면 서양 요리에 대해 말할 수 없음이다. 오토와 아가씨는 아까부터 이어진 이야기에 입이 마르는 것을 느끼면서도 개의치 않고 바른 가정 요리를 세상에 널리 퍼트리고자 하는 생각에 열심히 이야기를 이어 나가며 "다마에 씨, 서양의 채소들 중에서 토마토만큼 기르기 좋은 것이 없어요. 영양도 풍부하고 맛도 좋은 데다 밭에서 서너 뿌리만 키워도 다 먹지 못할 만큼 많이 열려서 어떤 요리든 간에 조금씩 토마토를 쓰게 되지요. 서양 요리에서 토마토를 쓰는 것은 마치 일본 요리에서 가쓰오부시나 다시마를 쓰는 것과 같아서 대개의 소스에는 토마토를 첨가하곤 하지요. 일본의 가지는 생으로는 먹을 수 없지만, 토마토는 생으로 먹는 것이 가장 맛있지요. 토마토를 활용한 간단한 요리법으로는 끓는 물에 데쳐서 손으로 껍질을 벗기고 얇게 2푼 정도로 저며서 소금 후추 그리고 설탕을 조

---

[173] 원문에서는 토마토를 빨간 가지(赤茄子)라는 이름으로 부르고 있다. 당시 토마토는 토마토라는 원래 이름보다 빨간 가지나 서양 홍시라는 이름으로 부르는 경우가 더 많았다.

금씩 쳐서 먹어도 맛있고, 설탕과 포도주를 끼얹어서 먹어도 맛있고, 산바이스로 만들어서 밥반찬으로 먹어도 맛있어요. 더운 날에 등산을 할 때 과일 대신에 토마토와 소금을 조금 가지고 가서 목이 마르면 계곡의 찬물에 토마토를 넣어 차갑게 한 뒤 소금을 살짝 뿌려 먹으면 얼마나 맛있는지 몰라요. 오빠가 강에 낚시하러 갈 때 토마토로 샌드위치를 만들어서 챙겨 주는 게 가장 좋다고 한 적도 있지요. 달걀 샌드위치나 소고기나 닭고기 샌드위치를 싸 드릴 때는 토마토를 한두 개 따로 싸 드리는데 차가운 강물에 담갔다가 먹으면 얼마나 맛있는지 모른다고 하신 적이 있어요. 그리고 더울 때 집으로 돌아오시면 집에서는 차가운 커피를 준비해서 드시게 하는데 그걸 마실 때의 그 기분은 말로 표현할 수 없다고도 하시지요. 차가운 커피는 평소 커피를 만들 때처럼 커피 2작은술에 아주 적은 양의 물과 곱게 빻은 달걀껍데기를 넣고 불에 올려서 볶아요. 커피가 잘 볶아졌으면 끓는 물 1컵에 각설탕을 넣고 우유든 크림이든 연유든 뭐든 괜찮으니 넣고 유리병에 넣은 뒤 낚싯줄에 걸고 우물 안에 넣어 두거나 얼음 속에 묻어 두는 것도 괜찮아요. 누구든지 더운 날에 나갔다가 집에 돌아와서 뭔가 마시고 싶다고 할 때 내면 아주 좋아하지요. 많이 만들어서 손님 대접을 해도 아주 좋아요. 한 집안의 아내가 된 사람이 남편이 산행을 다녀온다든가 강에 낚시를 하러 갈 때 집에서 샌드위치를 만들어서 들려서 보낸다든지, 집에 돌아왔을 때 차가운 커피를 바로 내준다면 남편이 얼마나 기뻐하겠어요? 부부 사이의 큰 애정은 그런 부분에서 시작되는 것이랍니다. 하지만 부인이 무신경한 사람이라면 남편은 밖에서 뭐가 들었는지도 모르는 위험한 도시락을 사 먹을 수밖에 없고, 집에 와서도 여보, 얼음물 한 잔만 가져다줘요 하는 소리를 하고서야 가장 비위생적인 얼음을 넣은 물을 받아서 마시게 되는 거지요. 얼음을 그대로 먹는 것보다 위와 장에 좋지 않은 것이 없어요. 서양인들은 일본의 거리에 얼음 가게가 많은 것을 보고 놀란다지요. 우리 나라 사람들은 얼음을 먹는 정도가 아니에요. 숟가락으로 얼음을 퍼서 아예 얼음을 씹어 먹지요. 서양 요리에서도 얼음으로 음식을 식히는 경우는 있지만 절대로 얼음 그 자체를 그대로 먹지는 않지요. 수돗물을 마실 때 그냥 마시면 수돗물의 물 냄새가 역해서 아주 얇은 얼음을 띄운 다음 마시는 경우가 있기는 하지만 결코 얼음 그 자체를 먹지는 않아요. 일본식 빙수를 먹는 것은 여름에 건강을 해치는 가장 나쁜 습관이에요. 그런 것도 한 가정의 아내가 신경을 써서 남편이나 아이 혹은 부모님들께서 그런 비위생적인 음식을 드시지 못하도록 하지 않으면 안 되는 거예요. 커피가 집에 없으면 간단히 한 번 끓였다가 다시 식힌 물에 설탕을 조금 넣고 레몬즙을 조금 넣은 다음 그걸 낚시에 걸어 우물에 담가 두거나 얼음 통에 담가서 식혀도 좋고, 아까 말한 설탕물에 구연산을 넣는데 구연산 결정이라면 0.5그램, 즉 1푼 3리를 넣고, 녹여서 레몬유를 넣는다면 한 방울, 귤 기름이라면 반 방울을 떨어뜨려서 시원한 느낌이 들게 만들어도 좋아요. 흔히 세간에서는 희석한 염산으로 레모네이드를 만드는 사람들이 있는데 염산은 독성 물질이니까 절대로 사용해서는 안 돼요. 아무리 희석한 것이라 해도 매일 마시다 보면 탈이 나게 되어 있지요. 히라노수[174]나 소다수는 매일 마시면 장에 좋지 않아요. 음식도 매일 같은 음식만 먹으면 몸에 좋지 않듯이 마시는 것도 여러 가지로 바꿔 가면서 마시는 것이 좋답니다".

---

174) 메이지 14년 영국인에 의해 효고현 히라노 온천 지역에서 나는 광천수가 음료수에 적합하다는 것이 알려지고 나서 메이지 17년에는 히라노수(平野水)라는 이름으로 상품화해서 나오게 된다. 후에 히라노수는 단맛을 더 추가하고 이름을 미쓰야 사이다(三ツ矢サイダー)로 바꿔 오늘날에 이르고 있다.

50. 더운 날의 음료수

여름날에 마실 음료수 만드는 법은 그 누구라도 제조법을 알아 두어야 한다. 다마에 아가씨는 열정적인 태도로 "선생님 그런 말씀을 듣고 알게 되니 무엇보다 기뻐요. 얼음물이 몸에 나쁘다는 것은 의사 선생님께 들어서 알고 있지만 얼음물 대신에 무엇을 마시면 좋을지까지는 몰라서요. 아까 알려 주신 것 외에도 좋은 음료수가 또 있을까요?" 오토와 아가씨 "그렇네요. 과일 시럽을 많이 만들어 두고 그걸 한 번 끓여서 식힌 물에 섞어 우물 속에 넣어 두거나 혹은 얼음 통 속에 담가 두면 맛있는 음료수를 얼마든지 만들 수 있지요. 과일 시럽은 이전에 말씀드렸던 것처럼 복숭아든 살구든 자두든 보탄쿄(牡丹杏)[175]든 사과든 딸기든 물을 쓰지 않고 껍질을 벗겨서 굵은 설탕이나 각설탕을 뿌려 반나절 정도 놓아두면 설탕이 녹으면서 과즙이 그 속으로 잔뜩 스며들게 돼요. 그걸 떠오르는 거품을 몇 번이고

---

175) 보탄쿄(牡丹杏)란 자두의 일종으로 주로 아오모리(靑森) 지방에서 많이 재배한다.

떠내면서 약불에 1시간 정도 졸이면 과육은 그대로 잼으로 만들어도 되고, 과즙은 2번 정도 체에 걸러서 다시 20분 정도 졸인 후에 병에 넣어 뚜껑을 꽉 잠그면 1년이고 2년이고 보관할 수 있지요. 집에서 만들기 힘들다면 식품점에서 여러 가지 종류의 과일 시럽을 팔고 있어요. 그걸로 아주 맛있게 만드는 방법은 식품점에서 영국제 라임주스라는 레몬과 비슷한 작은 라임액을 사서 큰 컵에 그 라임액을 2작은술, 과일 시럽을 2작은술, 포도주 2컵 정도의 비율로 섞어서 차게 식힌 물을 부은 뒤, 병에 넣어서 우물 속에 넣어 차갑게 식히는 거예요. 이건 정말 맛이 좋지요. 또 좋은 음료수를 만들기 위해서는 달걀노른자 4개에 설탕을 3큰술 섞고 우유 1홉[176])을 천천히 부으면서 그걸 저어 가며 중탕하면 끈기 있는 커스터드 소스가 만들어져요. 그 소스를 병에 넣고 우물 속에 넣어 식히지요. 먹을 때는 달걀흰자에 설탕을 약간 넣고 거품을 잘 만들어서 레몬즙이나 라임즙이나 신맛이 나는 즙을 흰자에 섞은 뒤, 다시 거품을 내어 아까의 커스터드 소스를 컵에 담아 흰자 거품을 위에 빙빙 돌려 가며 얹어서 먹으면 얼마나 맛있는지 몰라요. 카스텔

---

176) 약 180밀리리터.

라에 이 소스를 얹어서 내도 아주 맛있지요. 정식으로 하자면 과일 위에 끼얹어서 먹는 거예요. 더워서 뭔가 마시고 싶을 때는 이런 음식을 먹으면 되지요. 몸에 좋지 않은 빙수 같은 건 먹어서는 안 돼요. 만약 여행 중이거나 시골에서 라무네[177] 같은 것을 마시고 싶어지면, 스위스제의 소들(sodor)이라는 특수한 장치가 붙은 병을 사서 아까 말한 시럽이든 우유든 맥주든 뭐든지 마시는 음료에 탄산 가스를 넣어서 마시면 가슴이 상쾌해지면서 기분이 좋아지게 되지요. 냉수를 마실 때도 소들을 이용해서 탄산 가스를 넣어 마시면 살균 효과가 생기게 돼요. 요즘에는 새로 가벼운 제품도 나왔어요. 지금 말씀드린 것처럼 남편이나 부모님께서 더운 날에 헐떡이며 집으로 돌아오시면, 우선 이런 음료수를 드리고 밥에 곁들일 반찬으로는 마요네즈 소스에 버무린 토마토와 양상추 잎으로 만든 샐러드를 드려 보세

[177] 라무네는 일본의 탄산음료다. 라무네의 이름은 영어의 레모네이드(Lemonade)에서 비롯한 것으로 1853년 미국의 페리가 흑선(黑船)을 타고 와서 일본의 개항을 요구했을 때 선원들이 마시던 탄산 레모네이드가 일본인에게 전해졌고, 개항 이후 나가사키에서 외국인 전용으로 판매되다가 1872년 지바 가쓰고로(千葉勝五郎)가 처음으로 라무네라는 이름을 붙여 상업적으로 제조하고 판매하기 시작해 지금까지도 여러 제조사가 만든 라무네가 판매되고 있다.

요. 정말이지 둘이 먹다 하나 죽어도 모를 정도로 맛있답니다. 드셔 보시면 이익을 따지지 않고 만드는 가정 요리의 참맛을 느낄 수 있을 거예요". 다마에 아가씨 "그런 점이 한 가정의 아내 되는 사람이 해야 할 일이겠지요. 토마토 요리는 이것저것 있지만 또 알려 주실 만한 요리가 있으신가요?" 오토와 아가씨 "토마토 스튜라는 요리는 토마토를 삶아서 손으로 껍질을 벗긴 뒤 반으로 갈라 씨를 빼내고 토마토 5개에 버터 1큰술과 소금, 후추를 섞어서 약한 불에서 20분간 끓여요. 그걸 네 귀를 잘라 내서 버터기름에 튀긴 식빵과 함께 내면 아주 훌륭한 요리가 되지요. 원래는 후카덴[178] 같은 것과 함께 먹는 요리인데 빵하고만 같이 먹어도 충분히 맛있어요. 그 외에도 시타프 토마토라는 요리가 있는데 생토마토의 껍질을 벗겨서 가운데 심 부분을 떼고 안을 파낸 뒤 그 속에 삶은 달걀을 아주 가늘게 썬 것을 마요네즈 소스에 버무려서 채워도 좋고, 삶은 생선 살을 마요네즈 소스에 버무려 넣어도 좋고, 소고기나 닭고기를 마요

---

[178] 후카덴(フーカデ)이란 프랑스어로 프리캉도(fricandeau)라는 식빵에 소고기와 양파, 삶은 달걀 등을 얹어서 먹는 요리가 일본에 전해지면서 이름도 후카덴으로 변화한 것이다. 주로 후카덴 비프라는 이름으로 해군에서 많이 먹었다고 한다.

네즈 소스에 버무려 넣어도 맛있어요. 이 방식이 토마토를 삶아서 만드는 것보다 더 낫지요".

51. 토마토 잼

다마에 아가씨 "저희 집에서도 올해 토마토 묘목을 사서 심어 놨는데 토마토가 너무 많이 열린다면 그것도 처치 곤란이겠네요". 오토와 아가씨 "아니에요. 토마토는 아무리 많이 나와도 처치 곤란해질 일은 없어요. 토마토소스를 만들든, 토마토 잼을 만들든, 1년에도 몇 번이나 토마토로 요리를 하게 되는지 셀 수 없을 정도거든요. 토마토소스를 만드는 법은 토마토를 반으로 잘라 수분과 씨를 짜낸 뒤, 냄비에 넣고 약불에서 40분 끓인 다음, 체에 걸러 병 같은 것에 넣어 1시간 정도 중탕해서 유리병에 담아 입구를 꽉 달아 놓으면 언제까지나 보관할 수 있어요. 이 토마토소스라는 것은 요리의 맛을 아주 좋게 끌어올리는 소스라서 여러 가지 다른 소스에도 조금씩 섞어서 쓰게 되지요. 이렇게 한 번에 많이 만들어 놓으면 1년 내내 필요할 때마다 꺼내서 쓰면 되니 얼마나 편한지 몰라요. 반면 잼을 만들 때에는 처음부터 물은 전혀 넣지 않고 우선 토마토의 껍질을 모두 벗겨야 하는데 철로 만든 칼은 절대 써서는 안 돼요. 서양에서는 은으로 만든 나이프를 사용하지요. 저희 집에서는 대나무로 만든 주걱을 칼 모양으로 얇게 다듬은 걸 쓰고 있어요. 토마토를 철로 된 칼로 깎으면 빨리 부패하고 맛도 나빠지지요. 토마토뿐만이 아니에요. 샐러드에 사용하는 양상추도 철로 된 칼로 자르면 맛이 나빠지니 요리할 때에는 귀찮아도 손으로 일일이 잎을 떼어 내야 해요. 토마토의 껍질을 다 벗겼다면 반으로 잘라서 씨와 과즙을 짜내고 토마토 1근에 설탕 1근의 비율로, 굵은 설탕이나 각설탕을 넣어서 그대로 3~4시간 놔두면 설탕이 스며들어 녹아들면서 토마토 안에 있던 과즙이 나오게 돼요. 그걸 처음에는 강불에서 거품을 걷어 가면서 30분 정도 끓이다가 더 이상 거품이 나오지 않게 되면 약불로 줄여서 1시간 정도 더 끓여요. 끓일 때는 절대로 잼을 마구 휘저으면 안 돼요. 또 거품이 나올 때마다 정성스럽게 하나하나 걷어 내지 않으면 다 만들고 나서 잼의 색깔이 보기 좋지 않게 되지요. 딸기잼을 만들 때도 마찬가지로 딸기에 설탕을 뿌려 놓고 3~4시간 놓아둔 뒤, 아까처럼 강한 불에서 거품을 걷어 내다가 거품이 떠오르지 않게 되면 약불에서 졸이는데 도중에 마구 휘저으면 딸기가 부서져서 모양이 좋지 않게 되고, 거품을 다 걷어 내지 않으면 색이 검어지면서 보기에 나빠지니 빨갛고 예쁘게 나오지 않아요". 다마에 아가씨 "딸기잼은 딸기의 형태가 그대로 남아 있는 것이 상등품이로군요. 좋지 않은 잼을 사면 색도 검은빛으로 나쁘고 딸기의 형태도 무너져서 남아 있지 않은 데다가 설탕이 혀에 달라붙어서 기분 나쁘게 끈적거리는 느낌이 나지요. 그건 강한 불에서 빨리 만들다가 그렇게 되는 것이라고 하셨지요?" 오토와 아가씨 "네, 그래요. 거품을 다 걷어 낸 다음에는 어떤 잼이든 약불로 줄여서 오래 졸이지 않으면 설탕이 제대로 녹지 않아서 먹었을 때 잼이 기분 나쁘게 끈적이게 되지요. 토마토로 만든 잼은 보통 가게에서는 팔지 않으니 집에서 많이 만들어 두고 먹으면 좋아요. 어떤 잼이든 간에 과일 1근, 즉 120몬메[179)]에 설탕 1근, 즉 120몬메를 넣고 일대일의 비율로 만드는 이유는 설탕의 부패 방지 효과를 이용해 과일을 오래 보관하기 위함이라서 단맛이 너무 과한 느낌이 들기도 하지요. 만약 4~5일 안에 전부 먹을 잼이라면 설탕을 그렇게 많이 넣지 않아도 괜찮아요". 다마에 아가씨 "토마토 요리 같은 것은 가격도 그리 많이 비싸지 않고 어느 집에서든지 만들 수 있으니 여러 가지로 만들어 먹을 수 있겠네요. 세상에서는 아무튼 서양 요리는 만드는 비용이 많이 들고 비싸다는 말들을 하는데 토마토라면 2~3개 정도 밭에 심어 두기만 하면 얼마든지 요리로 만들어 먹을 수 있으니 이보다 더 경제적인 요리가 없네요". 오토와 아가씨 "그렇고말고요. 토마토뿐만이 아니에요. 소고기든 닭고

---

179) 약 450그램.

기든 생선이든 저렴한 재료로 맛있는 요리를 만드는 것이 가정 요리의 기본 원칙이니 이전에 이치보로 만드는 요리를 소개해 드리기도 했지만 이치보보다 더 저렴한 고기로 1근에 18전[180], 즉 2근을 사도 36전[181]을 넘지 않는 고기로도 맛있는 요리를 만들 수 있답니다".

* 토마토 잼을 오래 보관하기 위해서는 약불에서 2~3시간 정도 오래 졸이면 된다. 또 그다음에 시럽 젤라틴을 1홉에 2장 정도의 비율로 섞어서 넣고 틀에 넣어 식혀서 굳히면 토마토 양갱이 된다.

180) 현대의 가치로 약 900엔 정도다.
181) 현재 가치로 약 1800엔 정도다.

52. 하등품 고기

1근에 18전 하는 고기는 고기 중에서도 가장 하등품 고기다. 그걸로 도대체 어떤 요리를 만든다는 걸까 하고 다마에 아가씨는 "선생님 그건 어떤 부위의 고기인가요?" 오토와 아가씨 "그건 브리스킷[182]이라고 하는 고기 중에 가장 앞쪽에 있는 부위예요. 스튜로 만드는 부위는 양 겨드랑이 부위를 쓰는데, 이 브리스킷이라는 부위는 고기가 질겨서 수프로 끓여도 쉽게 육수가 나오지 않고, 다른 요리로 만드는 법도 그다지 많지 않아 그저 하등품으로 취급받는 경우가 많지만, 이치보와 마찬가지로 질긴 만큼 잘 조리하면 고기 자체는 좋은 맛을 가지고 있지요. 브리스킷을 살 때는 지방이 붙어 있는 것으로 골라 사지 않으면 맛이 없어요. 그걸 2근 정도 사서 진한 소금물에 하룻밤 정도 담가 놓지

---

[182] 브리스킷(brisket)이란 소의 앞다리 살 부근의 고기를 의미한다. 소에게는 쇄골이 없기 때문에, 이 부위가 소가 이동하거나 서 있을 때 무게의 약 60퍼센트를 지탱한다. 때문에 브리스킷에는 질긴 결합 조직의 비중이 높으며, 오랜 시간에 걸쳐 연하게 만드는 것이 좋다. 한국식 쇠고기 부위 정형법에서는 양지머리와 차돌박이로 나뉜다.

요. 다음 날 아침에 소금물에서 꺼내서 속이 깊은 냄비에 물을 너무 가득 채우지는 않는 선에서 넣은 다음 브리스킷을 넣고 소금을 아주 약간 더해 약한 불에서 4시간 정도 끓여요. 그다음에 얇게 썰어서 등심처럼 먹어도 맛있지만 좀 더 정성스럽게 요리하려면 다른 냄비에 버터를 녹이고 밀가루를 넣어서 주걱으로 저어 가며 갈색이 될 때까지 볶다가 거기에 끓여 놓은 육수를 붓고 토마토소스를 조금 넣어서 소금과 후추로 간을 한 다음 아까의 브리스킷을 거기에 넣어서 다시 1시간 더 끓여요. 더 고급으로 만드는 방법은 프라이 냄비에 따로 당근과 감자와 양파를 볶은 뒤, 고기와 함께 아까 만들어 둔 브라운소스에 넣고 1시간 정도 끓이지요. 좀 더 간단하게 만들려면 채소를 삶아 놓고 아까의 고기를 불에서 내리기 20분 전에 넣어서 같이 끓여도 돼요. 그렇게 해서 브리스킷이 익으면 일단 꺼내서 얇게 저민 다음 채소와 함께 접시에 담아 아까의 육수를 한 번 체에 걸러 끼얹어서 내면 아주 훌륭한 요리가 된답니다. 남은 고기는 선선한 곳에 두고 다음 날에는 콜드미트, 즉 차갑게 먹는 고기 요리로 감자와 함께 먹어도 좋고, 마요네즈에 토마토와 양상추를 버무린 뒤 그 고기도 샐러드에 얹어서 같이 먹어도 좋고, 하루 더 지난 다음에는 고기가 더 질겨지니까 고기 분쇄기에 넣고 갈아서 크로켓으로 만들어 먹어도 되고, 드라이 해시로 튀겨서 먹어도 되고, 샷팟 파이[183)로 만들어 먹어도 좋고, 감자로 감싸서 리소184)로 만들어 먹어도 좋고, 민치 볼로 만들어 먹어도 좋고, 민치 롤이라고 해서 말아서 만들어 먹어도 좋고, 민치 토스트, 민치 포테이토, 민치 파테185), 비프 에스칼로프186) 등 남은 고기로 만들어 먹을 수 있는 요리들이 아주 많이 있어요. 서양 요리는 일단 한 번 정성 들여서 고기를 삶아 놓으면 다음 날에는 콜드미트로 그대로 먹을 수 있어요. 그다음 날에는 남은 고기로 다른 요리를 만들어 먹을 수 있으니 편리하고 또 경제적이지요. 서양 요리는 사치스럽다고 하는 사람들은 서양 요리의 조리법을 잘 모르는 사람들이에요. 같은 생선 요리라도 서양 요리는 하등품 생선으로도 상등 요리를 만들 수가 있어요. 요즘에는 게르치의 새끼가 많이 잡혀서 가격

---

183) 샷팟 파이(シャッパッパイ)는 중동 지역에서 자주 먹는 고기 파이인 스피하 파이(Sfeeha pie)를 의미하는 것으로 추정된다. 특히 레바논 지역의 스피하가 유명하다. 브라질에서도 즐겨 먹으며 이스피하로 불린다.

184) 앞서 나온 아란치니 디 리소를 의미한다.

185) 파테(pâté)란 간이나 자투리 고기, 생선 살 등을 갈아서 파테라는 밀가루 반죽을 입혀 오븐에 구워 낸 정통 프랑스 요리다.

186) 에스칼로프(Escalop)란 뼈 없는 고기를 깎아 내거나 칼의 손잡이로 고기를 두드리거나 다진 요리다.

도 저렴한 편이라고 하지만 일본 요리로 만들면 그다지 맛이 없지요. 하지만 서양 요리인 시타페[187)]로 만들면 꽤나 맛있게 먹을 수 있어요. 시타페라는 요리는 생선의 등을 갈라 뼈를 제거한 뒤 게르치 새끼의 살만 발라낸 다음 고운체에 비벼 갈아 달걀노른자 1개에 물을 섞어 빵, 토마토 반 개에 소금 후추 간을 하고, 잘게 자른 파슬리 혹은 잘게 자른 파를 버터 1큰술과 잘 섞어서 아까의 생선 속에 채워 넣은 다음, 입구를 실로 꿰매서 막고 생선 몸에 버터를 발라서 덴피에서 30분 정도 구운 요리예요. 이 시타페 요리는 옥돔으로 만드는 것이 가장 맛있는데 농어든 뭐든 다른 생선도 괜찮아요. 특히 게르치의 새끼는 살 속으로 소스가 스며들어서 아주 맛있지요" 하니 말하는 사람도 듣는 사람도 요리 이야기에 정신이 팔려 밤이 깊어진 것도 모르는지라 아버지 자작이 딸을 재촉하면서 "얘야, 다마에야, 벌써 12시다". 다마에 아가씨 "어머, 저희가 너무 늦게까지 있었네

---

187) 원어가 어떤 단어인지 불명. 다만 《식도락-여름》의 〈92. 새우 요리〉편과 《식도락-겨울》편에서 닭고기로 만드는 시타페의 조리법이 소개되어 있는데, 공통점은 잘게 다진 고기를 생선의 배나 닭고기 속, 큰 새우의 껍데기에 채워 넣고 오븐이나 덴피에 구워서 만드는 요리라는 것이다.

요" 하며 두 사람 모두 급하게 작별 인사를 하고 돌아간다.

* 본문과 같이 생선으로 시타페를 만들 때는 도미, 감성돔, 농어, 옥돔같이 흰 살 생선을 사용해야 한다. 안에 채우는 소는 빵과 달걀노른자와 양파에 소금과 후추로 간을 한 것을 넣어도 좋다.

* 본문에서 소개한 비프 에스칼로프는 요리로 만들 소고기를 잘게 자르고 따로 버터에 밀가루를 볶아서 우유에 적셔 소금과 후추로 간을 해서 화이트소스를 만든 뒤 아까의 자른 고기를 섞어 가리비 껍데기나 국화 모양 틀에 넣어서 덴피에 넣고 위에 빵가루를 살짝 뿌린 뒤 10분 정도 구워 내면 된다.

53. 달밤

 손님들이 돌아간 뒤 나카가와는 피곤했음에도 불구하고 잠자리에 들어서도 쉽게 잠이 오지 않았다. 여동생 오토와 아가씨도 나카가와 못지않게 피곤했음에도 오하라의 일이 마음에 걸려 잠자리에 들 생각조차 하지 않았다. 조용히 하녀를 불러 몇 번이나 오하라가의 상황을 보고 오라고 이르면서 "다케야, 너는 아까부터 몇 번이나 부엌에서 밖으로 빠져나가 오하라 댁을 지나다니면서 상황을 보고 온 게 아니니?" "아니요, 일부러 오하라 댁 앞을 지나다니지는 않았어요. 오하라 댁에서 큰소리가 나고 상황이 재미있어지는 것 같아 몇 번 슬쩍 보고 온 것뿐이에요". 오토와 아가씨 "나에게 아무 말도 하지 않고 남의 집 염탐을 하러 몰래 빠져나가서는 안 되지. 그런데 오하라 댁 상황이 어떻더냐?" 하녀 "와, 정말 큰 소동이 났었어요. 마침 이쪽의 식사가 끝나고 뒷정리를 하는데, 무슨 소린지 오하라 댁에서 시끄러운 소리가 나서 슬쩍 그쪽으로 가서 무슨 일인지 엿보던 중에 오다이 아가씨가 엄청나게 큰 소리로 울면서 떼를 쓰는 소리가 들리고, 그다음에는 어찌 된 일인지 딸꾹질하는 소리가 들리더니 울면서 동시에 딸꾹질까지 해서 얼마나 웃겼는지 몰라요. 그다음에 오하라 씨가 이쪽으로 오셔서 딸꾹질을 멎게 하는 약을 들고 돌아가신 후에 다시 어찌 되나 살며시 훔쳐보고 있었는데 그 약을 먹고 딸꾹질은 금방 멎고 오다이 아가씨가 마치 아무 일도 없었다는 듯이 오하라 씨 옆에 앉아 있더군요. 오하라 씨 앞에 백부다 백모다 하는 어른들이 좍 늘어앉아서 오하라 씨에게 무언가를 말하고 있었는데 오하라 씨는 거기에 대고 한마디 말도 못하고 고개만 푹 숙이고 있었어요. 그런 와중에 오하라 씨의 아버님께서 무언가 말씀을 꺼내시니까 오다이 씨 등이 바로 뭐라 뭐라 반박을 하는 걸로 보아 쉽게 끝날 상황으로 보이지는 않았어요" 하는 하녀의 말을 들으니 오하라의 곤란한 처지가 눈에 보이는 듯하다. 오토와 아가씨는 더욱더 걱정이 되어 "다케야, 너는 지쳤을 테니 나는 상관하지 말고 먼저 들어가 쉬어라. 문단속은 내가 하고 들어갈 테니" 하고 하녀를 먼저 방으로 들여보낸 뒤 자신은 현관 밖으로 살며시 나와 문간에서 가만히 오하라가의 상황을 지켜본다. 야심한 시간이라 모두가 조용한데 오하라가에서만은 아직도 사람들이 뭐라 뭐라고 말하는 소리가 희미하게 들려온다. 오토와 아가씨는 그 소리가 신경 쓰여 자신도 모르는 새 문밖으로 나온다. 어느 틈에 오하라가에서 사람 목소리가 끊기고 두세 사람이 밖으로 나오는 모습, 달빛에 비친 모습으로 오하라가 백부와 백모를 이전에 묵었던 여관으로 전송하는 것이 보인다. 오토와 아가씨는 혹시 들킬까 문

안쪽으로 몸을 숨긴다. 하지만 이런 상황에서도 급히 집 안으로 들어가지는 않고 오하라가 오늘 얼마나 힘들었을까, 부모님이나 다른 사람들과 어떤 말들을 주고받았을까, 오다이와의 관계는 어떻게 정해졌을까 생각하며 오하라의 사정을 걱정하면서 마음이 아파 오던 중에 마침 반대쪽 길에서부터 터덜터덜하고 오하라 혼자서 돌아오는 발소리가 들린다. 오토와 아가씨는 오하라에게 들킬까 다시 문 안쪽으로 몸을 숨긴다. 오하라는 누군가 밖에 있다고는 생각하지 못하고 집 앞에 도착해서도 안으로 들어가지 않고 "아아, 정말 어떡한다? 정말 곤란하군. 집에 들어간다 해도 어차피 오늘은 잠들지 못할 것 같아. 달빛이 좋으니 잠깐 근처 산책이나 해야겠어" 하며 우울한 마음을 이기지 못하고 어느새 나카가와네 문 앞에 다다른다. 오토와 아가씨는 들킬까 걱정하며 일단 몸을 숨기려고 하나 그대로 피해서 집 안으로 들어가지는 않고 은근히 어떤 계기로 오하라가 자기가 있다는 것을 알아주기를 바란다. 과연 오하라는 재빨리 알아차리고 "거기 계신 것은 오토와 씨가 아닙니까?"

54. 운명

 오토와 아가씨는 작은 목소리로 "네" 하고 대답한다. 오하라가 옆으로 다가오며 "오토와 씨, 지금 시간에 왜 이런 곳에 계십니까? 벌써 새벽 1시입니다". 오토와 아가씨 "네, 저는 그저 손님들이 이제서야 돌아가셨기 때문에 잠시 여기 나와 있었던 것인데 오하라 씨야말로 이 시간에 어디에 가셨다가 돌아오시는 건가요?" 오하라 "저요? 저는 그저 달빛이 아름다워서 하염없이 산책을 하던 중이었습니다". 오토와 아가씨 "아까 드린 약을 드시고 오다이 씨의 딸꾹질은 멎었나요?" 오하라 "네. 고맙습니다. 그 약은 참으로 신기하더군요. 그렇게 지독하게 계속되던 딸꾹질이 금방 잦아들더니 곧 완전히 낫게 되었어요. 나카가와 군에게 감사하다고 전해 주시지요". 오토와 아가씨 "그건 정말 다행이네요. 오다이 씨의 부모님은 전에 묵으셨던 여관으로 모셔다드렸나요?" 오하라 "네. 제가 모셔다드렸습니다". 오토와 아가씨는 계속해서 마음에 걸렸던 것을 드디어 물어본다. "실례지만 오늘 밤은 부모님들께서도 돌아오셔서 오하라 씨도 바쁘고 힘드셨을 텐데 이 시간에 혼자 산책을 하시는 건 조금 이상하군요. 무언가 걱정하시는 일이라도 있으신 건가요?" 오하라 "아뇨, 걱정하는 건 없습니다. 제 운명은 정해졌으니까요". 오토와 아가씨, 놀라서 자신도 모르게 앞으로 나가며 "어머, 어떻게 정해지셨다는 건가요?" 오하라 "아하하, 예상한 대로 정해지게 되었습니다. 이전부터 마음의 준비를 하고 있었던 대로, 정해진 운명으로 결정되고 말았습니다. 오늘 밤에 드디어 최후통첩을 받고 말았습니다. 그보다 오토와 아가씨, 이 시간에 이런 곳에 오래 서 계시다가 감기라도 걸리실까 걱정되는군요. 빨리 집으로 들어가세요". 오토와 아가씨, "네… 하지만 오하라 씨, 실은 저는 당신 댁에서 일어난 일이 알고 싶어서 계속 여기 서 있었던 거예요. 하녀의 말을 들으니 낮에 당신 댁에서 꽤나 큰 소동이 일어났다고 들어 걱정이 되어서 여기 나와서 있었어요. 왜 그런 소동이 일어났던 건가요?" 오하라 "아, 정말 큰 소동이 일어나서 여러 가지 말을 주고받은 결과, 저는 운명에 승복하기로 했습니다. 오토와 씨, 제 일을 그토록 걱정해 주시는 것은 고맙지만 아가씨의 따뜻한 마음을 느낄 때마다 제 마음은 괴로워집니다. 더는 저와의 일로 쓸데없이 걱정하지 않으셨으면 합니다" 하고 오토와를 집 안으로 들여보내려고 해도 오토와 아가씨는 마음속의 슬픔을 더는 참지 못하고 자신도 모르게 원망하는 말을 하고 만다. "쓸데없는 일이라고요? 제가 당신을 걱정하는 것이 쓸데없는 걱정인가요?" 하는 목소리도 이미 눈물에 젖어 있는 소리. 오하라도 당황해 "아니, 그건 제가 말실수를 했습니다. 하지만 오토와 씨가 아무리 걱정을 하셔도 처음부터 정해진 운명이니 더 이상은 방법이 없습니다. 저는 이전에 말씀드린 대로 그저 당신의 앞으로의 인생에 행복만을 바랄 뿐입니다"라고 달래는 말을 해도 오토와 아가씨는 쏟아지는 마음의 아픔을 더는 참지 못하고 "운명이 결정되었다는 것은 오다이 씨와 결혼을 하시겠다는 건가요?" 오하라도 이제까지 참아 온 슬픔을 끝까지 참아 내지 못하고 눈물을 흘리면서 "네"라고 작은 목소리로 대답하다가 급히 마음을 다잡고 고개를 들어 "아하하하, 짚신도 자기 짝이 있다고들 하는데 참 잘 어울리지 않습니까?" 하며 억지로 웃다가 긴 한숨을 내쉰다. 오토와 아가씨는 아무 말도 하지 못하고 그저 눈물만을 뚝뚝 흘린다. 그때 갑자기 오하라의 집 안에서 밖으로 나오는 오다이 아가씨 주위를 둘러보다가 오하라를 발견하고 "미쓰루 씨, 거기서 뭘 하고 있는 거예요!"

55. 여자의 마음

 다음 날 아침 오토와 아가씨는 슬픔에 잠긴 목소리를 들키고 싶지 않아 가급적 말하지 않고 목소리를 숨기면서 아침부터 기분이 우울해 식사조차 하지 않는다. 다마에 아가씨가 요리를 배우러 왔을 때도 집중을 할 수 없어 오늘의 교습은 평소보다 일찍 끝나고, 잠시라도 짬이 생기면 아무도 없는 곳을 멍하니 바라보며 무언가 깊은 생각에 잠기는 모습. 오빠인 나카가와는 그 모습을 보고 이상하다는 생각이 들어 "오토와야, 오늘은 안색이 아주 안 좋아 보이는데 무슨 일이 있는 거냐?" 하고 여동생을 걱정하는 오빠의 진심. 하지만 오토와는 뚜렷이 이유를 밝히지도 않고 그저 "아뇨. 무슨 특별한 일이 있는 건 아니지만 그저 오늘은 어쩐지 기분이 좋지 않네요". 나카가와 "왜 기분이 나쁜 거냐?" 오토와 아가씨 "아뇨 그냥 좀… 아까보다는 훨씬 기분이 나아졌어요" 하며 억지로 괜찮은 척을 하지만 오빠의 의구심은 사라지지 않는다. 오빠는 잠시 아무 것도 묻지 않고 침묵하다가 "오토와야, 너에게 말해 둘 것이 있단다. 가정에서는 다른 사람의 의심이나 걱정을 사는 행동을 하는 것만큼 가정의 화목을 저해하는 행동이 또 없단다. 예를 들어 한 가정의 가장이 아무 말도 하지 않고 무언가를 생각하면서 언짢은 표정을 하고 있다면 아내는 분명 무슨 일이 있는 거냐고 물을 테지. 그때 남편이 아냐, 아무 일도 없어, 하고 한마디로 대화를 끊어 버리고 다시 생각에 잠긴다면 아내는 반대로 더욱더 걱정이 되어 견딜 수 없게 되고 말겠지. 혹시 자기가 뭘 잘못해서 남편이 화를 내고 있는 건가, 그렇지 않으면 밖에서 무슨 일이 있었던 걸까, 하고 점점 더 걱정의 범위가 커지기만 하게 되지. 그걸 아는 남편이라면 실은 이런저런 일이 있어서 지금 이런저런 생각을 하고 있었다고 말해 주어 아내의 불안을 덜어 주고 걱정의 범위를 줄일 거야. 반대로 아내가 무언가 걱정거리가 있는 얼굴을 하고 있어서 남편이 무슨 일이 있는지 물어보았을 때, 아니에요, 아무 일도 없어요 하고 데면데면한 대답을 하고 계속해서 근심하는 표정을 하고 있으면 남편의 걱정도 점점 더 커지게 되지. 무언가 고민이 있는 얼굴이라 물어봤더니 아무 일도 없어요 하고 성의를 무시하는 대답을 하는 것이야말로 가장 큰 실례가 되니, 그런 대답을 들으면 반대로 질문이 더 늘어나게 마련이야. 하지만 여자들이 흔히 하는 행동으로 굳이 숨기지 않아도 될 일을 일부러 숨겨서 다른 사람을 걱정하게 만들지. 그런 행동을 하게 되면 다른 사람은 자연히 더욱 걱정하게 되기 마련이야. 한 가정에서 무언가 의심이 드는 행동을 하게 되면 점차 화목함이 사라지게 되지. 그러니 한 가정의 사람들이라면 아무것도 숨기지 않고 다른 사람의 걱정을 살 행동을 하지 않도록 주의해야 할 필요가 있어. 근심하는 표정을 짓고 있으니까 다른 가족들도 걱정이 되어 친절하게 물어보는 것이지. 그럴 때는 이런저런 일이 있어 걱정을 하고 있지만 이런저런 방법을 생각하고 있습니다 하고 이유를 설명하고 물어본 상대에게 답을 주는 것이 그 친절에 보답하는 예의인 거야. 친절하게 물어봐 준 사람에게 아무것도 아니에요 하고 숨기는 듯한 대답을 하는 것은 물어봐 준 사람의 친절함을 무시하는 행동일 뿐 아니라 불쾌하게 만드는 것이지. 이런 것은 너의 평생에 도움이 될 일이니 가르쳐 주는 거야. 기분이 나쁘다고 말해도 위장이 나쁜 사람은 계절이 변하면서 두통을 느끼게 되는 일이 있는데 너처럼 건강한 사람에게는 거의 없는 일이지. 날씨도 좋고 무언가 먹은 것이 잘못되어 탈이 난 것 같지도 않고, 병이 나서 기분이 좋지 않은 것과도 달라. 무언가 근심이 있는 얼굴을 하고 있으니 병이 난 것과도 다르지. 너는 무언가 걱정거리가 있어서 기분이 좋지 않은 것 같구나. 무슨 일이든 나에게는 아무것도 숨기지 않아도 되지 않겠니?" 하고 논리적으로 설명을 하고 다시 물어보니 오토와 아가씨도 더는 숨길 수가 없어서 "실은 어젯밤에 문 앞에서 오하라 씨를 만나서 들었더니 결국 오다이 씨와 혼례가 완전히 결정이 난 것 같아서…". 나카가와

"뭐라고? 오하라가 결국 지고 말았구나…" 하니 이번 일을 듣고 나서 더욱 걱정하게 되었음이다.

56. 중매쟁이

    그런 이야기를 하던 중에 친구 고야마가 불쑥 들어온다. 고야마는 나카가와 남매가 아직도 오하라의 일을 모르고 있을 거라 생각하고 "나카가와 군, 말도 안 되는 일이 일어나고 말았다네. 오하라 군이 그만 부모님들의 압력에 승복하고 말았다네. 아까 오하라 군이 우리 집에 왔는데, 어젯밤에 부모님과 백부, 백모님이 오사카에서 돌아오시는데 자기가 마중에 늦어 버린 데다가 하필 그동안에 빈집털이를 당해서 오다이 씨의 기모노를 도둑맞은 바람에 이런저런 소동이 있었던 것 같아. 당사자인 오다이 씨는 흥분해서 만일 오하라가 자기랑 결혼하지 않겠다고 하면 미쳐 버리겠다고 협박을 하고, 백부님도 백모님도 오하라의 어머님도 이제 그만 결심을 하라고 오하라를 압박해서 결심을 재촉하게 했는데, 오하라 군의 아버님 한 분만이 오하라 군의 편을 들었지만 이미 대세가 기운 형편이라 오하라 군을 구할 수가 없었다고 하네. 만약 이 결혼을 무르게 된다면 오하라 군의 아버님도 같이 이혼당하게 될 거라고 협박까지 당했다고 해. 오하라 군도 자기 하나 때문에 가문 전체에 큰 소동을 일으키게 된 것이 면목이 없으니까 결국 오다이 씨와의 결혼을 결정하고 말았다고 하네. 그럼 빨리 혼례를 마무리하자, 내일 밤이라도 당장 식을 올려라, 하고 백부, 백모님이 주장하고 계시는데 오하라 군의 아버님이 겨우겨우 말려서 혼례란 인생의 가장 큰일인데 제대로 중매인을 두고 길일을 택해 절차를 밟아서 성대하게 올릴 일이다, 하지만 이번 달은 결혼하기에는 좋지 않은 달이니 다음 달 중으로 날짜를 정해 중매인에게 혼례 절차를 부탁해야 한다, 다행히 고야마 부부가 이쪽 일을 성심성의껏 도와주고 있으니 고야마 부부에게 중매인이 되어 주기를 부탁하는 것이 좋을 것이다, 하고 주장을 해서 백부, 백모님도 더 이상은 고집을 부리지 못하고 자 그럼 그렇게 하지, 하고 어젯밤의 상의는 그렇게 끝났는데 그런 연유로 오하라 군이 중매인이 되어 주지 않겠는가 하고 우리 집에 찾아왔다네. 나도 본디 친족 간의 결혼을 반대하는 입장을 설파하는 사람이라 친족 결혼에서 중매인 역할은 맡아 줄 수가 없다고 거절해야 하겠지만, 오하라 군의 아버님께서 나를 지명해 부탁하신 것은 깊은 뜻이 있으신 것으로 여겨지네. 일단 5일이든 10일이든 시간을 벌어 놓고 나를 통해 오하라 군을 구할 방도를 찾기를 바라시는 게 아닌가 싶어. 그래서 나는 일단 중매인을 하겠다고도 하지 않겠다고도 하지 않고 일단 이삼일 기다려 주겠나 하고 기다리게 한 다음 무언가 방법을 궁리해서 대답을 할 생각이야. 나카가와 군, 어떻게 하면 좋겠나?" 하고 말하지만 이쪽도 별다른 묘안이 없는 것은 마찬가지. 나카가와도 마땅한 대책이 없어서 "고야마 군, 이쪽 사정은 일단 접어 두고라도 오하라 군이 사랑 없는 결혼을 한다는 것은 아주 가엾게 되었어. 어떻게 해서든지 구해 주고 싶은데 말이지". 고야마 "어떻게 해서든지 구해 주고 싶지만 당사자가 이미 승낙해 버렸으니 이제 와서는 아무것도 할 수 없게 되었어". 나카가와 "곤란하군" 하고 둘 다 같은 말을 반복하고 있을 뿐이다. 옆에 앉은 오토와 아가씨는 진심으로 이 일을 어떻게든 해결하고 싶은 마음, 여자이지만 생각을 다잡고 "오빠, 이전에도 말씀 드렸지만 이 일을 히로우미 자작님께 상의드려 보는 건 어떨까요? 자작님은 우리보다 인생 경험이 더 많으신 분이니 좋은 방법을 찾아 주실지도 몰라요. 마침 다마에 씨로부터 아까 음식 연구회의 계획을 세우자는 말이 있었으니 빨리 자작님께 가셔서 연구회의 상의를 하시는 김에 오하라 씨의 일도 같이 상의드려 보세요. 그분께 무슨 묘책이 있을지도 몰라요" 하고 열심히 자기가 생각한 새로운 방법을 말한다. 나카가와도 동의하며 "과연, 그것이 좋겠구나. 그럼 바로 자작님께 갔다 오도록 하지. 이런 일은 경험이 충분한 어른의 충고를 듣는 것이 좋아. 고야마 군, 잠시 여기서 기다려 주지 않겠나? 나는 잠시 자작님 댁에 다녀올 테니" 하고 한시도 지체하지 않고 손님을 집에 남겨 둔 채 히로우미 자작의 집으로 간다.

57. 차담회

 나카가와가 가 버리고 혼자 남은 고야마는 오토와 아가씨와 이야기를 나눌 수밖에 없게 되었다. 고야마는 아가씨의 불안해하는 모습을 보고 가엾은 마음이 들어 "오토와 씨, 매우 걱정이 되시겠지요. 일이 거의 다 진행되어 지금쯤이면 오하라 군과 즐겁게 새 가정을 꾸릴 수도 있었는데 생각지도 못한 일이 일어났으니까요. 하지만 오토와 씨, 오하라 군의 마음은 제가 잘 알고 있습니다. 오하라 군은 설령 오다이 씨와 혼례를 올린다고 하더라도 단지 형식뿐인 예식일 뿐 마음으로는 그대로 독신으로 남으려는 결심을 하고 있답니다. 오하라 군의 마음은 어떤 일이 있더라도 당신을 떠나지 않을 겁니다. 세상에는 형식적인 결혼만 하고 진정한 마음의 결혼은 하지 않는 사람들이 많이 있답니다. 이런 현상이 일어나는 것도 옛날식 인습이 얽혀 벌어지는 폐단이지요. 아직도 한 사람의 결혼을 주변의 인습이 지배하는 이런 상황은 참으로 안타깝습니다" 하는 한마디 말도 오토와 아가씨의 마음에는 사무치게 다가올 수밖에 없어서 아가씨는 눈물 없이는 대답조차 할 수가 없다. 고야마는 역으로 아가씨를 더 슬프게 하는 말을 꺼냈다 싶어 급하게 화제를 바꾸며 "오토와 씨, 실은 제가 작은 부탁이 하나 있습니다. 그건 다름이 아니라 저와 관계가 있는 잡지사에서 매주 토요일에 차담회를 열고 있어요. 참가비는 한 사람당 20전[188]으로 정해서 도시락을 먹을 때도 있고, 장어 덮밥을 먹을 때도 있고 한데, 간단한 식사로 요기를 하면서 사원들이 여러 가지 주제로 대화를 나누는 거지요. 요즘에는 사원들 사이에서도 미식가들이 늘어나 먹는 문제가 주목을 받게 되면서 그날의 식사를 정하는 담당을 뽑기로 결정했습니다. 그날의 식사를 모두 그 담당의 취향에 맞춰 먹는 것으로 정했더니 이전에는 가장 질이 낮은 장어 덮밥으로 식사를 때우던 것이 어느덧 여러 가지 취향들이 반영되어 어떤 날은 은어 초밥으로 식사를 하는 날도 있고, 어떤 사람은 자기 집에서 직접 만든 메밀국수를 가져와서 차려 먹기도 하고, 튀김 국수를 먹기도 하고, 지라시스시[189]를 먹는 날도 생기는 바람에 차담회와 동시에 미식의 박람회

---

[188] 현재 가치로 약 1000엔 정도다.
[189] 식초와 섞은 밥 위에 새우나 계란 지단을 가늘게 썬 것, 생선알 등 다양한 재료를 올려서 만든 초밥의 일종이다. 본래의 초밥인 손으로 쥐어서 만드는 쥠 초밥이 나온 이후에 탄생한 초밥으로서, 현재 일본에서는 여자아이들의 명절인 3월의 히나마쓰리 때 먹는 음식으로 유명하지만, 지금처럼 전국적으로 널리 보급된 것은 메이지 시대 이후부터다. 《식도락-여름》〈43. 김말이 초밥〉 부분에서 자세하게 설명되었다.

가 열리는 양상이 되었지요. 그런데 다음 주 토요일에는 제가 식사 당번이라서 어떤 독특한 요리를 먹자고 해야 할지 고민 중인데 조언을 좀 구해도 괜찮겠습니까? 그 차담회에는 이런 제한들이 있어요. 한 사람의 참가비는 20전인데 20명이 참가하니까 다 합해서 4엔이 됩니다. 당일 날 식사를 설령 집에서 만들어서 가져온다 해도 절대로 한 사람당 식비가 20전이 넘으면 안 되는데, 혹시라도 경쟁이 생겨서 사원들이 사비를 지출하게 되고 마는 상황을 방지하기 위해서라도 절대로 20전이 넘는 음식을 해 와서는 안 되고, 대신 정성을 더 들이는 것은 각자의 선택에 맡기는 것으로 되어 있지요. 저희 아내도 아가씨 덕분에 새로운 요리들을 많이 배우게 되었지만 어떻게 준비해야 할지 좋은 생각이 떠오르지 않는 것 같아요. 저는 가급적 그날 요리는 서양 요리로 준비하고 싶다는 생각은 하고 있지만 20전이 넘지 않게 만들어야 하니 어떤 요리가 좋을지 좀처럼 떠오르지가 않네요" 하고 요리에 대해 상의하니 오토와 아가씨도 잠시 주의를 돌리게 되어 "그건 어렵지 않아요. 서양 요리는 상등의 요리라도 충분히 응용할 수 있는 부분들이 있고 아주 간단한 요리라도 또 응용해서 바꿀 수 있는 부분들이 있지요. 세상 사람들은 서양 요리라고 들으면 대체로 아주 비싼 요리라고만 막연히 생각하는데 재료를 경제적으로 활용하면 쓸모없어 버리는 부분까지도 요리에 사용할 수 있으니 일본 요리보다도 훨씬 더 경제적이지요. 차담회를 위한 도시락에 20전이나 쓸 수 있다면 서양 요리로 만드는 것이 더 좋은 요리로 준비할 수 있을 거예요"라고 자신 있게 말을 한다.

58. 20전[190]짜리 도시락

    고야마는 크게 기뻐하며 "20전으로 서양 요리 도시락을 만들 수 있다면 이 기회에 사원들을 감동시켜서 서양 요리의 응용법을 더 많이 알리는 기회로 삼고 싶군요. 일본 요리의 원료라면 대체로 사람들도 가격을 짐작할 수 있지만, 서양 요리는 재료비가 얼마 정도 들어갔는지 잘 모르는 경우가 대부분이니 도시락을 대접하면서 동시에 하나하나 설명을 하지 않으면 안 될 것 같군요. 20전으로 어떤 요리를 만들 수 있나요?" 오토와 아가씨 "이건 서양식으로도 많은 요리들이 있는데, 그중에서도 아주 간단하게 만들 수 있는 요리예요. 우선 3색 샌드위치를 만들도록 하지요. 하나는 달걀, 하나는 소고기, 하나는 토마토로 서양식의 3색 샌드위치를 만들고 간단히 준비할 수 있는 서양과자를 곁들여서 요즘은 날씨가 더운 편이니 차갑게 만든 커피와 함께 내면 좋을 것 같아요". 고야마 "오오, 그렇게 좋은 음식도 만들 수가 있군요. 정말 20전만으로도 만들 수 있나요?" 오

---

190) 현재 가치로 약 1000엔.

토와 아가씨 "그럼요. 혹시 모르니 하나하나 종이에 원재료비를 기록해서 계산해 보세요. 먼저 샌드위치의 재료비라면 식빵 한 덩어리를 얇게 썰어서 20개 정도가 나오게 자르지요. 2장을 붙여서 한 가지 샌드위치를 만들 수 있으니 한 사람당 6장이 필요해요. 20명이라면 120장이니 빵 6덩어리가 필요하군요. 식빵 한 덩어리를 7전[191]이라고 하면 빵값으로만 42전[192]이에요. 이번에는 샌드위치 속에 넣을 달걀인데 20인분을 만드는 데 8개 정도면 충분하니 1개에 3전이라고 하면 24전[193]이지요. 그 달걀을 삶아서 체에 비벼 갈아 버터와 소금, 후추를 섞은 뒤 빵에 바르는데 버터와 소금, 후추 값을 1인당 1전, 20명이면 20전이지요. 또 필요한 재료가 소고기인데 1근에 18전[194]인 브리스킷 부위를 사서 하룻밤 진한 소금물에 절인 뒤 다음 날은 4시간 정도 끓이고 고기 분쇄기에 갈아서 소금과 후추를 뿌려 둬요. 20인분을 만드는 데 3근 정도 쓴다고 하면 54전[195]이지요.

---

191) 현재 가치로 약 350엔.
192) 현재 가치로 약 2000엔.
193) 현재 가치로 약 1200엔.
194) 현재 가치로 약 900엔.
195) 현재 가치로 약 2700엔.

소금, 후추는 그렇게 많이 필요하지 않아요. 20인분에 5전[196] 정도라고 해 두지요. 그다음은 토마토인데 20인분을 만드는 데 2근 반 정도 필요하다고 하면 1근에 6전[197]이라 하면 15전[198] 정도 들지요. 하지만 토마토는 싸다 해도 샌드위치를 만들려면 마요네즈 소스를 만들어서 빵에 바른 뒤 토마토를 사이에 끼워야 하니까 마요네즈 소스를 1인당 1전, 20인분이면 20전 쓰게 되지요. 이렇게 되면 거의 다 차린 거지요. 한번 직접 계산해 보세요". 고야마 "음, 식빵이 42전, 달걀이 24전, 버터와 기타 재료가 20전, 브리스킷 54전, 소금이 5전, 토마토와 마요네즈가 35전, 다 합해서 1엔 80전[199]이군요. 1엔 80전으로 3색 샌드위치를 20인분 만들 수 있다면 1인당 9전[200]입니다. 이렇게 생각하니 정말 싸게 만들 수 있군요". 오토와 아가씨 "뭐든지 가정 요리로 만들게 되면 재료비는 더 절약할 수 있지요. 하지만 샌드위치는 냄새나는 저질 버터로 만들 수는 없어요. 버터의

---

196) 현재 가치로 약 250엔.
197) 현재 가치로 약 300엔.
198) 현재 가치로 약 750엔.
199) 현재 가치로 약 9000엔.
200) 현재 가치로 약 450엔.

냄새 때문에 다른 재료의 맛이 떨어지게 되거든요. 상등의 버터를 깨끗한 물에 잘 씻어서 냄새를 잡은 다음에 사용해야 해요. 3색 샌드위치를 다 만들면 약간 크게 1개를 3조각으로 잘라 9조각으로 만들면 먹기도 편한 크기가 되지요. 샌드위치는 이렇게 만들 수 있어요. 1인분씩 종이에 포장해서 담아 가도 좋지요. 이번에는 과자예요. 이건 컵케이크라는 간단하게 만들 수 있는 서양과자로 하지요" 하니 꽤나 만들기 힘든 음식을 간단하게 만들려는 듯하다.

59. 저렴하고 훌륭하게

고야마 "컵케이크는 어떻게 만드는 건가요?" 오토와 아가씨 "이건 아주 간단하게 만들 수 있는 서양과자인데, 달걀 하나로 만든다면 노른자 하나에 버터를 반 큰술, 설탕은 2큰술을 스푼에 산처럼 가득 담아 넣고 서로 잘 섞은 다음 거기에 우유 4큰술을 조금씩 섞어요. 따로 밀가루 4큰술에 베이킹파우더 반 큰술을 섞은 뒤 체에 쳐서 아까 달걀과 우유 섞은 것에 같이 섞지요. 달걀흰자는 거품을 잘 만들어서 섞은 뒤, 국화 모양의 과자 틀에 버터를 발라 아까 만든 반죽을 넣고 덴피에서 15분간 구워 내요. 이렇게 5인분을 만들 수 있으니 이걸 4배로 만들면 20인분도 만들 수 있지요". 고야마 "만드는 비용은 얼마나 들까요?" 오토와 아가씨 "글쎄요. 20인분을 만드는 데 45전[201] 정도 들겠지요". 고야마 "그럼 샌드위치가 1엔 80전에 컵케이크 45전을 더하면 2엔 25전[202]이니까 1인분에 11전 2리 5모[203] 정도에

---

201) 현재 가치로 약 2300엔.
202) 현재 가치로 약 11000~12000엔.

샌드위치와 서양과자를 먹을 수 있는 거군요. 이걸로 차라도 한잔 마신다고 하면 정말 저렴하게 식사를 하는 거지요". 오토와 아가씨 "그렇고말고요. 무슨 요리든 집에서 자기가 만들면 저렴하게 만들 수 있지요. 점심을 다 드신 뒤에는 맛있는 커피를 내려서 차갑게 식힌 다음 내는 게 좋을 것 같은데, 커피를 맛있게 내리려면 20인분에 커피 1근[204] 정도를 쓰지 않으면 안 돼요. 중등 정도 되는 원두는 65전[205]인데, 커피의 떫은맛을 완벽히 제거하기 위해서 샌드위치를 만들 때 썼던 달걀껍데기 12개에 따로 날달걀 2개를 같이 섞어서 커피를 거르면 담백한 맛의 커피가 나오지요. 거기에 15전[206]짜리 각설탕 1근 반[207]을 하고 우유를 4홉[208] 산다고 하면, 달걀 2개에 6전[209], 각설탕 22전[210], 커

---

203) 현재 가치로 약 600엔. 메이지 4년(1871) 일본 정부가 발표한 화폐 단위는 엔(円)을 기준으로 1전(錢)은 100분의 1엔, 1리(厘)는 1000분의 1엔, 1모(毛)는 1만 분의 1엔이었다.

204) 약 600그램이다.

205) 현재 가치로 약 3200엔.

206) 현재 가치로 약 750엔.

207) 약 900그램이다.

208) 약 720밀리리터다.

피에 넣을 우유가 16전[211]이 든다고 보면 커피값으로 1엔 9전[212]이 드는 거네요. 커피는 차가운 물에 넣어서 식힌 것을 각자 드시고 싶은 만큼 덜어서 드시는 것이 가장 좋겠지요. 이렇게 먹는 데 얼마 정도 드나요?" 고야마 "샌드위치와 과자가 2엔 25전, 커피가 1엔 9전이면 3엔 34전[213]이군요". 오토와 아가씨 "그럼 4엔의 회비에서 66전[214]이 남는 거네요. 그 비용은 만드는 데 쓴 연료비나 수고비로 생각하고 받아도 되겠지요. 아니면 따로 약간의 과일 같은 것을 더해서 낸다고 해도 20전[215]이면 충분히 곁들일 수 있어요. 제가 예전에 오사카에서 살았을 때는 종종 각자 회비 10전[216]으로 2색 샌드위치와 서양과자 하나를 곁들여서 친구들끼리 차담회를 가지기도 했지요. 요리를 만드는 데

---

209) 현재 가치로 약 300엔.

210) 현재 가치로 약 1100엔.

211) 현재 가치로 약 800엔.

212) 현재 가치로 약 5400~5500엔.

213) 현재 가치로 약 16700엔.

214) 현재 가치로 약 3300엔.

215) 현재 가치로 약 1000엔.

216) 현재 가치로 약 500엔.

드는 인건비와 연료비를 자기가 부담하겠다는 생각이라면 회비 10전만으로도 훌륭한 도시락을 만들 수 있어요. 서양 요리는 만들기 나름이라 싸게도 만들 수 있고 비싸게도 만들 수 있지요. 달걀을 껍데기까지 다 써서 커피의 떫은맛을 잡는 등 버리는 것도 알뜰하게 써서 만드는 도시락이니 무엇보다 경제적이지요. 소고기는 1근에 18전[217] 하는 브리스킷을 3인분 사서 만든다고 해도 1인분에 6전[218]밖에 들지 않아요. 생선 같은 재료는 저렴한 반찬으로 만들어도 소고기보다 비싸지요. 다만 소고기는 품을 많이 들여서 요리해야 해요. 정성을 들이는 것이 귀찮다고 해서 대충 만들면 배 속에서 소화하는 품이 두세 배 더 많이 들게 되니 결국 그 사람의 손해인 거지요. 이번 차담회에서는 오늘 알려 드린 요리를 하나라도 만들어서 대접해 보세요. 소고기 브리스킷을 전날부터 삶아 두기만 해도 다른 식재료는 손질하는 데 두세 시간도 걸리지 않으니 바로바로 만들 수 있어요. 만일 사모님께서 만들기 힘들다고 하시면 제가 댁에 가서 대신 만들어 드리겠어요". 고야마 "그렇게 말씀해 주시

---

217) 현재 가치로 약 900엔.

218) 현재 가치로 약 300엔.

니 뻔뻔스럽지만 도움을 부탁드릴지도 모르겠습니다. 이런 요리를 한번 선보이면 다른 사람들에게 표본이 되지요. 누구라도 가정 요리를 배우면 20전[219] 안쪽으로 이런 맛있는 도시락을 만들 수 있다는 증거로 천하의 사람들에게 보여 줄 수 있게 되는 겁니다. 거기에 제가 한 번 더 차담회에서 식사 당번이 된다면 다음에는 어떤 요리를 만들 수 있을까요? 또 이렇게 저렴하게 만들 수 있는 요리가 있을까요?" 하고 자꾸자꾸 응용해서 만들 수 있는 요리법을 묻는다.

---

219) 현재 가치로 약 1000엔.

60. 차가운 고기 요리

 오토와 아가씨의 요리에 대한 재능과 열정은 언제나 생생하게 살아 있어서 메마를 때가 없다. "그럼요 있고말고요. 샌드위치도 들어가는 재료를 바꿔서 얼마든지 다른 종류들을 만들 수 있지만 샌드위치는 한 번 준비했으니 다음에는 간단하게 먹을 수 있는 차가운 고기 요리를 만들어 가는 게 좋겠지요. 차게 해서 먹는 고기 요리는 도시락에만 어울리는 것이 아니라, 더운 날에 가정 요리로 만들어 내도 좋고, 손님 접대를 할 때도 좋지요. 우선 어떤 요리들을 만들지 생각해 볼까요? 첫 번째는 콜드 포크라고 해서 돼지고기로 만든 냉채 요리로 해 보지요. 돼지고기를 3근[220] 사서 그대로 철판, 즉 양철로 만든 그릇에 담고 소금과 후추를 뿌린 뒤, 덴피에 넣고 로스구이를 할 때처럼 구워 내는데 10분 동안 충분히 구워 냈으면 덴피의 문을 열고 고기를 빼낸 다음, 버터 1큰술을 얹고 고기에서 나온 육즙을 고기 위에 다시 끼얹어 주고 다시 덴피에 넣고 구워요. 다시 10

---

[220] 약 1800그램이다.

분이 지나면 아까처럼 육즙을 고기 위에 끼얹어 주는 것을 몇 번 반복하는데, 이렇게 하면 버터와 소금, 후추의 간이 고기 속까지 잘 스며들게 되지요. 많은 양의 고기를 요리할 때는 고기를 꼬치구이 할 때 쓰는 쇠로 된 꼬치 같은 걸로 곳곳에 구멍을 내 주면 육즙이 더 잘 스며들게 돼요. 이렇게 총 1시간 20분 정도를 구워 내면 돼지고기 로스구이가 완성되지요. 그걸 차갑게 식힌 뒤 얇게 저며서 20인분을 만들어 내면 콜드 포크가 되는 거예요". 고야마 "과연, 돼지고기를 1근에 22전[221]이라고 하면 3근에 66전[222], 소금, 후추, 버터는 5전[223]이라고 보면 충분하겠지요. 다 합해서 71전[224]이군요. 그런데 오토와 씨, 로스구이를 할 때는 화력이 센 것이 좋겠지요?" 오토와 "네, 불은 세게 하는 것이 좋아요. 도중에 석탄이 부족해서 화력이 약해지면 옆의 화로에서 따로 불을 붙여 계속해서 탄을 보충해 주지 않으면 안 돼요". 고야마 "석탄을 어떤 종류를 쓰는 것이 좋을까요?" 오토와 아가씨 "흙으로 만든 가마에서 구운 탄이 가장

---

[221] 현재 가치로 약 1100엔.
[222] 현재 가치로 약 3300엔.
[223] 현재 가치로 약 250엔.
[224] 현재 가치로 약 3550엔.

좋지요. 금방 꺼지지 않는 상등품 가마탄에 불을 붙여서 덴피 위에 올리면, 20~30분 뒤에는 재가 잔뜩 생겨 화력이 약해지게 되니까 부채로 세게 부쳐서 다 탄 재를 날리면서 화력을 그대로 유지해야 해요. 재가 있을 때와 없을 때는 화력이 완전히 달라지지요". 고야마 "과연 그렇군요. 저희 집에서는 탄에 불을 붙여도 그다음에는 그대로 두고 잊어버리고 마니까 다 탄 재가 그대로 남아 있게 되어 자연히 화력도 줄어들게 되고 그러다 보니 몇 분 동안만 조리하면 될 것도 시간이 지나도 제대로 조리되지 못한 경우가 있었지요. 이 모든 게 다 탄의 화력 조절 문제였군요". 오토와 아가씨 "그럼요. 카스텔라 같은 과자를 구울 때는 불 조절이 가장 중요하니까 처음에 덴피 안에 손을 넣어 봐서 이 정도 온도로구나 하고 정해 놓고 손가락 끝으로 덴피를 살짝 만져 보기도 하면서 어느 정도의 온도를 유지해야 하는지를 잘 기억해야 해요. 일단 굽기 시작하면 몇 번씩 덴피를 열고 온도를 확인하기가 어려우니, 10분 정도마다 덴피를 불에서 내려 약간 식힌 뒤 손가락 끝으로 덴피의 온도를 확인해 가면서 굽는 것이 좋아요. 불붙은 탄을 올려놓고 그대로 재도 치우지 않고 놔둬 버리면 만들기 어려운 과자는 제대로 만들 수가 없지요. 로스구이 같은 것은 과자보다는 쉽게 만들 수 있지만 그래도 재를 버리지 않고 그냥 두면 화력이 약해져서 안 돼요. 점점 익숙해지면 이 정도 화력이면 앞으로 몇 분간은 괜찮겠구나, 안쪽의 온도는 몇 도 정도겠구나 하고 짐작할 수 있게 되지만 처음에는 그 정도를 알기 위해 일일이 온도를 재어 가면서 익혀야 하지요. 구이만이 아니라 찜이든 탕이든 마찬가지라 배운다기보다는 점점 익숙해져서 편해지는데 처음에는 일일이 확인해 보는 게 너무 귀찮다고 생각하게 마련이지요. 서양 요리는 만들기 귀찮다고 하는 사람들은 역시 이 부분 때문에 귀찮다고 느끼는 거예요. 하지만 일단 익숙해지면 귀찮은 건 아무것도 없어요. 그런 생각을 가지고 이 도시락 만드는 법을 집집마다 직접 해 보셨으면 해요. 돼지고기 다음에는 우설로 만든 요세모노[225]를 만들어 볼까요?"

* 뎀피의 숯으로 단단한 견탄(堅炭)을 써도 무방하지만 고기를 구울 때만 쓸 수 있다. 과자를 구울 때는 흙가마탄과 같이 부드러운 숯을 쓰는 것이 좋다.

[225] 요세모노란 고기나 생선 같은 재료를 익힌 뒤 차갑게 식혀 젤라틴이나 한천으로 굳힌 요리를 뜻한다.

61. 요세모노

고야마 "우설로 만드는 요세모노는 어떻게 하는 건가요?" 오토와 아가씨 "그건 소르탄[226]이라고 해서 소금에 절인 우설을 정육점에서 사 와요. 만일 없으면 그냥 생우설을 사도 되지요. 하지만 생우설이 가게에 있을 때도 있고 없을 때도 있어요. 염장한 것은 대체로 가게에서 구비해 놓지만 가게에 따라서는 새로운 고기를 들여오지 않고 사 놓고 한참 된 것을 꺼내서 주는 경우도 있지요. 꼭 염장한 고기만이 아니라 식재료라면 뭐든지 먹기에 적당한 때가 있어서 그때를 지나면 맛이 없어지지요. 채소든 과일이든 고기든 무엇이든 요리에 쓸 재료는 품질을 꼼꼼하게 확인하고 사야 하는데, 먹기 좋은 때를 몰라서 그냥 만들어 버리면 요리가 맛이 없어지지요. 서양의 식품점에서는 손님이 아무

---

[226] 우설(牛舌)을 일본에서는 규탄(牛タン)이라 부르는데, 소를 의미하는 규(牛)라는 말에 혀를 의미하는 영어 'tongue'을 합해서 만든 단어다. 본문에서 말하는 소르탄(ソールタン)이라는 것도 소금을 의미하는 영어 'salt'에 혀를 의미하는 단어 'tongue'을 합해서 만든 단어로 추정된다.

말 하지 않아도 상점 쪽에서 책임감을 가지고 상등품의 재료를 먹기 좋은 때 손님에게 판매하지요. 미국에서 닭고기를 사 봤던 사람이 이렇게 말하더군요. 미국에서는 요리에 쓸 닭고기로 좋은 고기를 가져다 달라고 상점에 부탁하면 전날부터 굶긴 닭을 잡아서 가져와 '내일이 딱 먹기 좋을 때입니다'라든가 '모레가 먹기 좋을 때입니다' 하고 명확하게 설명을 해 준다고요. 정말 친절한 판매 방식이라서 그런 가게에서 물건을 사면 다음번에도 다시 같은 가게에서 주문하고 싶어지지요. 우리 나라에서는 요리에 쓸 닭고기라 하면 어차피 죽일 거라면서 무리해서 목을 졸라 도축하는 바람에 모래주머니의 모래가 터져서 섞이게 되지요. 가슴뼈가 튀어나와 있으면 쇠망치로 쳐서 납작하게 만든다든지, 목구멍으로 공기를 불어 넣어서 고기가 부풀어 오르게 하기도 하지요. 식도와 위에 먹이가 가득 든 닭을 잡으면 고기 맛이 아주 나빠지기도 하고, 부패도 더 빨리 진행되어 3~4일 동안 그대로 보관하기가 힘들지요. 정말 불친절한 태도예요. 소고기나 우설을 살 때도 마찬가지로 친절한 상점이 거의 없으니까 일일이 가격을 비교해 보고 사지 않으면, 비싼 돈을 내고 나쁜 물건의 재고 처리를 해 주게 되지요. 어느 귀족 집안에서는 매일 소고기 안심을 배달시켜서 먹었는데 어느 날 고기를 잘 아는 사람에게 보여 줬더니 안심이 아니라 질 나쁜 어깨 살이었다고 해요. 1년 동안이나 안심 가격을 내고 매일 질 떨어지는 어깨 살 고기를 떠맡아 온 것이지요. 잘 찾아보면 세상에는 이런 경우가 비일비재해요. 그래서 무엇을 사든 일단 잘 알아보지 않으면 안 되지요. 이미 여러 번 잔소리가 될 만큼 말씀드렸지만 그런 나쁜 물건을 파는 상인들은 그저 태연한걸요. 일단 들켜서 반품이 들어오지 않는 이상 끝도 없이 계속 속임수를 쓰지요. 우설 같은 경우도 상등품으로 60전[227] 정도 되는 물건을 사면 20인분의 도시락을 만들 수 있어요. 그걸 4시간 정도 푹 삶아서 부드러워진 고기를 작게 잘라 사각으로 길게 썰어 놓아요. 따로 1근에 8전[228] 정도 하는 다리 살 2근을 사서 5홉[229] 정도 육수를 만들어 놓고 젤라틴을 1홉에 5장의 비율, 즉 5홉이니 25장을 물에 적셔 놓고 부드러워지면 그걸 아까의 고기 육수에 넣고 잠시 끓여요. 그러면 젤라틴에 고기 육수 맛이 배게 되지요. 적당히 끓였으면 불에서 내려 잠시 식혀서 조그만 컵 정도의 양철 컵 모양이 있으면 그 컵에다 지금의 젤리를 처음에는 조금만 붓고 아까의 우

---

[227] 현재 가치로 약 3000엔.
[228] 현재 가치로 약 400엔.
[229] 약 900밀리리터.

설을 조금 올린 다음 통조림 렌즈콩과 삶은 달걀을 작게 잘라 우설 위에 장식으로 올리는데, 달걀 3개 정도면 20인분을 충분히 만들 수 있고, 콩은 한 사람당 6알 정도면 충분해요. 그다음에 다시 아까의 젤리를 부어서 얼음 속에 넣고 단단하게 굳히는 거지요. 그 상태 그대로 가져가서 먹기 직전에 뜨거운 물에다가 컵을 살짝 담근 채 살살 흔들어서 쏙 빼면 쉽게 꺼낼 수 있으니 그런 식으로 20인분을 만들면 되지요". 고야마 "맛있을 것 같군요. 저희 집에서는 전에 가르쳐 주셨던 만년 수프[230]가 언제든지 있으니까 더 편하게 만들 수 있지요. 그렇게 만들면 대충 가격이 어떻게 될까요?" 오토와 아가씨 "우설이 60전에 다른 재료들은 16전[231]이라고 보면 충분하니 대략 1엔 20전[232]이겠네요". 고야마 "그다음에는 무엇을 만들까요?"

---

[230] 《식도락－봄》의 〈30. 만년 스프〉 부분에 나온 요리를 의미한다.
[231] 현재 가치로 약 800엔.
[232] 현재 가치로 약 6000엔.

62. 간단한 과자

오토와 아가씨 "그다음에는 레몬 젤리로 하죠. 상등으로 만들려면 생레몬을 짜 넣어서 만들어야 하지만 그렇게 하면 재료값이 비싸지게 되니 이번에는 간편하게 만들 수 있는 방법을 알려 드릴게요. 20인분을 만들어야 하니 한 되의 뜨거운 물에 구연산 결정을 1큰술 넣고 설탕 반 근[233]과 젤라틴만 넣으려면 14장을 넣어야 하지만 그렇게 되면 재료값이 올라가니 젤라틴 10장에 한천 3장 정도를 쓰지요. 그걸 다 섞어서 일단 끓인 후 천에 거른 뒤, 레몬유를 1작은술 넣어 주고 양철 컵이나 젤리 틀에 넣어서 얼음 속에 두어 굳혀요. 그걸 틀에서 빼내서 손님들에게 낼 때 나이프를 주면서 잘라서 드시도록 하면 되지요. 이게 17전[234] 정도 비용이 들어요. 그다음에는 빵 대신에 간단한 비스킷을 만들어 볼까요? 20인분을 만드는 것이니까 설탕을 8큰술, 버터를 4큰술, 소금은 중간술로 한 숟갈에 우유는 5작[235],

---

233) 약 300그램이다.
234) 현재 가치로 약 850엔.

물 5작을 넣고 잘 섞어 준 뒤, 따로 밀가루 2근[236]에 베이킹파우더 4큰술을 채로 쳐 놓고 아까 섞어 둔 물과 우유와 합친 뒤 반죽을 만들어서 2분 정도의 두께로 밀어요. 그다음에 비스킷 틀이나 없으면 차를 넣어 두는 통의 뚜껑 등을 이용해서 동글동글하게 모양대로 찍어 내어 철판에 버터를 바르고 둥글게 잘라 낸 반죽을 나란히 놓은 뒤 덴피에서 10분 정도 구워요. 이렇게 만들면 40전[237] 정도 들겠네요". 고야마 "잠깐만요, 이걸로 어느 정도 도시락이 완성됐군요. 돼지고기 로스가 71전, 우설 요리가 1엔 20전, 레몬 젤리가 70전, 비스킷이 40전이니 딱 3엔 1전[238]이 드는군요. 아직 예산이 많이 남는데 이걸로는 뭘 만들까요?" 오토와 아가씨 "이전 도시락에는 커피를 만들었으니 이번에는 홍차가 좋겠지요. 홍차 반 근에 설탕과 우유를 섞어서 40전[239] 정도 들겠네요. 여기에 과자를 더 준비해 볼까요? 아까의 컵케이크와 같은 재료로 반죽을 만들어서 작은 틀에

---

235) 약 90밀리리터다.

236) 약 1200그램.

237) 현재 가치로 약 2000엔.

238) 현재 가치로 약 15000엔.

239) 현재 가치로 약 2000엔.

넣는 것이 아니라, 이번에는 철판에 기름종이를 깔고 그 위에 반죽을 얹어 카스텔라처럼 구워서 다 구워지면, 단면을 얇게 3장으로 잘라 그 사이에 초콜릿을 넣어요. 초콜릿을 갈아서 가루로 만든 것을 넣는 것이 상등으로 만드는 방법이지만, 비용이 높아지게 되니까 코코아 가루에 설탕을 반반씩 섞고 물로 중탕해서 녹진녹진하게 녹으면 불에서 내려 아까의 케이크 사이사이에 발라 20인분을 잘게 잘라 준비하면 되지요. 이건 자르기 나름이라 1인분을 작게도 크게도 만들 수 있지만, 작게 자른다면 원재료값은 컵케이크보다 덜 들게 되겠지요. 또 코코아 가루나 설탕 가루 값을 더한다고 해도 55전[240]이면 충분해요. 하지만 이걸 다 도시락에 넣으면 3엔 96전[241]이 되니 석탄값이 모자라겠네요". 고야마 "석탄 정도야 제가 부담해도 됩니다. 20전의 회비로 돼지고기 로스에 우설 요세모노, 레몬 젤리, 비스킷에 간단한 초콜릿 케이크에 홍차까지 준비할 수 있다는 걸 세상 사람들에게 널리 알릴 수만 있다면 금방 유행하게 되어 차담회의 도시락은 샌드위치 도시락이나 차가운 고기

---

240) 현재 가치로 약 2700~2800엔.
241) 현재 가치로 약 19800엔.

요리가 되겠지요. 부인들의 모임에도 이 요리들이 안성맞춤이고 아가씨들의 모임에도 어울리는 요립니다. 특히 아가씨들이 학교 동창회라도 하게 된다면 대여섯 명이서 도시락 요리를 분담해 누군가는 샌드위치를 만들어 오고, 다른 누군가는 젤리와 요세모노를 만들어 오는 식으로 각자 역할을 분담해서 가지고 온다면 요리법의 공부도 되면서 더 큰 이득이 되겠지요. 더운 날에는 요리를 하면서 아이스크림이라도 먹으면 모두 좋아할 텐데, 아이스크림을 간단하게 만들 수 있는 방법이 있습니까?"

63. 아이스크림

 오토와 아가씨는 요리 이야기에 기뻐하며 정신이 팔려 마음속의 근심을 잠시 잊어버리고 "그렇네요. 아이스크림을 만드는 가장 간단한 방법은 아이스크림 재료들을 얼음 속에 묻어 두는 거예요. 재료를, 아주 간단하게 만든다면 연유 2큰술을 2홉[242]의 더운물에 묽게 섞어요. 따로 달걀 2개에 설탕 2큰술을 섞고 휘휘 저어서 잘 섞어 둔 다음 아까의 연유를 조금씩 섞어 가면서 부어 주는데 콘스타치, 즉 옥수수 전분을 2작은술 물에 개어서 섞어 준 다음, 이것들을 모두 물에 넣고 중탕하면서 끈적끈적해질 때까지 끓여요. 죽처럼 끈기가 생기면 불에서 내려 아이스크림 만드는 기계가 없다면 차 잎이 반 근 정도 들어가는 차통에 넣고, 뚜껑을 꽉 닫은 뒤 쌀 씻는 통같이 긴 통 속의 가운데 놓고 주변을 얼음으로 둘러싼 다음 그 위에 소금을 가득 뿌리고 다시 얼음을 올리는데, 이렇게 3~4층 정도 되도록 쌓아서 차통의 뚜껑만 밖으로 조금 나오게 해요. 그 위에 두꺼운

---

[242] 약 360밀리터다.

담요나 플란넬을 2장도 괜찮고 3장도 괜찮으니 얼음이 빨리 녹지 않도록 덮어 놔요. 10분쯤 뒤에 담요를 걷고 차통의 뚜껑을 열어 보면 안에 있던 재료들이 통의 벽부분에 붙은 부분만 얼어 있고 가운데 부분은 아직 죽처럼 끈적거릴 거예요. 주걱으로 벽에 붙은 부분을 긁어내서 나머지 반죽과 잘 섞어 준 뒤 다시 뚜껑을 덮고 이불을 덮어 놓고 1시간 정도 지나면 안쪽도 단단하게 굳으면서 아이스크림이 되지요. 물론 상등품 아이스크림은 아니지만 드시는 데는 전혀 문제없어요. 얼음과 소금을 많이 넣을수록 좋은 아이스크림이 되지요. 얼음이 10근[243]이라면 소금은 8홉[244] 정도 쓰지 않으면 안 돼요. 의사 댁이거나 화학 약품을 취급하는 집에서라면 소금 대신에 에테르를 얼음에 섞어 두면 더 빨리 아이스크림을 만들 수 있지만, 극약이기 때문에 일반인들은 사용할 수 없어요. 보통 사람이라도 아까의 아이스크림을 더 빨리 만들고자 한다면 이불을 씌우지 말고 차통을 한 손으로든 양손으로든 잡고 계속 흔들면서 빙글빙글 돌리는 거예요. 즉, 얼음과 마찰시키는 것이니 왼쪽이건 오

---

243) 약 6킬로그램이다.
244) 약 1450밀리터다.

른쪽이건 서로 다른 방향으로 돌려도 괜찮아요. 그렇게 5분 정도 돌리고 나서 뚜껑을 열어 아까처럼 언 부분과 아직 얼지 않은 부분을 잘 섞어 주고 30분 정도 놔두면 아이스크림이 되지요". 고야마 "과연 그렇군요. 기계가 없어도 만들 수 있는 것이었군요. 그 방법대로라면 시골에서든 산속에서든 만들 수 있겠어요. 콘스타치 대신에 일반 전분 가루를 넣어도 상관없나요?" 오토와 아가씨 "일반 전분으로도 만들 수 있어요. 전분을 넣지 않고 연유의 농도를 더 진하게 해서 만들 수도 있지요. 무엇을 넣든지 자유롭게 마음대로 만들 수 있어요". 고야마 "기계가 있으면 어떻게 만드나요?" 오토와 아가씨 "아까의 반죽을 양철로 만든 아이스크림 기계에 넣고 관에다가 아까 만든 방식처럼 얼음과 소금을 넣은 다음 20분 정도 빙글빙글 돌려서 만들지요". 고야마 "기계는 얼마 정도 하나요?" 오토와 아가씨 "작은 것은 3엔[245] 정도 하지요". 고야마 "우리 집에도 기계를 하나 사다 놔야겠군요. 더 상등의 아이스크림을 만들려면 어떻게 하면 되나요?" 오토와 아가씨 "상등이라고까지는 말씀드릴 수 없지만, 달걀노른자 2개에 설탕 2큰술을 잘 섞어서 알갱

---

245) 현재 가치로 약 15000엔.

이가 남아 있지 않도록 한 다음, 우유 2홉[246]을 천천히 부어 가면서 그걸 중탕해요. 끈적끈적해지면 불에서 내려 레몬유를 1작은술 가볍게 섞은 뒤 기계에 넣지요. 하지만 이렇게 만든 것도 아직 정식으로 아이스크림이라고 부르기는 어려워요". 고야마 "오, 그렇군요".

---

246) 약 360밀리터다.

64. 상등의 품질

오토와 아가씨 "아이스크림이라고 부르기 위해서는 신선한 크림이 들어가야 해요. 가장 보편적인 방법으로는 달걀노른자 2개, 설탕 2큰술에 1홉[247]의 우유를 섞어서 중탕한 다음 불에서 내렸을 때 1홉의 크림과 레몬유나 기타 향신료를 넣고 굳혀요. 이걸 더 상등품으로 만들려면 크림만 2홉[248]에 설탕 3큰술을 넣고 중탕을 하지 않고서도 거품이 만들어지니까 그대로 향료를 넣고 굳히는 거예요. 이 방식으로 만들면 달걀도 우유도 필요없지요". 고야마 "그렇군요. 그래서 음식 이름이 아이스크림이 된 것이로군요. 그럼 세간에서 파는 것은 아이스크림이 아니라 아이스 밀크라고 불러야 하겠습니다. 아하하. 그런데 오토와 씨, 저는 이런 이야기를 들은 적이 있습니다. 도쿄의 어느 얼음 가게 주인이 아주 맛있는 아이스크림을 만들어서 평소 손님들에게 꽤나 자랑을 했다고 하더군요. 그 집에 서양에 다녀온

---

[247] 약 180밀리터다.
[248] 약 360밀리터다.

적이 있는 신사가 와서 당신 가게의 아이스크림이 아주 맛있다고들 하는 모양인데 선물로 사 가려고 하니 5인분만 종이에 포장해 주시게 하니 주인은 묘한 얼굴로 예? 무엇에 포장하라고요? 종이에 말씀입니까? 농담하지 마시지요. 종이에 싸면 아이스크림이 다 녹아 버릴 것이 아닙니까? 하고 웃었다고 합니다. 신사도 묘한 얼굴을 하고선 아이스크림이 맛있다고 해서 선물로 가져가려고 사러 왔는데 종이에 포장할 수도 없는 하등품 아이스크림이라면 필요 없네 하고선 그대로 돌아갔다고 합니다. 저는 그런 일도 다 있나 하고 들어 넘겼지만, 상등의 아이스크림은 종이로 싸도 전혀 녹지 않습니까?" 오토와 아가씨 "호호호, 종이로 싸는 것뿐만이 아니지요. 쇠를 달궈서 아이스크림 위에 모양이나 글자를 찍어 손님에게 내가는 경우도 있는걸요. 물론 그건 전문 요리사가 손님에게 낼 때 하는 것이라 일반 사람들로서는 할 수 없는 것이기도 하지만, 대부분의 경우에는 아이스크림을 무처럼 5분[249] 정도의 두께로 나이프로 썰어 양철 틀 안에 쌓았다가, 마지막에 틀을 빼고 파인애플 모양으로 장식해서 나가기도 하지요. 그런 아이스크

---

[249] 약 15밀리미터다.

림이라면 서양 종이로 감싸서 가까운 곳에 가져가도 그렇게 금방 녹아내리지는 않을 거예요". 고야마 "와, 깜짝 놀랐습니다. 그런 아이스크림도 역시 아까 같은 방법으로 만든 것인가요?" 오토와 아가씨 "아니요. 두 배로 더 손이 가는 방식이지요. 우선 아까 같은 방식으로 재료를 배합해 기계 안에 넣고 잘 굳힌 다음, 재료가 든 양철통을 얼음 속에서 꺼내서 통 안의 아이스크림을 긁어내고 그걸 다시 다른 양철통으로 옮겨 담아요. 이번에는 그 통을 얼음과 소금 속에 파묻고 모포나 혹은 수건 등으로 공기가 통하지 않도록 잘 덮어 두고 1시간 정도 지나면 통 속의 아이스크림은 두드려도 깨지지 않을 정도로 단단하게 굳게 되지요. 그걸 양철통 속에서 꺼내어 달군 쇠로 모양을 새기는 것인데, 크림으로 만든 아이스크림이 아니면 불에 달군 쇠를 대어도 모양이 남지 않아요. 크림은 잘 타는 재료이기 때문에 달군 쇠로 그렇게 원하는 모양이나 글씨를 새길 수 있는 거지요. 우유만 많이 넣은 아이스 밀크 같은 경우에는 아무리 달군 쇠를 대어도 그런 모양을 새길 수 없어요. 크림만을 넣어서 만든 아이스크림은 색도 아주 새하얀 색이 나와 아름답지요. 거기에 달군 쇠로 검게 탄 자국을 남기는 것이니까 한층 더 멋있는 장식이 되는 거예요". 고야마 "이런 말씀을 들으니 일본의 아이스크림은 웬만한 서양인들의 아이스크림에는 명함도 내밀지 못하겠군요. 아이스크림이 아니라 아이스 밀크는 더욱 비웃음을 살 것 같습니다. 아이스크림에는 색소나 향료를 넣은 것이 있지요. 그건 전부 같은 방식으로 만드는 건가요?" 오토와 아가씨 "아니요. 꽤나 제조법이 다른 아이스크림들도 있지요. 지금 말씀드린 것처럼 레몬유를 넣은 것이 레몬 아이스크림, 다른 향료를 넣어도 마찬가지로 복숭아나 살구, 딸기나 파인애플 같은 과일은 일단 고운체에 비벼 갈아서 그 과육과 과즙을 아이스크림에 같이 섞어서 만드는 거예요. 바나나는 날것 그대로 체에 갈아서 넣어도 맛있어요. 또는 과일 시럽을 섞어도 괜찮지요. 아이스크림을 낼 때는 이가 시리거나 배가 너무 차갑게 되지 않도록 반드시 웨이퍼라는 과자를 같이 먹도록 되어 있지요".

65. 크림

고야마 "오토와 씨, 저는 이전에 연차(碾茶)[250]로 만든 아이스크림을 다른 곳에서 대접받은 적이 있습니다만, 그건 어떻게 만드는 건가요?" 오토와 아가씨 "그건 크림 2홉[251]에 설탕을 4큰술 넣고 한 번 끓인 다음, 불에서 내릴 때 연차 가루 2큰술을 다른 크림에 잘 섞어서 가루가 뭉치지 않도록 조심하면서 아까 끓인 크림을 조금씩 몇 번에 나누어 섞으며 굳힌 거예요". 고야마 "연차로 만든 아이스크림은 정말 맛있더군요. 또 수박으로 만든 아이스크림도 있는 모양이던데 그건 어떻게 만드는 건가요?" 오토와 아가씨 "그건 아이스크림이 아니에요. 우유도 크림도 들어가지 않은 것인데 그런 건 펀치라고 부르지요. 잘 익은 수박의 빨간 과육만을 면포에 싸서 과즙을 짜낸 다음 과즙 2홉[252]에 설탕 3큰술을 더해 불에 올려 한 번 끓이고 식힌 뒤 차갑

---

250) 연차(碾茶)란 찻잎을 쪄서 비비지 않고 말린 차로, 이것을 가루로 만든 것이 말차(抹茶)다.
251) 약 360밀리리터다.
252) 약 360밀리리터다.

게 굳힌 것이지요". 고야마 "크림이나 우유가 들어가지 않은 것을 펀치라고 하는군요. 그럼 다른 과일로도 펀치를 만들 수 있겠지요?" 오토와 아가씨 "되고말고요. 포도를 2근[253] 정도 그대로 체에 비벼 갈아서 따로 2홉의 물에 설탕을 3큰술 넣고 갈아 낸 포도를 섞어 차갑게 굳히면 되지요. 먹을 때 달걀흰자 2개를 거품을 내어 위에 올려 먹으면 한층 더 맛있어요. 이게 포도로 만든 펀치인데, 사과든 바나나든 같은 방식으로 만들 수 있어요". 고야마 "이건 정말 간단하게 만들 수 있겠군요. 평범한 사람들은 아직 우유조차도 갖추지 못한 집이 적지 않은데, 하물며 크림을 써서 만들어야 한다고 하면 그에 맞는 신선한 크림을 준비하는 건 더 힘들겠지요. 우유에서 크림을 얻는 방법은 전에 여쭤본 적이 있습니다만, 1홉이나 2홉의 크림을 얻기 위해서는 우유를 1되나 2되[254]씩 사야 하니 이럴 때는 어떻게 하면 좋습니까?" 오토와 아가씨 "좋은 우유 가게에서는 크림을 직접 만들어서 팔지요. 우유에서 크림을 얻어 내는 기계가 있어서 그 기계를 써서 크림을 만들어요. 우유 배달을 시킬

---

[253] 약 1200그램이다.
[254] 1되는 약 1.8리터, 2되는 3.6리터다.

때 크림도 같이 배달시킬 수 있어요". 고야마 "1홉에 얼마 정도 합니까?" 오토와 아가씨 "1홉에 30전[255] 정도지요. 하지만 같은 30전이라도 보통 사람들은 크림의 질이 좋은지 나쁜지까지는 파악하기 어려우니까, 자칫하면 나쁜 물건을 사게 되고 말아요. 조금 진한 우유를 가지고 와서는 크림이라고 속여서 파는 경우도 있으니 잘 따져 봐서 수분이 없는 진짜 크림을 사지 않으면 안 되지요. 어떤 요리에 쓰든지 그런 상등의 크림이 아니면 거품이 일어나지 않고 맛도 없어요". 고야마 "그런가요? 한번 사서 확인해 보지요. 하지만 30전의 크림으로 상등품 아이스크림을 만드는 것이라면 꽤나 비싼 요리가 되겠군요". 오토와 아가씨 "그렇지요. 상등품을 쓰고자 하면 한계가 없어요. 크림만으로 만들 때는 향료도 바닐라 스틱이라고 해서 바닐라 씨가 들어 있는 꼬투리를 2개 정도 재료와 함께 담갔다가 아이스크림이 굳기 시작하면 빼는데 다시 모양을 잡아 굳힐 때 프랑스 체리라고 하는 상등의 체리 열매를 넣으니, 작은 컵에 담아낸다고 해도 1인분에 60~70전[256]이나 들지요. 같은

---

[255] 현재 가치로 약 1500엔.
[256] 현재 가치로 약 3000~3500엔.

식으로 보일드 피시를 만들 때에도 물은 쓰지 않고 백포도주만으로 만들고 신선한 버터를 발라 완성하면 1인분에 1엔[257] 이상 재료비가 들어가요. 서양 요리는 상등으로 만들고자 하면 정말이지 끝이 없어요".

---

257) 현재 가치로 약 5000엔.

66. 20전[258] 요리

상등 요리에도 한계가 없고 하등 요리에도 끝이 없다. 고야마는 오토와의 이야기에 하나하나 감동하며 "오토와 씨, 그런 상등 요리는 우리 나라에 적용하기가 쉽지 않으니 아주 저렴한 서양 요리를 손님에게 대접할 수 있는 방법은 없을까요? 예를 들어 아까의 도시락이 한 사람당 20전의 재료비가 들었던 것처럼, 집에서 서양 요리를 만들어서 10명의 손님을 대접한다고 할 때, 한 사람당 20전에서 30전[259]을 들여서 만들 수 있는 요리로는 뭐가 있을까요? 연료비나 인건비는 생각하지 않는다고 하고, 한 사람당 20~30전의 재료비로 서양 요리를 먹을 수 있다면, 이다음에 회사 사람들을 10명 정도 초대해서 간단한 서양 요리를 대접해 서양 요리의 응용법을 천하의 사람들에게 알려 주고 싶습니다" 하는 손님의 새로운 제안에 오토와 아가씨는 잠시 생각하다가 "그러네요. 20전이든 30전이든 만들고자 한다

---

258) 현재 가치로 약 1000엔.
259) 현재 가치로 약 1500엔.

면 안 될 것은 없어요. 우선 20전의 경우를 생각해 보면 열 사람이면 2엔이군요. 그걸로 메뉴를 결정하고자 하면 가장 먼저 만들어야 할 것이 수프인데, 고기로 만든 수프는 재료비가 비싸지니 간단하게 만들 수 있는 토마토 수프를 만들어 보지요. 잘 익은 토마토를 3근[260] 정도 사서 껍질이 있는 그대로 반으로 갈라 씨를 빼내고 냄비에 물은 넣지 말고 토마토만 넣은 뒤 약한 불로 40분간 끓여요. 다른 냄비에 버터를 1큰술 넣고, 콘스타치를 넣으면 상등이고, 없으면 대신 밀가루를 넣어서 만들어도 되는데 맛이 좋지 않아요. 콘스타치를 1큰술 넣고 버터로 잘 볶아서 고야마 씨 댁이라면 만년 수프를 1홉[261] 붓는데 만약 만년 수프가 없다면 뜨거운 물을 1홉 넣어요. 거기에 아까 따로 끓여 둔 토마토를 체에 비벼 갈면 즙과 과육이 많이 나오니까 그것들을 다 아까의 물에 잘 섞어서 소금과 후추를 아주 조금 넣은 다음 설탕을 아주 조금만 넣어서 간을 맞춰요. 수프의 건더기로는 빵을 얇고 작게 잘라서 버터로 구운 다음 수프에 넣어요. 이게 간단한 토마토 수프인데 토마토값이 3근에 18

---

260) 약 1.8킬로그램이다.
261) 약 180밀리리터다.

전262)이라고 하면 다른 재료가 대략 12전263) 정도 드니까 30전이면 만들 수 있지요. 그다음으로는 생선 요리인데 정어리를 구할 수 있으면 정어리로 프리터를 만들어 보지요. 달걀노른자 2개에 소금과 후추를 섞어서 밀가루 4큰술에 물을 약간 넣고 잘 섞어 준 다음 흰자 2개로 거품을 일으켜서 튀김옷을 만들어요. 그 튀김옷으로 정어리를 감싸고, 버터든 샐러드유든 헷토든 기름으로 튀겨서 한 사람당 2개씩 유자 식초 같은 걸 끼얹어서 내지요. 정어리도 비쌀 때와 쌀 때가 있는데 20마리 산다고 했을 때 튀김옷 만드는 비용을 더해서 25전264)이면 만들 수 있겠지요. 세 번째는 고기 요리인데 허벅지의 럼프 스테이크, 즉 럼프265)라는 부위를 100몬메266) 정도 사서 고기 분쇄기가 있으면 그대로 분쇄기에 갈고, 기계가 없으면 비프스테이크를 만들 때처럼 일단 냄비에서 양면을 구워서 도마 위에 놓고 잘게 잘다져요. 생고기는 그렇게 잘게 다져지지가 않기 때문에 일

---

262) 현재 가치로 약 900엔.
263) 현재 가치로 약 600엔.
264) 현재 가치로 약 1200~1300엔.
265) 소의 엉덩이 부위에 해당하는 우둔살을 의미한다.
266) 약 375그램이다.

단 한 번 굽는 거지요. 따로 양파를 잘게 잘라 놓아요. 프라이 냄비에 버터를 1큰술 녹인 다음 밀가루를 1큰술 색이 어두워질 때까지 볶아서 아까 고기에서 나온 육즙이 있으면 그 육즙과 물을 붓고 없으면 물만 부어요. 고야마 씨 댁이라면 만년 수프를 부으면 상등의 브라운소스가 되겠지요. 거기에 아까 잘게 다진 고기와 양파를 넣고 30분 정도 구워서 잠깐 식힌 뒤 둥글게 빚어서 밀가루를 묻혀 달걀을 노른자와 흰자를 같이 섞어서 푼 물에 적신 후 빵가루를 묻혀서 프라이 냄비에 크로켓처럼 튀겨요. 이렇게 간단하게 만드는 크로켓이 40전[267] 정도 들겠네요."

---

[267] 현재 가치로 약 2000엔.

67. 필라프

고야마 "그런 요리는 평소 먹는 요리에 비해 특이하네요. 특히 노인들에게 좋은 것 같군요". 오토와 아가씨 "그렇고말고요. 노인분들의 식사로는 이런 음식이 가장 좋지요. 질긴 고기를 냄비에서 오래 끓여서 부드럽게 만들어 드리는데, 노인분들은 치아가 좋지 않으니 이런 요리를 만들어 드려야 하지요. 그럼 이제 네 번째 요리네요. 고기 요리를 하나 더 내지요. 보일드 브리스킷으로 할까요? 10인분이니까 1근 반[268], 그러니까 27전[269] 정도를 사서 4시간 물에 넣고 푹 끓여서, 늘 그랬듯이 버터에 밀가루를 볶아, 우유 5작[270]에 아까 끓인 고기 육수 5작을 넣고 소금 후추로 간을 해서 끈적끈적한 소스를 만들어요. 감자 찐 것을 곁들여서 고기에 소스를 뿌려 내면 딱 좋은 손님 대접용 요리가 되지요". 고야마 "그건 비용이 얼마나 듭니까?" 오토와 아

---

[268] 약 900그램이다.
[269] 현재 가치로 1350엔.
[270] 약 90밀리리터다.

가씨 "그러게요. 일단 35전[271]이라고 해 두면 될 것 같아요". 고야마 "그럼 수프가 30전에 정어리 프리터가 25전, 크로켓이 40전, 브리스킷이 35전이라고 하면 1엔 30전[272]이 되니 아직 70전[273]이 남는군요. 이 코스에 빵과 버터도 대접하나요?" 오토와 아가씨 "아니요. 빵은 내지 않아요. 대신 다섯 번째로 간단하게 만든 튀르키예식 밥, 즉 필라프[274]라는 요리를 낼 거예요. 우선 버터에 쌀 2홉[275]을 잘 볶아서 아까 브리스킷을 만들 때 육수가 나온 것이 있으니 그 육수 3홉[276]에 소금으로 간을 해서, 아까 볶은 쌀에 당근과 양파를 잘게 잘라 같이 넣고 평소처럼 밥을 지어요.

---

271) 현재 가치로 1750엔.
272) 현재 가치로 6500엔.
273) 현재 가치로 3500엔.
274) 필라프(pilau)란 이란과 튀르키예를 비롯한 서아시아 지방의 요리다. 지역마다 부르는 명칭이 다르지만, 일반적으로 가장 많이 알려진 것이 튀르키예식이라 튀르키예식 이름인 필라프로 부르는 경우가 많다. 곡식 재료를 볶은 다음 그것을 양념을 넣은 육수에 넣어 가열해 조리한다. 지역에 따라 다르지만 다양한 종류의 고기, 채소를 곁들여 넣기도 한다.
275) 약 360밀리리터다.
276) 약 540밀리리터다.

따로 늘 그렇듯이 버터에 밀가루를 볶아서 적당히 갈색이 되면 만년 수프 같은 육수를 조금 넣어 소스를 만들면 상등이지요. 소금과 후추로 간을 해서 소스를 완성한 다음 다 된 밥에 뿌려서 먹으면 정말 맛있어요. 육수가 있는 날에는 곧잘 이 필라프를 해서 먹는데 저희 오빠는 아주 좋아한답니다. 상등으로 만들려면 필라프도 여러 가지 종류가 있지만, 이렇게 간단하게 만들어서 먹으면 10인분을 만들어도 25전[277]이면 만들 수 있지요. 그리고 여섯 번째는 과자를 만들어요. 토스트 푸딩이라고 해서 아주 간단하게 만들 수 있는 푸딩이지요. 달걀노른자 2개에 설탕 2큰술을 잘 휘저어 섞고 우유 1홉 5작[278]을 천천히 몇 번에 나누어 넣으면서 섞어 준 다음 따로 빵 반 근을 8조각 정도로 얇게 잘라서, 오븐용 그릇이나 없으면 덮밥용 그릇에 잘 펼쳐서 놓은 후 그 위에 아까 섞은 달걀 물을 붓고 덴피 속에 넣어 20분 동안 구워 주는데, 구울 때 밑바닥에 철판, 즉 오븐용 양철 쟁반에 물을 담아서 그 위에 빵 그릇을 올려 중탕해서 구우면 밑바닥이 타지 않고 잘 구워져요. 라이스 푸딩이든 어떤

---

[277] 현재 가치로 1250엔.
[278] 약 270밀리터다.

종류의 푸딩이든 간에 이런 식으로 만들면 누구라도 잘 만들 수 있지요. 이걸 10명의 손님들이 자유롭게 드시고 싶은 만큼 가져가시도록 하면 아마 10인분에 18전[279] 정도 들 거예요". 고야마 "이렇게 1엔 73전[280]이 되었으니 아직 27전[281] 남는군요. 홍차에 우유와 설탕도 넣어서 대접하지요. 한 사람당 20전[282]으로 이렇게나 좋은 식사가 가능하다면 정말 경제적입니다. 음식점에서 요리 하나를 시켜도 20전쯤 하니 앞으로는 가정 요리로 만든 음식만으로 손님 접대를 하도록 하겠습니다. 20전으로도 이렇게나 만들 수 있으니 한 사람당 30전이 되면 더 상등의 요리를 대접할 수 있겠지요". 오토와 아가씨 "그럼요".

---

279) 현재 가치로 900엔.
280) 현재 가치로 6300~6400엔.
281) 현재 가치로 1350엔.
282) 현재 가치로 1000엔.

68. 30전 요리

 가정 요리는 활용이 중요하다. 자유자재로 수준을 조절해 상등으로도 만들 수 있고 하등으로도 만들 수 있다는 점이 오토와 아가씨의 특기다. 아가씨는 30전으로 만들 코스의 요리들도 금방 생각해 낸다. "고야마 씨, 30전이 되면 다소 조잡하기는 하지만 고기로 수프를 만들어 낼 수 있어요. 저렴하지만 수프로 만들면 딱 좋은 부위가 소의 힘줄 부분이지요. 브리스킷처럼 1근에 18전[283] 정도니까 허리 살을 뼈가 붙은 그대로 2근[284] 사 와요. 그걸 5홉[285]의 물에 넣고, 양파와 당근을 조금 넣은 다음, 약한 불에서 4시간 정도 끓여 가며 거품이 올라오는 걸 제거하면서 전체 양이 2홉 5작[286]이 될 때까지 끓여요. 수프 만들기에서는 불 조절이 어려운데, 너무 세도 안 되고 너무 약해도 맛이 없지요. 처음부터 끝까지 일정한 세기를 유지하면서 끓여야 좋은 맛

---

[283] 현재 가치로 900엔.
[284] 약 1200킬로그램이다.
[285] 약 900밀리리터다.
[286] 약 450밀리리터다.

이 나오는데, 그 점은 부인께서도 잘 알고 계시니 걱정할 것 없겠지요. 댁에는 만년 수프도 있으니 그걸 이용하면 금방 만들 수 있으시겠지만, 만년 수프가 없는 집을 위해서 메뉴를 다시 생각해 보면, 가장 먼저 소의 다리 살로 수프가 만들어졌을 때, 소금과 후추로 간을 해서 밥을 조금씩 살살 넣어 수프의 건더기를 만들어 대접해요. 이렇게 만드는 데 40전[287] 정도 들겠네요. 또 연골에서 골수를 추출해 낼 수 있으면 2근[288]으로 20인분의 맛있는 요리를 만들 수 있지요. 그걸 얻기 위해서는 우선 뼈에 붙은 고기를 따로 떼어 내서 고기와 뼈를 같이 1시간 정도 삶은 뒤, 뼈를 꺼내서 뼈 속에 있는 골수를 빼내요. 뼈는 그대로 다시 수프 속에 넣고 끓이는데, 골수는 토스트한 빵 위에 올려서 소금을 뿌려 먹으면 부드럽고 맛있지요. 이건 요리하는 도중에 덤으로 얻은 선물 같은 거라서 정식으로 손님 대접을 할 때 낼 만한 요리는 아니에요. 수프 다음에는 정어리로 그릴 요리를 만들어 보죠. 정어리의 머리를 잘라 내고 내장을 제거한 뒤 소금과 후추를 뿌려 놔요. 프라이 냄비에 버터를 넣

---

287) 현재 가치로 2000엔.
288) 약 1200그램이다.

고 버터가 약간 녹을 때쯤, 아까의 정어리를 밀가루를 묻혀서 지글지글 소리가 나게 굽지요. 한 사람당 2개 정도 내는데 레몬이나 귤 식초나 없으면 유자라도 즙을 뿌려서 내면 더 맛있지요. 이게 20전[289] 정도 들어요. 세 번째로는 토마토를 찐 요리인데 치킨 시푸드 토마토라고 해요. 우선 어린 수탉으로 250몬메[290] 정도 되는 것을 사서, 그 고기를 고기 분쇄기로 갈면 제일 좋고, 없으면 잘 두드려서 잘게 살을 발라, 양파를 큰 걸로 하나 와사비 가는 강판으로 갈아서 즙을 내어 그 위에 뿌리고, 빵 1조각을 물에 적신 후에 손으로 찢어서 고기와 섞은 뒤, 버터 중간술 1술을 넣고 소금과 후추로 간을 해서 잘 섞어 둬요. 따로 중간 크기쯤 되는 토마토, 즉 1근[291]에 5개 정도 하는 토마토를 뜨거운 물을 부어 가면서 껍질을 벗기고 가운데 씨와 심을 빼내요. 속이 빈 토마토에 아까의 고기 반죽을 넣고 위에 빵가루를 솔솔 뿌린 뒤, 버터를 살짝 올려서 양철 쟁반 위에 올린 후 덴피에 넣고 강불로 15분간 구워 내지요. 이건 보기에도 멋지

---

[289] 현재 가치로 1000엔.
[290] 약 930그램이다.
[291] 약 600그램이다.

고 맛도 좋은 요리예요. 만약 더운 날이라서 뜨거운 요리를 먹고 싶지 않다고 하면 아까의 닭고기를 구워서 잠시 식혔다가 사과를 잘게 썬 것이나 오이, 혹은 파슬리를 잘게 썬 것을 섞어서, 이미 알고 계시는 마요네즈 소스로 버무려서 생토마토 속에 채워 그대로 대접해도 괜찮아요. 이게 10인분에 55전[292] 정도 들지요. 마요네즈 소스로 버무리게 되면 조금 더 비용이 들어가겠네요. 그럼 이제 네 번째로군요. 고기 요리가 좋겠지요? 어떤 걸 만드는 게 좋을까요?" 하고 아가씨는 다시 생각에 잠긴다.

---

[292] 현재 가치로 2750엔.

69. 소의 꼬리

코스의 구성은 잠시 생각할 시간을 필요로 한다. 오토와 아가씨, 생각 끝에 드디어 메뉴를 결정하면서 "네 번째 요리는 값싸면서도 맛있는 소의 꼬리로 만든 스튜로 하지요. 소의 꼬리는 하나에 12전[293] 정도밖에 하지 않으니 10인분을 만드는 데 하나 정도 쓴다고 하면 2개에 24전[294]이군요. 어떻게 요리하느냐에 따라 아주 맛있게 만들 수 있는 요리예요. 꼬리를 자르는 과정이 어려운데, 꼬리뼈의 관절에서부터 1촌[295] 길이로 잘라야 해요. 가는 부분은 어디를 잘라야 하는지 잘 보이지만 꼬리의 두꺼운 부분은 어느 부근이 관절인지 익숙해지기 전에는 알아차리기가 힘들어요. 일단 꼬리를 위에서부터 손가락으로 꾹꾹 눌러 가면서 이 부근이 관절이겠지 하는 부분을 고기 자르는 칼로 자르면 관절이 잘려 나가면서 쉽게 자를 수 있는데, 관절이 아

---

293) 현재 가치로 약 600엔.
294) 현재 가치로 약 1200엔.
295) 약 3센티미터다.

닌 부분을 자르면 고기가 잘 잘라지지 않지요. 이렇게 잘라냈으면 살이 뼈에 붙은 채로 4시간 정도 끓여요. 다른 냄비에 언제나처럼 버터를 녹이고 밀가루를 넣고 볶은 뒤 밀가루가 어느 정도 볶아지면 양파 하나를 잘게 자른 것을 넣고 갈색이 될 때까지 볶아요. 거기에 아까 꼬리를 끓이면서 나온 육수 1홉[296)]과 포도주 1홉을 넣고 소금과 후추로 간을 한 뒤, 꼬리 고기를 넣고 1시간 정도 약불에서 끓여 주지요. 요리를 내갈 때는 뼈가 붙은 그대로 접시에 담은 뒤 빵을 잘게 잘라 튀긴 것을 접시 옆에 곁들여서 내는데, 부드럽게 삶은 꼬리 고기가 얼마나 맛있는지 몰라요. 이렇게 해서 45전[297)] 정도 들겠네요". 고야마 "소꼬리 요리는 저도 몇 번 먹어 본 적이 있습니다만 꽤나 맛있는 요리지요. 또 소의 뇌 부분도 몸에 좋다고 해서 서양인들이 아주 귀중하게 생각하더군요". 오토와 아가씨 "네. 뇌 요리는 두부처럼 부드럽고 맛도 좋은 요리지만 부인들 중에서는 어쩐지 기분 나쁘다면서 먹지 못하는 경우도 종종 있더군요. 서양의 요양소에서는 일주일에 한 번은 반드시 소의 뇌로 만든 요리가

---

296) 약 180밀리리터다.
297) 현재 가치로 약 2250엔.

나오도록 정해져 있다고 해요. 송아지의 머리 고기를 하나 사면 뇌와 혀, 얼굴 부분의 두꺼운 고기를 다 얻을 수 있으니 아주 경제적이에요. 소의 간장(肝臟), 지방에 싸여 있는 신장, 심장, 위 등도 요리법에 따라 맛있게 만들 수 있으니 경제적인 요리를 얼마든지 만들 수 있어요. 익숙해지면 소고기보다도 이런 내장 요리들이 더 맛있게 느껴진다고들 하지요". 고야마 "언젠가 기회가 있으면 내장 요리들도 가르쳐 주시지요. 다음 요리는 뭐가 나옵니까?" 오토와 아가씨 "채소 요리를 낼 차례이니 서양 월과(白瓜)로 요리를 만들어 보지요. 중간 정도 크기라면 2개에 12전 정도예요. 껍질을 벗기고 반으로 갈라 씨를 빼고 뜨거운 소금물에 40분 정도 삶아서 채에 놓고 물기를 확실히 제거해요. 따로 아까처럼 냄비에 버터로 밀가루를 볶고 우유를 붓고 소금과 후추로 간을 한 화이트소스를 아까의 월과 위에 부어서 10인분을 만들어 낸다고 하면 다 해서 25전[298] 정도 들겠지요. 그다음은 마무리 고기 요리라고 해서 가장 마지막에 로스구이 고기 요리나 샐러드가 나오는 경우가 많으니 로스트 포크, 즉 돼지고기 로스구이를 만들지요. 이건 아까 말씀

---

298) 현재 가치로 약 1250엔.

드린 도시락에 넣을 돼지고기 로스구이와 같은 방식으로 만들어도 되는데, 10인분에 2근[299] 정도 쓴다고 하면 44전[300], 다른 재료비를 11전[301] 정도 쓴다고 하면 55전[302]이면 만들 수 있어요. 자, 식사 다음에는 후식으로 과자를 만들어야겠지요. 콘스타치, 즉 옥수수 전분으로 블랑망제를 만들어 볼까요? 우유 2홉[303]에 설탕 2큰술을 넣고 끓이면서 한편으로는 다른 냄비에 콘스타치 5큰술을 우유나 물에 풀어서 끓고 있는 우유에 더해 넣어 준 뒤 끈적끈적해질 때까지 저어 주고 양철 틀이나 덮밥 그릇에 넣어서 물을 담은 큰 그릇 혹은 얼음 속에 넣어 열을 식혀 굳혀요. 한편으로 일본산 복숭아를 졸여서 이 블랑망제 주변에 장식해서 같이 내지요. 손님들이 알아서 블랑망제를 복숭아와 함께 떠먹도록 하는 건데 얼마나 맛있는지 몰라요. 이걸 만드는 데 복숭아값까지 더해서 30전[304] 정도 들겠네요."

299) 약 1200그램이다.
300) 현재 가치로 약 2200엔.
301) 현재 가치로 약 1100엔.
302) 현재 가치로 약 5500엔.
303) 약 360밀리리터다.
304) 현재 가치로 약 1500엔.

* 송아지 머리 고기 하나만으로 다양한 요리를 만들 수 있다. 그중에서 간단하게 만들 수 있는 요리는 다음과 같다.

* 우선 머리 부분의 외피를 벗겨 낸 뒤, 이걸 4시간 정도 끓여서 고기가 부드러워지면 잘게 잘라, 따로 버터 1큰술에 밀가루 1큰술을 볶아 머리 고기 삶은 육수와 우유를 각각 5작[305] 정도 넣고 소금과 후추로 간을 한 화이트소스를 만들어 삶아 둔 머리 고기를 넣고 1시간 정도 약불에서 끓인다. 이것을 프리카제(fricassee)[306]라고 한다.

* 마찬가지로 오래 끓여서 부드럽게 된 머리 고기를 잘게 썰고 따로 프라이 냄비에 버터 1큰술, 밀가루 1큰술을 넣고 갈색이 될 때까지 볶다가 육수를 넣고

---

305) 약 90밀리터다.

306) 프리카제(fricassee)란 고기를 잘게 썰어 졸이다가 화이트소스를 넣어 만드는 프랑스 요리다. 보통 닭고기를 쓰지만, 송아지 고기나 양고기를 사용해 만들기도 하며, 지역에 따라 생선, 조개, 돼지고기, 쇠고기를 넣어 만들기도 한다.

소금과 후추로 간을 해서 브라운소스를 만들어
포도주를 5작 정도 넣고 여기에 아까의 고기를 넣어
약불에서 1시간 정도 끓인다. 이것을 머리 고기
스튜라고 한다.

* 1되의 물에 머리 고기를 넣고 통후추 10개, 컴프리 잎
  2장, 잘게 썬 양파 2개와 약간의 소금을 넣고 4시간
  정도 끓여서 고기는 건져서 잘게 썰고 남은 육수는
  소금과 후추로 간을 해서 체에 걸러 아까의 고기를
  섞은 뒤 젤리 틀 혹은 덮밥 그릇에 넣고 식히면 마치
  상어로 만든 니코고리(煮こごり)[307] 같은 형태가
  된다. 만들 때 삶은 달걀을 같이 넣고 만들어도
  맛있다. 이것을 프로[308]라고 한다.

* 머리 전체를 물 2되[309], 통후추 20개, 컴프리 잎 4장,
  양파 3개, 소금 약간을 넣고 4시간 정도 끓여서
  그대로 접시에 올려 케이퍼 소스[310]를 얹어 먹어도

---

[307] 니코고리(煮こごり)란 생선이나 고기를 삶은 뒤 육수와 함께 젤리처럼 굳혀서 만드는 일본 요리다.

[308] 어떤 요리를 지칭하는 것인지 불명.

[309] 약 3.6리터다.

[310] 케이퍼 소스(caper sauce)란 주로 마요네즈와 레몬즙, 딜(dill) 등의

맛있다. 케이퍼 소스는 버터 1큰술에 밀가루 1큰술을
볶아서 우유 1홉[311]을 넣고 졸인 뒤 소금과 후추로
간을 한 화이트소스에 병에 담아 파는 케이퍼라는
이름의 푸른 콩 모양의 향신료를 20알 정도 넣어서
만드는 것이다.

* 뇌 부분은 소금을 약간 넣은 끓는 물에 5분 정도 삶은
뒤 겉 부분의 얇은 막을 제거하고 뇌 부분을 6등분
정도로 잘라 소금과 후추를 뿌리고 밀가루를 골고루
묻혀 달걀 물을 입힌 뒤 빵가루를 씌워서 기름에
튀기고 따로 버터 1큰술에 밀가루 1큰술을 볶아
토마토소스 5큰술, 육수 5큰술을 넣고 저어 주다가
소금과 후추로 간을 해서 약불에서 20~30분간
끓여서 만든 토마토소스를 곁들여 먹으면 맛있다.
이것을 브레인 프라이(Fried Beef Brains)라고 한다.

재료에 피클로 만든 케이퍼를 넣어 만드는 소스다. 이 중 케이퍼는 본래 지중해 연안에서 자생하는 식물이며, 이 식물의 꽃봉오리를 채취해서 가공해 향신료로 사용하는 것으로 주로 피클로 만들어 먹는다. 케이퍼로 만든 피클 자체를 케이퍼라 부르는 경우가 많다. 본문에서는 마요네즈 대신 우유를 넣어 만드는 화이트소스에 케이퍼를 넣어 만드는 방법을 소개하고 있다.

311) 약 180밀리터다.

* 또 냄비에 물을 끓여서 소금을 약간 넣고 소의 뇌를 넣은 뒤, 20분간 끓여서 건진 다음 얇은 막을 제거하고 아주 잘게 잘라 따로 버터 1큰술에 밀가루 1큰술을 볶은 것에 우유 8작[312]을 넣고 수분감을 더한 뒤 소금과 후추로 간을 한 진한 화이트소스를 만들어서 거기에 아까의 삶은 뇌 고기를 넣고 섞어 한소끔 식힌 후, 적당히 둥글게 빚어 밀가루와 달걀물, 빵가루로 튀김옷을 입혀 기름에 튀긴다. 이것을 브레인 크로켓이라고 한다. 여기에 아까 설명한 토마토소스를 곁들여서 먹어도 맛있다.

* 소의 혀는 3시간 정도 끓여서 겉 부분을 떼어 내고 식힌 뒤 그대로 얇게 잘라 샐러드유, 소금, 후추로 버무려서 먹으면 맛있다.

* 소의 혀를 마찬가지로 3시간 정도 끓여서 겉 부분을 제거한 뒤 따로 아까의 토마토소스를 만들어 그 속에 혀를 넣고 약불에서 1시간 정도 끓인 후, 고기가 적당히 부드러워지면 감자와 당근을 곁들여서 먹으면 맛있다. 이것을 텅 스튜(tongue stew)라고

---

[312] 약 144밀리리터다.

한다.

* 같은 방법으로 조리한 혀를 화이트소스와 함께 먹어도 맛있다.

* 같은 방법으로 조리한 혀를 화이트소스에 넣고 달걀노른자 2개를 넣어 어느 정도 수분이 날아갈 때까지 약불에서 20분 정도 휘저으면서 끓인다. 이것을 우설 프리카제라고 한다.

* 송아지 머리 하나로 고기는 10인분, 뇌 부분은 5인분, 혀는 2~3인분 요리가 가능하니 경제적인 재료다. 양이나 돼지의 머리도 같은 조리법으로 요리를 만들 수 있다. 돼지의 머리 고기가 특히 맛이 좋다.

* 소의 꼬리는 본문에서 설명한 방법 외에도 수프로 만들어 먹어도 맛있다. 소의 꼬리를 본문에 나온 것처럼 잘게 잘라 4시간 정도 끓여서 고기만 발라내고 따로 버터 1큰술에 콘스타치를 1큰술 볶아 스톡으로 만든 육수와 아까 고기를 끓이면서 나온 육수를 2홉 넣고 소금과 후추로 간을 한 뒤 고기를 넣고 약불에서 10분간 끓여서 만든다.

* 앞서 설명한 방법과 같이 수프를 뼈가 붙은 상태의 고기로 만들어도 괜찮다.

70. 법랑 냄비

    고야마 "이렇게 일곱 가지 요리가 준비되었습니다. 자, 처음에 내는 수프가 40전, 두 번째로 내는 전갱이 요리가 20전, 세 번째로 내는 토마토와 닭고기 요리가 55전, 네 번째로 내는 소꼬리 스튜가 45전, 다섯 번째로 내는 월과 요리가 25전, 여섯 번째로 내는 돼지고기 요리가 55전, 일곱 번째로 내는 과자가 30전이니 다 합하면 2엔 70전[313]이군요. 우유를 곁들인 홍차까지 해서 한 사람당 30전쯤이라고 하면 고작 30전만으로도 이렇게 훌륭한 요리를 만들 수 있군요. 손님을 초대해서 음식점의 요리를 2~3품 정도 배달시켜도 50전은 들게 되지요. 집에서 서양 요리를 만들면 30전의 원료로 7품의 코스 요리를 만들 수 있으니 가정 요리를 배우게 되면 한 가정의 경제에 큰 도움이 되겠군요. 처음에 서양 요리를 만드는 도구나 요리책을 사는 비용이 들기는 하지만 그쯤은 아무것도 아니지요. 서양 요리의 도구라고 한다면 이전에 알려 주신 대로 저희

---

313) 현재 가치로 약 13500엔.

집 부엌에서는 거의 대부분 서양 냄비만으로 요리를 만들게 되었는데 하얀 서양식 법랑 냄비들 사이에 밑바닥의 법랑이 조금씩 벗겨진 냄비들이 있었습니다. 그건 왜 그런 건가요?" 오토와 아가씨 "그건 잘못 사용하신 거예요. 제가 처음에 댁의 부인께 서양 냄비 사용법을 잘 가르쳐 드렸지요. 서양 냄비 중에서도 속이 깊은 철로 된 수프 냄비 같은 것은 괜찮지만 법랑 냄비는 화로 위에서도 뚜껑 위에 놓고 쓰기도 하는 냄비인지라 강한 불에 직접 닿아서는 안 돼요. 처음에 막 샀을 때부터 조심하면서 강한 불에는 올려놓지 않도록 주의하지 않으면 점점 법랑이 벗겨질 가능성이 커지게 되지요. 서양에서도 법랑 냄비는 사용하기 까다로운 냄비라고 알려져 있어요. 그 대신에 처음에 주의하면서 길들인 냄비는 오랫동안 사용할 수 있게 되어서 법랑이 그리 쉽게 벗겨지지 않게 돼요. 처음 사용법이 무엇보다 중요한 거지요. 그런데 그런 법랑 냄비를 일본식 풍로 위에 바로 불붙인 강한 불에 올려서 조리하거나 하면 금방 법랑이 조각조각 나면서 벗겨지게 되어 버려요. 그러니 처음에는 조심해서 약한 불에서 사용해야 해요. 같은 법랑 냄비라고 해도 산지와 제조법에 따라 꽤나 성질이 다르니 처음에 살 때 가게에 책임지고 좋은 물건을 가져다 팔도록 주의를 주지 않으면 안 되는데, 요즘 가정 요리에 대한 관심이 높아지면서 서양 냄비나 서양 조리 도구들도 덩달아 같이 잘 팔리게 되면서 질이 나쁜 물건을 높은 가격에 속여서 파는 경우가 늘어났어요. 서양 냄비도 만드는 요리에 따라 필요한 냄비의 종류가 달라지는데, 얇은 법랑 냄비는 화력이 금방 통하니까 두 번 졸여야 하는 조림 등을 만드는 데는 편하지만, 아까처럼 소꼬리를 4시간 이상 오랫동안 끓여야 하는 요리나, 보일드 브리스킷 등을 만들 때는 철로 된 두꺼운 냄비로 만들어야 하지요. 잼을 만들 때에도 두꺼운 냄비로 끓이지 않으면 맛이 없어요. 소스를 만들 때 버터를 녹여 밀가루를 볶을 때도 절대로 법랑 냄비를 사용해서는 안 되지요. 법랑이 바로 벗겨져 버리거든요. 그럴 때 만약 두꺼운 철 냄비가 없다면 큰 프라이 냄비에 만드는 것이 좋아요. 그러니 냄비 가게에서 이건 강한 불로 요리하면 법랑이 벗겨진다거나, 이 냄비는 이럴 때 쓰는 것이 좋지요, 라든가 하는 설명을 해 주면서 팔지 않으면 친절한 가게라고 하기 어려워요. 철 냄비로 주문을 받아도 재료가 부족하니 얇은 법랑 냄비를 속여서 판다든가 하는 불친절한 짓을 하는 상인은 문명사회의 상인이라 할 수 없어요. 무엇보다 요즘에는 철 냄비에 하얀 법랑 같은 칠이 덧대어 있는 경우가 있지마는 이건 법랑과는 성질이 달라요. 어찌 됐건 처음 산 냄비는 길이 들 때까지는 강한 불에 직접 닿아서는 안 된다는 걸 잘 기억하고 있으면 문제없지요". 고야마 "그런 것이었군요. 뭐든지 지식이 부족하면 손해를 보게 되어 있는가 봅니다"
하니 이제야 생활의 가장 중요한 지혜를 깨닫는다.

71. 식육론(食育論)

 생활의 문제를 어떻게 해결하는가 하는 것이 인생의 가장 중요한 문제라는 것은 어제오늘의 일도 아니건만 세상 사람들은 어느 틈에 이런 중요한 사실을 잊어버리고 사는 경우가 많다. 고야마도 깊게 감명을 받아 "오토와 아가씨, 저는 학교에 다닐 때부터 다른 사람들과 달리 이런저런 쓸데없는 다양한 지식을 알아 두는 것이 즐거워 역사상의 지식이든 문학상의 지식이든 뭐든지 머릿속에 집어넣어 왔습니다만, 이제 와서 보니 실용적인 지식은 아직도 거의 쌓아 놓지 않았다는 것을 알게 되었습니다. 이것의 원인 중 하나는 우리 나라의 교육 방법이 잘못된 탓이라 실제로 필요한 지식은 거의 아는 것이 없는 지식인들만 잔뜩 만들어 내기 때문이지요. 이제부터 어린 학생들을 교육하는 사람들은 이 점에 주의를 기울이지 않으면 안 되겠습니다". 오토와 아가씨 "그렇고말고요. 저 같은 사람이 여자의 몸으로 교육에 대해 이러쿵저러쿵 말을 하는 것이 주제넘은 것일지 몰라도 평소 오빠는 이렇게 말하곤 했어요. 요즘 세상에서는 체육론(体育論)과 지육론(智育論)이 서로 논쟁을 하고 있지만, 그건 다 정도에 따른 문제에 불과하고 지육, 체육, 덕육의 세 가지 가치는 단백질과 지방과 탄수화물의 관계처럼 정도와 비율을 생각해서 조절하지 않으면 안 된다고요. 하지만 지육이나 체육보다 우선적으로 가장 중요한 식육(食育)에 대해서 연구하지 않는 것은 어리석음의 극치라고요. 동물을 길러 보면 무엇보다도 식육의 중요성에 대해 깨닫게 되지요. 닭을 기를 때도 사료가 좋지 않으면 좋은 달걀을 만들어 내지 못하지요. 소를 기를 때도 사료가 좋지 않으면 좋은 우유를 만들어 내지 못해요. 말을 기를 때도, 돼지를 기를 때도, 식육의 여부에 따라 결과가 크게 달라지게 되지요. 인간도 이와 같아서 체격을 좋게 하려면 골격 형성에 도움이 되는 좋은 음식을 먹어야 하고 두뇌를 계발하기 위해서는 뇌에 충분히 영양을 줄 수 있는 음식을 먹어야만 해요. 그러니 체육의 근본도 음식에 있고, 지육의 근본도 음식에 있지요. 그렇다면 체육보다도 지육보다도 식육을 더 중요시해야 하지 않겠는가 하는 거예요. 조금 독특한 의견일수도 있지만, 휘파람새를 길러서 좋은 소리를 내게 하려면 새의 모이로 맛있고 영양도 풍부하고 새가 소화하기 편한 모이를 주지요. 사람도 이와 같아서 좋은 지혜를 만들어 내기 위해서는 그에 맞는 좋은 음식을 먹지 않으면 안 돼요. 채소를 기를 때도 비료가 중요하지요. 사람도 비위생적이고 조악한 음식만 잔뜩 먹게 되면 신체도 정신도 제대로 발달할 수가 없으니 모두들 식육이라는 가치를 중요하게 생각해야 해요. 아기를 우유로 키우는 사람들은 조금만 위장이 나빠져도 어머나 아기가 설사를 하네, 분명 우유 가게에서 소에게 독초만 먹여 기른 탓이겠지, 우유 가게에 뭐라고 한마디 해야겠어 하면서 그때만 식육의 중요성을 깨닫다가, 아이가 좀 더 크면 어른과 같은 음식을 먹이고서도 전혀 걱정조차 하지 않아요. 발달이 다 끝난 어른과 아직 성장 중인 어린이는 먹는 음식의 배합도 그에 맞게 바꿀 수밖에 없지요. 또 어른이 되어도 여전히 먹는 음식으로부터 큰 영향을 받게 돼요. 두뇌가 발달해 우수한 인종이 될수록 먹는 음식의 영향을 더 민감하게 받는다고 하지요. 예를 들어 개는 썩은 고기를 먹어도 아무렇지 않지만 인간은 그런 고기를 먹으면 위장에 탈이 나게 되니 고등 동물이 될수록 먹는 음식의 영향을 더 민감하게 받는 법이에요. 같은 인간이라도 백치나 광인들은 아무거나 먹어도 크게 탈이 나지 않지요. 그건 뇌의 신경을 쓸 일이 거의 없으니 위장도 무신경해져서 하등 동물과 별다를 바가 없게 되어 버렸기 때문이에요. 그렇게 생각하면 무엇을 먹어도 잘 소화한다고 자랑하는 것은 사실 그다지 자랑할 만한 일도 아닌 거지요" 하는 말을 들으니 요즘 세상에 아직도 이런 일로 자랑하는 사람들이 있는 것 같다.

72. 거품기

긴 이야기에 시간이 꽤나 흘러갔음에도 나카가와는 아직 히로우미 자작 댁에서 돌아오지 않는다. 손님인 고야마도 지루해져서 "오토와 씨, 나카가와는 꽤나 시간이 걸리는 모양이군요. 혹시 자작님이 댁에 안 계신 걸까요?" 오토와 아가씨 "그러게요. 곧 돌아올 것 같긴 하지만 가까운 시일 안에 히로우미 자작님 댁에서 요리 연구회를 열기로 했으니 그 내용에 대한 상의까지 같이 하고 오시는 게 아닌가 싶네요. 지루하시지요? 제가 지금부터 커피를 내려서 커피 케이크를 만들어 드릴 테니 잠시만 기다려 주세요. 실례하겠습니다" 하고 일어나 부엌으로 들어가려 한다. 고야마도 오토와 아가씨와 친한지라 스스럼없이 대접을 받아들이며 "이렇게 여기서 앉아 기다리는 것보다 같이 부엌에 가서 오토와 씨가 케이크를 만드는 것을 구경하고 싶군요"라고 말하며 자기도 같이 부엌으로 따라 들어간다. 오토와 아가씨는 하녀와 함께 과자를 만들 준비를 하기 시작한다. 고야마도 멍하니 보고 있지만 않고 "오토와 씨, 서양과자는 커피를 마실 때 곁들이는 과자와 홍차나 초콜릿을 먹을 때 곁들이는 과자가 서로 다른가요?" 오토와 아가씨 "네, 다르지요. 커피는 맛이 진하니 맛이 담백한 과자를 곁들이고 홍차는 맛이 담백하니 맛이 진한 과자를 곁들이지요. 같은 카스텔라라고 해도 커피와 먹는 카스텔라는 버터가 들어가지 않은 것을 내고, 홍차에는 버터가 들어간 케이크를 곁들여요. 제가 지금 만드는 케이크는 카페 케이크라고 해서 커피와 함께 먹는 케이크인데 카스텔라보다 한층 더 폭신폭신한 아주 부드러운 케이크예요. 만드는 순서를 잘 보세요. 달걀 4개를 깨서 흰자는 따로 두고 4개분의 노른자에 체로 친 설탕을 섞는데 남아 있는 설탕 알갱이가 없도록 잘 섞어요. 따로 밀가루 5큰술과 베이킹파우더 1큰술을 체로 쳐 두지요. 밀가루 5큰술에 베이킹파우더를 1큰술 넣는 것은 비교적 베이킹파우더의 비율이 높은 편인데, 다른 과자들 중에서는 이렇게 베이킹파우더를 많이 넣는 경우는 없어요. 이렇게 체로 친 밀가루와 베이킹파우더를 아까의 달걀 노른자에 넣고 섞는데, 너무 많이 섞어 주면 밀가루에 끈기가 생겨서 과자가 잘 부풀지 않게 되니 가능한 한 가볍게 섞어 줘야 해요. 거기에 우유 1큰술을 넣고 약간 따뜻하게 데운 뒤 아까 따로 놓아두었던 흰자 4개를 거품 내서 섞어 주지요. 고야마 씨는 제가 새로 산 거품기를 아직 한 번도 보신 적이 없으시지요? 이건 최신식인데 아직 우리 나라에서는 팔지 않아요. 옛날 것보다 아주 쉽게 거품을 만들 수 있지요. 보시다시피 어떤 특별한 장치가 있는 것도 아니에요. 봉의 끝에 철사로 스프링 모양을 만들어서 붙인 것뿐인

걸요. 이걸로 거품을 내면 끝이 스프링 모양이기 때문에 잡은 손으로 아래쪽에 힘을 주면서 거품을 내면 회오리 모양으로 거품이 만들어지고 손에 힘을 빼면 스프링이 다시 원래대로 돌아오게 되지요. 이 탄력성이 철로 된 거품기의 장점인데, 몇 번이고 사용해도 원래의 모양이 망가지는 경우가 없어요. 이걸로 거품을 만들 때는 속이 깊은 그릇에 흰자를 넣고 봉에 힘을 주었다가 뺐다가 하면서 끈기 있게 같은 동작을 반복하면 거품이 만들어지게 돼요. 그렇게 하면 흰자가 스프링 사이에 들어가서 거품기가 늘어났다 줄어드는 동안 이전보다 빨리 거품이 만들어지니 만드는 사람의 손도 이전보다 훨씬 고생을 덜게 되는 거예요. 또 누가 사용해도 절대로 실패하지 않고요. 다른 거품기로 흰자 거품을 만들 때는 30분 이상 저으면 점점 거품이 단단해지면서 손이 굉장히 아파 오는데, 이건 그저 위아래로 누르기만 하면 되니 손이 전혀 아프지 않아요. 자, 이렇게 거품이 잘 만들어졌어요" 하니 손과 입이 동시에 바쁘게 움직인다.

73. 거품 만드는 법

    신식 거품기를 본 고야마는 여러 번 감탄의 한숨을 내쉬며 "과연, 문명의 도구들이 매해 발전하고 있으니 사람의 수고도 점점 덜게 되는군요. 서양 요리는 너무 손이 많이 간다고 불평하는 건 문명의 도구들을 사용하지 않았기 때문이니 일본 요리처럼 덴포 시대의 도구만 사용하면서 만드는 건 오히려 점점 더 손이 가게 되기 마련이지요. 저는 이전에 바퀴가 달린 거품기를 보고 아주 편리하겠다고 생각했는데 이건 더 편리하군요. 우와, 벌써 거품이 단단하게 만들어졌군요. 눈 덩어리 같아요". 오토와 아가씨 "네, 이렇게 거품기를 들어 올리면 눈을 쓸어 담은 빗자루처럼 앞쪽에 거품이 잔뜩 붙는데 많이 붙을수록 금방 말라 딱딱해지지 않지요. 카스텔라를 만들 때도 거품을 제대로 만들지 못하면 덴피 안에서는 카스텔라가 부풀어 올라도 덴피 밖으로 빼내면 금방 쪼그라들지요. 거품이 단단해진 다음에 반죽과 섞어서 구워야 덴피 밖으로 꺼내도 빵이 무너지지 않아요. 고야마 씨는 댁에서 카스텔라를 만들어 드시나요?" 고야마 "네, 가끔씩 만들어 먹지요. 최근에 대여섯 번 정도 실패를 한 적이 있었는데 그다음부터는 잘 만들 수 있게 되었지요. 하지만 어쩐 일인지 오토와 씨께서 만들어 주신 카스텔라처럼 맛있지는 않더군요. 많이 부풀어서 꽤나 맛있게 되어도 오토와 씨께서 만드신 것과는 맛이 미묘하게 다르더군요". 오토와 아가씨 "베이킹파우더를 조금 섞으면 누구라도 쉽게 카스텔라를 만들 수 있지만 맛을 결정하는 것은 달걀뿐이지요. 베이킹파우더는 사용하시나요?" 고야마 "아니요. 베이킹파우더는 넣지 않았습니다. 당신께 배운 대로 달걀과 설탕을 섞어 잘 거품을 낸 다음 밀가루를 아주 약간 넣고 덴피에서 구웠지요". 오토와 아가씨 "그럼 분명 거품이 너무 단단하게 만들어졌기 때문일 거예요. 날씨가 더울 때는 쉽게 거품이 너무 단단해져서 부풀어 오르게 되니 맛이 없어지게 되지요. 제가 만들어 드린 것보다 분명 더 많이 부풀지 않았나요?" 고야마 "네, 더 많이 부풀었지요. 그리고 카스텔라 안쪽의 구멍이 당신이 만드셨던 것보다 더 많았습니다. 지금 설명하신 걸 들으니 과연 말씀하신 그대로라 부끄럽군요. 아내가 거품을 만들 때 팔이 아파 와서 좀 더 쉽게 만들 수 있는 방법이 없을까 하고 다른 사람에게 이것저것 물어봤더니 약한 불 위에서 거품을 만들면 쉽게 거품이 만들어진다고 한 사람이 있어 그대로 따라 한 모양입니다. 따뜻한 곳에서 만드니 보통은 30분이 걸릴 것이 20분 만에 완성되더군요. 다시 말해, 거품을 너무 크고 단단하게 만들었나 봅니다". 오토와 아가씨 "그건 좋지 않아요. 따뜻한 곳에서 만들지 않아도 여름에는 겨울보다 거품이 너무 빨리 만들어져서 못쓰게 되니 서늘한 곳에서 천천히 만들지 않으면 맛이 안 좋아지고, 인내심이 없어 빨리 만들게 되면 거품이 거칠어지고 촘촘한 구조를 가지지 못하게 되니 맛이 아주 안 좋아지지요. 너무 추운 날에는 따뜻한 곳으로 가져와서 거품을 만들기도 하지만 여름에는 아주 시원한 곳에서 만들지 않으면 거품의 질이 조잡해져요. 그 대신에 서늘한 곳에서 오랫동안 천천히 만들어 보세요. 뭐라 표현할 수 없을 정도로 맛있는 카스텔라가 되거든요". 고야마 "그런 거였군요. 역시 편하게 하고자 하면 제대로 되기 어려운 법이군요. 그런데 지금 만드신 흰자 거품은 어디에 쓰실 겁니까?" 오토와 아가씨 "한번 보세요. 이 거품을 조금씩 노른자와 섞어 놓고 거가에 밀가루를 하늘하늘하게 채로 쳐서 뿌리고 반죽에 같이 섞어요. 원래 흰자는 미끌거려서 갑자기 섞으면 잘 섞이지 않지만, 밀가루를 조금씩 눈 내리듯 뿌려 주면서 섞으면 밀가루가 흰자에 달라붙으면서 잘 섞이게 되지요. 흰자도 조금씩 섞어야 해요. 흰자를 한꺼번에 섞으면 안 돼요. 조금씩 나눠서 섞어 주면서 따로 철판, 즉 양철로 된 구이용 틀의 한 면에 버터를 바르고 지금 만든 반죽을 넣은 뒤 덴피에서 15분간 구워 줘요". 고야마 "이걸 만들 때는 반죽을 넣기 전에 종이를 깔아 주지 않아도 됩니까?" 오토와 아가씨 "쉽게 부풀어 올라서 나중에 틀에서 빼기 어렵지 않기 때문에 종이는 깔아 주지 않아도 괜찮아요".

* 달걀 거품 만드는 방법은 처음에는 힘을 주지 말고 거품기를 돌리다가 점점 거품이 단단해지기 시작하면 힘을 주면서 거품을 만드는 게 좋다. 신선한 달걀은 금방 거품이 만들어진다. 반대로 오래된 달걀은 거품이 잘 만들어지지 않는다.

74. 커피 케이크

 오토와 아가씨는 덴피 안에 아까의 재료들을 넣으면서 고야마를 뒤돌아보며 "고야마 씨, 불 조절하는 걸 잘 봐 두시는 게 좋아요. 덴피 위의 불은 한가운데를 비워 두고 가장자리에 불씨를 여러 군데 뿌려 놓아서 꺼지지 않도록 하지요. 풍로는 불을 줄인 다음 구멍을 80퍼센트 정도 닫아 둬요. 덴피 속에 손을 넣어 보세요. 아래 풍로의 불은 약하고 위의 불은 강하지요? 이 상태로 불을 조절하는 것이 가장 중요해요. 이렇게 덴피 안에 손을 넣어도 될 정도로 유지하다가 덴피 안이 완전히 따뜻해져서 그 온도가 유지되기 시작하면 반죽을 담은 철판을 안에 넣고 문을 닫아요. 불을 올리자마자 넣으면 안쪽이 아직 덜 따뜻해서 잘 익지 않게 되지요. 특히 막 불을 피운 탄을 얹었을 때는 금방 덴피 위에서 불이 꺼진다거나 혹은 갑자기 불씨가 살아나거나 해서 온도가 도중에 변하지 않도록 조심해야 해요. 덴피에서 요리를 할 때는 무슨 요리든 일정하게 온도가 유지되도록 조심하지 않으면 잘 만들 수 없지요" 하면서 하나하나 자세하게 설명을 하는 동안 10분 정도가 지나 덴피 안쪽에서 맛있는 냄새가 스며 나오기 시작한다. 오토와 아가씨는 덴피의 문을 살짝 열고 안쪽을 살펴본 뒤, "고야마 씨, 여기

를 좀 보세요. 아무리 온도를 일정하게 맞추려 했다고 해도 탄의 크기가 다르니 앞에 있는 탄은 빨리 타서 없어지고 뒤쪽에 있는 탄은 늦게 타게 되지요. 그럴 때는 덴피 안에 바람이 들어가지 못하도록 한 다음 문을 조금 열어 안에 있는 철판을 꺼내어 방향을 반대로 돌려 준 다음 차가운 공기가 들어가지 못하도록 재빨리 문을 닫아요". 고야마 "오호, 그렇게 빨리 하시니 밖으로 나온 빵 반죽이 쭈그러들지 않는군요. 저희 집에서는 빵이 다 구워질 때까지 절대로 덴피 문을 열지 않도록 하고 있었습니다". 오토와 아가씨 "처음에는 그 방법이 가장 안전하지요. 하지만 점점 익숙해지면 자유롭게 바깥의 찬 공기가 들어가지 않게 막으면서 반죽을 빼서 확인할 수 있게 되지요. 자유롭게 열어서 확인하게 된다고는 하지만 천천히 열고 빼서 확인하는 게 아니에요. 찬 바람이 들어가지 않도록 얼른 빼서 확인하는 거지요. 또 반죽의 배합이 좋지 않으면 이렇게 재빠르게 확인하고 닫아도 금방 반죽이 쭈그러들면서 무너지게 돼요. 반죽의 거품이 단단하게 만들어져 있으면 이렇게 잠깐 열어서 확인하는 것 정도는 괜찮아요. 처음에 만들 때는 아무래도 반죽의 거품이 단단하지 못하고 덴피를 재빠르게 열고 닫는 것이 어려우니 15분 구워야 하는 것은 15분, 20분 구워야 하는 것은 20분 동안 덴피 문을 계속 닫아 두는 것이 좋지만 점점 익숙해지면 도중에 잠깐 꺼내서 추가로 여러 가지 조절을 할 수 있게 되지요" 하고 이야기하는 중에 과자가 다 구워져서 덴피에서 꺼내며 "고야마 씨, 꽤나 크게 부풀었지요? 댁에서 만드신 카스텔라보다 3~4배는 더 크게 부풀지 않았나요?" 고야마 "정말 크게 부풀었군요". 오토와 아가씨 "베이킹파우더가 들어가지 않은 카스텔라도 꽤나 부풀어 오르는데, 베이킹파우더를 넣은 케이크는 이렇게나 더 많이 부풀게 되지요. 드셔 보시면 아주 부드럽고 가벼워서 얼마든지 드셔도 위에 부담이 가지 않아요. 이건 커피와 함께 내는 케이크라서 보통은 커피 케이크라고도 부르지요. 마침 커피도 다 만들어졌네요. 응접실로 돌아가셔서 한 조각 드셔 보세요". 고야마 "그냥 여기서 바로 한 조각 먹어 보지요. 그 대신에 다른 요리를 하나 더 보여 주셨으면 합니다. 이 커피 케이크는 베이킹파우더가 들어갔으니 누가 만들어도 실패할 일이 없겠군요". 오토와 아가씨 "아주 잘 만들지는 못할지라도 누구라도 실패할 일은 없지요. 빵의 기공이 너무 크게 남았다거나 맛이 너무 진하게 만들어진 것은 잘못 만든 것이지만 잘 만든 것은 빵의 기공도 크기가 일정하지요". 고야마 "이다음에는 차와 어울리는 과자를 만들어서 보여 주셨으면 좋겠습니다만. 커피에 곁들이는 케이크가 있는 만큼 차에도 어울리는 케이크가 있습니까?" 오토와 아가씨 "그럼요. 티 케이크라는 케이크가 있어요. 간단하게 만들 수 있는데 아까 알려 드린 컵케이크 반죽에다가 밀가루의 반만큼 쌀가루를 넣어서 만드는 케이크인데 정식으로 만들려면 이스트를 넣어서 만들어야 하기 때문에 손이 가게 되지요".

75. 차에 곁들이는 과자

 우리 나라에서는 그저 모두 통틀어 차과자(お茶菓)라고 부르지만 서양에서는 홍차에 곁들이는 과자와 커피에 곁들이는 과자의 품질을 확실히 구분할 뿐 아니라 위생 관리법 역시도 정해진 법칙이 있다. 오토와 아가씨는 조금도 수고롭게 생각하지 않고 "홍차를 마실 때 내는 케이크로는 티케이크 이외에도 버터케이크를 내면 맛도 좋고 차와도 어울리지요. 이왕 덴피에 탄을 올린 김에 하나 만들어서 보여 드릴게요. 이건 카스텔라보다 더 묵직한 느낌의 케이크인데요, 맛은 카스텔라보다 훨씬 더 맛있어요. 그 대신에 버터는 반드시 상등품 버터를 써야만 하지요. 냄새나는 질 나쁜 버터를 쓰면 맛도 안 좋을 뿐 아니라 소화도 어려워서 체하기 쉽거든요. 버터케이크를 만드는 방법은 여러 가지가 있지만 누구라도 쉽게 만들 수 있는 방법을 알려 드릴 테니 잘 보세요. 달걀 5개의 노른자만을 대접에 따로 담아요. 이런 재료를 다룰 때는 대접이 가장 좋지요. 달걀 1개에 설탕을 가볍게 1스푼 정도의 비율이니까 5개면 5스푼을 넣고 나무 주걱으로 거품이 거칠게 생기지 않도록 살살 저어서 풀어 줘요. 여기에 버터를 3큰술 넣고 다시 잘 섞이도록 저어 주지요. 이번에는 밀가루를 10큰술 넣어 주고 베

이킹파우더를 반 큰술 넣어 주는데 아까 만든 커피 케이크보다 베이킹파우더가 적게 들어가서 커피 케이크가 밀가루 대비 5:1 정도라면 버터케이크는 20:1 정도지요. 즉, 버터케이크는 달걀 1개에 밀가루가 2큰술, 베이킹파우더는 10분의 1큰술, 버터가 가볍게 반 큰술 정도의 비율이라고 외워 두면 편리해요. 이렇게 밀가루와 섞은 베이킹파우더는 체로 쳐서 늘 그렇듯이 아까의 노른자와 섞어 두고 5개분의 흰자를 잘 거품 내어 몇 차례에 나눠서 아까의 노른자와 섞은 밀가루를 넣어 주면서 섞어 둔 다음 철로 된 케이크 틀에 버터를 발라 아까의 반죽을 넣고 약 40분간 덴피에서 구워 내요". 고야마 "40분이나 굽나요? 아까 만든 케이크보다 꽤나 긴 시간 구워야 하는군요". 오토와 아가씨 "질감이 묵직한 케이크는 아무래도 굽는 데 시간이 걸려요. 그 대신에 이런 케이크는 갓 만들었을 때보다 만들어서 하루 정도 놔둔 후에 먹는 것이 더 맛있지요". 고야마 "과연. 그게 홍차와 함께 먹는 과자로군요. 커피는 여름에는 일부러 차갑게 마시는 경우가 있는데 홍차도 여름에 일부러 차갑게 해서 마시는 경우가 있나요?" 오토와 아가씨 "네. 더운 여름에는 홍차도 차갑게 식혀서 내지요. 차가운 홍차를 낼 때는 레몬을 얇게 잘라 컵 아래에 깔아 넣고 그 위에 차가운 홍차를 부어서 내는데, 우유와 설탕을 섞어서 식혀서 마셔도 맛있고, 홍차에 설탕만 섞어서 식혀서 마셔도 맛있어요". 고야마 "이런저런 방법들이 있군요. 이 버터케이크도 집에 가서 빨리 만들어 보고 싶습니다. 서양과자라고 하면 만들기 어려운 것처럼 생각하지만 카스텔라 만드는 법과 불 조절하는 법만 잘 알아 두면 간단한 서양과자들은 별것도 아니군요. 카스텔라를 응용해서 만드는 과자들이 더 많이 있나요?" 오토와 아가씨 "그럼요. 많이 있고말고요. 카스텔라 만드는 법만 제대로 알면 맛있는 과자들을 얼마든지 만들어 낼 수 있지요. 먼저 간단한 것부터 차례로 알려 드릴까요? 달걀 3개에 설탕 3큰술로 아까처럼 거품을 단단하게 만들어서 밀가루 3큰술을 넣고 섞은 뒤 보통의 큰 양철 쟁반 안에 철로 된 케이크 틀을 넣고 거기에 종이를 깔고 버터를 바른 다음 만들어 둔 반죽을 넣고 덴피에서 25분 구워 내면 두께가 얇은 카스텔라가 되지요. 그걸 틀에서 꺼내 도마 위에 거꾸로 올려서 케이크를 빼낸 다음 종이를 벗겨 내고 그 벗겨 낸 뒷면에 딸기잼이든 뭐든 따뜻한 물에 담가 부드럽게 만든 잼을 발라서 카스텔라가 부서지지 않게 조심하면서 천천히 둥글게 케이크를 말아 가요. 다 만 다음 아까의 종이로 끝부분부터 감싸서 두면 두꺼운 말이가 되는데 그걸 한 조각씩 잘라 먹으면 카스텔라 말이가 되지요. 이건 잼 롤케이크라고 해서 정말 맛있는 과자예요. 더 두껍게 만들고 싶다면 카스텔라를 두껍게 구워 만들어서 가로로 말던 것을 세로로 말아서 만들 수도 있고 자기 마음대로 바꿔 가면서 만들 수 있지요". 고야마 "과연, 손쉽게 만들 수 있겠군요. 그다음은요?"

76. 카스텔라 과자

오토와 아가씨 "그다음은 두껍게 만든 카스텔라를 가로로 3등분해서 무슨 잼이든 좋으니 잼을 바르고 서로 크기가 딱 맞도록 똑같이 잘라 접시 위에 올려 대접하는 것이 가장 간단한 잼 케이크지요. 또 카스텔라를 자기가 원하는 크기로 잘라서 설탕물과 셰리주를 반반 섞은 것에 적셔 놓고 차갑게 식힌 커스터드 크림을 발라서 먹으면 정말 맛있지요. 셰리주가 없으면 다른 술로 만들어도 좋아요. 묽은 설탕물에 레몬즙이나 폰즈를 넣고 거기에 케이크를 적셔도 좋지요. 커스터드 크림은 이미 알고 계시는 대로 달걀노른자 4개에 설탕 3큰술을 섞어 1홉[314]의 우유를 조금씩 넣어 가면서 잠시 중탕으로 끓이면서 계속 저어 줘요. 흰자는 다른 쓸 곳이 없다면 잘 거품을 내서 같이 섞어 주고요. 이 커스터드 크림을 만들어서 식혀 두면 설탕에 졸인 과일 위나 어떤 과자 위에라도 얹어서 먹으면 아주 맛있는데, 이걸로 카스텔라 푸딩도 만들 수 있어요. 아까 말씀드린 잼 카

---

314) 약 180밀리리터다.

스텔라를 철로 된 틀이나 덮밥용 그릇에 나란히 놓고 거기에 중탕하기 전의 커스터드 크림을 부어서 20분 정도 놔두면 크림이 카스텔라 안으로 스며들게 되지요. 철판, 즉 덴피에 넣는 양철 쟁반에 따뜻한 물을 조금 넣고 그 위에 아까의 덮밥 그릇을 넣고 덴피에서 1시간 정도 구워 내면 잼 카스텔라 푸딩이 되지요. 아니면 솥 안에 물을 넣고 아까의 덮밥 그릇을 넣은 다음 솥 위에 얇은 가제 천을 씌워서 1시간 정도 찌면 되지요. 더 간단히 만드는 방법은 카스텔라에 중탕하지 않은 커스터드 크림을 끼얹고 20분 정도 놔둔 다음 그대로 먹는 방법도 있고, 그걸 덴피에서 1시간 정도 찌면서 구워 내는 방법도 있고, 아까 말씀드린 대로 솥에서 쪄 내는 방법도 있어요. 이것보다 더 상등품으로 만드는 방법은 캐비닛 푸딩이라고 해서 양철 틀이나 덮밥 그릇 바닥에 버터를 바르고 카스텔라를 잘게 잘라 넣은 다음, 그 위에 설탕에 절인 레몬 껍질이나 건포도같이 설탕에 절인 과일을 잘게 잘라 넣고, 그 위에 다시 카스텔라를 깔고 또 그 위에 절인 과일들을 까는 식으로 3단 혹은 4단으로 만든 후 마지막에 맨 위에는 카스텔라를 깔고 중탕하지 않은 커스터드 크림을 끼얹어서 20분 정도 그냥 놔둬요. 그 후에 덴피에서 1시간 정도 구워도 되고 솥에서 쪄도 되는데, 이 케이크에 스펀지 소스를 끼얹어서 먹으면 더 맛있지요. 스펀지 소스는 달걀 1개에 설탕을 가볍게 1큰술의 비율로 노른자도 흰자도 다 한꺼번에 섞어서 중탕하면서 거품기로 저어 가며 만드는 소스예요. 이것 말고도 카스텔라를 이용해서 여러 가지 과자들을 만들 수 있는데 만든 과자는 한 번 차갑게 식혀서 먹는 것이 더 맛있어요. 종류에 따라서는 하룻밤 그대로 놔뒀다가 먹는 게 더 맛있는 것도 있지요". 고야마 "이야, 정말 끝도 없군요. 세간에서는 카스텔라에 하얀 옷을 만들어 씌우고 그 위에 꽃 같은 것을 장식한 걸 자주 팔던데 그건 무슨 과자인가요?" 오토와 아가씨 "그건 퐁당이라는 것을 씌운 것이지요. 퐁당은 설탕 1근에 물을 5큰술 넣고 40분간 약불에서 끓여서 만드는 것인데, 그 만드는 법이 아주 어려워서 두 손가락 사이에 묻히고 손가락을 벌리면 하얀 실이 늘어지는 정도가 딱 좋아요. 그런데 이렇게 잘 만들어지도록 하는 불 조절과 졸임의 정도를 맞추는 게 아주 어렵지요. 그걸 식히면서 나무 주걱으로 끈기 있게 뒤집어 주면 점점 흰색으로 변하게 되지요. 흰색으로 변하고 적당하게 굳으면 나이프로 잘라서 카스텔라 위에 얹어서 내면 퐁당이 되는 거지요".

77. 정어리 요리

 고야마 "그게 바로 그 하얀 껍데기였군요. 그 위에 한 층 더 단단하게 굳힌 설탕으로 꽃이나 잎사귀 같은 모양으로 조각해서 장식해 놓은 것들이 있던데 그건 뭐라고 부릅니까?" 오토와 아가씨 "그건 더 곱게 가루처럼 만든 설탕, 즉 파인 슈거라고 하는 아주 고운 설탕이 있는데, 거기에 달걀흰자를 레몬즙을 조금씩 넣어 가며 거품을 내서 약간 단단해질 때까지 끈기 있게 저어서 그대로 틀에 넣어 굳혀서 만든 것이에요. 그 위에 설탕에 절인 체리나 설탕에 절인 레몬 껍질 등 여러 가지 재료로 장식을 하는 거지요". 고야마 "그런 것을 집에서 만들어 손님들에게 대접하면 참 즐겁겠군요. 저희 집에서는 최근에 슈크림을 만들어서 손님들에게 대접했는데 아주 평가가 좋았습니다. 그런 음식은 처음에 대여섯 번 정도 실패를 하면서 배우는지라 어렵기는 해도 익숙해지면 아주 간단하게 만들 수 있는 요리지요. 요란하게 요리하면서 흰 경단 떡을 만든다든가 오하기 떡315)을 만든다든가 하는 것보다 서양과자를 만드는 게 더 쉽고 간단하지요. 어렵고 귀찮게 여겨지는 것은 아직 익숙하지 않아서 그렇게 생각할 뿐입니다. 익숙하지 않으니까 못하겠다고만 하면 언제까지고 못하게 되지요.

요리라면 일본 요리도 유구한 전통을 가지고 있지만 과자에 관해서는 서양과자에 압도당하게 됩니다. 일본 과자는 팥 앙금과 설탕 맛만 나는 과자뿐으로 그저 모양만 다르게 해서 만들기 때문에 서양인들은 일본 과자는 눈으로 보는 과자, 즉 입으로 먹는 과자는 아니라고들 하지요. 그러니 더욱더 이제부터는 집에서 서양과자를 만들어 먹지 않으면 안 될 것입니다. 아까 말씀하신 퐁당은 하얀 설탕으로 만든 것이지만 그 외에도 초콜릿을 씌워서 만드는 것들도 있지요?" 오토와 아가씨 "네. 초콜릿으로 만드는 퐁당은 초콜릿 1근에 설탕 90몬메316), 물 5큰술을 넣고 40분간 약불에 끓여서 만드는데 다 된 것 같으면 물속에 살짝 떨어뜨려 봐서 엿처럼 굳으면 다 만들어진 거예요. 이건 끈기 있게 될 때까지 만드는 게 아니에요. 그대로 카스텔라에 부어서 만들지요. 하지만 초콜릿의 광택을 만드는 게 어려워서, 불 조절이나 끓이는 방법이 잘못되면 초콜릿의 광택이 사라지게 되지요. 하얀 퐁당을 만들 때에도 퐁당에 광택이 없으면 안 돼요. 이 광택을 잘 내느냐 못 내느냐

---

315) 오하기 떡은 보타모치(牡丹餠)라고도 하는 일본의 전통 떡이다. 멥쌀과 찹쌀을 혼합한 것을 찐 다음 팥 앙금을 묻혀 만든다.

316) 약 337그램이다.

가 고수과 하수의 차이지요". 고야마 "그렇습니까? 저 같은 사람이야 언제나 광택이 없는 것만 봤으니 상등으로 만들면 어떻게 되는지를 알 수 없었지요. 상등품은 빛날 정도로 광택이 납니까?" 오토와 아가씨 "네. 초콜릿으로 만든 퐁당이라도 까만 표면에 반짝반짝 광택이 나지 않으면 안 돼요. 연차(碾茶)317)로 만드는 퐁당도 있지요. 이건 하얀 퐁당을 만들 때 처음에 넣는 설탕 1근에 전차를 2큰술같이 넣어서 만들어요. 카스텔라를 만들어서 흰색, 검은색, 녹색의 퐁당을 만들어 장식하면 보기에도 예쁘고 맛도 세 가지 다른 맛이 나게 되지요. 한번 만들어 보세요". 고야마 "네, 집에 가자마자 바로 만들어 보지요. 오토와 씨, 아까 알려 주신 정어리 요리에 정어리로 만든 프리터랑 그릴이 있다고 알려 주셨는데 정어리는 일본 요리에서도 이런저런 조리법이 있지요?" 오토와 "네 그럼요. 정어리는 그대로 물로 잘 씻어 낸 뒤 버터로 지글지글 튀겨서 먹어도 맛있어요. 또는 스리미(摺身)318)로 만들어서 한

---

317) 말차(抹茶)를 만들기 위한 초벌 차로서 이것을 맷돌에 갈아 내어 고운 가루로 만든 것이 말차다.
318) 스리미(摺身)란 생선 살을 도마에서 잘게 다진 뒤, 절구에 넣어 빻은 것을 말한다.

번 튀긴 걸 다시 맛있게 조린 요리도 있어요. 식초를 끓여서 소금을 넣은 뒤 거기에 정어리를 볶아 넣듯이 조려서 생강으로 만든 소스와 곁들여서 내도 좋지요. 다른 요리로는 정어리에 소금을 뿌리고 3시간 정도 둔 다음 쌀겨 6홉[319])에 소금 4홉[320])을 넣고 깨끗한 물로 달여 그 속에 정어리를 넣고 누름돌로 이틀 꼬박 눌러 두고 꺼낸 다음 겨는 씻어 내고 식초를 쳐서 먹어도 좋고 숯불에 구워도 맛있고, 채소와 함께 조림으로 만들어도 맛있지요. 정어리는 이렇게 요리하면 아주 담백한 맛이 나게 되면서 상등 요리가 만들어지지요. 또 다소 손이 가는 요리이긴 하지만 간장과 미림과 물엿을 섞은 소스에 적셔서 데리야키로 구워도 맛있는데 신선한 정어리로 잘 손질해서 만들지 않으면 살이 부서져서 못쓰게 되지요" 하고 꼼꼼하게 설명을 하는 중에 오빠 나카가와가 드디어 히로우미 자작 댁에서 돌아온다.

---

319) 약 1080밀리터다.
320) 약 720밀리터다.

* 정어리 쌀겨 절임은 처음에 정어리의 머리와 내장을 제거하고 소금에 절여 이틀간 쌀겨 속에 묻어 두는데 하기 전에 따로 쌀겨를 쪄서 누룩과 섞은 뒤 통에 층층이 깔아 두고 그 위에 정어리를 올린 후 다시 그 위에 쌀겨와 누룩을 깔고 정어리를 올리기를 반복해서 마지막에는 가볍게 누름돌로 눌러 둔 뒤 일주일 정도 두면 맛있어진다. 또 만들 때 고추를 4~5개 같이 넣어서 절여도 좋다.

* 정어리 조림을 할 때는 말린 매실을 1~2개 같이 넣어서 졸이면 비린내를 잡을 수 있다.

* 정어리 미소 조림으로 만들어 먹으면 정어리의 독소가 해소된다고 한다. 만드는 방법은 정어리를 통째로 골라 내장과 머리를 제거하고 따로 아카미소[321]를 고운체에 갈아서 준비해 둔 다음 미림과 물을 더해 끈적하게 소스를 만들고 고추를 한두 개 더해 아까의 정어리를 넣고 졸이면 된다.

---

[321] 일본식 된장인 미소는 발효하면서 색이 점점 진해지는데, 아카미소(赤味噌)란 가장 오래 발효해 검붉은 색이 도는 미소를 의미한다.

78. 한 가지 제안

　나카가와가 돌아오자 오토와도 고야마도 부엌에서 뛰어나온다. 오토와 아가씨는 오빠로부터 결과를 듣고 싶어 조바심을 내며 방에 들어가 방석 위에 앉자마자 "오빠, 히로우미 자작님은 뭐라고 하셨나요?" 하며 그저 오하라와의 일만을 신경 쓴다. 나카가와는 만면에 웃음을 띠며 "오토와야, 안심해도 된다. 히로우미 자작님께서 좋은 방법을 생각해 내셨단다. 고야마 군, 과연 히로우미 자작님은 우리보다 훨씬 인생 경험이 풍부하신 분이신지라 우리와는 생각하시는 방법 자체가 다르더군. 오하라 군의 사정을 말씀드리고 이런저런 상황인지라 뭔가 도울 수 있는 방법이 없는지 상의드리니까 그런 일이 있었다면 누구보다 자신에게 먼저 와서 상의를 했어야지, 하시면서 오하라가 그 아가씨와 한집에서 계속 같이 살게 되면 어떤 방법을 써도 소용이 없을 테니, 2~3년 혹은 4~5년간 그 아가씨와 오하라를 떨어뜨려 놓아야 자연히 사정이 변해 그쪽의 마음도 누그러져 일의 형세가 변하게 될 것이라 하셨네. 그 시골 아가씨의 열정이란 일시적인 마음일 뿐이라 하시면서 결코 평생의 각오가 되어 있는 영원한 마음일 리 없다, 그 대신 그런 일시적인 마음은 타오를 때는 아주 뜨겁게 타오르는 법이라 사모하는 마음이 최고조에 있을 때에는 옆에서 누가 뭐라 한들 듣지 않으니 그저 그 두 사람을 멀리 떨어뜨려 놓고 사태가 진정될 때까지 기다리는 수밖에는 없다고 하셨네. 나도 그 아가씨가 너무 극단적으로 생각하고 있다는 것을 알고 있었지만 두 사람을 떨어뜨려 놓을 좋은 방법이 생각나지 않았네. 오다이 선생을 다시 시골로 돌려보내고자 하니 본인은 절대로 돌아가려 하지 않고, 또 혼례의 약속까지 다 끝난 마당에는 집안에서도 전혀 움직여 줄 생각을 하지 않지. 그렇다면 오하라 군을 멀리 보내는 수밖에는 없다는 말씀을 드리고 상의드리니 아주 좋은 제안을 하나 하셨네. 요즘에는 상류층의 사람들도 겨우 가정 교육의 중요성을 깨닫고 가정 교육 연구회 같은 모임을 만들어 가는 중이라고 하네. 히로우미 자작님께서도 그런 모임의 발기인 중 한 분이시지. 하지만 가정 교육의 모범적인 사례들은 역시나 직접 서양에 가서 배워 오지 않으면 안 되는 부분이라, 이제까지는 서양의 학교 교육에 대해서는 충분히 유학을 통해 배워 왔지만, 가정 교육에 대해서는 아직 그렇지 못하다네. 서양의 교육 제도를 연구하기 위해서는 수백 명의 관리들과 학사들이 서양 유학을 떠났지만, 가정 교육을 연구하기 위해 유학을 떠난 사람은 한 사람도 없지. 순서로 따지자면 가정 교육이 학교 교육보다 우선하게 되는데도 요즘 세상은 그 순서가 뒤바뀌어 있는 거야. 어쩔 수 없는 일이었지만, 가정 교육 연구회의 가장 첫 번째 사업으로서 가장 성실하고 근면한 사람을 서양의 가정 교육을 연구하기 위해 파견하지 않으면 안 된다는 의견은 이미 회원들 사이에서 만장일치로 모두 동의를 얻었지만, 그저 그런 사람을 서양에 보내 봤자 불성실한 사람이라면 그저 학비를 낭비하는 결과밖에는 되지 않는다, 하지만 요즘 세상에는 충분히 신뢰할 수 있는 성실한 사람을 찾기가 아주 어렵다, 그런 문제로 회원들이 고민하고 있던 와중에 있었으니 만약 오하라 같은 성실한 사람이 가정 교육 연구회의 의뢰를 받아들여 가정 교육을 연구하기 위해 서양으로 간다면 우선 가정 교육 연구회에 큰 이익이 될 뿐 아니라 우리 나라 전체로 보아서도 우리 일본 전체의 큰 공익이 될 것이다, 오하라 군이야말로 그 일의 적임자다, 연구회의 사람들에게 오하라 군을 추천하면 모두 아주 기뻐할 것이다, 라고 하셨는데 어떤가? 오하라 군을 잠시 서양에 보내는 것이 좋지 않겠는가 하는 자작님의 의견일세. 나도 아주 얻기 힘든 기회라는 생각이 들어 부디 연구회의 회원분들을 자작님께서 설득해 주십시오 하고 부탁을 드렸네만, 만약 성사된다면 그야말로 명안이 아닌가?" 하는 나카가와의 마음에 이제 오하라는 살았다는 안도감이 차오른다. 오토와 아가씨도 마음속의 슬픔이 이 이야기로 모두 잊히는 듯하다. 그러나 혼자서만 아직 냉정한 고야마, "나카가와 군, 조금 더 빨리 진행되었다면 정말 좋은 방법이 되었겠지만 이미 혼례의 약속이 다 정해져 버렸다네. 오하라 군이 서양에 가게 되더라도 아마 혼례를 이미 마친 뒤에 가게 될 거야". 나카가와 "바로 그렇지. 바로 그 부분만 잘 해결할 수 있어서 혼례는 유학을 마치고 돌아온 뒤에 하자고 미룰 수만 있다면 좋겠는데. 이 문제는 자네에게 최선을 다해 막아 달라고 부탁할 수밖에 없네. 자네가 오하라에게 이야기를 해서 혼례 연기를 받아들이고 성사하도록 해 주게" 하고 오빠는 여동생을 위해 최선을 다한다. 여동생 오토와는 그저 아무 말도 하지 못하고 고야마를 보면서 조마조마하게 대답만을 기다린다. 고야마는 차마 거절할 수 없어서 "좋아. 내가 할 수 있는 데까지 해 보겠네" 하고 승낙하니 친구의 이 대답만큼 믿음직한 것이 없다.

79. 식도락 연구회

    고야마의 승낙에 나카가와도 마음이 한결 가벼워진다. 또한 나카가와보다도 오토와 아가씨가 훨씬 더 기뻐서 방긋 웃으며 조용히 일어나 "오빠, 저녁에 뭘 좀 만들어서 고야마 씨를 대접해 드릴까요?" 하니 감사의 마음이 맛있는 요리로 표현된다. 나카가와도 꼭 그 이유뿐만이 아니라 친구와 천천히 세상 돌아가는 얘기를 나누고 싶어져서 "그래. 뭔가 맛있는 걸 만들려무나. 언제나 서양 요리만 차려서 대접했으니 오늘은 오랜만에 일본 요리를 차려서 대접하는 건 어떻겠니?" 오토와 아가씨 "네" 하고 시원하게 대답하고는 총총거리며 부엌으로 사라진다. 고야마는 일단 사양하면서 "아니, 괜찮다네. 아까 막 오토와 씨께 커피 케이크랑 버터케이크를 얻어먹은 참이야. 그나저나 나카가와 군, 히로우미 자작님은 요즘 식도락 연구회를 열어 보고자 하시면서 오토와 씨께 도와 달라 부탁을 하신 모양이던데 오늘 그 얘기도 나눴나?" 나카가와 "아주 많은 이야기가 있었네. 그 얘기가 길어져서 이렇게나 늦게 돌아오게 되었지. 곧 날을 잡아서 식도락 연구회를 열 참이네. 자작님 댁에 사람들을 초대해서 30명 한정으로 식도락가들이 최상의 식도락 모임을 한다는 계획이지. 사실 그 저변에는 다마에 아가씨와 결혼할 데릴사윗감을 찾기 위한 특별한 목적이 있지만, 겉으로 내세우는 명분은 식도락 연구회를 통해 가족들 간의 교류회를 만들자는 것이지. 회비는 한 사람당 2엔[322]으로 하고 그 2엔은 그때그때 식재료와 연료값으로 쓸 예정일세. 요리사 중에서는 식도락회를 계기로 자신의 실력을 갈고닦기 위해 무보수로 모임의 요리를 담당하겠다고 나서는 사람도 있는 모양이고, 회비 이외에 들어가는 기타 경비는 모두 히로우미 자작님께서 부담하시기로 하신 데다가, 정원에 덴피와 풍로를 가져다 놓고 하나하나 손님들 눈앞에서 만들어 주는 것으로 정해졌으니 초대된 손님들에게는 남는 장사지. 거기다가 나는 그날 대접할 최상급 요리들의 메뉴표를 만들어 봤는데, 한 사람당 2엔씩의 비용으로 계산해 보니 꽤나 훌륭한 요리를 만들 수 있더군. 보통의 서양 요리점에서는 좀처럼 먹어 볼 수 없는 훌륭한 요리를 만들 수 있을 것 같아. 이 식도락회가 계속해서 열리게 된다면 소문을 듣고 입회하려는 사람들이 점점 늘어날 거야. 그러니 처음부터 너무 많은 사람들을 받으면 오히려 번잡스럽게 되니 그럴 때는 모임을 몇 단계로 구분해서

---

[322] 현재 가치로 약 1만 엔이다.

첫 번째, 회비 2엔으로 매월 1회 개최, 두 번째는 회비 1엔으로 역시 매월 1회 개최로 하는 거지. 아니면 회비 1엔 50전의 모임도 따로 만들 수 있고, 매번 서양 요리만 먹으면 재미없으니 가이세키 요리를 먹는 모임을 하거나 혹은 각 지역마다 모임을 만들어서 고지마치구(麴町区)323) 식도락 모임도 만들 수 있고, 시바구(芝区)324)의 식도락 모임도 만들 수 있을지 몰라. 그렇게 즐겁게 연구를 해 나가다 보면 자연히 식생활의 개선도 이루어지게 될 터. 그러니 우선 제1회 모임을 히로우미 자작 댁에서 열어서 식도락회의 모범을 천하에 보여 줘야 한다고 생각하네". 고야마 "그건 나도 대찬성일세. 자네가 없는 동안 나는 오토와 씨한테 12전 도시락, 20~30전 서양 요리 등 이런저런 도움이 되는 내용을 들어서 바로 실행해 보고자 하던 참이었네. 나 같은 지위의 사람이라면 1년에 두 번 정도 2엔짜리 모임에 참석하고 매월 개최하는 식도락 모임은 30전 정도로 하면 될 듯하군. 그런데 나카가와 군, 식도락회는 역시 서양 요리만을

---

323) 1878년에서 1947년까지 존재했던 행정 구역으로 현재의 고지마치역(麴町駅) 일대다.
324) 1878년에서 1947년까지 존재했던 행정 구역으로 현재의 시바코엔역(芝公園駅) 일대다.

다룰 생각인가? 때로는 일본 요리로도 식도락회를 열면 좋겠군. 자네의 요리법은 서양 요리 쪽으로 너무 치우쳐 있다는 평이 있어서 말이야. 이 점에 대해서 자네의 의견이 있다면 듣고 싶네만" 하니 떠도는 소문을 신경 쓰는 것은 고야마 한 사람만이 아니다.

80. 요리의 정취

    나카가와는 그 말에 대해 할 말이 많아 "고야마 군, 그 질문에 대답하기 위해서는 우선 사람들의 마음에서 서양에 졌다는 열등감이 없어져야만 한다네. 열등감이라는 건 누구든지 마음에 조금씩은 가지고 있기 마련이지만, 그건 소위 말하는 동물적인 감정이기 때문에, 그런 마음을 가져서는 대상을 공평하게 관찰할 수 없다네. 일본 요리도 고대부터 여러 가지 경험들이 합쳐져서 그 조리법에 자연적으로 위생을 지키기 위한 비법들이 적용된 것들도 적지 않게 있지마는, 재료 하나하나의 위생을 점검하고 정확하게 분할해 조리법이나 배합법을 연구해서 만든 것은 결코 아니라네. 하지만 일본 요리에는 일본 특유의 정취가 있다, 그러니 서양 요리를 배울 필요가 없다고 하는 것은 그저 서양에 졌다는 열등감에서 비롯한 말일 뿐이지. 하지만 그렇다 해서 무엇이든 서양 것만이 옳다 하며 서양 것에만 심취하면서 일본 문화의 좋은 점들까지 다 갖다 버리려는 태도도 바보 같은 태도일 뿐이야. 사물을 공평하게 관찰하고 좋은 점을 취하도록 하는 것이 우리들 문학자의 책임 아니겠는가? 문학자는 결코 세간의 정에 휩쓸려서는 안 되네. 바른 도리를 따라가며 세상 사람들을 이끌어야 하지. 그런데 음식의 문제에 대해서는 서양에서 더 많이 연구하고 있다든가, 일본에서 더 많이 연구하고 있다든가, 이런저런 말들이 있지만 누구의 눈으로 봐도 음식의 위생 면에서는 서양 쪽이 훨씬 더 잘 연구하고 있음을 알 수 있어. 일본 요리보다 서양 요리가 더 진보된 면이 있다고 할 수밖에 없지. 또 한마디로 간단히 서양이라고 하지만 미국과 그 주변 나라들이 있고, 또 유럽과 그 주변의 나라들이 있지. 과자 요리는 미국이 더 발달했고, 소고기나 돼지고기는 영국에서 조리법이 발달했으며, 채소를 적재적소에 사용하는 것은 프랑스 요리의 특기라 할 수 있지. 면(麵) 요리는 이탈리아가 본고장이고, 필라프 같은 쌀로 만드는 요리는 튀르키예에서 비롯한 것이지. 카레라이스는 인도 요리, 생선 요리는 러시아 요리가 맛있는 등 각국마다 각자 장점을 가지고 있어. 우리 나라의 서양 요리는 각국의 장점만을 따서 종합해 만든 것이라 미국인들은 일본에 와 보고는 상당히 맛있는 서양 요리를 먹을 수 있음에 놀라고는 하지. 앞으로도 점점 더 좋은 점만을 흡수해서 각국의 정취가 흐려지도록 하지 않으면 안 돼. 세계의 요리를 일본식으로 바꿔서 일본식 서양 요리를 만들지 않으면 안 되지. 그러기 위해서는 할 수 없이 서양 요리를 토대로 일본 요리나 중국 요리의 장점을 그 위에 혼합해 가는 방법이 가장 좋은 방법이라 생각하네". 고야마 "과연. 그 뜻은 잘 알겠네. 하지만 지금 상황으로는 어느 집이든 매일 서양 요리를 만들어 먹는 집은 거의 없지. 상류층 사람들도 세 번에 한 번 서양 요리를 먹는 정도이니, 삼시 세끼를 서양 요리로 먹는 집은 하나도 없다고 봐도 되겠지. 그러니 일본 요리를 기반으로 거기에 서양 요리법을 적용하는 것이 더 낫지 않겠나?" 나카가와 "현재의 상황으로선 그 방법도 나쁘지 않지. 그러나 장래를 생각해 보게. 일본 요리는 점점 더 서양 요리에 밀리고 있어. 기차를 타도 식당 칸에는 서양 요리뿐이지. 증기선을 타도 상등석이나 중등석은 서양 요리만 나오고 있어. 상류층 신사가 궁정에 초대를 받아 만찬에 참여하게 된다 해도 나오는 것은 서양 요리뿐이 아닌가? 원유회나 친목회, 송별회에서도 점차 일본 요리가 사라지고 서양 요리가 대세가 되어 가고 있네. 이대로라면 몇 년 뒤에는 서양 요리가 우리 사회에서 대유행이 되지 않겠나? 그러니 서양 요리를 연구하려면 지금 시작하지 않으면 안 된다네" 하는 이 사람의 사상은 늘 미래를 바라보고 있다.

81. 식사법

 하지만 설명을 들어도 고야마는 아직도 이것저것 확인하고 싶은 것들이 있어 "그렇지만 나카가와 군, 자네가 평소에 주장하는 바는 가정 요리를 개선하는 것이 아닌가? 그런데 상류층은 이 문제에 대해 아예 모르고, 중류 이하의 가정에서는 서양 요리를 빈번하게 접할 정도로 발전이 이루어지지 못했지. 3년이나 5년 정도의 시간으로는 이런 분위기가 변할 수 있을 것 같지 않아. 그러니 장래를 위해 일본 요리를 발전시켜서 점점 서양 요리에 대해 호감을 가지도록 하는 것도 좋은 방법이겠지. 물론 우리 집에서도 손님이 오시면 가끔씩 일본 요리에다가 한두 가지 서양 요리를 섞어서 내기도 하고 아예 처음부터 다 서양 요리로만 대접하기도 하네. 아까 오토와 씨께 20전 요리[325]나 30전 요리[326] 같은 것들을 배웠으니 오늘부터 조금씩 연습해 보겠지만, 매일매일 서양 요리를 차려서 먹는 건 너무 힘들어서

---

325) 현재 가치로 약 1000엔 정도다.
326) 현재 가치로 약 1500엔 정도다.

갑자기 시작할 수는 없어". 나카가와 "그건 익숙해지지 않았으니 그런 거지. 부엌의 구조부터 자주 쓰는 작은 도구들까지 다 일본 요리에 적합하게 되어 있으니 서양 요리를 만드는 건 어렵다고만 생각하는 거야. 그런 주제에 요즘 대부분의 집에는 대개 서양처럼 식탁이 놓여 있지. 다다미 위에 밥상을 놓고 먹는 대신 방에 식탁을 놓고 식사를 하기 시작했다는 건 큰 진보임에 틀림없어. 여기서 한발 더 나아가 식사로 서양 요리를 먹게 되는 것쯤은 아무것도 아니지. 만약 그래도 서양 요리의 정신이 받아들여지기 힘들다고 해도 나는 일본 요리의 식사법은 가장 안 좋은 식사법이라 생각하네. 왜냐하면 일본 요리는 술을 마시기 위해 식사가 존재하는 방식으로 발전해 온 거지 식사 그 자체만을 위해 발전한 것이 아니야. 그 증거로 밥반찬을 부를 때 안주라는 뜻의 사카나(肴)라고 부르지 않나? 물론 그렇지 않은 반찬도 있기는 하지만 대부분의 일본 요리는 술안주지. 그런 안주를 4, 5개 놓고 집주인과 손님은 작은 술잔으로 조금씩 마시면서 3시간이고 4시간이고 자리에 앉아 식사를 하지. 실로 야만적인 문화가 아닌가? 거기에 서양 요리를 올린다고 생각해 보게. 애써서 만든 요리가 점차 차갑게 식어서 고기의 지방이 하얗게 굳어 접시에 묻거나 하게 되면 더 이상 먹기가 힘들어지지. 또 몇 시간이고 놓여 있는 음식에는 자연히 피어오른 다다미의 먼지가 반찬에 내려앉게 되고 파리가 앉아서 더러운 얼룩을 남기기도 하지. 남편이 술 마시는 옆에서 아내가 열심히 음식에 내려앉으려는 파리를 쫓는 것도 매번 보기 안쓰러운 광경이야. 정말 비위도 좋다니까. 조금이라도 위생 관념이 있으면 그런 음식을 입에 넣을 수는 없지. 일본 요리는 이래서 누군가가 식사하는 동안 옆에서 보초를 서게 되는 거지. 뜨거운 국도 오랫동안 상 위에 놔둬도 국이 식지 않도록 나무 그릇에 담아서 내지. 그런 국은 나왔을 때 서둘러서 먹게 되면 입을 데게 되지 않나? 술잔의 술을 조금씩 마시면서 국그릇의 뚜껑을 열어 국도 조금씩 마시고는 다시 뚜껑을 덮어 두고 술을 마시지. 시간이 지난 뒤에 다시 국물을 마셔도 국이 쉽게 식지 않도록 하기 위해 나무 그릇에 담는 거야. 서양 수프는 오히려 금방 먹어도 혀가 데지 않도록 일부러 깊이가 얕은 접시에 담아서 내지. 같은 국물 요리라도 한쪽은 금방 식지 않도록 속이 깊은 나무 그릇에 담아서 내고 다른 한쪽은 빨리 식으라고 일부러 얕은 접시에 담아서 내는 거야. 그야말로 정반대지. 다른 요리들도 그래. 일본 요리들은 술안주로서 만들어지지. 반면 서양의 요리들은 요리 그 자체가 목적이돼. 이렇게 근본적인 생각 자체가 다르니 나는 세상 사람들에게 조금씩 술을 마시면서 식사를 하는 방법을 버리고 서양식 식사법을 따르자고 주장하고 싶네. 그리고 무엇보다 서양 요리는 하나하나 영양소와 위생을 생각해서 만든 것이라 신체를 보호하고 건강에 좋지. 내가 바로 증거를 하나 보여 줄까?" 하고서는 책상 서랍에서 서양 종이로 된 수첩 하나를 꺼낸다.

82. 시험 문제

나카가와는 품속에서 수첩을 하나 꺼내 보여 주면서 "고야마 군, 이건 미국 보스턴의 가정 요리 전문학교에서 약 10여 년 전에 낸 시험 문제를 수첩에 적어 온 것이라네. 이 학교는 지금도 아가씨들과 부인들에게 가정 요리를 가르치는 곳이지. 그런데 위생 문제에 이 정도로나 신경을 쓴다네. 문제를 한번 읽어 줄 테니 대답해 보게. 달걀 요리를 만들기 전에, 1. 달걀은 어떤 성분과 어떤 성분으로 구성되어 있는가? 2. 달걀을 거품 내어 요리에 사용하는 이유를 설명하라, 3. 달걀 거품을 만들기 위해서는 생산되고 며칠 된 달걀을 사용해야 하는가? 4. 달걀이 수프나 커피, 젤리와 섞이면 떫은맛을 제거하게 되는 이유를 설명하라, 5. 달걀이 은식기와 접촉하면 은식기를 검게 변하게 하는 이유를 설명하라, 같은 질문들이라네. 다음으로는 생선 요리에 관한 질문이지. 1. 흰 살 생선과 붉은 살 생선은 어떤 차이가 있는가? 2. 붉은 살 생선을 요리할 때 감자를 곁들이는 이유는 무엇인가? 3. 흰 살 생선을 요리할 때 버터를 사용하는 이유는 무엇인가? 4. 생선 요리를 할 때 레몬즙이나 식초를 사용하는 이유는 무엇인가? 이런 식으로 하나하나 그 원리를 설명해야 하는 문제라네. 계속 읽어 보도록 하지. 1. 울퉁불퉁한 감자가 매끈한 감자보다 더 단맛이 나는 이유는 무엇인가? 2. 이스트를 넣어 만든 빵은 왜 소화가 잘되는가? 3. 질소질의 식재료는 무엇이 있는가? 4. 탄소질의 식재료는 무엇이 있는가? 5. 광물질의 식재료는 무엇이 있는가? 6. 쌀을 버터밀크로 조리하는 이유는 무엇인가? 7. 학생에게 좋은 음식은 무엇인가? 8. 어린이의 음식으로는 어떤 것을 만들어 줘야 하는가? 9. 노동하는 사람에게는 어떤 음식이 좋은가? 10. 어째서 반짝반짝 빛나게 닦아 둔 양은 냄비 뚜껑이 검게 그을린 양은 냄비 뚜껑보다 음식의 온도를 더 잘 보존하는가? 11. 오래된 달걀이 신선한 달걀보다 더 매끈거리고 광택이 도는 이유는 무엇인가? 12. 수프가 끓인 물보다 더 오래 따뜻한 온도를 유지하는 이유는 무엇인가? 13. 우유가 물보다 더 빨리 끓어오르는 이유는 무엇인가? 이런 식으로 문제는 이외에도 많이 있지만 소고기든 채소든 일단 그 재료의 원리를 알고 나서 조리법으로 넘어가지. 학생이 요리를 배우기 이전에 먼저 재료에 대한 원리를 가르치는 거야. 즉, 이게 요리의 근본이라는 거지. 위생상의 원리를 모른 채 요리를 해 봤자 아무 소용 없다는 거야. 원리를 알고 나서 하나하나 요리를 배우게 되니 아, 이 식재료는 이런저런 성질이 있으니 이렇게 쓰이는구나, 이렇게 조리하면 몸에 해롭겠구나, 혹은 도움이 되겠구나, 하나하나 재료의 쓰임새를 알 수 있게 되지. 이 학교에서 가정 요리를 배운 아가씨나 부인들이 이런 원리를 알고 질문에 제대로 답해야만 졸업 증서를 받을 수 있다네. 그런 부인이 집에서 매일 요리를 한다고 생각하면 그 가정은 정말 행복한 가정이겠지. 하지만 우리 나라의 부인들 중에 식재료의 원리를 알고 요리를 하는 사람은 정말 손에 꼽을 정도겠지. 심지어 부인들 중에서는 요리 학교의 선생들조차 이 문제들에 제대로 답하지 못하는 사람이 아주 많이 있을 거야. 자네도 한번 요리의 전문가에게 이 시험 문제를 내보고 제대로 답을 하는지 시험해 보게".

83. 간병 요리

위생의 원칙을 모른 채 요리를 하는 것만큼 위험한 것은 없다. 가정 요리를 하는 사람은 반드시 위생의 원리에 대해 먼저 배워야 한다는 것에는 손님인 고야마도 감동해 "나카가와 군, 나는 정말 놀랐네. 서양에서 가정 요리를 할 때 그 정도로 위생에 대해 신경을 쓰고 있을 줄은 몰랐네. 다년간의 경험으로 위생상의 원칙을 적용한 요리는 있을지 몰라도 처음부터 위생의 원칙을 적용해 조리법을 고안해 낸 요리는 거의 없을 거야. 아니 일본 요리뿐만이 아니지. 우리나라에서 서양 요리를 배우고 가르치고 하는 사람들도 그 점에 대해서는 실로 무지해 그저 영국 요리는 이런 식이다, 프랑스 요리는 이런 식이다 하면서 요리법만을 잔뜩 알고 있을 뿐이지. 서양의 부인들은 그런 학교에서 영양학적 지식과 위생적인 지식을 배워 가정 요리를 만드니 나날이 가정 요리법이 개량되고 진보할 수밖에 없군. 위생상의 원칙을 모른다면 요리법의 순서만 잔뜩 외웠다고 해도 남편이나 아이가 아플 때 어떤 음식을 만들어야 할지 응용법을 알 수 있을 리가 없지". 나카가와 "물론일세. 요리법은 병자와 노인, 아이들의 요리에 활용되는 경우가 많지. 위생상의 원칙을 알고 있다면 누구라도 쉽게 요리법을 응용해서 대응할 수 있어. 아까 말한 요리 학교에서는 친절하게도 본과 외에도 별도로 간병 요리와 육아 요리를 가르치고 있네. 쉽게 말해 간호라는 말로 뭉뚱그려 표현하고 있지만, 간호의 가장 중요한 역할이 병자의 식사를 조리하는 것이니 간병 요리를 배우는 것은 곧 간호법에 통달하는 것이라 말할 수 있지. 우리 나라도 점차 간호법이 진보해 나가는 중이라 곳곳에서 간호사를 양성하는 중이기는 하지만, 아직도 간호사에게 병자의 식사에 대해 가르치는 곳은 없어. 이건 크게 잘못된 것이 아닐 수 없네. 간호사가 아무리 열심히 병자를 간호하더라도 다른 한편으로 환자에게 비위생적인 식사를 먹인다면 공들여 간호를 해도 헛수고일 뿐이지. 간호사가 하나하나 병자가 먹는 음식을 다 챙길 수는 없더라도 이런 병자는 이런 음식이 좋다, 저런 병자에게는 이런 식으로 음식을 조리하는 것이 좋다, 이 음식은 이런 식으로 조리하면 소화가 잘된다 하는 지식을 가지고 병자에게 주의를 기울이기만 해도 크게 도움이 되지. 내가 아는 간호사는 요즘 요리책을 하나 사서 스스로 요리 공부를 하고 있어. 하지만 아직 세상에는 요리책 하나도 가지고 있지 않은 무심한 간호사가 없다고는 못하지. 나는 의사와 간호사야말로 요리에 대한 지식을 가장 필요로 하는 사람들이라 생각하네".
고야마 "아하하하, 이런 세상에 그럼 말을 한다고 해도 아직 너무 빠르다네. 간호사들뿐인가? 환자들을 보호하고 있는 병원에 가서 환자들에게 어떤 음식을 주고 있는지 조사해 보게나. 실로 언어도단이 아닐 수 없어. 두세 곳 정도를 빼놓고는 대다수의 병원들이 환자의 식사를 식사 담당에게 완전히 맡겨 놓고 있지. 의사가 소화가 잘되지 않는 음식을 피하라고 해도 간호사가 소화가 잘되지 않는 음식들을 잔뜩 환자의 머리맡에 가져다주는 경우도 빈번하지. 어떤 병원에서는 매일 아침 날달걀 두 개씩을 환자들에게 주고 있다고 해. 그런데 대부분은 이미 상한 달걀이라지. 환자들도 그걸 알고 있어서 거의 먹지 않아. 달걀을 깨 봐도 먹지 않고 접시에 담은 그대로 가져다 치우라고 하지. 그럼 점심이나 저녁에 반드시 그 달걀을 써서 오믈렛이나 달걀 프라이가 나온다는 거야. 실제 내가 알고 있는 달걀 가게에서 들은 이야기일세. 병원에서는 그저 싼 달걀만을 찾으니 가격만 맞으면 상하이 달걀이든 상한 달걀이든 뭐든 그냥 산다는 거야. 실제로 있는 일이라네. 다른 병원들도 다 그렇지는 않겠지만 요즘의 병원이란 환자에게 극히 불친절한 곳이야" 하니 전국의 병원들 중에 이런 폐단이 있는 곳도 있음이라.

84. 문병

　나카가와도 그 말을 듣고 한탄하지 않을 수 없어서 "실제로 자네가 말한 대로 지금의 세상에서는 여관들도 개선하지 않으면 안 되고, 음식점의 요리들도 개선하지 않으면 안 되지만, 무엇보다 시급히 개선해야 할 것이 바로 병원의 식사라네. 이미 미국에서는 식이 요법 병원이라는, 약은 전혀 쓰지 않고 하루 세끼의 식사만으로 병을 고치는 병원도 등장했다고 하지. 물론 그렇게 고칠 수 있는 병은 위장병이나 그 외 두세 가지의 만성 질환 정도겠지만, 그래도 그 병원에서 표방하는 바는 모든 병이란 식이요법과 운동으로 고칠 수 있다는 것이라네. 실제로 질병에 따라서는 약보다도 먹는 음식이 몸에 더 좋은 영향을 끼치는 경우도 있지. 우리 나라의 병원들도 그 정도도 모르지는 않지마는 거기까지 주의를 기울이지는 않지. 주의를 기울이지 않는다는 것은 그만큼 환자에게 불친절하다고 할 수밖에 없는 거야. 하지만 병원 쪽에서만 먹는 음식에 주의를 기울이고 환자 자신은 전혀 관심을 두지 않는다면 효과가 적어질 수밖에 없지. 의사 몰래 좋아하는 음식을 먹는다든가, 자기 식욕을 못 이겨 과식을 하거나 해서 의사의 노력을 헛수고로 만들기도 하지. 환자 자신도 평소에 위생에 대해 신경 쓰고 위생의 원칙에 대해 잘 알아 두어야만 해. 이 외에도 아직 세상에는 언어도단격인 적폐가 있지. 그중 하나가 병문안을 갈 때 과자를 들고 가는 거야. 상대방의 병이 어떤 병인지, 어떤 음식을 먹고 어떤 음식을 피해야만 하는지 전혀 알지 못하는 지인들과 친척들이 그저 병에 걸렸다는 걸 듣고는 빈손으로는 문병을 갈 수 없으니 과자라도 하나 들고 가자고 하면서 적당한 과자를 선물로 가져가지. 내가 아는 어떤 사람은 병에 걸렸을 때 문병 선물로 카스텔라를 받았다네. 그런데 상자를 열어 보니 카스텔라에는 곰팡이가 피어 있고 포장지 안쪽에는 전혀 알지 못하는 사람의 명함이 들어 있었다지. 사정을 알아보니 문병 온 사람이 이전에 다른 사람에게 받은 카스텔라를 석 달 넉 달이 지나도록 열어 보지도 않고 그대로 문병 올 때 가져온 것이라 하더군. 세상에는 이렇게나 불친절한 사람도 있는 거야. 도대체 무슨 마음으로 남의 병문안을 온 걸까? 오하라 군이 말하는 마음의 예의라는 건 정말 조금도 생각하지 않은 거겠지. 조금만 생각해 봐도 그래서는 안 된다는 걸 알 수 있을 텐데 말이야. 병에 걸렸다고 하면 당연히 몸 상태가 좋지 않겠지. 몸 상태가 좋지 않다면 위장의 소화 능력도 좋지 않을 거라 추측할 수 있겠지. 그러니 먹는 음식에 가장 주의해야 한다는 건 누구라도 추측할 수 있는 상식이야. 그렇게 추측할 수 있다면 회복에 도움이 되지 않는 과자 따위를 문병할 때

들고 갈 리가 없지. 하지만 어느 집에 가 봐도 혹은 어느 병원의 병실에 가 봐도 환자의 머리맡에는 과자 상자들이 산처럼 쌓여 있지. 실로 언어도단이라 하지 않을 수 없어. 환자의 상태를 잘 알고 그 환자에게 맞는 음식을 집에서 만들어서 간 것이라면 각별하겠지만, 그저 그런 과자 따위를 문병할 때 들고 가는 것은 환자에 대해 아무 신경도 쓰지 않는 거야. 이런 바보 같은 짓을 그만두지 않는다면 우리 나라의 위생 관념의 발전은 기대할 수 없어. 실로 곤란한 문제라네". 고야마 "그럼 문병을 갈 때 무엇을 들고 가야 하겠나?" 나카가와 "환자의 취향에 달린 문제겠지만 그쪽이 위로를 받을 수 있도록 좋은 책을 가져가거나, 서양식으로 아름다운 꽃 같은 것을 가져가는 것이 가장 좋겠지. 하지만 책 중에도 괜히 환자를 나쁜 쪽으로 자극하기만 하는 저질 책들이 많고, 꽃 중에서도 매화나 양귀비처럼 사람에게 좋지 않은 꽃들이 있으니 꽃의 종류에도 신경 쓰지 않으면 안 되겠지".

85. 요리의 원칙

　고야마 "매화나 양귀비는 어째서 몸에 좋지 않다는 건가?" 나카가와 "매화는 열매를 맺으면 열매 안에 청산이라는 극약을 품을 정도니, 꽃으로 피어 있을 때도 그 향기 안에는 환자에게 좋지 않은 흥분성 성질이 있어서, 환자의 머리맡에 놓으면 두통을 일으키거나 불면증을 일으키거나 하지. 꼭 환자가 아니라도 매화 화분을 머리맡에 놓고 자는 것은 위생상 좋지 않아. 양귀비야 아편을 만들어 내는 마취성 식물이니 환자에게 좋지 않은 것은 말할 것도 없지". 고야마 "과연, 각각의 식물이 인체에 미치는 서로 다른 영향력을 가지고 있는 거로군. 불면증이 심한 사람이 잘게 자른 양파를 머리맡에 놓아두면 잠이 잘 오는 것과 마찬가지로군. 식물의 성질을 잘 알지 못하면 이런저런 실수를 일으키게 될 수밖에 없는데 특히 식재료의 성질을 잘 모른 채로 요리를 하는 것만큼 위험한 것은 없겠지. 자네가 지금 읽어 준 요리 학교의 시험 문제와 같은 내용들은 요리사들은 물론 가정 요리를 담당하는 부인들과 아가씨들이라면 반드시 알아 두어야 할 것들이지만, 나조차도 아직 확실하게 대답할 수 없는 문제들이 있었다네. 첫 번째 문제였던 달걀의 성분에 대한 문제의 답은 뭐였는가?" 나카가와 "그건 내가 전에 써 놨던 식품의 성분 분석표를 보면 금방 알 수 있는 문제라네. 자네 아직도 성분 분석표를 가지고 다니지 않는 건가? 답하자면 달걀흰자는 용해성 단백질 20퍼센트에 광물질 1.6퍼센트, 수분이 78퍼센트라네. 노른자는 단백질 16퍼센트, 지방이 30퍼센트 정도, 광물질이 13퍼센트, 수분이 52퍼센트로 구성되어 있는데, 노른자에 들어 있는 광물질은 유황이라네". 고야마 "과연, 두 번째 문제인 왜 달걀을 거품 내서 사용하는가에 대한 답은 뭔가?" 나카가와 "그건 말일세, 달걀의 단백질은 세포가 얇은 막으로 둘러싸여 있다네. 거품을 내면 그 막이 허물어지게 되어 단백질이 공기와 맞닿으면서 그 접착력으로 공기와 접촉해 점점 부풀어 오르게 되지. 그 상태로 사용하면 훨씬 부드러워져서 위장에서 소화하기 더 편한 상태가 되는 거라네". 고야마 "산란 후 며칠이 지난 달걀을 사용해야 하는가는?" 나카가와 "신선한 달걀이 좋다고는 해도 산란 직후의 달걀은 아직 수분을 너무 많이 품고 있으니 거품을 내려고 해도 잘 만들어지지 않지. 그걸 요리에 쓰려고 해도 맛이 좋지 않네. 산란한 지 10시간이 지나지 않은 달걀은 거품이 잘 만들어지지 않아. 요리에 쓰기 좋은 상태는 산란 후 36시간이 지난 상태, 즉 하루 반나절이 지난 다음이라네. 너무 오래되어도 단백질이 접착성을 잃어버려 거품이 잘 나지 않고, 맛도 좋지 않지. 식재료라면 뭐든지 먹기 적당한 때가 언제인지를 아는 것이 중요해. 소고기든 돼지고기든 닭고기든 과일이든 먹기 좋은 때가 있어. 그걸 모른다면 기껏 산 비싼 식재료가 맛없어지고 말지". 고야마 "그 말대로야. 난 지금까지 식재료는 그저 가장 신선한 것이 가장 좋다고만 생각했네. 달걀은 양계장에서 막 받아 온 그대로 요리를 만드는 것이 가장 맛있는 줄 알았지. 식재료의 성질을 알지 못하면 뭐든 이런 실수를 하게 될 수밖에. 그다음 문제인 달걀은 어떻게 커피와 수프의 떫은맛을 제거하는가의 답은 뭔가?" 나카가와 "달걀의 단백질은 열에 닿으면 응고하는 성질이 있으니 유동 물질과 섞어서 열을 가하면 그 유동 물질 속의 섞이지 못한 고형 물질이나 이물질 같은 것과 결합해 응고하게 되지. 그러니 커피나 수프, 젤리의 떫은맛을 흡수해서 맛을 더 좋게 하는 거야. 사람의 위장에 들어가서도 마찬가지지. 위장의 열에 접촉해서 다른 물질들과 함께 응고하니 산류의 독성을 마신 경우 응급조치로서 날달걀을 먹는 거지. 예를 들어 녹청독 중독이나 비소 중독 같은 경우 깃털이나 붓의 끝으로 목구멍을 자극해서 먹은 것을 위장으로부터 토해 내도록 한 다음 날달걀을 먹여 위장에 남은 독을 제거하는 것이 응급처치의 방법이지. 그렇게 하면 날달걀이 중독 물질을 흡수하게 되니 독이 몸에 흡수되지 않아. 하지만 오래된 달걀은 효과가 적고 신선한 달걀이라도 흰자에 거품이 많고 연한 노란색을 띤 것은 먹여서는 안 돼. 이런 지식은 가정에서 반드시 알고 있어야 할 상식일세" 하는 반복되는 교훈의 장광설.

86. 생선의 구별법

집주인의 장광설이 듣는 손님의 귀에는 질리지도 않는지 고야마는 새로운 지식을 얻는 것에 열심이라 "나카가와 군, 신선한 달걀에서는 광택이 나지 않다가 오래된 달걀에서 광택이 나게 되는 이유는 뭔가?" 나카가와 "신선한 달걀의 껍데기는 석회질로 싸여 있지. 그런데 그 석회질이 공기나 물과 접촉하면 점점 용해되어 사라지게 되니 사람 손이 닿지 않아도 오래되면 점차 표면에 광택이 돌게 되지. 사람이 자꾸 만져서 달걀에서 광택이 나게 되는 게 아니야". 고야마 "잘 알았네. 다음 문제는 달걀이 은식기와 닿으면 검게 변하는 이유가 무엇인가였지. 답은 뭔가?" 나카가와 "아까 말했던 것처럼 달걀의 노른자에는 유황 성분이 있어. 유황은 은을 검게 변하는 하는 성질이 강하니 달걀 요리를 오랫동안 은식기에 담아 두면 점점 은식기가 검은색으로 변하게 되지". 고야마 "과연, 문제에는 나오지 않았지만 달걀을 오래 삶으면 노른자 주변이 옅은 회색으로 변하는 경우가 있어. 신선한 달걀도 그렇게 되더군. 그건 왜 그런 건가?" 나카가와 "그것 역시도 마찬가지로 노른자의 유황이 끓는 물의 열과 접촉해 산화하기 때문일세. 신선한 달걀일수록 유황의 함유량이 높으니 색이 더 진해지게 되지. 오래

된 달걀은 유황이 적기 때문에 오히려 색이 덜 변하게 되지. 산란한 지 얼마 안 된 달걀이라도 닭의 모이로 뭘 먹였는가에 따라 달걀의 유황 함유량이 달라지게 되니 변색되는 정도도 그에 따라 달라지지. 양계장 안에 가둬 놓고 키운 닭의 달걀은 변색이 덜 되는 편이야". 고야마 "실로 공부할수록 재미있군. 나 같은 사람은 이제서야 이런 것을 알고 온통 처음 듣는 이야기뿐인데 10여 년 전에 서양의 학생들은 이미 그 정도 지식은 다들 알고 있었다는 것을 생각하면 부끄럽게 느껴지네. 그렇게 생각하면 우리 나라의 요리법은 실로 뒤떨어진 것이로군. 무엇을 위해 요리를 하는지도 모른 채 그저 종래에 하던 대로 생각 없이 만들고 있을 뿐이야. 아까의 문제 중에 생선에 관한 문제도 있던데 흰 살 생선과 붉은 살 생선은 어떻게 구분하는 건가?" 나카가와 "붉은 살 생선으로는 연어라든지 송어라든가 고등어라든가 참치라든가 곱사연어 같은 것들이 있지. 이런 생선들은 생선 살에 지방을 함유하고 있어서 영양이 풍부하지만 소화가 잘되지 않지. 흰 살 생선으로는 가자미라든가 넙치라든가 대구 같은 생선들이 있는데 지방은 내장에 저장되어 있기 때문에 생선 살은 소화가 잘되지. 우리 나라에서 흰 살 생선은 위장에 부담이 덜 간다고 하는 것도 그런 이유 때문이야. 하지만 지방이 내장에 있다는 것까지 공부해서 아는 사람은 드물지". 고야마 "붉은 살 생선을 감자와 함께 먹는 이유도 지방을 흡수하기 위해서로군. 반대로 흰 살 생선을 요리할 때 버터를 사용하는 이유는 부족한 지방을 더하기 위해서인가? 하나하나 정말 많이도 연구되어 있군. 생선을 요리할 때 식초나 레몬즙을 사용하는 이유는 뭔가?" 나카가와 "그건 생선 피가 알칼리성이기 때문에 산을 사용해 중화하기 위함이지". 고야마 "답을 듣고 나니 별것도 아니었군. 하지만 듣지 않았다면 평생 몰랐을 거야. 요리하는 사람들은 매일 생선 요리에 산을 쓰고 있어도 왜 그런 건지는 알지 못한 채 그저 요리할 뿐이지. 뭐든지 배워야만 하는 거야. 그러고 보니 아까 시험 문제 중에 묘한 문제가 있었네. 어째서 울퉁불퉁한 감자가 매끈한 감자보다 더 단맛이 나는가 하는 문제였지". 나카가와 "응. 감자의 전분은 상온의 공기와 닿으면 분말로 변하지. 울퉁불퉁한 감자는 공기와 닿는 표면적이 더 많으니까 더 단맛이 나는 거야. 우리 나라에서도 감자나 고구마를 말리면 더 단맛이 난다고 하지만 그것 역시 오랫동안 공기와 접촉해 있어서 그런 거지".

* 본문에서 소개한 붉은 살 생선에는 자극적인 독성
  물질이 들어 있다. 곱사연어나 다랑어회를 먹고 취한
  듯한 증세를 보이는 경우가 있는데 바로 이런 독성

물질 때문이다. 또한 각기병 환자가 어린 참치나 곱사연어, 고등어, 삼치, 방어, 정어리 등을 먹으면 병세가 더 진전되는 것도 이런 물질 때문이다. 이 때문에 어떤 의사는 각기병이란 이런 생선 독에 중독된 것이라 주장하기도 한다.[327] 그 외에도 송어, 어린 참치, 연어, 꼬치고기 등에는 기생충의 원충이 있기도 하다. 특히 송어와 연어의 익히지 않은 날고기를 오랫동안 먹으면 사람 배 속에 반드시 기생충이 자라나게 된다. 복어는 알 주머니에 맹독을 가지고 있고, 방어나 전복은 내장에 독이 있다. 도미류는 일정한 크기 이상, 즉 길이 4촌 5분[328] 이상이면 생선 살에 독이 들어 있다. 서양에서

---

[327] 각기병은 비타민 B1의 부족으로 인해 일어나는 질병으로 비타민 B1이 풍부한 잡곡이나 콩류, 감자류, 돼지고기 등을 균형 있게 섭취하면 자연히 치유될 수 있다. 그러나 이 병의 원인이 밝혀지기 전까지 동아시아, 특히 일본에서는 흰쌀밥에 대한 강한 선호도로 인해 각기병이 심각한 수준으로 발병한 경우도 드물지 않았다. 이에 세균설, 식중독설 등 각기병의 원인을 찾으려는 다양한 시도가 있어 왔으나, 결과적으로는 일본인 병리학자 스즈키 우메타로(鈴木梅太郎, 1874~1943)가 1910년에 비타민 B1을 발견할 때까지 각기병의 원인은 제대로 밝혀지지 못했고 수많은 사상자를 낳게 되었다.

[328] 약 12.15센티미터다.

흑돔이라 부르는 생선도 일정 크기 이상이 되면 몸에 독이 생기게 된다. 그 외에도 붉은 살 생선은 내장에 독을 품고 있는 것이 많다. 잉어류와 그 외 민물생선은 알 속에 독이 있는 경우가 많다. 다른 생선들 중에서도 잡어들의 정소에는 독이 있는 경우가 많다.

87. 요리의 교육법

고야마 "다음 문제는 이스트를 써서 만든 빵은 어째서 소화가 잘되는가 하는 것이군". 나카가와 "이스트는 발효된 것이라서 디아스타아제329)를 함유하고 있으니 전분의 소화를 돕는 효과가 있고 빵을 팽창시켜서 그 사이사이에 위액이 잘 스며들 수 있는 구조를 만들기 때문에 이 두 가지의 이유로 인해 소화가 잘되는 것이지". 고야마 "질소질의 재료, 탄소질의 재료, 광물질의 재료로는 뭐가 있나?" 나카가와 "그거야말로 성분 분석표를 확인하면 바로 알 수 있지. 질소는 대부분 단백질에 포함되어 있고, 탄소는 전분에 포함되어 있는 경우가 많고, 광물질은 그대로 광물질이라고 표기되어 있어". 고야마 "그럼 쌀을 왜 버터와 우유로

---

329) 다이아스테이스(diastase) 또는 디아스타아제는 1833년 프랑스 화학자 앙셀름 파앵이 엿기름 용액에서 발견한 세계 최초의 추출된 효소다. 엿기름에 알코올을 첨가하면 침전되는 흰 분말이 당화 작용을 하는 것을 발견하고 이 효소를 디아스타아제라고 명명했다. 간단히 말해 아밀레이스를 상품화한 이름으로 여러 가지 종류의 아밀레이스를 총칭해서 부르는 명칭이다.

조리하는가 하는 문제는?" 나카가와 "쌀은 변비에 걸리기 쉬우니 그것을 완화할 수 있는 지방 성분과 함께 요리해서 중화하는 거지. 필라프 밥과 같이 버터에 볶아서 밥을 짓는다든가 라이스 푸딩처럼 우유에 섞어서 부드럽게 만드는 거지". 고야마 "일본인들은 매일 쌀을 먹으면서도 쌀 요리법을 연구하려는 마음은 없지. 그걸 생각하면 먹을거리에 대한 문제에 어쩌면 이토록 무관심한지 놀라울 뿐이야. 다음 문제는 학생의 식사로는 무엇이 좋은가 하는 것이었지". 나카가와 "학생이나 학자는 두뇌를 많이 사용하니까 뇌에 영양분을 공급하기 위해 인을 많이 함유한 음식, 즉 생선이나 굴, 달걀, 지방이 적은 고기, 밀가루, 콩류, 과일 등을 중심으로 먹어야 하지". 고야마 "어린이의 식사는?" 나카가와 "그건 하루 이틀로는 다 말할 수 없지. 또 아직 젖을 떼지 못한 아기부터 막 이유식을 시작한 이후, 그리고 완전히 어린이로 성장할 때까지 단계에 맞춰서 먹는 음식을 바꿔 주지 않으면 안 돼. 나는 세상 사람들을 위해서 가장 알기 쉬운 육아 지침서를 근시일 내에 하나 집필하고자 생각하고 있으니 그 책에서 자세히 설명할 참이네". 고야마 "그건 말할 것도 없이 이 사회에 큰 도움이 될 걸세. 그다음 문제는 노동자들의 식사에 대한 것이었지만, 뼈와 근육에 도움이 되는 음식들을 차리는 것일 테니 대부분 알고 있네. 그다음은 왜 반짝반짝 빛나는 양철 냄비가 검게 변한 양철 냄비보다 요리의 온도를 더 오래 유지하는가 하는 문제였는데, 이건 흰색이 빛을 반사하고 검은색은 빛을 흡수하는 성질 때문이겠지. 수프가 끓인 물보다 더 천천히 식는 것은 밀도가 차이 나기 때문이야. 우유는 어째서 물보다 더 빨리 끓는가 하는 것도 같은 이유지". 나카가와 "맞아. 우유는 91도에서 끓지. 물은 100도고. 물에 소금이나 설탕을 섞으면 끓는 온도가 더 높아져서 106도가 되어야만 끓어오르지. 그 외에도 비가 오는 날과 맑은 날이 조금씩 다르고 기압이 높은 날과 낮은 날이 다르고 평지에서와 산에서가 다른 것인데 이런 과학 상식만 있어도 금방 대답할 수 있는 문제들이지만 우리 나라는 아직 요리하는 사람들이 과학도 배워야 한다는 인식이 없지". 고야마 "하지만 여기 있는 문제들 정도는 누구라도 알고 있어야만 해. 적어도 일반인들은 모른다 치더라도 요리사를 가르치는 사람이라면 이 정도는 상식으로 알고 있어야지만 학생들에게 요리에 대한 지식을 가르칠 수 있는 거야". 나카가와 "요즘 점점 그렇게 변해 가고 있지. 모든 선생들이 한꺼번에 다 바뀌는 건 무리야. 여기 있는 문제들은 알아야 할 지식들의 일부분에 지나지 않아. 그 외에도 소고기 요리라면 소고기를 요리할 때의 재료의 성질과 원리에 대해 배우고 채소든 과일이든 먼저 이런 식으로 원리를 깨닫고 요리를 배우는 게 서양에 있는 그 요리 학교의 원칙이지만 우리 나라에서는 아직 이런 학교를 세우기 힘들지. 우선은 사회에서 좀 더 먹을거리와 위생에 대한 문제에 관심을 기울이는 분위기가 조성되지 않으면 그 나라의 문화는 발전할 수 없어" 하며 몇 번이나 한숨을 내쉬며 말하는 도중에 오토와 아가씨가 다 만든 맛있는 일본 요리들을 식탁 위로 나르며 상을 차리기 시작한다.

* 우유에 대해서는 독일의 우유 판매 제도를 부러워하지 않을 수 없다. 독일의 수도 베를린에서 가장 큰 우유 판매점은 이름이 보를레라고 하는데 젖소가 1만 8000마리, 하루 우유 생산량이 10만 리터, 이것을 배달하는 인부들이 1300여 명으로 마차가 200대, 물론 생유 외에도 치즈, 버터, 크림 등도 다루고 있다. 이 우유 판매점은 지금으로부터 23년 전에 창업한 것으로 주인은 종교가라고도 불릴 만큼 자비심이 깊어 시민들에게 양질의 우유를 공급하겠다는 일념으로 창립해, 처음에는 마차 3대로만 배달할 정도로 작은 규모였지만, 창립하고 1년 2개월 정도가 지나자 마차 30대로 배달하게 될 만큼 커지게 되었다. 10년째 되던 해에는 마차 120대, 20년째 되던 해에는 169대, 지금은 마차 200대로

배달할 정도로 영업 이익이 크게 성장했다. 목장은 시외에 몇 개의 장소가 있어 매일 모아 오는 우유를 중앙의 제조소에서 소독해 배달하게 된다. 제조소는 베를린시의 구석에 있는 모아비트라는 곳에 있다. 아주 큰 건물로 일견 우유 제조소로는 보이지 않고 고풍스러운 관청 건물처럼 생겼다. 우유는 저온에서 끓인 것을 수레에 담아 3층으로 보내고 그곳에서 얼음을 담은 철로 된 관 안에 우유를 쏟아붓는데 그 모양이 마치 폭포가 떨어지는 듯 하얀 실타래가 끊임없이 내려온다. 그 관을 타고 우유는 각기 다른 장소로 보내지거나 혹은 혼합되거나 다시 한번 시험을 거치기도 해 각종 과정을 다 거치면 버터가 되기도 하고 치즈가 되기도 하고 크림이 되기도 하며 배달용 생유가 되기도 한다. 그곳 직원의 말에 따르면 거기서 생산하는 우유는 40일이 지나도 부패하지 않기 때문에 멀리 남아메리카까지도 보낸다고 한다. 이 제조소의 우유 배달 구역은 베를린시를 중심으로 사방 40리에 달한다. 각 지점에는 감독관을 두어 불시에 배달원으로부터 우유병을 받아 그대로 봉인해 중앙 제조소에 보내는 식으로 종종 우유의 품질을 검사해 우유의 품질과 배달원이 우유에 물을 타거나 하지는 않았는지를 검사한다. 회사는 아주 엄격하게 품질을 검사해 우유의 품질에 관한 것이라면 소비자들이 각 지점들에서 구입한 우유를 들고 회사로 와서 우유를 시험해 보기를 원한다면 언제든지 시험해 주고 또 신뢰를 높이기 위해 매주 한 번씩 공개적으로 시험을 한다. 회사의 이념이 질 좋은 우유를 정직하게 시민들에게 공급한다는 것이기 때문에 우유를 저장하는 통도 얼음도 우유에 넣는 설탕도 모두 취급해 배달하고 있다. 하나의 우유 제조소가 질 좋은 우유를 공급하는 덕분에 다른 우유 제조소도 경쟁을 위해 같이 우유의 질을 높이려는 노력을 하게 된다. 결국에는 모든 우유 제조소가 질 좋은 우유만을 생산하게 되니 베를린시의 유아 사망률이 감소하게 되었다고 한다. 1년에 1871년부터 1880년에 이르는 10년 동안 한 해에 태어나는 아기들 100명 중 30명에 이르던 사망률이 그다음 10년 동안에는 100명 중 27.10퍼센트, 그다음 10년 동안에는 23.2퍼센트에 다다르게 되었다. 이것은 우유만으로 아기를 키우는 서양의 상황상 이 회사의 우유로 인해 나타난 결과라고 생각한다. 보를레는 전문가를 고용해 끊임없이 우유에 화학적 실험을 하거나 동물을 사육하며 우유에서 얻은 곰팡이로 실험을 하거나 하기 때문에 누구든지 우유가 의심스러워 검사를 받고자 하면 그 자리에서 바로 검사를 받을 수 있게 해 한 점의 의혹도 남기지 않는다. 1만 8000마리의 소를 기르는 목장에서는 2000마리의 닭도 함께 기르고 있어서 달걀도 판매하고 있다. 또한 말 270마리를 기르는 부산물로 얻은 말똥으로는 과수원을 열어서 사과, 체리, 배, 복숭아, 딸기 등을 기르는데 기르는 포도의 종류만 해도 300종류가 넘고 과일은 그대로 시내에 판매하기도 하고 혹은 과즙으로 술을 담그거나 잼을 만들기도 하고, 말려서 판매하기도 한다. 그 이익 또한 이루 말로 다 할 수 없을 것이다. 우리 나라에서도 하루빨리 이런 우유를 마실 수 있는 날이 오기를 바란다.

88. 닭고기 수프 (2)

    손님도 주인도 식탁 앞으로 모인다. 집주인 나카가와가 먼저 국그릇을 집으며 예의 자신의 장광설을 이어 간다. "고야마 군, 우리 나라는 국물을 오목한 국그릇에 담아 뚜껑을 덮어 내게 되어 있으니 부엌에서도 준비하기 번거롭고 손님도 술잔이 두세 번 돌 때까지는 국그릇의 뚜껑을 쉽게 열 수가 없는데, 서양식으로 손님이 요리가 나오기만을 기다리는 상황에서 나오자마자 국그릇을 열고 급하게 국을 마시면 너무 뜨거워서 혀를 다 데고 말지. 하지만 지금 이 국은 오토와가 딱 적당한 온도로 맞춰서 내왔으니 지금이 딱 마시기 좋은 때라네. 한번 마셔 보게나. 한층 더 국이 맛있게 느껴지지 않나?" 하며 변함없이 여동생 자랑을 하는 통에 고야마는 두세 번 국을 마셔 보면서 "과연 맛있군. 건더기 없는 진한 국, 뭐라 표현하기 힘든 맛이 느껴지는군. 오토와 씨, 이건 무슨 요리입니까?" 오토와 "그건 닭고기로 만든 스타테지루(摺立汁)[330]라고 해요. 만드는 방법

---

330) 스타테지루(摺立汁)는 주로 현재의 사이타마현(埼玉県)과 기후

은 닭고기의 가장 연한 부위의 살을 끓는 물에 넣고 끓이는데 이때 소금을 아주 조금 넣어요. 끓이는 시간은 고기의 크기에 따라 다르지만, 대개 한 마리를 다 넣고 끓인다 하면 2시간, 고기를 그보다 더 적게 넣는다면 30분에서 1시간 정도 끓이지요. 끓인 닭고기를 꺼내서 고기 분쇄기가 있으면 거기에 넣어 편리하게 갈고 없으면 도마에 놓고 잘게 다진 다음 절구에 넣고 다시 더 잘게 갈아요. 인내심을 가지고 오랫동안 아주 잘게 갈아야만 해요. 그렇게 만든 고기를 다시 고운체에 비벼 가면서 더 잘게 가는데, 익숙해지지 않은 사람에게는 힘들어요. 하지만 끈기 있게 오랫동안 갈아서 만들기만 하면 누구나 만들 수 있지요. 따로 밥을 조금만, 그래요 고기가 1근이라면 밥은 세 큰술 정도 절구에 넣고 빻아서 다시 고운체에 비벼 갈아요. 그렇게 만든 밥을 고기와 잘 섞어서 아까 닭고기를 삶았던 물에 미림과 간장으로 맛있게 간을 하고 그 물에 밥과 섞은 닭고기를 잘 풀

현(岐阜県)에서 자주 먹던 향토 음식으로 스타테란 절구에 대두나 채소 등을 곱게 빻은 것을 의미하는데 이 스타테에 얼음물이나 뜨거운 육수 등을 더해 만든 국을 의미한다. 지역에 따라서는 우리나라의 콩국수처럼 콩을 갈아 만든 스타테에 국수를 넣고 고명을 올려 차갑게 해서 여름 음식으로 먹기도 한다.

어 넣어서 한 번 더 살짝 끓여 낸 것이 바로 이 스타테지루예요". 고야마 "정말 손이 많이 가는 요리군요. 일본 요리 중에서 이렇게 맛있는 국물 요리는 거의 없을 것 같습니다. 여기 이쪽에 있는 도미로 만든 요리도 아주 맛있어 보이는데 이건 무슨 요리지요?" 오토와 아가씨 "그건 도미로 만든 난반니(難波煮)라고 해서 우선 도미를 3장의 살이 나오도록 손질해서 불 위에 올리고 구워요. 따로 파를 기름에 구워 두고 맛있는 육수를 만들어 둔 뒤 구운 도미와 파를 넣고 끓여 낸 요리예요". 고야마 "만들기 쉬운 요리군요. 여기 있는 무침도 맛있어 보이는데 이건 무슨 요리입니까?" 오토와 아가씨 "그건 토란대를 무친 것인데 그렇게 특별한 요리는 아니에요. 댁의 부인께서도 분명 만드는 법을 알고 계실 거예요". 고야마 "그래도 혹시 모를 수도 있으니 한번 가르쳐 주시지요". 오토와 아가씨 "토란대를 삶아서 단단하게 서로 겹쳐 놓아요. 따로 유부를 2장 펼쳐서 안쪽의 하얀 부분은 칼로 조심조심 떼어 내지요. 그다음에 유부를 잘게 썰어서 간장과 미림을 넣고 맛있게 졸여 놓아요. 따로 흰깨, 혹은 댁에서라면 땅콩 요리를 잘하시니까 땅콩을 써도 잘 어울리겠네요. 흰깨를 촛불 위에서 볶아 절구에 넣고 빻는데, 거기에 아까 따로 떼어 둔 유부의 하얀 부분들을 넣고 같이 빻아요. 거기에 식초와 미림과 약간의 간장을 넣은 다음 유부와 토란대를 넣고 다 같이 무쳐서 만들지요".

고야마 "이거 아주 맛있는걸요. 나카가와 군 어떤가? 이런 요리에 서양식 방식을 접목할 방안이 있는가?" 나카가와 "음… 나도 그런 생각을 해서 이런저런 시도를 해 봤지만 좀처럼 맛이 살지 않아. 서양 요리들 사이에 단독으로 낼 수 있는 요리들도 있지만 일본 요리의 대부분은 밥과 함께 먹지 않으면 맛이 살지 않아. 오히려 카레라이스처럼 밥에 부어서 먹으면 좋은 것들이 있긴 하지만 그래도 역시 뭔가 부족하지. 그런 점들은 앞으로 점차 연구해 동서양의 요리들이 서로 융합하도록 해야겠지" 하니 모두 하나하나 연구하지 않으면 안 될 것들이다.

89. 국그릇 스시

 집주인 나카가와는 자기 앞에 놓인 밥그릇을 집어 들며 "고야마 군, 이것을 한번 들어 보게. 이건 국그릇 스시라고 해서 아주 맛있는 요리라네. 몇 공기라도 먹을 수 있을 것 같아서 정신없이 먹다 보면 어느새 과식하게 되고 말지". 고야마는 국그릇의 뚜껑을 열고 "그렇군. 밥 위에 무언가 얹어져 있군. 한번 먹어 보지. 음… 이건 맛있군. 오토와 씨, 한 그릇 더 주시지요. 어쩐지 더 먹고 싶어지는 맛이니 식욕이 돋는군요. 이건 어떤 요리인가?" 나카가와 "그건 서양 요리인 카레라이스를 본떠 만든 요리일세. 위를 자극해 식욕을 돋우는 요리라서 가을의 음식으로 제격이지. 이걸 만들려면 최상등품의 참치 살이 있어야 해. 양갱 같은 질감의 윗부분 살로만 사 와야 하지. 그런 참치 살을 사 와서 주사위처럼 네모나게 썰지. 따로 간장 1큰술과 미림 1큰술, 식초 1큰술의 비율로 만든 양념장을 불에 올려 잘 졸인 다음 불을 끄고 참치 살을 넣으면 참치살의 가장자리 부분이 약간 하얗게 변하게 되지. 이때 와사비를 많이 넣고 참치 살과 잘 섞는 거야. 흔히 이 요리를 울게 만드는 요리라고들 하는데 와사비의 매운맛 때문에 울면서 먹을 정도라는 거지. 그 외에도 잘게 자른 파라든가 양하[331], 구워서 잘게 썬 아사쿠사 김이나 잘게 썬 초생강, 혹은 차조기를 고명으로 곁들여서 갓 지은 따뜻한 밥에 남김없이 올려 먹으면 정말 맛있다네. 먹을 때는 잘 휘저어서 섞어 먹어야 더 맛있지. 와사비와 참치는 서로 잘 어울리는 재료야. 마치 서양 요리에서 소고기와 겨자가 서로 잘 어울리는 것과 마찬가지지. 와사비와 참치의 궁합이 위를 자극해 식욕이 평소보다 더 올라가게 되는 거지. 이렇게 되기 위해서는 참치 살을 자르는 방식과 자른 참치 살을 뜨거운 양념에 넣을 때의 조절이 중요해. 살이 너무 날것이어도 안 되지만 뜨거운 양념에 너무 익혀서 속까지 다 하얗게 익어 버려서야 맛이 없지. 주사위처럼 자른 참치 살의 끝부분만 익고 가운데는 부드러운 붉은 살로 남아 있는 게 딱 좋은 거지. 이 요리는 이대로 서양 접시에 담아서 서양 요리로 낼 수도 있네. 참치로 만든 카레라이스 같은 거야. 집에 돌아가거든 한번 만들어 먹어 보게". 고야마 "가서 바로 만들어 보지. 카레라이스 대신으로 다른 서양 요리와 함께 손님들께 대접해 보겠

---

331) 양하(蘘荷)는 생강과의 식물로 꽃봉오리와 비슷한 생김새에 생강과 비슷한 맛이 난다. 일본에서는 묘가라고 부르며 주로 여름철 음식에 곁들여서 즐겨 먹는 식재료다. 한국에서도 제주도를 중심으로 서식하고 있다.

네. 틀림없이 깜짝 놀라겠지. 그런데 오토와 씨, 이 가지로 만든 요리는 뭐라고 하는 요리입니까?" 오토와 아가씨 "그건 나베덴라쿠(鍋田楽)라고 하는 요리인데, 큰 주머니가지(巾着茄子)332)를 껍질을 벗겨 둥글게 잘라 기름에 잘 볶아 두어요. 따로 미소 된장을 개어 놓고 미림과 설탕을 넣어 섞은 뒤 고운체에 비벼서 걸러 놓지요. 그 속에 아까의 볶은 가지를 넣고 양념이 가지에 눌어붙지 않도록 잘 휘저어 준 다음 잠시 조려서 만든 요리예요. 가지로는 간단하게 만들 수 있는 요리들이 많아요. 지금처럼 둥글게 자른 가지를 그대로 식초와 간장, 그리고 약간의 겨자를 넣은 양념에 하룻밤 재워 놓으면 다음 날 아주 맛있는 반찬이 되지요. 또한 입 크기로 자른 가지를 껍질 그대로 생간장(生醬油)333)

---

332) 주머니가지(巾着茄子)는 니가타현(新潟県) 나가오카시(長岡市)의 명물로 기다란 모양의 보통의 가지와는 달리 복주머니 모양의 둥글고 큰 모양을 한 가지다. 또한 보통의 가지보다 단맛이 더 강하고 육질이 단단해 여러 요리에 두루 사용된다.

333) 생간장(生醬油)은 기조유(きじょうゆ)와 나마쇼유(なましょうゆ)로 나뉘는데, 본문에서 이야기하는 것은 기조유다. 기조유란 다시마 국물이나 미림 등의 기타 조미료를 더하지 않은 간장을 의미하는 것으로 대두와 밀, 소금만으로 이루어진 간장만을 기조유라 부를 수 있다. 나마쇼유란 메주를 소금물에 발효시킨 장을 짜서 거른 뒤, 보존성을 높

에 하룻밤 절여 놓고 그다음 날에 먹으면 그 또한 맛있지요". 고야마 "한 입 크기로 자른 가지는 뭘 만들어도 다 맛있더군요. 가을 가지는 며느리에게 주지 말라는 말이 있을 정도니 그만큼 맛있다는 뜻이지요. 저는 한 입 크기로 자른 가지를 겨자절임 한 걸 좋아하는데 그건 어떻게 만드는 건가요?" 오토와 아가씨 "그건 소금 1홉[334]에 물 1홉을 더해 끓였다 식힌 것을 산처럼 쌓아 1되 가득 한 입 크기의 가지를 절여서 가볍게 윗부분을 하룻밤 눌러 두지요. 다음 날 가지를 꺼내서 남은 소금물에 겨자를 2홉 5작[335] 섞은 것을 항아리에 담아 그 속에 가지를 넣고 잘 섞어서 가지런히 쌓은 다음 가장 윗부분에 얇은 종이 한 장을 덮고 그 위에 최상등 식초를 부어요. 뚜껑을 덮고 공기가 들어가지 않도록 한 번 더 천을 단단히 씌운 다음 한 달 정도 놔두면 딱 좋게 익게 되지요".

이고 향을 끌어올리기 위한 끓이는 과정을 생략한 간장을 의미한다. 끓이는 과정을 거치지 않았기에 더 풍부한 미생물과 발효균을 품고 있으나 보존성이 떨어지기 때문에 상온에서 보관하고 유통하기가 힘들다는 특징을 가지고 있다.

334) 약 180밀리터다.

335) 약 450밀리터다.

90. 가지의 성질

　고야마 "그리고 또 백일(百一) 절임이라고 해서 가지와 무로 만드는 맛있는 절임 요리가 있지요. 그건 어떻게 만드는 건가요?" 오토와 아가씨 "그 절임 요리를 만들려면 지금부터 미리 준비해야 하지요. 큰 가지 100개에 아코 소금336) 이면 1되337)를, 다른 지방의 소금이면 1되 하고 2~3홉338)을 더 뿌려서 나란히 놓고 위에 무거운 돌을 올린 다음 무가 나오는 시기까지 그대로 절여요. 다쿠앙 절임으로 만들 수 있는 큰 무가 나오는 시기가 되면 무 1준(樽)339)에 겨를

---

336) 세토 내해에 접해 있는 효고현(兵庫県) 아코(赤穂) 지방에서 나는 소금을 의미한다. 아코 지방은 소금 제조에 적당한 기후와 조건을 갖춘 곳으로서, 나라 시대부터 이곳에서 소금을 제조했다는 기록이 남아 있을 정도로 오랜 세월 양질의 소금 생산지로 이름이 높았다. 그러나 1967년부터 소금 제조 방식이 변하면서 1971년경에는 넓게 펼쳐져 있던 아코의 염전이 모두 자취를 감추게 되었다.

337) 약 1.8리터다.

338) 약 360~540밀리리터다.

339) 준(樽)은 일본식 술통을 의미한다. 술통 하나를 다 채울 만큼의 무 절임을 만들기 위해서는 대략 무 10개, 무게로는 12~13킬로그램 정도

6되340) 정도, 아코 소금 1되341) 정도를 준비해서 무를 나란히 늘어놓고 겨와 소금을 뿌린 다음 바로 그 위에 아까의 가지를 가지런히 올리고 그 위에 다시 무를 올리고 가지를 올리고 한 다음 가장 위에는 무를 올려서 소금과 겨를 뿌려 잘 절여 놓지요. 그걸 다쿠앙을 만들 때처럼 무거운 돌로 눌러 놓고 잘 익혀서 먹으면 가지의 단맛이 무에 스며들어서 얼마나 맛있는지 몰라요. 나고야의 명물인 고키소(御器所) 다쿠앙342)도 아타미 지방의 명물 다쿠앙도 이 백일 절임의 맛에는 미치지 못하지요. 또 무를 말릴 때에는 그냥 줄에 매달아서 추운 밤 밖에 걸어 두기만 해서는 무에 있는 수분이 얼어서 성에가 끼게 되어 버리니, 대여섯 개 정도를

가 필요하다.

340) 약 10.8리터다.

341) 약 1.8리터다.

342) 현재의 나고야시 쇼와구에 위치한 고키소(御器所) 지방에서 나는 무로 만든 다쿠앙을 의미한다. 에도 시대에 오와리번의 번주가 쇼군에서 바치는 진상품으로 유명해져 전성기에는 고키소 지방에서 다쿠앙을 만들 때 약 100만 개의 무를 사용했던 시기도 있었으나 메이지 시대에 들어서 무의 흉작이 이어졌고 이와 더불어 도시 개발도 진행되어 다쿠앙 제조 업자들이 점차 나고야시 외곽으로 옮겨 가 현재까지 명맥을 이어 가고 있다.

잎사귀로 감싸서 살아 있는 나뭇가지에 걸어 두면 절대로 무가 얼지 않지요. 지금 시기부터 가지를 절이고 겨울이 되면 그걸로 백일 절임을 만들 테니 그때 한번 와서 보시지요". 고야마 "네. 반드시 와서 보겠습니다. 나카가와 군, 가지는 사람의 몸에 약이 되는가 독이 되는가? 세간에서는 자주 가지가 몸에 나쁘다는 듯이 얘기해서 여름에 가지를 먹지 않아야 겨울에 감기에 걸리지 않는다거나, 아랫배가 아픈 병도 걸리지 않는다든가 하던데. 그래서 가지는 몸에 나쁜가 보다 하고 있으니 또 송이버섯이나 나팔버섯을 찔 때 가지를 같이 넣으면 소독이 되기 때문에 반드시 가지 하나를 그대로 같이 넣거나, 없으면 꼭지 부분이라도 같이 넣어야 한다고 하더군. 그건 왜 그런 건가?" 나카가와 "일본 가지에 대해서는 아직 학술적으로 연구된 바가 없기 때문에 정확하게 그 이유를 알 수는 없어도 우리 나라의 가지는 탄닌과 철분을 풍부하게 함유하고 있는 것과 동시에 강한 흥분성 성질도 가지고 있지. 초가을의 가지도 그런 성질이 있을 정도로 흥분성 물질이 강한 재료야. 자네가 아까 말한 가을 가지는 며느리에게 주지 말라는 속담도 그저 가지가 맛있으니까 주지 말라는 의미만이 아니라 아마 임신 전이나 임신 중의 젊은 여자에게는 몸에 좋지 않으니 먹이지 말라는 친절한 경고 같은 것이겠지. 가지가 버섯을 소독한다는 것도 가지가 가진 흥분성 물질 때문인데 버섯류에 있는 독성은 무스카린이라고 하는 마취성 독성이지. 가지의 흥분성 물질은 이 물질을 중화하기에 딱 좋아. 뭐든지 식품의 궁합을 고려할 때는 한 물질이 가진 나쁜 성질을 다른 물질의 성질로 중화하는 것이 기본이지. 생선의 알칼리성을 산성을 더해 중화하는 것도 아까 시험 문제 중에 있었지. 그러니 요리를 다루는 사람은 그런 재료의 성질을 하나하나 다 알아 두지 않으면 안 돼. 어떤 식재료든 저마다 다른 성질을 가지고 있기 마련이지. 같은 자극성 물질이라도 고춧가루나 와사비를 기침하는 환자에게 먹이면 혈관을 자극해 기침이 더 심해지도록 만들지만 생강은 기침을 진정시키지. 그러니 기침이 날 때는 생강과 물엿을 섞어서 마시는 것이 아닌가? 겨자의 매운맛은 혈류를 역류하게 해 변비가 일어나게 하지만 반대로 간 무의 매운맛은 설사를 일으켜 혈류를 아래로 흐르게 만들지. 일본 요리나 반찬 등을 만들 때도 우선은 다루는 식재료의 성질을 제대로 알고 나서 만들어야 해. 최근에는 일본 요리와 서양 요리를 아무 생각 없이 서로 섞어서 만든 절충 요리라는 것이 나오더군. 그것도 일단은 진보한 것이겠지만 역시 가장 우스운 것은 거기에 위생 요리라는 이름을 붙이는 거야. 뭐가 위생적이라는 건지 전혀 모르겠어. 오히려 아주 비위생적인 요리가 나오는 경우도 적지 않아. 위생적인 게 뭔지도 모르면서 함부로 위생적으로 만들었다고 하는 것만큼 건방진 것도 없지. 이제 사람들은 어디선가 위생적인 요리라고 주장하는 요리를 먹게 된다면 먹기 전에 어느 부분이 위생적인 것인지 제대로 따져 보고 설명을 들은 다음 먹는 것이 좋을 걸세" 하니 꽤나 무리한 주문. 손님인 고야마도 주인의 장광설을 듣고 슬슬 질렸기에 식사를 하는 둥 마는 둥 하고 끝나자마자 인사를 하고는 바로 집으로 가 버린다.

91. 대비책

 그날 밤 오토와 아가씨는 한 가닥 희망을 품고서 쉽게 잠들지 못한다. 고야마가 최선을 다한 보람이 있어 오하라 군이 억지 혼인에서 벗어날 수 있게 된다면 곧 해외로 나가게 될 것이다. 오하라 군이 그 진심과 진정성으로 서양의 가정 교육을 조사해 돌아온다면 나라에 큰 도움이 될 것은 자명한 이치. 학교 교육으로는 학사나 박사같이 훌륭한 사람들이 산처럼 많이 있지마는 아직도 서양식 교육의 효과는 명확하게 나타나지 않았다. 오하라 군이 그의 진심으로 일본의 가정 교육을 개량한다면 세상 사람들은 신이나 부처를 보듯 오하라 군에게 감사하게 될 것이 틀림없다. 나도 미력하나마 가정 요리의 개량을 기반으로 해서 오하라 군의 사업을 도울 수 있다면, 하는 미래에 대한 상상은 즐겁게 부풀어 올라 따뜻하고 행복한 꿈으로 피어난다. 그다음 날 오토와 아가씨는 오늘이라도 고야마 군이 기쁜 소식을 가져다줄까 하고 기다리는 마음뿐이다. 하지만 밤이 다 되도록 고야마는 오지 않는다. 이튿날에는 단념하는 마음으로 하루를 지나 보낸다. 사흘째에도 아무런 소식 없이 그냥 지나가자 오토와 아가씨는 쓸쓸한 마음으로 오빠에게 물어보며 "오빠, 그 일은 어떻게 되어 가는 걸까요? 아직 고야마 씨로부터 아무런 답도 오지 않았지요?" 하고 물어보는 사람의 마음과 마찬가지인 오빠의 걱정. "그러게 말이다. 나도 매일 답을 기다리고 있지만 아직 아무 답도 오지 않는 걸 보니 일이 쉽게 풀리지 않는 모양이다. 서양에 가야 한다면 혼례를 먼저 치르고 가야 한다고 오다이의 부모가 강하게 주장하는 게 틀림없어". 오토와 아가씨 "오하라 씨는 일단 혼례를 승낙했으니 이제 와서 무리하게 혼례를 더 연기하겠다고 말씀드리기는 어렵겠지요. 옆에 있는 다른 사람들이 아주 잘 설득하지 않으면 일이 잘 풀리기는 어려울 거예요. 그 때문에 고야마 씨는 그제도 어제도 오하라 씨 댁에 가신 모양이지만 돌아오시는 길에 우리 집에 들르지 않으신 걸 보면 일이 아무래도 잘 풀리지 않은 것 같아요. 어쩌면 오하라 씨가 벌써 오다이 씨와 혼례를 마치고 서양에 가겠습니다 하고 고향의 어르신들께 말씀을 드린 것은 아닐까요? 그래서 고야마 씨가 우리에게 아무런 답을 주지 못하고 계신 건 아닐까 싶어요" 하니 지나친 근심으로 하지 않아도 될 걱정까지 미리 하는 모습. 오빠는 그런 근심을 걷어 내며 "아니, 고야마 군은 그럴 사람이 아니다. 어떻게든 정해지면 그대로 우리에게 바로 알려 줄 거야. 말하기 껄끄러우니까, 얼굴 보며 말하기 민망하니까 하는 이유로 일의 결말을 애매하게 처리하는 사람이 아니야. 아마 아직 결정이 나지 않은 걸 게다. 교섭이 아주 어려워서 아직 어느 쪽으로든 결말이 나지 않은 상태일 거야. 하지만 오토와 야, 세상일은 반드시 이루어질 거라 믿으면 그것이 이루어지지 않았을 때의 실망도 큰 법이란다. 하지만 잘되지 않겠지 하고 포기하고 있었는데 예상 외로 잘되면 그만큼 기쁜 것도 없지. 무엇보다 처음부터 잘되지 않을 일을 잘될 거라 믿는 사람도 없겠지만, 혹시 잘되지 않았을 때는 이렇게 해야겠다 하는 대비책을 생각해 놓는 것이 지금으로서는 가장 좋은 방법이다. 틀림없이 돈을 벌 거라 생각해 장사를 하다가 손해를 보고 할 수 없이 노상에서 장사를 하는 건 그저 어리석은 거지. 만약 손해를 보게 되면 이렇게 하겠다 하는 대비책을 먼저 생각해 두고 장사를 해야 하는 거야. 반드시 이길 것이라 생각하고 전쟁을 했다가 패전하고 당황하는 것도 그런 것이라, 만약 진다면 이렇게 만회하겠다 하는 대비책을 미리 세우고 전쟁을 한다면 당황할 일도 없겠지. 작년의 청일 전쟁처럼 이겼는데도 요동을 반납해야 했던 건 미리 대책을 세우지 않았기에 일어난 일이야.[343]

---

343) 청일 전쟁에서 승리한 일본이 시모노세키 조약을 통해 청나라에게서 요동(랴오둥)반도를 할양받게 되자 러시아와 독일, 프랑스의 3국이 일본에 외교적 압력을 행사해 요동을 반환하게 된 사건을 말한다. 흔히 삼국 간섭(三国干涉)이라 부르는 사건이며 이로 인해 일본에서 반러

아하하하, 이런 일은 여자인 너의 일과는 관계없지만, 혹시 고야마 군이 최선을 다해도 일이 잘 풀리지 않아서 오하라 군이 오다이와 혼인을 하는 것으로 결정 난다면 너는 어떻게 각오를 가져야 하겠니? 만에 하나 나쁜 쪽으로 일이 결정 날 경우를 대비해 너의 마음을 미리 자세하게 들어 두어야 하겠구나" 하는 오빠의 한마디에 오토와 아가씨는 앗! 하고 놀라 고개를 떨군다.

감정이 크게 일어나 이것이 러일 전쟁의 원인 중 하나가 되었다.

92. 가정의 청결

오토와 아가씨는 어려운 질문에 고개를 푹 수그린다. 뭐라고 대답하면 좋을까? 잠시 동안 고개를 갸웃거리면서 길게 생각을 하더니 마침내 고개를 들고 "오빠, 만약 그렇게 된다면 저는 어떻게 하면 좋을까요?" 하고 우선 오빠의 생각을 묻는다. 오빠는 다정한 태도로 "네가 그렇게 솔직하게 의견을 구하니 나도 안심이구나. 만약 요즘 흔히 있는 건방진 아가씨라면 바로 자기가 하고 싶은 대로 대답하겠지. 그 사람과 혼인할 수 없으면 저는 죽어 버릴 거예요, 라든가 그 사람이 아니면 평생 결혼하지 않겠어요, 라든가 말도 안 되는 소리를 하면서 말이야. 그것도 한때의 감정일 뿐이라 조금 시간이 지나면 금방 잊어버릴 거면서 일생 이렇게 하겠다, 평생 그렇게 하겠다, 일생에 대해 함부로 이렇게 저렇게 속단하지. 실로 생각 없고 경솔한 태도야. 그중에서도 자기 고집대로, 즉 동물적인 감정으로 아버지나 오빠 몰래 자기가 좋아하는 남자에게 마음을 주고는 그 남자가 아니면 죽어 버리겠다고 불손한 말을 하는 아가씨들도 있지. 그걸 사회 일부에서는 신성한 연애라든가 자연스러운 감정이라든가 하면서 칭찬해 주고 띄워 주는 사람들도 있어. 실로 당치도 않은 일이야. 인간은 누구든 자기 분수를 지키면서 마음의 도덕이 가진 선을 넘지 않는 것이 미덕인 거야. 제멋대로 하고자 하는 마음이 일어났다면 그걸 진정시키고 다스려야 하는 게 인간의 도리지. 예를 들어 서생에서 졸업해 겨우겨우 살아가는 문학자인 내가 상류층을 따라 한답시고 마차를 타고 다니겠다고 하면 누구든지 내가 어리석다고 비웃을 테지. 내가 그보다 더 극단적으로 마차를 못 타면 죽어 버리겠다고 하면 그 누구도 진지하게 받아들이지 않을 거야. 단지 마차에 타지 못했다고 내가 진짜로 죽어 버리면 그야말로 세상의 웃음거리가 될 거고. 연애도 그와 같아서 자기가 어떤 사람을 좋아한다고 하면 뭐든 신경 쓰지 않고 자기 하고 싶은 대로만 하고자 하는 게 연애라는 거다. 그 자기 멋대로 하는 고집이 통하지 않아서 자살이라도 하게 되면 실연의 아픔이라느니 인정의 극치라느니 세상 사람들은 대단하다고들 떠받들지. 사랑이 이루어지지 않아서 자살한다는 건 마차에 타지 못했다고 자살해 버리는 것과 조금도 다르지 않아. 연애라는 건 인간의 이기심일 뿐이야. 젊은 날의 과오야. 동물적인 열정이지. 위로하고 칭찬해야 할 것이 아니라 가장 배격하지 않으면 안 될 것이야. 요즘의 청춘 남녀 중에는 연애를 위해 어리석게 자신을 바치는 사람이 수도 없이 많지. 실로 한탄하지 않을 수 없어. 이제부터 시작될 청결한 가정에는 결코 연애를 다룬 책 같은 것은 들여놓아서는 안 돼. 자녀를 교육하는 사람은 자녀를 엄중히 감시해 자녀들이 결코 그런 책 같은 것에 눈길을 주지 않도록 단속해야 하지. 한층 더 사회가 발전한다면 연애 같은 것을 다루는 작자들은 모두 풍속 교란범으로 낙인찍히고 그런 책들은 모두 발행 금지가 될 테지. 사회는 발전할수록 더욱더 규율적이고 군대식으로 바뀌어 가지 않으면 안 돼. 사회에 독이 되는 것들은 지금부터 일제히 제거해 사회의 공기를 청결하게 바꿔 나가지 않으면 안 돼. 불결하고 추한 연애담이 청년 남녀 사이에서 날뛰는 것이야말로 아직 이 사회에 제대로 된 규칙이 존재하지 않는다는 증거지. 신체와 관련한 먹을거리에는 비위생적인 것들이 판치고 정신에 연관된 문장들에는 불결하고 음란한 것들이 판치는 상태에서는 국민의 심신이 부패할 수밖에 없어. 아하하하, 실로 심각한 문제야. 너의 오하라 군에 대한 마음은 결코 연애적인 저급한 마음이 아니지마는, 만약 이 사랑이 이루어지지 못한다면 평생을 독신으로 살겠다고 해서는 역시 연애적인 저급한 사랑이 되어 버리는 거란다. 결국에 오하라 군이 오다이와 혼례를 치른다면 오하라 군을 가엾게 생각하게 되기는 하겠지만, 어디까지나 너는 오다이를 오하라 군의 부인으로 정중하게 대해야 하고 오하라 군의 행복을 빌어 주지 않으면 안 된단다. 잘 알겠지?" 하고 이후의 마음가짐에 대해 설명하는 말에 오토와 아가씨도 멋대로 하지 못하고 "네. 오빠가 말씀하신 그대로예요" 하고 스스로 순순히 대답하지만 나카가와는 다시 한번 "그렇게 되면 너는 다른 좋은 곳을 찾아서 시집가야만 하는 거다" 하고 한 번 더 확인하는 말에 오토와 아가씨는 처연한 얼굴이 되어 다시 고개를 숙인다.

93. 연애의 해악

 오토와 아가씨는 바로 대답하지 못하고 점점 바닥으로 향하던 고개는 마침내 푹 수그러지며 한 방울 두 방울 눈물이 떨어지기 시작한다. 나카가와도 더는 억지로 대답을 받아 내려 하지 않고 "오토와야, 그렇다고는 해도 당장 다른 집안으로 시집을 가야 하는 것은 아니지만, 만약 오하라 군이 혼례를 치르게 된다면 이쪽도 그렇게 각오를 가져야 한다는 것이다. 젊을 때는 뭐든지 사태의 한 면만 보고 자기 마음대로 하고자 하는 경향이 있어 그 때문에 종종 잘못된 판단을 내리기도 하지. 남자가 여자를 볼 때도 여자가 남자를 볼 때도 한군데 자기 마음에 드는 부분을 보게 되면 다른 면도 다 좋게 보게 되어 버려서 그 사람 외에 다른 사람은 없다고 착각하게 되지. 그게 연애라는 잘못을 저지르게 되는 원인인 거야. 반대로 한 가지 나쁜 점을 보게 되면 다른 면도 다 나쁠 거라고 여기고 그 사람을 싫어하게 되기도 하지. 즉, 사회 경험이 부족하니 대상의 진짜 모습을 파악하지 못하는 거야. 요리에 빗대어 말해 보면 음식의 맛을 모르는 사람은 하나에 5전이나 8전[344]짜리 아이스크림을 먹어 보고는 너무나 맛있다고 여겨 천하에 이보다 더 맛있는 아이스크림은 없다고 여길 테지. 만일 아이스크림이 사람이라면 건방진 아가씨 같은 경우는 그 아이스크림과 연애를 하게 될지도 몰라. 하지만 나중에 크림이 풍부한, 하나에 50~60전[345]쯤 하는 아이스크림을 먹어 보면 이전에 먹었던 아이스크림은 다시 먹기 싫어지게 되지. 아이스크림의 문제니 이정도로 끝나지만 사람의 문제라면 가치 없는 사람과 사랑에 빠졌다가 나중에 그 사람이 그만한 가치가 없는 사람이었음을 알게 되어 후회를 해도 소용없지. 그 증거로 젊은 아가씨들이 사랑에 빠지는 연애 대상 중에서 그만한 가치가 있는 인물은 드물다는 점을 들 수 있어. 예를 들어 나 자신 같은 경우에는 자랑은 아니지만 아직 단 한 번도 연애 감정을 느낀 적이 없어". 여동생 "호호호. 그 나이에 그렇게 답답한 소리만 계속 하시니 듣는 그 누구라도 지겹다고 느낄 테니까요". 나카가와 "그렇지. 지겨운 말이 듣기 싫고 방종을 좋아하고 규율을 싫어해 자기 멋대로 하는 사람에게 대상의 진짜 모습이 보일 리가 없지. 사회는 점점 더 규율이 잡혀 가고 사람은 점점 더 진면목을 드러내게 되는 것이 사회가 발전하는 증거인데 그렇게 되면 남녀

---

344) 현재 가치로 약 250~400엔 정도다.
345) 현재 가치로 약 2500~3000엔 정도다.

모두 진지하고 지루한 사람들만 있게 되겠지. 술에 취한 것처럼 경거망동하는 사람들은 점점 더 줄어들게 될 거야. 하지만 아직 어린 아가씨가 5전짜리 아이스크림을 먹고 금방 연애의 감정을 느끼는 것은 위험하기 그지없어. 자유 교제라느니, 남녀의 심적(心的) 교제라느니, 이상적인 교제라느니 멋대로 이름을 붙이고는 여학생이나 날라리 같은 여자들이 젊은 남자들과 멋대로 놀러 다니는 일이 유행이 되어 가고 있어. 그러니 결국은 연애에 빠지게 되고 자유 결혼이라느니, 자살이라느니 실연이라느니 하는 일을 벌이다가 결국에는 가장 꼴사나운 짓인 정사(情死)까지 하게 되지. 이런 상황에서 잘도 딸이나 아들을 가진 부모들이 천하태평으로 지내고 있어. 자녀를 기르는 부모라면 아주 엄중하게 자식들을 감시하지 않으면 안 돼. 두세 살 되는 아이를 혼자 시내에 내놓으면 차에 치이거나 다치게 된다는 걸 누구나 알고 있지. 20세 전후의 남녀는 사회 경험으로 말해 보자면 아직 한두 살 정도밖에 안 되는 어린아이야. 그런 아이를 보호자 없이 세상에 던져 놓고 방치해 놓는 것만큼 위험한 것은 없지. 너 같은 경우에는 그럴 위험이 없지마는 자기 판단으로 한 사람의 됨됨이나 선악을 판단할 수 있다고 자신한다면 큰 착각이란다. 그 점에 대해서는 어린아이나 마찬가지니 일생을 결정지을 일이라면 반드시 어른들의 의견에 따라야만 하는 거야" 하고 알기 쉽게 설명해 여동생의 마음을 움직이려 한다. 오토와 아가씨도 겨우 마음을 다잡고 "네. 알겠어요" 하고 확실하게 대답한다.

94. 가정 교육

 순순히 대답하는 그 모습에 오빠인 나카가와는 기쁘기보다는 오히려 안타까워져서 "오토와야, 너는 정말 솔직하고 좋은 아이다. 자신에게 자기 고집대로 하려는 마음만 없어도 누구나 솔직하게 자기 마음을 드러낼 수 있겠지만, 요즘 아가씨들은 무엇보다도 그런 솔직함과 순수함을 잃어가고 있어. 특히 학교 교육을 받은 여자는 하나하나 다른 사람이 하는 말에 반박하려고만 들지. 교육을 잘 받았다면 여자의 길을 깨닫고 솔직하고 순수한 태도를 가져야 할 터인데 요즘의 돌아가는 세태는 딱 그 반대지. 이것 역시도 학교의 힘이 여자들을 바른길로 훈육할 힘이 부족해서 주입된 지식만 가지고 오히려 그걸 자신의 제멋대로인 태도를 변호하는 재료로 쓸 뿐이지. 학교 교육이 필요하지 않다는 것은 아니야. 하지만 세상에서 그저 학교만 보내 놓으면 아들도 딸도 훌륭한 사람이 되겠거니 하는 생각이 큰 착각이라는 거야. 사람의 품성은 학교 교육보다도 가정 교육을 통해 길러지게 되어 있어. 가정 교육을 제대로 하지 않고서 학교가 아이를 망쳐 놨다고 생각하는 것도 큰 착각이지. 학교에서는 수십 수백 명의 학생들을 똑같이 교육하기 때문에 한 사람 한 사람의 품성까지 일일이 신경 쓸 여유가 없지. 하지만 가정에서는 한 사람 한 사람 신경 써서 품성 교육을 할 수 있어. 집에서 충분하게 교육을 받고 학교에서는 사물의 이치를 깨닫게 한다는 인식을 가져야만 해. 장인이 아무리 숙련된 사람이라 하더라도 한 번에 너무 많은 세공품을 다루게 되면 하나하나의 불완전한 부분들을 고치지 않게 되지. 아니, 고치지 않는 게 아니라 고칠 여력이 없는 거야. 네모나게 자른 나무판자를 칠기점에 가져가서 둥근 쟁반을 만들어 달라고 해도 소용없지. 하지만 세상 사람들은 집에서 자기 아이들을 네모나게 교육해 놓고는 학교가 왜 둥글게 만들지 못하느냐고 불평을 말하지. 이렇게 어처구니없는 일은 없어. 학교에서도 지금까지 네모나게 교육받은 아이들을 둥글게 교육한다고 홍보하고 있지. 요즘에서야 세상 사람들이 겨우 가정 교육의 중요성을 깨달았지만 아직 제대로 된 가정 교육을 실천할 수 있는 기회는 없어. 간혹 실천하게 된다 하더라도 어떻게 하는 게 제대로 된 가정 교육인지 알 수가 없는 형편이야. 자유롭게 교육하는 게 좋다고 하면 제멋대로인 아이로 키우게 되고, 압제적인 교육을 하게 되면 아이가 위축되고 기가 죽게 되어 버리고, 마치 찜 요리를 하듯이 강불로만 요리하는 것도 약불로만 요리하는 것도 아닌 적당한 온도 맞추기가 무엇보다 중요하지. 이렇게 보면 오하라 군의 서양 유학이 우리 나라에 큰 변화를 가져올 것이라는 점은 자명해지지. 서양 각국의 가정 교육을 조사해서 그 장점을 취해 우리 나라에 가장 걸맞은 형태의 가정 교육 방식을 정하려는 것이니 오하라 군의 책임이 아주 무겁지만 그만큼 명예도 크겠지. 오하라 군이 서양에서 돌아와 천하의 가정 교육을 바꿔 놓기 시작할 때면 많이 먹는 게 유일한 자랑이던 그 오하라 군이 아니겠지. 세상에서는 가정 교육의 구세주로서 오하라 군을 칭송할 게 틀림없어. 지금까지는 정계에서 숭배하는 영웅이 있고, 실업계에서 숭배하는 사업가도 있었지만, 가정 교육에서는 그런 영웅이 없지. 하지만 사람들은 지금 가정 교육에서 그런 구세주를 마음으로부터 갈망하고 있어. 이 상황에서 오하라 군이 돌아와 그 진심과 열성으로 가정 교육의 개선을 주장한다면 천하의 모든 사람들이 기꺼이 따르게 되겠지. 실로 유쾌한 일이야. 하지만 그때 오하라 군의 부인이 오다이여서는 도저히 그 사업을 도울 수가 없겠지. 아하하하" 하고 웃으며 말하는 중에 오토와 아가씨는 마음속으로 자신이 그 조력자가 되겠다는 의지를 확고하게 다짐한다. 오토와 아가씨는 오하라 군과 처음 만났을 때를 떠올리며 깊은 생각에 빠져든다. 나카가와도 같은 마음으로 "정말 오하라 군은 어떻게 되는 걸까?" 하며 일어서서 창밖을 내다보는 그때 오하라가에서 나온 고야마가 이쪽으로 오는 것이 보인다. 나카가와는 여동생을 돌아보며 "오토와야, 고야마 군이 오고 있다". 오토와 아가씨 "어머, 그래요?"라고 대답하며 자기도 모르게 일어서서 고야마를 마중하러 나간다. 고야마가 현관에서 들어오자 방석을 내오면서 맞이하는 나카가와도 마음이 급해져서 인사도 하지 않고 "고야마 군, 그 일은 어찌 되었는가?"

부록

메이지 시대 단위표

1. 화폐

메이지 시대의 1엔(円)이 현재 가치로 얼마 정도인지에 대해서는 여러 의견이 있으나, 대체로 5000엔에서 6500엔 정도의 가치를 가진 것으로 본다.

또한 현재는 화폐 단위로 엔이라는 단위만을 사용하고 있지만, 당시에는 전(錢)이라는 단위와 린(厘)이라는 단위가 있어, 10린이 1전이 되고 100전이 1엔이 되는 구조였다.

식도락이 연재되던 메이지 30년대의 물가를 참고로 제시해 둔다.

연봉

총리대신 : 9600엔

미쓰이(三井) 기업 이사 : 29400엔

일본군 대장(大將) : 6000엔

일본군 대위(大尉) : 960엔

대학 총장 : 4000엔

대학 교수 : 1500엔

중학교 교사 : 500엔

변호사, 의사 : 1700엔

신문기자 : 600엔

서양 요리사 : 350엔

우유 배달부 : 120엔

하녀 : 18~20엔

식품

쌀 10킬로그램 : 1엔 10전

설탕 1킬로그램 : 30전

달걀 1개 : 3전

우유 1병 : 3~4전

식빵 : 5~6전

맥주 1병 : 23전

우동 1그릇 : 1~2전

커피 한 잔 : 2전

전기, 수도, 가스 요금

전구 1알에 대한 월 전기 요금 : 2엔

가스등 1대에 대한 월 가스 요금 : 2엔

한 가구당 1년 치 수도 요금 : 5엔

전화 1년 치 기본요금 : 66엔

문구, 교양, 취미

《아사히(朝日)신문》 1개월 요금 : 37전

연필 1자루 : 1린

비누 1개 : 12전

2. 길이

분(分)		3.03m
촌(寸)	10분(分)	3.03cm
척(尺)	10촌(寸)	0.3m
장(丈)	10척(尺)	3.03m
간(間)	6척(尺)	1.8m
정(町)	60간(間)	109m
리(里)	36정(町)	3.927km

3. 넓이

작(勺)	0.1홉(合)	0.033㎡	
홉(合)	0.1 평(坪)	0.33㎡	
평(坪)		3.3㎡	
다다미 1조(疊)		180cm×90cm	1.62㎡

4. 부피

작(勺)	0.1홉(合)	18cc
홉(合)	0.1되(升)	180cc
되(升)	10홉(合)	1.8ℓ
말(斗)	10되(升)	18ℓ

5. 중량

푼(分)	0.1작(夕)	0.375g
작(夕)	0.001관(貫)	3.75g
관(貫)	1000작(夕)	3.75kg
근(斤)	160작(夕)	600g

해 설

먹는 것과 사랑하는 것

《식도락》을 읽다 보면 간혹 황당함을 느끼게 될 때가 있다. 연애에 대해 이야기하는 부분이 나오는 장면들인데, 나카가와가 오토와에게 연애에 대해 이야기하는 다음의 장면을 읽어 보자.

연애라는 건 인간의 이기심일 뿐이야. 젊은 날의 과오야. 동물적인 열정이지. 위로하고 칭찬해야 할 것이 아니라 가장 배격하지 않으면 안 될 것이야. 요즘의 청춘 남녀 중에는 연애를 위해 어리석게 자신을 바치는 사람이 수도 없이 많지. 실로 한탄하지 않을 수 없어. 이제부터 시작될 청결한 가정에는 결코 연애를 다룬 책 같은 것은 들여놓아서는 안 돼. 자녀를 교육하는 사람은 자녀를 엄중히 감시해 자녀들이 결코 그런 책 같은 것에 눈길을 주지 않도록 단속해야 하지. 한층 더 사회가 발전한다면 연애 같은 것을 다루는 작자들은 모두 풍속 교란범으로 낙인찍히고 그런 책들은 모두 발행 금지가 될 테지.
〈92. 가정의 청결〉에서

연애에 대해 신랄하게 비판하는 나카가와는 나아가 연애를 다룬 책도 모두 발행 금지를 시켜야 하며, 문명이 더 발전하면 연애를 다루는 작가들은 모두 풍속 교란범으로 낙인찍힐 것이라고 주장한다. 그러나 이런 기준으로 돌아다보면 《식도락》이야말로 가장 먼저 발행 금지가 되어야 할 풍속 교란 소설이 아닌가?

마찬가지로 작품 안에서 나카가와는 결혼에 대해서도 '절대로 스스로 나서서 고르려는 생각을 해서는 안 되지요'(〈1. 교제법〉)라며 경험이 많은 부모님이나 어른들이 나서서 상대를 선별하고, 중요한 결정도 그들에게 맡겨야 한다고 주장한다. 그러나 봄 편부터 가을 편까지 《식도락》을 계속 읽어 온 독자라면 《식도락》의 발단부터 이어져 온 오토와와 오하라의 결혼 문제야말로 오하라의 부모님과 가문의 뜻에 맞서서, 진정 오하라의 마음과 맞는 상대인 오토와와 오하라를 결혼시키기 위한 과정이었음을 기억할 것이다. 이로 인해 이 둘의 결혼을 적극적으로 지지하는 나카가와의 발언은 앞뒤가 맞지 않는 것처럼 여겨지는 것이다.

그러나 나카가와가 묘사하는 연애에 대한 내용을 잘 들어 보면, 그가 반대하는 연애라는 개념이 어떠한 것인지를 짐작할 수 있다. 위의 인용한 부분만 해도 그는 연애에 대해 '동물적인 열정'이라 표현하는데, 연애에 대한 그의 주장을 종합해 보면, 장기적인 안목으로 신중하게 판단한 관계 맺기가 아닌 즉흥적이고 감정적인 것, 꼼꼼한 검토가 필요한 일을 순간적인 느낌으로 결정하는 위험하고도 어리석은 일 정도로 정리할 수 있을 것 같다.

그렇다면 지금까지 《식도락》 시리즈를 함께해 온 독자는 나카가와의 이 불평이 그동안 많이 듣던 소리라는 생각이 들 수도 있을 것이다. 시리즈의 첫 에피소드부터 좋지 않은 음식을 그저 입을 통해 위(胃)와 장(腸)으로 밀어 넣기만 하는 오하라에 지친 이키치(胃吉)와 조조(腸蔵)의 우화로 시작해, 이 시리즈의 거의 모든 에피소드에 잔소리처럼 등장하는 나카가와의 좋지 못한 음식에 대한 조언들에서 자주 나왔던 내용들이기 때문이다.

이를 바탕으로 추측하자면 나카가와가 궁극적으로 주장하고자 하는 바는 음식의 경우에서와 마찬가지로 남녀 간의 사랑을 금지하자, 젊은 청춘 남녀를 단속하고 사랑이라는 감정을 부정하자는 것이 아니다. 시대의 변화에 따라 자연히 서로 맞는 상대와 함께하고 싶은 것이 당연하지만, 순간의 열정으로 평생을 결정하는 건 인생과 사회에 해악이 되는 경우가 많으니, 더 원숙한 존재의 식견을 참고해 신중하게 결정하라는 것이리라. 히로우미 자작이라는 존재는 그런 의미에서 이런 나카가와의 주장을 실현하는 존재, 이 소설의 데우스 엑스 마키나 같은 장치가 된다.

그러나 이전《식도락》여름 편의 해설이었던 졸고〈시간의 경계에 서 있는《식도락》〉에서 언급했던 것과 같이, 작가가 이 작품의 핵심이라 생각했던 나카가와의 이러한 잔소리들은 시대의 흐름에 따라 그 의미가 퇴색해 버렸으나, 그럼에도 아직도《식도락》이라는 작품을 빛나게 하는 것은 오히려 나카가와가 비판했던 연애와 많은 유사점을 가진 오하라와 오토와의 사랑이다. 물론 이들의 관계는 작중에서 나카가와가 비판하는 자유연애와는 그 결이 다른 것으로 취급되지만, 사실 나카가와가 주선하고 히로우미 자작이 보증을 선 것을 제외하면 만난 지 얼마 되지 않은 두 남녀가 사랑을 바탕으로 반대를 무릅쓰고 평생을 약속한다는 점에서 구시대의 남녀 관계와는 확연히 다른, 근본에서 자유연애와 그 정신을 공유하고 있다고 봐야 할 것이다.

또한 연애에 대한 이야기뿐 아니라《식도락》이 여전히 독자들의 선택을 받는 이유는 나카가와가 부르짖는 천 마디 주장보다 더 실질적이면서도 따뜻한 온기를 가지고 있는 오토와의 말 없는 행위 때문이다. 입으로는 위생과 도덕의 개선을 부르짖으면서도 전체 소설 안에서 나카가와가 부엌에 들어가는 것은《식도락》여름 편에서 히로우미 자작의 부엌 상태를 점검하고 꾸짖으러 가는 장면뿐이다. 그는 오토와가 차린 하얀 식탁보를 덮은 식탁에 앉아 오토와가 부엌에서 만든 정성스러운 요리를 먹으며 연애의 해악과 식문화에 대한 사회 전반의 몰이해에 대해 분개한다. 아내에게는 적은 생활비를 던져 주며 홀로 채소 절임뿐인 식사를 하게 하고, 남편은 게이샤가 나오는 고급 요리점에서 사교 활동을 하는 구시대적 부부 관계를 비판하며, 문명사회에 걸맞게 남편과 아내가 부엌에서 함께 요리를 만들고 함께 식사하면 얼마나 부부 사이가 정다워지겠는지를 토로하는 나카가와. 그러나 정작 그 자신은 만찬이 진행되는 동안 음식에 대한 것은 모두 오토와에게 맡기고 부엌 쪽은 들여다보지도 않는다는 아이러니는 그가 자주 사용하는 말대로 '언어도단'이 아닐 수 없다.

반면 오토와는 행동한다. 만찬 준비는 물론이고 만찬 뒤의 뒷정리까지도 다 끝낸 피곤한 몸으로 밤늦게까지 대문 앞에서 오하라를 걱정하며 오랫동안 서 있는 오토와의 모습이야말로 독자에게 나카가와의 장황한 말보다도 이것이 바로 이상적인 사랑이라는 것을 설득력 있게 제시한다. 또한 결국 강압에 못 이겨 오다이와의 혼인을 수락하고 만 오하라를 구해 내는 것도 히로우미 자작의 존재를 생각해 낸 오토와라는 점은 의미심장하다. 《식도락》 여름 편이 오토와와의 만남으로 더욱 성장한 오하라를 보여 주는 권이었다면, 가을 편은《식도락》의 모든 서사의 근간이자 모든 인물이 의지하는 존재가 오토와라는 점을 새삼 부각한 권이라 할 수 있을 것이다.

더 나아가《식도락》이 연재되던 시기, 특히 가을 편이 연재되던 때의 일본은 러일 전쟁 발발 직전의 상황으로 각 신문들은 개전의 필요성을 역설하며 애국심을 고취하는 기사와 논고로 점철되어 있었다. 이런 상황에서《호치신문》에 연재되던 당대 최고의 인기 소설《식도락》에서 고작 나카가와의 군인 정신을 강조하는 발언만을 조금 담았을 뿐, 작중 세계에서 전쟁에 대한 내용이 거의 언급되지 않고도 문제가 되지 않았던 것은 요리에 대한 오토와의 진심이 독자에게 전해졌기 때문일 것이다. 다른 소설이었다면 나라가 위급한 일촉즉발의 상황에 먹는 이야기나 하고 있다고 공격을 받아 연재가 중단되었을지도 모르는 이야기가, 그저 사랑하는 이에게 건강하고 맛있는 음식을 먹게 해 주고 싶다는 일념만으로 늦은 밤과 새벽을 마다하지 않고 요리에 몰두하고, 위기 상황에서도 묵묵히 오하라와 모두를 위한 아이스크림을 만들며 다마에에게 요리를 가르치는 오토와의 요리에 대한 진지함으로 인해 독자의 지지를 얻어 냈기에,《식도락》은 연재가 중단되는 일 없이 무사히 결말을 향해 나아갈 수 있었던 것이다.

오토와가 몸으로 보여 주는 먹는 것과 사랑하는 것. 오토와라는 존재 안에서 이 두 가지가 결합되는 것이야말로 작품에서 가장 인간적인 부분이 나타나는 부분이 아닐까? 그저 배고픔을 잊고 생명을 유지하기 위해 먹는 것이 아니라, 사랑하는 존재를 위해 식재료를 다듬고, 사회를 위해 자신의 요리 기술을 나누며, 모두와 즐기는 식사를 통해 상대에 대해 알아 가고 함께 살아가는 방법을 궁리하는 것. 오토와가 음식을 통해 보여 준 인간에 대한 윤리가 여전히 《식도락》이라는 작품을 살아가게 한다.

지은이에 대해

작가 무라이 겐사이(村井弦斎, 1864~1927)는 1864년 현재의 아이치현(愛知県) 도요하시시(豊橋市)의 무사 계급에서 태어났다. 겐사이의 아버지는 지역에서 유명한 유학자였으나, 메이지 유신 이후 다가오는 새로운 사회에서는 유교보다는 서양식 학문을 익히는 것이 더 도움이 된다는 것을 깨닫고 아들인 겐사이를 위해 겐사이가 여덟 살이 되던 해 가족 모두를 데리고 도쿄로 이주했다. 교육열이 높았던 겐사이의 아버지는 여기에 그치지 않고 각각의 전문성을 가진 가정 교사들을 고용해 어린 겐사이가 다양한 외국어와 교양 지식을 쌓을 수 있도록 영재 교육을 시켰다. 그 결과, 겐사이는 열두 살의 나이로 도쿄외국어학교 러시아어과(현 도쿄외국어대학)에 입학하게 된다.

그러나 건강이 나빠져 학교를 중퇴하고 설상가상으로 심한 우울증을 앓게 된다. 이때 우울증을 극복하고자 《에이지신문(英字新聞)》 공모에 낸 논문이 당선되어 신문사의 후원으로 스무 살에 미국 유학을 떠나게 된다.

귀국 후에는 《호치신문(報知新聞)》에 소설과 논설을 발표하면서 도쿄전문학교(현 와세다대학)에 입학해 본격적으로 문학을 연구하기 시작했다. 그중 1903년 신문 소설로 발표한 《식도락》이 당대 베스트셀러가 되어 후대의 《맛의 달인》, 《아빠는 요리사》 같은 미식 전문 만화나 요리 인문서에까지 큰 영향을 끼치게 된다.

말년에는 《식도락》으로 얻은 막대한 인세를 바탕으로 가나가와현(神奈川県) 히라쓰카시(平塚市)에 대규모 농장을 만들어 과일과 채소, 닭과 염소 등을 스스로 기르며 자급자족하는 삶을 살았다. 자연과 조화를 이루고, 스스로 먹을 음식을 자급자족하며, 깨끗하고 바른 먹거리의 중요성을 설파했던 그의 말년의 주장은 당대는 물론 현대에도 유효한 시대를 앞선 통찰의 결과라 할 수 있다.

옮긴이에 대해

박진아(朴珍娥)는 1985년 서울에서 출생했다. 이화여대 국어국문과를 졸업하고 동 대학원에서 국문과 박사 과정을 수료했으며 2014년 동아일보 신춘문예 문예 평론을 통해 등단했다.

현재 도쿄대학교 총합문화연구과 언어정보과학전공 박사 과정에 있으며 나쓰메 소세키(夏目漱石)를 연구 중이다.

식도락-가을

지은이 무라이 겐사이
옮긴이 박진아
펴낸이 박영률

초판 1쇄 펴낸날 2024년 11월 29일

커뮤니케이션북스(주)
출판등록 제313-2007-000166호(2007년 8월 17일)
02880 서울시 성북구 성북로 5-11
전화 (02) 7474 001, 팩스 (02) 736 5047
commbooks@commbooks.com
commbooks.com

ⓒ 박진아, 2024

지식을만드는지식은
커뮤니케이션북스(주)의 고전 출판 브랜드입니다.
이 책은 저작권자와 계약해 발행했으므로, 본사의 서면 허락 없이는
어떠한 형태나 수단으로도 이 책의 내용을 이용할 수 없습니다.

ISBN 979-11-7307-344-1 03830

책값은 뒤표지에 있습니다.